W0191194

E. W. Heine

Brüsseler Spitzen

ROMAN

Albrecht Knaus

Umwelthinweis:
Dieses Buch und sein Schutzumschlag wurden auf chlorfrei gebleichtem Papier gedruckt.
Die vor Verschmutzung schützende Ein-
schrumpffolie ist aus umweltschonender
und recyclingfähiger PE-Folie.

Der Albrecht Knaus Verlag
ist ein Unternehmen der Verlagsgruppe Bertelsmann

1. Auflage
© 1997 Albrecht Knaus Verlag GmbH, München
Gesetzt aus 10.8/13.4 pt. dtp Minion
Satz: Filmsatz Schröter GmbH, München
Schutzumschlag: Design Team München unter
Verwendung eines Motivs von E. W. Heine
Druck und Bindung: Wiener Verlag
Printed in Austria
ISBN 3-8135-0064-0

Eine Frau mit einem Liebhaber ist ein Engel.
Eine Frau mit vier Liebhabern ist eine Frau.

VICTOR HUGO

Was Europa will, wollt ihr wissen?
Europa will die Vereinigung
Aus kommerziellen Gründen,
Nicht aus Zuneigung;
Mit anderen Worten:
Mehr Prostitution als Liebesheirat.

E. W. HEINE, März 1997

Erstes Kapitel

Im ersten Tageslicht waren sie aufgebrochen. Die tiefstehende Sonne blendete sie, aber es war noch nicht die auszehrende afrikanische Sonne, die Mensch und Tier schwächt. Voller Lebenskraft war das frühe Licht. Abenteuerlust erfüllte sie.

Frisch und wolkenlos war der Himmel. Die Kühle der Nacht verharrte noch in der Erde. Ein leichter Wind bewegte die Gräser. John lenkte den Landrover. Anna zu seiner Linken suchte den Horizont mit dem Feldstecher ab. Hinter ihnen auf der überdachten Ladefläche kauerte Simba. Er trug das Gewehr. Nach zweistündiger Fahrt querfeldein erblickten sie Aasgeier, die am Himmel kreisten.

«Dort verendet ein Tier», sagte John. «Vielleicht ist es ein größeres Wild, das die Löwen in der Nacht geschlagen haben.»

Schon von weitem hörte man das zänkische Geschrei der Hyänen. Als sie näher kamen, sahen sie den wild durcheinanderwirbelnden Auflauf von gierigem Getier: Hyänen, Schakale, Wildhunde und mittendrin ein Rudel Löwen über dem Kadaver eines Wasserbüffels. Blut auf samtschwarzem Fell. Giftiggrün quoll dampfendes Gedärm aus dem aufgerissenen Leib. Die großen Katzen versuchten, die lästigen Belagerer mit Gebrüll und gefletschten Zähnen zu vertreiben. Die Gier war so groß, daß keiner der Kontrahenten den Landrover beachtete. Sie waren bis auf fünfzig Schritte herangefahren. Anna blickte angewidert durch den Feldstecher. «Schau dir das an! Sie fressen sich regelrecht in den Kadaver hinein.»

John griff nach dem Fernglas. Bevor er es an die Augen heben konnte, entglitt es ihm und fiel aus dem herabgelassenen Fenster ins Gras. Er öffnete die Tür, sprang hinaus, stieß einen Schrei aus, trat um sich, als versuchte er etwas abzuschütteln. Und dann sahen es auch die anderen: eine Schlange! Wie angewachsen hing sie an seinem linken Bein, fest verbissen im Hosenstoff. Sie wand sich in wilden Schwüngen. Erst als John sie mit dem rechten Stiefel trat, ließ sie los.

«Ist sie giftig?» schrie Anna, als John zurück in den Wagen taumelte.

«Eine Puffotter», sagte Simba. Das Entsetzen stand ihm ins Gesicht geschrieben. Sie streiften hastig Johns Hosenbein hoch. Die Bißwunde lag nur eine Handbreit unterhalb der Kniekehle. Vier Einstiche, quadratisch angeordnete Punkte, wie die Vier auf einem Spielwürfel.

Simba zog sein Messer aus dem Gürtel und schnitt tief in Johns Bein. Dunkel quoll das Blut hervor.

«Haben wir Verbandszeug dabei?» fragte Anna.

«Es muß bluten», stöhnte John. «Wir müssen so schnell wie möglich zurück.» Der Schwarze übernahm das Steuer und fuhr wie der Teufel.

«Er stirbt. O Gott, er stirbt. Fahr schneller!»

Bei jedem Schlagloch wurden sie hin und her geschleudert. John hing kraftlos in Annas Armen.

«Schmerzt das Bein?» fragte sie.

Er stammelte etwas, das wie «ohne Gefühl» klang.

«Müssen wir das Bein nicht abbinden?» fragte Anna.

«Nicht nötig», widersprach Simba. «Das meiste Gift ist mit dem Blut herausgeflossen. Was jetzt noch drin ist, geht seinen Weg. Es macht die Gliedmaßen gefühllos und lähmt die Lungen. Am schlimmsten ist die Angst vor dem Ersticken.»

Um zu demonstrieren, was er meinte, griff er sich mit der Rechten an die Gurgel und verdrehte die Augen: «Ich habe es am eigenen Leib erlebt.»

Er hielt Anna seinen Unterarm hin. «Eine schwarze Mamba.» Sie erkannte eine tief eingekerbte Narbe. «Ohne Master Bryan wäre ich tot.»

«Wieviel Zeit lag zwischen dem Biß und der Injektion?» fragte Anna. «Wann hat dich die Mamba gebissen, und wann hat der Master dir die Spritze mit dem Serum gegeben?»

«Zwei Stunden», sagte Simba und hielt zwei Finger hoch.

«Erst nach zwei Stunden?»

«Das Gift wirkt langsam. Erst stirbt das Gefühl in den Fingern, dann in den Armen. Wenn die Kälte das Herz erreicht, bist du tot. Es ist ein langer Weg von der Wade bis zum Herzen.»

Auf der Farm machten sie eine fürchterliche Entdeckung. Es gab kein Schlangenserum.

«Der Boß bewahrt es hier in diesem Fach im Kühlschrank auf», sagte Simba. «Es ist leer. Er hat wohl die alten Ampullen mitgenommen, als er gestern abend nach Johannesburg flog, um sie gegen neue auszutauschen. Er ist vor übermorgen nicht zurück.»

Sie legten John auf das Ledersofa im Wohnzimmer. Die Wade war so angeschwollen, daß sie das Hosenbein mit der Schere aufschneiden mußten. Johns Atem kam keuchend und schwer. Schweißgebadet lag er auf dem Rücken. Die Augen weit aufgerissen und starr in die Ferne gerichtet.

«Hörst du mich?» schrie Anna. Er nickte.

«Was sollen wir bloß machen? Es muß doch irgend etwas geschehen», stöhnte Anna. «Wir können doch nicht mit ansehen, wie er stirbt. Können wir ihn nicht irgendwo hinbringen? Zu einem Arzt, einer Missionsstation?»

«Nein», sagte Simba, «ihm kann nur noch eine helfen: die Inyanga.»

Anna stellte keine Fragen. Ihr war alles recht, was Rettung verhieß. Sie zerrten John in den Landrover, umfuhren einen steinigen Hügel und durchquerten das Lager der schwarzen Farmarbeiter. Vor einer alleinstehenden Rundhütte weit hinter dem Kral hielt Simba an. Er verschwand in der Hütte und kam mit einer Schwarzen zurück. Die Frau mochte Mitte Vierzig sein. Sie trug ein weites, verwaschenes Gewand, das bis auf ihre nackten Füße fiel, und war behängt mit Ketten, Ringen und Reifen aus bunten Perlen und abenteuerlichen Amuletten: Knochen, Krallen, Zähne, getrocknete Beeren, Fell- und Federbalg. Sie roch wie ein wildes Tier. Ungezähmte Kraft ging von ihr aus. Sie spuckte auf den Boden und befahl: «Bringt ihn in die Hütte!»

Simba bettete ihn auf das Fell neben der offenen Feuerstelle.

«Zieh ihn aus!»

John war in der Verfassung, in der einer alles über sich ergehen läßt. Schweißgebadet rang er nach Luft. Anna erschrak, als sie sein Bein sah. Vom Knie bis hinab zur Ferse war es fast schwarz. Neben der blassen, milchweißen Haut seines anderen Beins wirkte es wie mit einem schwarzen Strumpf bekleidet, ein Negerbein am Körper eines Weißen.

Die Inyanga betrachtete die Wunde: «*Nzuki kawenda.*» Es klang wie eine Kriegserklärung.

«Was sagt sie?» fragte Anna.

«*Nzuki kawenda*, der Name der Schlange, die ihn gebissen hat», sagte Simba, «Puffotter.»

Die Inyanga hängte einen Wasserkessel über das Feuer und warf etwas hinein, das wie Baumrinde aussah und einen stechenden, beißenden Geruch verbreitete.

«Wir müssen gehen», flüsterte Simba.

«Ich bleibe hier.»

«Das geht nicht. Sie kann ihm nur helfen, wenn sie mit ihm allein ist.»

Die Inyanga hob den ledernen Vorhang in der Türöffnung und sagte: «Geht! Ich habe keine Zeit zu verlieren.»

Im Hinausgehen fragte Anna: «Wie lange wird es dauern?»

«Den ganzen Tag und die Nacht.»

«Und wenn er stirbt?»

«Er wird nicht sterben.»

Den Rest des Tages verbrachte Anna auf der Terrasse des Farmhauses, unruhig hin und her laufend wie ein Tier im Käfig. Simba war mit dem Jeep zum Damm gefahren, um Blutegel zu sammeln, die die Inyanga für Johns Bißwunde benötigte. Anna fühlte sich so verlassen wie ein Schiffbrüchiger auf einer einsamen Insel im Meer. Die Stille war erdrückend. Kein Vogellaut, nicht einmal das Summen eines Insekts. Da war nur das Tapp-Tapp ihrer Schuhe auf den Dielen der Veranda.

Wer weiß, was diese schwarze Hexe mit ihm anstellt? Ich hätte ihn nicht bei ihr lassen sollen. Aber hatte ich eine andere Wahl? Ein paarmal spielte sie mit dem Gedanken, zu ihm zu laufen. Sie blickte zur Koppe empor. Die Steine strahlten flimmernde Hitzewellen aus. Alles schien zu vibrieren. Wahrscheinlich wimmelte es auf dem warmen Fels von Schlangen.

Mit angezogenen Beinen kauerte sie in dem Korbsessel auf der Terrasse, zu völliger Hilflosigkeit verurteilt, allein mit einem Schwarzen und einem Hund in der abgelegensten Ecke Afrikas. Vor zwei Tagen waren sie hier gelandet. Oder waren es drei? Hier hatte sogar die Zeit andere Dimensionen.

Johns Vetter Bryan hatte sie mit seiner einmotorigen Cessna vom Jan-Smuts-Airport in Johannesburg abgeholt. Wie hatte er bei der Landung gesagt: «Leukop bedeckt eine Fläche so groß wie das Herzogtum Liechtenstein. Unser Reichtum ist das Wild. Weil es keine Zäune gibt, wechseln die Tiere ungehindert vom Nationalpark zur Farm und umgekehrt. Leukop ist eins der letzten Paradiese.»

Ein Paradies! Es war die Hölle, voller Teufelei und versteckter Warnungen von Anfang an. Ja, von Anfang an.

Unterstützt von dem monotonen Summen des hölzernen Ventilators unter der Decke erwachte die Erinnerung in lebhaften Bildern.

* * * *

Als sie erwachte, lag sie in einem runden Raum mit weißgekalkten Wänden. Ihr Blick fiel auf ein Feldbett, nur einen Schritt von dem ihren entfernt. Darauf lag John, zusammengerollt wie ein junger Hund.

Anna betrachtete ihn. Er hatte das Gesicht eines schlafenden Kindes. Zerzaustes Haar bedeckte seine Stirn. Ein Lächeln lag auf seinen Lippen.

Himmel, auf was habe ich mich da bloß eingelassen, grübelte sie. Er ist mir völlig fremd, und ich teile mein Schlafzimmer mit ihm. Aber wen kennen wir schon? Durch ein kleines Fenster fielen die ersten Sonnenstrahlen. Ach was, dachte sie, ich bin die Hauptperson in einer Novelle, an der noch geschrieben wird. Und ich kann kaum erwarten zu erfahren, wie es weitergehen wird. Sie zog sich rasch an und trat vor die Tür.

Die mit Riedgras gedeckten Häuser der Jagdfarm lagen am Fuß einer Hügelkette, aus wild übereinandergestapeltem Felsgestein. Die Koppe, wie sie den Berg nannten, sah aus, als hätten hier Giganten mit riesigen Flußkieseln gespielt. Auch die steifblättrigen Agaven, Stechpalmen und Kakteen, die die Koppe bedeckten, wirkten wie Spielzeugpflanzen.

An der Außenwand des Gäste-Rondavels erkannte Anna einen Wasserhahn und darüber einen fest angebrachten Brausekopf. Vorsichtig drehte sie an dem Hahn. Kühles Wasser rieselte herab. Rasch streifte sie sich die Kleider vom Leib.

Nach dem Bad im Freien fühlte sie sich so frisch und unternehmungslustig wie schon seit langem nicht mehr. Welch ein Morgen!

Als Anna den Kamm erklommen hatte, erblickte sie auf der anderen Seite des Hügels die runden Hütten der schwarzen Farmarbeiter. Der Kral lag gleich neben der Rollbahn, auf der sie gestern abend gelandet waren.

Im Osten schob sich der Feuerball der Sonne blutrot über den Horizont. Die Vögel begrüßten ihn mit krächzenden, kreischenden Stimmen. Anna sog die kühle Morgenluft tief in ihre Lungen. Der Blick reichte rundum in die Weite. Das also war Afrika!

Sie ließ sich auf einem blankgeschliffenen Stein nieder und betrachtete die neue Welt. Weißer Rauch stieg zum Himmel. Er kam aus den Lehmhütten zu ihren Füßen. Versteckt hinter blühenden Jakarandabäumen waren manche ganz von purpurnen Bougainvilleas überwuchert. Ginster – oder war es Goldregen? – tropfte honiggelb von den Dächern.

Auf den angrenzenden Feldern wurde bereits gearbeitet. Da waren Lachen, Händeklatschen und Singen. Anna erblickte nur Frauen. Ihre bunten Kopftücher wippten rhythmisch zum Schlag der Hacken. Die Männer saßen in Gruppen vor den Hütten an offenen Feuern. In Wolldecken gewickelt wärmten sie sich an der Glut, schläfrige Gestalten im Vergleich zu ihren Frauen. Ein Hund kläffte in der Ferne.

Jetzt erscholl es dicht hinter Anna: ein heiseres Bellen. Sie fuhr herum und sah sich einer Rotte von Pavianen gegenüber, die sie aus boshaften Augen und mit gefletschten Zähnen betrachteten. Ihre Haltung demonstrierte unübersehbar Feindschaft. Hastig und mit klopfendem Herzen machte sie sich an den Abstieg. Das Gebrüll der großen Affen begleitete sie.

Bevor sie die Farmhäuser erreichte, hörte sie das Röcheln. Es klang, als ob jemand im Sterben lag. Als die Felsen den Blick freigaben, sah sie die drei Schwarzen. Sie hockten auf den Stufen zum Haupthaus wie Rabenvögel und stöhnten.

Bryan trat aus der Tür. Ohne die Schwarzen zu beachten, begrüßte er Anna lachend: «Na, so früh schon auf den Beinen?»

Sie überhörte die Frage und zeigte entsetzt auf die Röchelnden: «Was ist mit ihnen?»

«Zahnschmerzen. Aber jetzt trinken wir erst mal Tee.»

«Eine gute Idee», sagte John, der verschlafen in der Tür erschien. Bryan briet ihnen in einer eisernen Pfanne Eier mit Speck. Dazu gab es selbstgebackenes Brot.

«Brauchst du Hilfe beim Zahnziehen?» fragte John.

«Das erledigt Simba.»

Ein junger Schwarzer steckte seinen Kopf zur Tür herein. Seine durchlöcherten Ohrläppchen reichten ihm bis auf die Schultern. Bryan schob einen Korbsessel ans Fenster und sagte zu ihm: «Es kann losgehen.»

Ein Bantu mit dicker Backe, die er mit der Hand bedeckte, wurde hereingeführt. Trotz der morgendlichen Kühle war sein Hemd durchgeschwitzt. «Setz dich!»

Simba stellte sich hinter ihn, legte seine Hände auf die Schultern des Patienten. Bryan faßte den kranken Zahn mit der Zange. Er gab Simba mit den Augen ein Zeichen. Der hob seine Hände und ließ sie wie zwei Hämmer auf die Schultern des Ahnungslosen niedersausen. Fast gleichzeitig hielt Bryan den Zahn mit der Zange hoch.

«Ein todsicheres System», lachte er. «Der Schlag bewirkt, daß sie das Zahnziehen gar nicht merken.»

Er drückte dem Schwarzen den blutigen Backenzahn in die Hand und sagte zu Simba: «Der nächste, bitte.»

«Hier draußen mußt du von allem etwas verstehen», sagte Bryan, als sie etwas später in seinem Landrover saßen und über die Farm fuhren. «Ich bin auf Leukop Urwalddoktor, Bauunternehmer, Friedensrichter, Jäger, Buschpilot und Ingenieur für alle Arten von Technik, von der Wasserpumpe bis zum Flugzeugmotor. Als Spezialist bist du auf dem Buschfeld verloren.»

Sie fuhren durch eine Herde von Impala-Antilopen mit zappelnden Schwänzchen und fingerdünnen Fesseln. Anna öffnete die Wagentür, wollte aussteigen, um zu filmen, da flogen sie davon wie ein Vogelschwarm.

«Autos sind für sie leblose Gegenstände, rollende Steine, vorüberziehende Wolkenschatten. Ihr Geruch gehört zur Natur. Ein Mensch aber versetzt sie in Panik. Für sie sind wir Raubtiere», erklärte Bryan.

Wasserbüffel, schwarz drohend, flankierten ihren Weg.

An einem Wasserloch beobachteten sie Krokodile. Wie morsche Baumstämme lagen sie auf dem Sand. Madenpicker-Vögel bearbeiteten die Panzer, hüpften in die aufgesperrten Rachen, um die Zähne nach Speiseresten abzusuchen. Als die Sonne fast senkrecht stand, hielten sie im Schatten eines Baobabbaumes an. Ein Klapptisch und Faltstühle wurden aufgestellt. Bryan füllte aus einer Thermosflasche heißen Kaffee in die Tassen. Dazu gab es kalten Braten und Brot mit Tomaten und Avocados. Auch Bryans Jagdhund Askari erhielt seinen Teil. Sein goldgelbes Haarkleid glänzte in der Sonne wie Löwenfell.

«Was ist das für eine Rasse?» fragte Anna.

«Ein Ridgeback», erklärte Bryan, «eine Art, die speziell für die Löwenjagd gezüchtet worden ist. Bei Gefahr stellen sich seine Nackenhaare auf wie die Borsten eines Stachelschweins.»

«Ich würde gerne ein paar Schritte laufen», sagte Anna. «Ist das möglich?»

«Warum nicht», meinte Bryan. «Wir können die Felsen dort drüben besuchen. Da finden wir Schatten, und von oben haben wir einen guten Rundblick.»

Im Gänsemarsch, einer hinter dem anderen, Askari und Bryan vorneweg, so liefen sie durch das kniehohe Gras. Die Sonne brannte vom wolkenlosen Himmel. John wischte sich den Schweiß von der Stirn, und Anna mußte sich immer wieder den feuchten Stoff ihres Hemdes von den Schultern zupfen. Der einzige, dem die Hitze nichts auszumachen schien, war Askari. Er glitt leicht-füßig dahin. Leichter Wind kam auf. Sie gingen ihm entgegen. Wolken verschleierten die Sonne. Kurz bevor sie die Felsen er-reichten, blieb Bryan ruckartig stehen. Und dann sahen es auch die anderen: Löwen!

Keine dreißig Schritte vor ihnen. Drei Weibchen und ein Mäh-nenlöwe. Sie starrten auf die Zweibeiner mit zornigem Grollen. Ihre Schweife peitschten das Gras.

Das ist das Ende, dachte Anna. Sie wollte davonlaufen, aber die Beine versagten ihr den Dienst. Das Grollen schwoll an zum Ge-brüll, eine tödliche Warnung. Mein Gott, wie riesig sie waren!

Ihr Blick fiel auf Askari. Unbeweglich, wie aus Stein geschlagen stand er da, die Nackenhaare senkrecht aufgestellt. Die Sehnen unter dem glatten Fell schienen zu vibrieren: ein bis zum Zer-reißen angespannter Bogen.

«Nicht bewegen», flüsterte John.

Nach einer Weile, die allen wie eine Ewigkeit erschien, wandten sich die Löwen von ihnen ab. Mit königlicher Bedächtigkeit, kraft-voll und überlegen zogen sie sich zurück. Da war kein Anzeichen von Flucht oder Angst. Ihre Bewegungen und Laute ließen keinen Zweifel daran, daß sie die Zweibeiner für widerwärtiges Ungezie-fer hielten.

«Puh», stöhnte Bryan, «das hätte leicht ins Auge gehen kön-nen.»

Schweigend hasteten sie zum Wagen zurück.

«Wenn einer von uns weggelaufen wäre, hätten sie uns angegriffen. Nichts weckt ihren Jagdinstinkt mehr als flüchtendes Wild. Ich hatte noch nicht mal mein Gewehr dabei. Mein Gott, was bin ich für ein leichtsinniger Idiot!» fluchte Bryan vor sich hin. «Noch nie habe ich um diese Jahreszeit hier Löwen angetroffen. Aber ich hätte es wissen müssen. Die Regenzeit hat begonnen.»

«Was hat das mit dem Regen zu tun?» fragte Anna.

«Wenn es regnet, finden die Gnus und Zebras überall Wasser. Sie müssen nicht mehr zum Wasserloch kommen, wo die Löwen nur auf sie zu warten brauchen. Jetzt sind die Löwen gezwungen zu jagen. Ein harter Kampf. Denn nun, wo es Gras und Wasser in Fülle gibt, ist das Wild so stark wie das ganze Jahr über nicht. Jetzt hungern die großen Raubkatzen. Zu keiner anderen Zeit sind sie so gereizt.»

«Sind sie wirklich so gefährlich?» wollte Anna wissen. «Ich hatte das Gefühl, wir haben ihnen den gleichen Schrecken eingejagt wie sie uns.»

«Gerade das macht unverhoffte Begegnungen so gefährlich», sagte Bryan.

* * * *

Vorsichtiges Klopfen unterbrach Annas Gedanken.

«Verzeihung, Madam.»

Simba war zurückgekehrt.

«Wie geht es ihm?» fragte Anna.

«Das Schlimmste hat er überstanden, sagt die Inyanga.»

«Hast du ihn gesehen?»

«Niemand darf zu ihm. Er ist in guten Händen. Der gute Geist Modimo ist mit ihm.»

Es war ein beruhigendes Gefühl, Simba in der Nähe zu wissen. Das Klappern der Töpfe und Bestecke aus der Küche klang in Annas Ohren wie Musik.

«Wo ist eigentlich Askari?» fragte sie.

«Um diese Zeit ist er auf der Koppe. Er jagt Affen. Er haßt Affen.»

«Warum haßt er die Affen?» fragte Anna.

«Wir hatten einmal einen zahmen Pavian. Er war nicht richtig zahm. Sie hatten ihn an einer Fahnenstange vor dem Haus festgemacht. Ein Ring lief um die Stange, und eine Kette verband ihn mit dem Halsband. Der Affe konnte um die Stange herumlaufen und an ihr hoch und runter klettern. Sein Lieblingsplatz war eine Plattform auf der Spitze der Fahnenstange.

Askari war noch jung. Eines Tages fiel der Affe über ihn her. Paviane haben schreckliche Zähne. Askaris Wunden mußten genäht werden. Es stand schlimm um ihn.

Von da an machte er einen großen Bogen um die Fahnenstange. Aber er kam täglich ein Stück näher. Es schien so, als studiere er die Bewegungsfreiheit des Affen. Zuletzt rückte er so dicht heran, daß sich ihre Nasen fast berührten. Den Pavian brachte dieses lässige Verweilen in seiner unmittelbaren Nähe fast um den Verstand. Rasend vor Wut riß er an seiner straff gespannten Kette, sprang dann an die Fahnenstange, schimpfte und tobte von oben herab.» Das alles spielte Simba mit so unglaublicher Mimik, als sei er ein großer zorniger Affe.

«Askari beobachtete den Pavian mit eiskalter Berechnung. Als der Affe bebend vor Zorn an die Fahnenstange springen wollte, stellte Askari seine Pfote auf die Kette. Mitten im Sprung wurde der Flug des Affen gebremst. Völlig überrascht landete er auf dem Rücken. Aber da war Askari schon über ihm, um ihm mit einem Biß die Kehle zu zerreißen. Glauben Sie mir, er hat den Tod des Affen wochenlang geplant. Er ist ein guter Jäger. Er trägt seinen Namen zurecht.»

Anna mochte Simba. Er war ein großartiger Erzähler mit der Mimik eines Stummfilmstars. Er schien so etwas wie der gute Geist von Leukop zu sein, Hausmeister, Fahrer, Putzfrau und Koch in einer Person. Siebenmal in der Woche schmorte er Fleisch aus der Tiefkühltruhe: Warzenschwein, Perlhuhn, Springbock, eben alles, was auf den Safaris geschossen worden war. Dazu gab es meistens Polenta. Freitags wurde Brot gebacken, aus Weizenmehl, das Bryan zusammen mit Whisky, Bier und Pfeifentabak einmal im Monat in Johannesburg einkaufte.

Tomaten, Zwiebeln, Auberginen, Avocados, Orangen und Grenadillas wuchsen auf der Farm, denn Simba war auch ein guter Gärtner.

«Hier wächst alles, wenn man es nur wässert», meinte er und goß das Abwaschwasser an den Bambusbusch vor der Küchentür, der dort mit hohen Papyrusstengeln und Ingwergras um die Wette wucherte. Webervögel hatten ihre runden Nester hineingewoben. Wie Bälle aus Bast hüpften und schaukelten sie im Abendwind.

«Warum bauen sie nicht wie die anderen Vögel ihre Nester auf Bäumen?» fragte Anna.

«An den schwankenden Gräsern sind sie sicher vor Baumschlangen.»

Egal, worüber wir sprechen, dachte Anna, wir enden immer bei menschenmordenden Monstern. Gestern waren es die Löwen. Heute sind es die Schlangen. Wie kann man bloß so leben!

Auf dem Schreibtisch lag noch das Foto, das sie am Tag zuvor von dem geschossenen Löwen gemacht hatten. Neben dem Löwen der dicke Lutz in Siegerpose mit Gewehr. Das Foto erinnerte sie an die Ereignisse von gestern.

Zweites Kapitel

«Ach ja, bevor ich es vergesse: Wir erwarten heute abend noch zwei Jäger. Einen Abgeordneten aus Pretoria mit einem Geschäftsfreund. Sie bleiben nur einen Tag», so hatte Bryan seine Gäste angekündigt.

Hendrik van Ruisdale war ein echter Nachfahre des alten Ohm Krüger. Sein kurzgeschorener weißer Vollbart reichte von einem

Ohr zum anderen. Die Oberlippe war glattrasiert. Das Kopfhaar so dicht gewachsen, als trüge er eine Fellmütze, die Haut wettergegerbt wie Elefantenhaut. Nur Fledermäuse sind faltiger und hagerer.

Lutz Lenz, sein Begleiter, war Österreicher und sprach Englisch mit Wiener Akzent. Er war blaß und fett. Der kahle Schädel, das wabbelige Doppelkinn über dem schweren Leib erinnerten Anna an Nilpferde, denen sie morgens begegnet waren.

«Don Quichote und Sancho Pansa», sagte Bryan.

Simba hatte auf der Terrasse den Tisch gedeckt. Er servierte Austern und Langustenschwänze, die die Männer in einer Eiskiste mitgebracht hatten. Dazu einen ganzen Karton weißen Cabernet-Sauvignon aus Stellenbosch. Eine Atmosphäre wie in einem Fünf-Sterne-Hotel.

«John, Sie sind von der Europäischen Kommission?» fragte Hendrik, als sie alle am Tisch saßen. Nach englischer Sitte nannten sich alle beim Vornamen.

«Bryan hat mir erzählt, Sie arbeiten als Hauptberater in der Rue de Genève. Ich kann Ihnen gar nicht sagen, wie sehr ich Sie darum beneide.»

«Und wieso?» fragte John.

«Sie sollten sich mal das Palaver in unserem Parlament in Pretoria anhören, dann wüßten Sie, weshalb.»

«Wie meinen Sie das?» fragte John.

«Im Gegensatz zu Ihnen in Europa werden bei uns in Afrika Entscheidungen nicht nach Gesichtspunkten der Logik getroffen, sie werden in endlosen Palavern ausgehandelt.»

«Well, in Brüssel ist das nicht anders», sagte John. «Bei uns geraten so unvereinbare Interessen aneinander wie Industrie contra Landschaftsschutz, Gewerkschaft contra Kapital, parteipolitische Rücksicht contra pragmatische Vernunft.»

«Und wie lösen Sie diese Probleme?» fragte Lutz.

«Sie werden in endlosen Palavern ausgehandelt. Als faule Kompromisse stehen sie oft in totalem Gegensatz zu den logischen Erfordernissen und den realistischen Gegebenheiten. Unsere landwirtschaftliche Subventionspolitik ist keinen Deut wirtschaftlicher als die Fütterung heiliger Kühe oder die Einbalsamierung göttlicher Krokodile.»

«Aber Sie müssen sich wenigstens nicht mit finsterem Aberglauben auseinandersetzen», sagte Hendrik. «Sie glauben ja gar nicht, wie sehr sich unsere neuen schwarzen Politiker von dubiosen Prophezeiungen und Weissagungen leiten lassen. Keine Entscheidung ohne Knochen-Orakel, kein Urnengang ohne Befragung der Inyangas.»

«Well, bei uns ist das nicht anders», meinte John. «Zu keiner Zeit war der Glaube an die Zukunftsschau in Europa so stark entwickelt wie derzeit in Brüssel. Wir sprechen zwar nicht mehr von Orakeln und Prophezeiungen, sondern von statistischen Hochrechnungen und Prognosen, meinen in Wahrheit aber dasselbe. Kein Gebiet, von dem diese Zukunftsgläubigkeit nicht erfaßt würde. Es gibt Prognosen über das zu erwartende Steueraufkommen, über Leistungsbilanzen und Wachstumsraten, über Arbeitslose, Fehlgeburten und Rauchertod, über Einschaltquoten von morgen, den Benzinpreis für den nächsten Monat und die Bevölkerungsdichte in hundert Jahren. Unsere Gläubigkeit an diese Art von Kaffeesatzleserei ist phänomenal. Wir wagen täglich Tausende von komplizierten Prophezeiungen, ohne zu wissen, ob sie jemals wahr werden.

Wer da glaubt, unsere Statistiker und Zukunftsforscher würden bei ihren Voraussagen höhere Trefferquoten erzielen als die afrikanischen Medizinmänner, der möge bei der nächsten Schönwetter-Voraussage nur seinen Schirm daheim lassen.»

Er goß sich von dem Cabernet nach und fuhr fort: «Wenn an all den Hochrechnungen auch nur ein Funken Verläßlichkeit wäre, so müßten Ihre Seher an den Börsen Millionen scheffeln, anstatt sich mit Prognosen ihren Unterhalt zu verdienen. Nein, glauben Sie mir, bei uns ist das nicht anders als bei Ihnen.»

«Na ja, da gibt es ja wohl doch noch feine Unterschiede», meinte Hendrik van Ruisdale. «Wo wir Weißen die Welt mit dem Verstand zu erfassen suchen, klammern sich die Schwarzen an ihren Glauben. Wir haben die Gesetze des Himmels studiert, haben Kalender entwickelt und kosmische Ereignisse vorausberechnet. Die meisten Stämme Afrikas kannten nur Zahlwörter bis hundert. Dahinter lag die Unendlichkeit. Die Buschmänner der Kalahari glauben noch heute, die Wüste sei undenkbar groß, der Mond hänge undenkbar hoch. Wir haben uns mit diesen kindlichen Vorstellungen nicht begnügt. Wir haben die Entfernung des Mondes sehr genau berechnet.»

«Ja, ich weiß», erwiderte John. «Die Messungen werden immer exakter. Wir wissen heute: Die Erde ist vier Komma sieben Milliarden Jahre alt. Die Entfernung zum Andromedanebel beträgt über zwei Millionen Lichtjahre. Ein Buschmann würde sagen: Die Erde ist undenkbar alt. Der Andromedanebel ist undenkbar fern. Und ich gebe ihm recht, denn es ergeht mir wie ihm.»

«Ich weiß, daß ich nichts weiß», sagte Lutz. «Der Gipfel klassischer Bescheidenheit.»

Er zerbiß ein Langustenbein und pulte das weiße Fleisch daraus hervor. «Sie wollen aber wohl doch nicht behaupten, daß wir mit den Buschmännern auf einer Stufe stehen?»

John erwiderte: «Wenn man die Professoren einer Technischen Universität in unbewohnte Wildnis verbannen würde, so würden sie primitiver dahinvegetieren als jeder Wilde, der ohne technische Hilfsmittel und nur auf sich selbst gestellt in der Lage ist, Fährten zu lesen, Schlingen zu legen, Heilkräuter zu erkennen, Feuer zu entfachen und vieles mehr. Unser Fortschritt beruht ausschließlich auf Gruppenwissen. Ein einzelner ist nicht in der Lage, ein Auto zu bauen, ein Fernsehgerät zu konstruieren oder Strom zu erzeugen. Wir existieren nur als Zellen in einem Organismus.»

«Wenn man Ihnen zuhört, könnte man glauben, es gäbe keine essentiellen Unterschiede zwischen der afrikanischen Wildnis und der europäischen Zivilisation», sagte Lutz. «Aber schauen Sie sich doch um. Können Sie sich einen Europäer vorstellen, der seinen Ohren so etwas antut?»

Dabei machte er eine ruckartige Bewegung mit dem Kopf in Simbas Richtung. «Haben Sie seine Ohren gesehen? Glauben Sie mir, es gibt keinen Schwachsinn, den es hier nicht gibt. Sie leiern sich die Ohrläppchen aus, mit Löchern so groß wie Untertassen, brennen sich Ziernarben ins Gesicht, brechen sich gesunde Zähne heraus. Und das alles nur, weil sie glauben, der Erfolg eines Mannes hinge von der Entfernung der Schneidezähne ab.»

John erwiderte: «Wußten Sie, daß die plastische Chirurgie in Europa die am schnellsten wachsende medizinische Disziplin darstellt? Man glaubt allen Ernstes, der Erfolg eines Mannes hinge von der Entfernung seiner Tränensäcke ab.»

«Sie sind verdammt rechthaberisch», sagte Lutz. «Wenn Sie Anwalt wären, möchte ich nicht gegen Sie prozessieren.»

«Ein überzeugender Gegner.» Hendrik hob sein Glas und trank John zu.

Lutz wandte sich an Anna: «Nun sagen Sie doch auch mal was als Frau. Sind Sie auch der Meinung: Afrika ist überall?»

Und als Anna nicht gleich antwortete, fragte er lachend: «Habt ihr schon die Vielweiberei in Brüssel?»

«Aber ja doch», ergriff John an Stelle von Anna das Wort. «Das haben wir. Da die meisten von uns mehrmals heiraten, verhalten sie sich nicht anders als ein Zulu oder ein Hottentotte, die ihre Frauen auch nicht alle auf einmal freien, sondern nacheinander im Abstand von mehreren Jahren, wobei, wie bei uns, der Altersabstand zu den Bettgefährtinnen immer größer wird. Mit den ausgedienten Ehefrauen schläft man hier wie drüben nicht mehr. Sie werden mitversorgt, wie das Stammesgesetz es befiehlt.»

«Trinken wir auf Europa», sagte Bryan, «auf die Keimzelle aller Kultur.»

«Well, Denkmal einer untergegangenen Kultur», berichtigte ihn John. «Die heutigen Bewohner Europas haben mit dem kulturellen Europa so viel gemeinsam wie ein Indio mit dem Aztekenreich Montezumas oder ein griechischer Gastarbeiter mit dem Zeitalter des Perikles.»

«Aus Ihnen spricht der Engländer», sagte Hendrik. «Ihr liebt den schwarzen Humor und fürchtet euch vor Europa.»

* * * *

Anna erinnerte sich: Am anderen Morgen hatte Motorengeräusch sie geweckt. Da war lautes Lachen, Rufen, Hundegebell. Schlaftrunken war sie ins Freie getaumelt und von Askari fast umgerannt worden, der hechelnd an ihr hochsprang.

«Was ist denn hier los?»

«Rückkehr von erfolgreicher Jagd.» Lutz zeigte auf ein blutiges Löwenfell, das ausgebreitet im Hof auf der Erde lag und von Simba mit weißem Pulver bestreut wurde.

«Was machst du denn da?» fragte Anna.

«Ich salze das Fell.»

«Wollt ihr es kochen?»

«Nein», lachte Lutz. «Es muß gesalzen werden, damit es nicht von den Fliegenmaden zerfressen wird.»

Er zeigte Anna die Fotos, die Bryan mit seiner Sofortbildkamera gemacht hatte: Lutz mit Gewehr einen Fuß auf dem toten Löwen, Lutz kniend neben dem König der Savanne. Siegerposen à la Hemingway: Seht her, was ich für ein Teufelskerl bin.

Für Anna war er eine Fliegenmade, blaß und fett auf dem Kadaver seines Opfers.

Bierbüchsen wurden aufgerissen. Lutz genoß es, im Mittelpunkt des Abenteuers zu stehen: «Genau in dem Augenblick, in dem ich abdrückte, dreht der Bursche den Kopf zur Seite. Mein Schuß reißt ihm das linke Ohr ab. Sein grollendes Gebrüll unbeschreiblich. Seine Augen wie glühende Kohle. Und da kommt er schon herangeflogen, den Rachen weit aufgerissen, den Schwanz steil aufgerichtet. Ein tödliches Geschoß. Nur wenige Schritte vor dem Landrover trifft ihn Bryans Kugel, mitten ins Herz.»

Lutz wandte sich an Bryan: «Es war ein Meisterschuß. Wo lernt man so zu schießen?»

«Am Caprivi-Streifen.»

«Gibt es denn dort Löwen?» fragte Hendrik.

«Nein, aber Terroristen», sagte Bryan. «Auf jeden Fall hätte nicht viel gefehlt, und der Bursche hätte uns zum Frühstück verspeist.»

«Kommt es wirklich vor, daß Menschen von Löwen gefressen werden?»

23

«Drüben im Krüger-Nationalpark hängt ein Löwenfell», sagte Bryan, «und gleich daneben ein primitives, selbstgefertigtes Messer. Mit ihm hat Skukuza einen Löwen erlegt.»

«Wer ist Skukuza?» fragte Anna.

«Skukuza heißt in der Sprache der Eingeborenen: Der, mit dessen Erscheinen sich alles verändert hat.»

«Der, mit dessen Erscheinen sich alles verändert hat. Was für ein Name!»

«Als Ohm Krüger, unser erster Präsident, diese Landschaft hier zum Wildreservat erklärte, hielten ihn viele für verrückt. Ihr müßt bedenken, es gab damals noch keine Autos, geschweige denn Flugzeuge oder Touristen. Warum und für wen will der Ohm die Wildnis erhalten?, so fragten sich seine Buren.»

«Gute Frage», stimmte Lutz zu. «Für wen?»

«Ohm Krüger war ein gottesfürchtiger Mann. Er glaubte an das Paradies. Und das hier, so soll er gesagt haben, ist ein Abbild des Paradieses, so wahr wie der Mensch das Ebenbild Gottes ist. Und deshalb ist es unsere verdammte Pflicht, es zu erhalten. Aber nicht alle dachten wie der Ohm. Hier oben gab es schon bald mehr Wilderer als Affen. Das änderte sich erst, als *er* kam.»

«Wer?»

«Skukuza. Er stellte eine schwarze Schutztruppe auf und jagte die Wildtöter wie die Warzenschweine. Eines Tages ritt er mit seinen beiden Hunden, Ridgebacks wie Askari, gen Norden. Man hatte ihm berichtet, Bantus von der anderen Seite des Limpopo wären bepackt mit Elefantenzähnen am Crocodile River gesichtet worden.

In der Nähe des Flusses, in dem er sein Pferd getränkt hatte, wurde er in schulterhohem Gras von einem Löwen vom Pferd gerissen. Der Mähnenlöwe – ein Einzelgänger – verbiß sich in seiner Schulter und wollte ihn davonschleppen.

Trotz der Schmerzen verhielt sich Skukuza still und bewegungslos wie ein Toter, denn er wußte, wenn er sich zur Wehr setzte, würde ihm die Bestie die Kehle durchbeißen. Daß sie es nicht längst getan hatte, lag wohl an seinen Hunden, die dem Löwen gewaltig zusetzten.

Skukuza war schon eine ganze Strecke fortgeschleift worden, als es ihm gelang, mit der Rechten sein Messer zu fassen, das er im Gürtel trug. Er hatte nur eine einzige Chance. Entweder er traf den Löwen ins Herz, oder er würde als Hackfleisch enden. Er hatte schon so manches Wild ausgeweidet und kannte sich mit der Anatomie der Tiere aus. Er sprach im stillen ein kurzes Gebet und stieß zu. Der Löwe brach über ihm zusammen. Mit Hilfe der Hunde, die an dem toten Löwen zerrten, gelang es ihm, sich von der Last zu befreien. Mit letzter Kraft erklomm er einen Baum. Bevor er ohnmächtig wurde, band er sich mit dem Ledergürtel am Stamm fest. Hier fanden ihn seine schwarzen Helfer. Das Gebell der Hunde hatte sie geführt.

Skukuza wurde wieder zusammengeflickt und machte noch viele Jahre Jagd auf Wilderer, bis ihn am Ende eine schwarze Mamba ins Jenseits beförderte.»

«Ja, die Löwen sind nicht die schlimmsten», sagte Hendrik. «Weltweit werden keine zwei Dutzend Menschen von Raubkatzen gefressen, aber jährlich sterben mehrere Zehntausend an Schlangenbissen.

Die Schwarzen glauben: Wer einen Schlangenbiß überlebt, ist nicht mehr der, der er einmal war. Das Gift zersetzt die Nervenzellen, die sich nicht regenerieren können. Diese irreparablen Schäden bewirken Persönlichkeitsveränderungen, Bewußtseinserweiterung, sagen die Inyangas.»

Bryan erhob sich und beendete das Gespräch mit der Bemerkung: «Ich fliege heute abend mit Lutz und Hendrik nach Johannesburg. Wir brauchen Ersatzteile für die Wasserpumpe. Bei der Gelegenheit werde ich auch Medikamente, Serum und vor allem Bier besorgen. Übermorgen bin ich zurück.» Zu John und Anna gewandt, sagte er: «Ich denke, ihr habt nichts dagegen, wenn ich euch zwei Tage allein lasse. Wenn ihr Hilfe braucht, wendet euch an Simba. Und wenn ihr mit dem Landrover losfahrt, vergeßt das Gewehr nicht!»

Sie hatten es nicht vergessen. Aber was halfen Gewehre gegen Schlangen. Vor Löwen konnte man sich schützen. Wie aber hielt man sich diese widerwärtige Schlangenbrut vom Leib? Unter jedem Stein, in jedem Schuh, überall konnten sie sein, geräuschlos und tödlich. Vielleicht befand sich schon eine im Haus, im Bett. Ihr grauste bei der Vorstellung. Auf gar keinen Fall würde sie sich ausziehen oder das Licht löschen. Im flackernden Schein der Petroleumlampe sah sie überall Schlangen. Mit Bryans hohen Stiefeln an den Füßen kochte sie sich Kaffee am Küchenherd und setzte sich an den Schreibtisch, nachdem sie ihn von allen Seiten nach giftigem Getier abgesucht hatte.

Der Kaffee belebte sie. Vor ihr lag eine lange Nacht. Sie fand Schreibpapier und dachte: Das ist der richtige Augenblick, um mit meinem Buch zu beginnen.

Sie überlegte eine Weile, ob sie die Ich-Form wählen sollte, verwarf den Gedanken jedoch, zerknüllte das angefangene Blatt und ließ es in den Papierkorb fallen. Nein, sie wollte das Geschehen so aufschreiben, wie es sich ereignet hatte, so als sei sie ein außenstehender Erzähler, was sie natürlich nicht war, denn sie hatte die Hauptrolle in dieser Novelle übernommen. Sie zog die Petroleumlampe dichter heran und begann mit dem ersten Kapitel.

Drittes Kapitel

Sie waren vier Männer von verschiedener Nationalität und unterschiedlichem Temperament. Sie dachten und träumten ein jeder in seiner eigenen Sprache und verständigten sich untereinander auf englisch oder das, was sie dafür hielten. Und doch gab es etwas, das sie fest miteinander verband: Sie waren praktizierende Europäer, vor allem jedoch waren sie Männer, nicht mehr die jüngsten – versteht sich –, sonst wären sie keine politischen Verantwortungsträger, und das waren sie, denn ihre Aufgabe war keine geringere als die Errichtung eines vereinten Europa.

Wären sie Zeitgenossen Cäsars oder Napoleons gewesen, so

hätten sie zur Erfüllung dieser historischen Aufgabe Schlachten schlagen müssen. So bekleideten sie Ämter, in denen die europäische Mindestnorm von Bananen ausgehandelt wurde, in denen festgelegt wurde, daß Gurken in Zukunft gerade zu sein haben. Sie erklärten die Karotte zum Obst, weil sonst die Portugiesen ihre Karottenmarmelade auf dem gemeinsamen Markt nicht verkaufen durften.

Sie waren vier von fünfzehntausend Europa-Beamten aus siebzehn Nationen. Ihr Ziel war kein geringeres als die Vereinigten Staaten von Europa. In zweihundertundvierzig technischen Ausschüssen mußten die Weichen für das nächste Jahrtausend gestellt werden.

Unter Führung deutscher Fachleute war soeben die Norm 1385 erarbeitet worden, in der nicht nur die Sitzhöhe und Standfestigkeit des zukünftigen Europäischen Normklosetts festgelegt worden war, sondern auch die Fäkalienmasse in Kilogramm, die ein Spülvorgang zu bewältigen hat.

Wer das widerwärtig findet, dem sei gesagt: Verordnungen stinken nicht. Wer auf dem gemeinsamen Markt Waren verkaufen will, ist auf gemeinsame Normen angewiesen. Was bei der Vereinigung der deutschen Länder zur Nation die Ideale waren, sind heute die gemeinsamen Märkte. Was einst Bismarck bewirkte, bewirkt nun die D-Mark. Was früher die Ehre, war nun der Euro. Damals drängten die Dichter und Denker zur Wiege des Neugeeinten. Sie kamen mit glühenden Herzen. Jetzt erledigen das die Kaufleute und Juristen mit kühlem Kopf. Was darf in eine europäische Wurst hinein und was nicht? Bei welchem Neigungswinkel des Geländes ist es einem Euro-Rasenmäher erlaubt zu kippen? Wie garantiert man gleiche Schnitthöhe und maximalen Geräuschpegel für die Grünanlagen Großbritanniens und Griechenlands?

Noch ist die Diskussion darüber nicht abgeschlossen, ob künftig im vereinten Europa Hühnereier als Werbeträger benutzt werden dürfen, da drängt bereits die «Vereinigung Europäischer Christbaumpflanzer» auf Normung des europäischen Weihnachtsbaumes in festgelegten Handelsklassen. Der Euro-Sarg steht auf der Warteliste der Normausschüsse. Das vereinte Europa ist nicht aufzuhalten.

* * * *

Es war am Abend des französischen Nationalfeiertags.

René Lafayette hatte seinen deutschen, englischen und italienischen Eurokollegen zu sich eingeladen, um mit ihnen den Sturm auf die Bastille zu feiern. Nach Poulet Vallée d'Auge und Huitres au Cidre – das sind Huhn in Calvadossauce und Austern in Apfelwein – hatten sie das festliche Mahl mit einem der vorzüglichen normannischen Rohmilchkäse beendet, die so gewagte Namen tragen wie «Lüsterne Aphrodite» oder «Ein Stoß durchs Hosenbein».

«Es gibt nur eins, das mich mehr freut als gutes Essen ...»

«Hört! Hört!»

«... und das ist die Zubereitung von gutem Essen», sagte der Hausherr. «In der Normandie ist es selbstverständlich, daß der Gastgeber seinen geladenen Freunden eigenhändig das Mahl bereitet.»

Die Uhrzeiger bewegten sich auf Mitternacht zu. Die Männer machten es sich an der Hausbar gemütlich. Cognac wurde in bauchigen Schalen geschwenkt. Whisky perlte über klirrende Eiswürfel.

John Redwood sog genießerisch an seiner Shagpfeife und betrachtete die Wände hinter der Bar, als berechnete er in Gedanken den richtigen Winkel für den günstigsten Billardstoß. Sylvano Piatti und der Hausherr versteckten sich hinter weißen Wolken von duftenden Davidoff-Zigarren. Helmut Hardenberg hatte hüstelnd die Balkontüren des Penthouse geöffnet: «Seht euch das an!» sagte er.

Auf dem Parc du Cinquantenaire lag Mondlicht. Wie eine Gralsburg überragte der Triumphbogen das Musée de l'Armée.

«Märchenhaft», sagte der Deutsche.

«Ja, wirklich märchenhaft», erwiderte sein italienischer Kollege.

Seine Blicke hingen an dem Gemälde, das die Wand über der Bar ausfüllte. Es zeigte ein sehr leicht bekleidetes Mädchen auf einer Schaukel.

«Gefällt es dir?» fragte der Hausherr. «Ein Boucher, natürlich nur eine Kopie, aber eine sehr gute.»

«Ja, sehr gut», sagte Sylvano. Er war aufgestanden, um das Mädchen aus der Nähe zu begutachten.

«Boucher, wann lebte der gleich noch mal?»

«Er war der Günstling der Madame Pompadour, der Mätresse Ludwig XV.»

«Ja, die gute alte Zeit, in der es noch Mätressen gab.»

«So alt ist sie nun auch wieder nicht», lachte der Gastgeber. «Noch zu Beginn unseres Jahrhunderts hatte jeder Mann von Stand – egal, ob Künstler oder Politiker – eine Mätresse, und das nicht nur in Paris, sondern auch in Rom, London und allen anderen großen Städten Europas.»

«Und die Ehefrauen?»

«Sie akzeptierten die Situation. Der Einfluß der Kirche war noch stark. Scheidung war kein Thema. Man war ganz allgemein der Meinung, die Anziehungskraft eines geordneten Heims würde den Ausflügler am Ende doch wieder zurückfinden lassen. Gelegentliche Ausflüge, mehr wollten und wollen die meisten Männer auch nicht. Natürlich waren zu allen Zeiten die amoureusen Finessen nur der Elite vorbehalten, den Vermögenden und den Gebildeten.»

«Mit anderen Worten: Männern wie uns», sagte Helmut Hardenberg.

So geriet ihr Gespräch auf das Thema: Geliebte. Alle vier waren sie Junggesellen, verwitwet und geschieden. Sie alle hatten den größeren Teil ihrer Erfahrung mit dem anderen Geschlecht hinter sich und waren dennoch alles andere als erotisch wunschlos. Ihre gelegentlichen Affären – bezahlt oder unbezahlt – entsprachen nicht dem hohen Standard, den sie für gewöhnlich an die Genüsse des Lebens stellten. Wer sich an Langusten und Austern erfreut, Auslesen in seinem Keller verwahrt und seine Oberhemden bei

Armani kauft, der gibt sich auch auf erotischem Feld nicht mit Kantinenverpflegung zufrieden.

Die ideale Geliebte – darin waren sich alle einig – war kein Callgirl, das man mit einer unkontrollierbaren Anzahl von Fremden teilen muß, in ständiger Angst vor Aids. Und Kondome erschienen ihnen so sinnenfeindlich, als wolle man das betörende Bouquet eines Beaujolais Saint Amour mit einem Plastik-Strohhalm genießen.

Auch verheiratete Frauen waren keine idealen Gespielinnen, denn der Einbruch in fremde Ehegehege rangierte auf der Skala der Skandale an erster Stelle. Und das war so ziemlich das einzige, das sie sich nicht leisten konnten.

Die ledige Geliebte aber wollte zumeist mehr als gelegentliche Umarmungen, auch wenn diese durch kostbare Aufmerksamkeiten aufgewertet wurden.

Bordellbesuche oder One-night-Stands waren ihrem Wesen so fremd wie ein Schnellimbiß an der Frittenbude.

Am monotonsten aber erschien ihnen die Monogamie, die einzig bekannte Art von gegenseitiger Versklavung, wie Oscar Wilde sie nannte.

Und doch träumten sie von eheähnlicher Vertrautheit mit einem geliebten Menschen. Es war der uralte Traum des Mannes, beginnend bei Eva, nur für ihn als Spielzeug aus seiner Rippe geformt, bis hin zum Paradiesgarten der Muselmanen, wo immer liebesbereite Huris darauf warten, den Rechtgläubigen verwöhnen zu dürfen.

Das Thema hatte die Männer erregt. Sie redeten gleichzeitig und lauter, als es ihre Art war.

«Bitte, also bitte», Helmut Hardenberg schlug mit dem Löffel an sein Glas. Alle Augen richteten sich auf ihn.

«Was ist denn los? Willst du schon gehen?»

«Nein, hört mir mal einen Augenblick zu. Es hat doch keinen Sinn, daß wir alle wild durcheinander palavern.» Er gebrauchte das englische Verb «drivel», das Sylvano offensichtlich nicht kannte, denn er fragte: «Was will er?»

Helmut fuhr unbeirrt fort: «Ich schlage vor, wir bilden eine Kommission zur Festlegung allgemein gültiger Normen für die ideale Geliebte.»

«Die Euro-Geliebte?»

«Ja, die Euro-Geliebte.»

«Was soll das? Die gibt es nicht.»

«Ob es sie gibt oder nicht, ist doch völlig gleichgültig. Gibt es ein vereintes Europa? Wir alle sind hier, um einem Ideal Form zu verleihen. Das ist unser Job.»

«Er hat recht!»

Helmut Hardenberg wurde zum Chairman, John Redwood zum Schriftführer ernannt. Es gab Anträge, Wortmeldungen, Gegenvorschläge. Man bewegte sich auf vertrautem Terrain. Gemeinsam feilten sie am Bauplan der vollkommenen Eva.

Differenzen gab es nur beim Idealbusen, weil die Vorstellungen der Briten sich wieder einmal nicht mit denen des Festlandes deckten. Der Hausherr regte die Aufstellung einer europäischen Busennorm an, und man einigte sich auf die Definition: Ein Euro-Greif ist diejenige Busenmasse, die die Hand eines geschlechtsreifen Mannes satt zu umfassen vermag.

Während die Vertreter des Kontinents ein Greif für erstrebenswert erachteten, forderte der Engländer mindestens zwei Greif. Man einigte sich auf anderthalb Greif.

Ansonsten herrschte erfreuliche Übereinstimmung. Blond sollte sie sein, langbeinig, lieb, ledig, fröhlich, nicht zu jung und nicht zu alt, gütig, gescheit, sehr sinnlich und schön – vor allem schön!

«Schön, was ist das?» fragte René. «Früher hätten mich unter hundert Mädchen vielleicht drei oder vier begeistert. Heute finde ich alle jungen Weiber toll.»

«Ja, man wird anspruchsloser.»

«Wird man das wirklich?» fragte John. «Im Gegenteil, ich finde, man wird mit den Jahren anspruchsvoller. Mit neunzehn hätte ich jede dritte Schönheit zur Frau nehmen können. Heute ist es nur noch eine unter hundert, mit der ich ständig zusammenleben könnte, wenn ich mich dazu entschließen sollte.»

«Vergiß es», wehrte Sylvano ab. «In Italien sagt man: Die Ehe ist wie eine belagerte Festung. Die, die draußen sind, wollen rein, und die, die drinnen sind, wollen raus.»

Helmut sagte: «Die Ehe ist keine Festung, und sie ist weiß Gott kein Freudenhaus, nicht mal ein Gefängnis. Wenn man der Kirche glaubt, ist sie eine Kathedrale, festgefügt auf Lebenszeit. Für andere ist sie ein Zirkuszelt, leicht abzubrechen, um woanders fix wieder aufgebaut zu werden. Aber laßt euch sagen: Die Ehe ist nichts von alledem, kein Kindergarten, kein Altersheim, sie ist überhaupt kein Gebäude, sondern eine permanente Baustelle, an der ständig und immer wieder aufs neue herumgebastelt und repariert werden muß, damit das Ganze nicht zur Ruine verkommt.»

«Eine Angelegenheit für Heimwerker», stimmte Sylvano zu. «Nichts gegen gelegentliches Hämmern und Hobeln, aber eine Pflichtbaustelle auf Lebenszeit. Mein Gott, wer will so leben?»

Es entstand eine längere Pause, in der die Gläser nachgefüllt wurden.

Sylvano sagte: «Heute morgen beim Bäcker. Eine junge Frau trug ihr Kind auf dem Arm. Eine ältere Kundin sagte zu einer anderen: ‹Was für ein süßer Schatz!› Man sah ihr an, daß sie das Kind am liebsten an sich gedrückt hätte: ‹Richtig zum Liebhaben.›

‹Ja›, sagte die andere, ‹hin und wieder. Kinder sind himmlisch, wenn man ein Kindermädchen hat.›

Und glaubt mir», fuhr Sylvano fort, «nicht anders verhält es sich mit den Frauen. Hin und wieder ist es himmlisch. Hin und wieder. Nicht einmal eine Mutter erträgt ihr eigen Fleisch und Blut ständig. Sie braucht eine Amme, die ihr den Freiraum verschafft, den ein intelligenter Mensch zu seinem Glück braucht.»

«Well, du sagst es», pflichtete John bei, «aber wie erreicht man das bei einer Frau? Wer verschafft dir hier den Freiraum, den ein intelligenter Mensch zu seinem Glück braucht?»

«Im Geschäftsleben gilt der Grundsatz: Wenn dir eine Angelegenheit über den Kopf wächst, nimm einen Partner!» sagte René.

«Ist das dein Ernst?» lachte Sylvano.

«Warum nicht? Was ist die Ehe anderes als eine gewinnorientierte Partnerschaft? Ob es sich dabei um Lustgewinn oder um finanziellen Zugewinn handelt, ist von untergeordneter Bedeutung. Sie ist eine Gesellschaft mit beschränkter Haftung, basierend auf juristisch untermauerten Verträgen, die in ihrer Kompliziertheit nicht zu überbieten sind. Es ist leichter, einen Geschäftspartner loszuwerden als einen Ehepartner.»

«Du meinst doch nicht allen Ernstes ...?»

«Schaut euch erfolgreiche Arztpraxen an, Anwaltskanzleien, Architekturbüros. Sie bestehen aus zwei, drei Partnern und mehr. Sie gedeihen prächtig, zu ihrem eigenen Vorteil und zum Vorteil ihrer Klientel.»

«Ja, schon ... aber ...?»

«Da gibt es kein Aber», fuhr der Franzose unbeirrt fort, «die Partnerschaft an der Ehefrau gibt es schon seit ewigen Zeiten. Was anderes ist der Hausfreund als ein Partner zum Nießbrauch an der eigenen Gattin. Kennt ihr die schöne Geschichte von dem jüdischen Bankier, dem man hinterbrachte, seine sehr schöne junge Frau würde ihn mit einem anderen betrügen?

‹Na und?› soll er erwidert haben. ‹Ich bin lieber mit fünfzig Prozent an einer guten Sache beteiligt als mit hundert Prozent an einer miesen.›»

«Und damit wären wir wieder bei den Callgirls», sagte John. – «A la portée de tous, für jeden erreichbar.»

«Das muß nicht so sein», widersprach René. «Es wäre auch ein kleinerer Kreis denkbar, eine Art Großfamilie, ein höchst elitärer Club mit beschränkter Mitgliederzahl. Ihr Briten habt doch Erfahrung auf diesem Gebiet.»

«Eine Tafelrunde von Troubadouren, die einer Königin dienen.»

Die Botschaft verfehlte ihre Wirkung nicht.

Welch ein Gedanke!

Die Männer schwiegen ergriffen.

Es war wie ehedem, als Martin Luther am Tag vor Allerheiligen seine fünfundneunzig Thesen an die Tür der Wittenberger Schloßkirche nagelte. Das alte Weltbild zerbrach, um reformiert zu werden. Danach war nichts mehr so wie früher.

Für die neue Form von Lebensgemeinschaft wurde ein Name gesucht und gefunden. Man einigte sich auf *Dévouement*, Hingabe an *das* oder *die* Gemeinsame.

Die aber, der alle Hingabe galt, sollte *Allégresse* heißen, was übersetzt ins Deutsche so viel bedeutet wie Freude, Jubel, Glückseligkeit, Genuß ohne Reue. Ein trefflicher Name! Wohlklingend in seinem Anfang wie ein Allegro und erotisch in seiner Endung wie Maitresse: Geliebte und Herrin.

Über den Arcades du Cinquantenaire kündigte sich blaßrosa der neue Tag an.

✻ ✻ ✻ ✻

Beim Frühschoppen auf dem Place du Grand Sablon verlas John Redwood, was er als Schriftführer in der Nacht nach dem Nationalfeiertag festgehalten hatte.

«Ein genialer Gedanke!» sagte Helmut Hardenberg. «Auf solch eine Idee kann man nur im Rausch kommen. Wir sollten uns in unseren Ausschüssen öfter mal betrinken.»

Sylvano Piatti wußte zu berichten: «Bei den alten Germanen war es üblich, sich im Ältestenrat vollaufen zu lassen, um dann im Rausch einstimmig Entscheidungen zu treffen, die sie dann anderentags nüchtern dem Stamm verkündeten. Denn – so schreibt Tacitus – nur so wäre gewährleistet, daß ihre Beschlüsse nicht eigenem Interesse entsprängen, sondern Teil der Stammesseele seien. Niemals sonst sind sich Männer so einig wie im Rausch.»

«Niemals sonst sind sich Männer so einig wie im Rausch», René erhob sein Glas: «Auf Tacitus und die Eurogeliebte.»

«Auf die Euro-Geliebte.» Es klang wie ein Gelöbnis.

«Vive l'Allégresse!»

✻ ✻ ✻ ✻

34

So hatte es begonnen, nun vielleicht nicht ganz so, dachte Anna, denn sie war ja nicht dabeigewesen. Aber so hatten die Männer es ihr erzählt. Das Heulen einer Hyäne holte sie in die Gegenwart zurück. Der Lichtkreis der Lampe umgab sie schützend wie ein Zelt. Wo Simba wohl war und Askari? Morgen nacht würde sie den Hund im Haus behalten. Und auch Simba sollte hierbleiben. Er könnte auf dem Sofa in Bryans Arbeitszimmer schlafen. Ob er wohl eine Freundin drüben im Kral hatte? Sie ging in die Küche, machte sich frischen Kaffee und trug ihn zurück zum Schreibtisch.

Im nächsten Kapitel betrat sie die Bühne des Geschehens.

Viertes Kapitel

Autorenlesung im August. Draußen schießen schreiend vor Lebenslust die Schwalben durch den hellen Sommerhimmel, und irgendwo drinnen zwischen Betonwänden und Bücherregalen bemüht sich ein blasser Brillenträger, lebensnah zu beschreiben, was draußen im Überfluß verschwendet wird.

Acht Leseratten – alle weiblichen Geschlechts – hatten sich in der Buchhandlung der Galeries du Roi eingefunden. Acht Frauen – und René. Er fühlte sich wie eine Drohne unter Arbeitsbienen. Was hatte er hier verloren? Er vermochte mit dem Sommer in der Stadt nichts anzufangen. Zum Sommer gehörten Wiesen mit wiederkäuenden Kühen, mit Libellen, die im Mittagsdunst über dem Weiher schweben. August – das war der Monat der Gewitterwolken, der Sternschnuppennächte, erfüllt von der Liebesklage der Zikaden. Welch trostlose Wüste war daneben die Stadt. In der Ferne heulte eine Ambulanzsirene. Renés Lider waren schwer vor Müdigkeit. Die Diskussion im Anschluß an die Lesung zog sich in die Länge.

Es gibt Menschen, die sind so sehr in ihre Antworten verliebt, daß sie die Fragen dazu erfinden. Von solcher Art war der Autor, ausgezeichnet mit Literaturpreisen und Mitglied mehrerer Schriftstellerverbände. Er hatte eineinhalb Stunden, das heißt eine Ewigkeit, aus seinem Roman *Delphische Delphine* gelesen, gewollt monoton, schließlich war man ja kein Schauspieler. Offensichtlich hielt er es wie viele seiner Kollegen für frivol, in dem verworrenen Zustand der Welt, in der wir leben, zu schreiben, um dem Leser ein paar angenehme Stunden zu bereiten. Er war davon überzeugt, daß das Lesen Schwerarbeit zu sein habe, der man sich zu unterwerfen habe wie einer Ordensregel.

Endlich erfand er keine Fragen mehr für seine Antworten. Zwei Bücher wurden signiert, dann ging man ins Freie. René genoß die frische Abendluft. In einem Straßencafé bei der Eglise de la Madeleine bestellte er sich einen doppelten Calvados. Blaß schimmerte der Mond durch die Blätter der Chausseebäume. Ein Straßenmusikant fiedelte sein letztes *La Paloma*. Dann zog er mit der Geige unter dem Arm von dannen.

Zwei junge Frauen besetzten den Nebentisch. Die eine von ihnen saß im Rollstuhl, den die andere schob. René erkannte sie als Leidensgenossinnen aus der Buchhandlung. Sie bestellten sich Campari. René fragte: «Hat Ihnen die Lesung gefallen?»

Die junge Frau im Rollstuhl nippte an ihrem Glas und erwiderte: «Ein griechischer Großhändler verkaufte einem Geschäftsfreund einen Lastzug voll Ölsardinen. Unglaublich billig, weit unter dem geltenden Preis. ‹Das Geschäft deines Lebens!› meinte er. Am darauffolgenden Wochenende stellte der Geschäftsfreund fest, daß sein Weib vergessen hatte, den Kühlschrank aufzufüllen. Da fiel ihm der Fisch im Lagerhaus ein.

‹Ölsardinen? Ich liebe Ölsardinen›, sagte seine Frau.

Sie öffneten eine Dose. Die Sardinen waren verdorben und stanken zum Himmel. Sie öffneten eine andere Dose und noch eine und noch eine. Es war immer dasselbe.

‹Was hast du mir da verkauft?› beklagte sich der Geprellte bei dem Griechen. ‹Die gesamte Ladung ist völlig ungenießbar. Das kann kein Mensch essen.›

‹Essen›, unterbrach ihn der Grieche, ‹wer redet denn vom Essen. That's not for eating, that's for business.›»

Sie zündete sich eine Zigarette an.

«Nicht anders verhält es sich mit so manchem Buch. Hochgejubelt vom Verlag, von Literaturkritikern besprochen, steht es schon bald auf irgendeiner Bestsellerliste. Es ergeht ihm wie den griechischen Ölsardinen. Es wird gekauft und verschenkt – so wie man Blumen verschenkt –, ohne daß es jemand liest. Bücher sind nicht nur preiswert und dekorativ, sie zeugen auch vom geistigen Niveau des Schenkenden, und der Beschenkte fühlt sich geschmeichelt, daß man ihm zutraut, solch ein Buch zu lesen. Die *Delphischen Delphine* waren griechische Ölsardinen.»

«Und wie erklären Sie sich den Erfolg des Buches?» fragte René.

«Die Leute lieben Langeweile, weil Langeweile geheimnisvoll, tödlich und tief ist.»

Sie blickte René an und fragte: «Warum gehen Sie zu Autorenlesungen?»

«Erstaunt Sie das? Sehe ich wie ein Analphabet aus?»

Sie lachte. René stellte fest, daß es ein sympathisches Lachen war. Ihre Augen waren blau und kraftvoll wie der Himmel über den Bergen, mit langen, seidigen Wimpern, fast zu lang, um echt zu sein. Ihr Haar, zum Pferdeschwanz gebunden, ließ sie mädchenhafter erscheinen, als sie dem Alter nach war. René betrachtete ihre Hände, die mit der Tasse spielten. Es waren schöne Hände mit gepflegten Fingernägeln.

Ein Flanellhemd, weiche blaue Jeans. Alles an ihr war weich und sehr weiblich, auch wenn sie Tennisschuhe trug und ihre Fäuste so ballte, als sei sie kampfbereit. Das Gesicht eines Kindes, das seine Verwundbarkeit und Zärtlichkeit nicht zu verbergen weiß.

Sie wiederholte ihre Frage: «Warum waren Sie in der Lesung?»

«Ich liebe Bücher.»

«Dann sollten Sie nicht zu Lesungen gehen.»

«Und wieso nicht?»

Es gibt keine größere Enttäuschung als die Begegnung mit dem Schöpfer eines Werkes, das man mag. Wer ginge nach Bayreuth, wenn er Wagner gekannt hätte? Plutarch hatte schon recht, als er die Ansicht vertrat: Wenn ein Werk wegen seiner Schönheit erfreut, so folgt daraus nicht, daß der Mann, der es verfertigt hat, unsere Hochschätzung verdient.»

«Die alten Griechen haben wie immer recht», lachte René. «Aber warum waren Sie in der Lesung?»

«Mich interessiert weder das Werk noch der Autor. Mich interessiert die Entstehung, der Werdegang, das Kochrezept mit allen Zutaten.»

«Und warum interessiert Sie das?»

«Dreimal dürfen Sie raten.»

«Sie sind Buchhändlerin, Germanistin, Medien …»

«Alles falsch», unterbrach sie ihn.

«Schriftstellerin?»

«Nicht ganz. Aber Sie haben recht: Ich schreibe.»

«Journalistin?»

«Nein, ich schreibe mehr für mich, Teppichweben aus Worten.»

Bevor René etwas sagen konnte, fragte sie ihn: «Und was machen Sie?»

«Ich bin bei der Kommission.»

«Sie sind bei der europäischen Kommission?»

Es klang erstaunt. Sie betrachtete ihn, als sähe sie ihn erst jetzt: «Ein komplizierter Verein. Mir ist bis heute nicht klar, ob und wie das Straßburger Parlament den Brüsseler Apparat und den Ministerrat kontrolliert.»

«Sie haben recht, die Rechtslage ist so kompliziert, daß so mancher Abgeordnete sie nicht mehr durchschaut.»

«Verstehen Sie sie?»

Und als René lächelnd mit dem Kopf nickte, sagte sie: «Erklären Sie sie mir, mit einfachen Worten.»

«Nun, es ist wie mit dem elektrischen Strom. Jeder weiß, daß es ihn gibt, aber keiner kann ihn einigermaßen verständlich beschreiben. Fragen Sie jemand: Was ist das, Strom? Und er wird Ihnen etwas erzählen von Stärke, Spannung, Widerstand. Die gleichen Wörter wird einer verwenden, der den Versuch unternimmt,

Ihnen den Einigungsprozeß Europas zu erklären: Stärke, Spannung und Widerstand, reichlich Widerstand von allen Seiten. Keiner liebt den elektrischen Strom, nicht mal die Elektriker. Der mittelalterliche Mensch vermochte die treibende Kraft seiner Mühlen, den Bach oder den Wind, noch zu lieben. Kennen Sie jemand, der den Strom in seiner Steckdose liebt? Und genauso verhält es sich mit Brüssel.»

Die Frauen lachten, und Anna sagte: «Sie sollten ein Buch über Brüssel schreiben.»

«Das Reden liegt mir mehr als das Schreiben.»

«Bei mir ist es umgekehrt.»

«Dann schreiben Sie doch das Buch», meinte René.

«Mir fehlt der Zugang zum Verwaltungsapparat, zum Parlament, zu den Eurokraten.»

«Nun, Sie haben soeben einen kennengelernt. Was könnte es denn werden? Ein Sachbuch?»

«Eine Satire.»

«Ich liebe Satiren. Voltaire war Franzose.»

«Ist es wahr, daß es in Brüssel über achthundert ausländische Journalisten gibt? Mehr als in Washington, Paris und London zusammen?»

«Es ist wahr.»

«Und worüber berichten die?»

«Über die geforderte Euro-Normierung des Pizza-Durchmessers und die Verbesserungsabsichten an einer europäischen Sicherheitsnadel!» sagte die andere der beiden Frauen.

Es war das erstemal, daß sie das Wort ergriff. Sie war wohl gleich alt, aber äußerlich so verschieden von ihrer Begleiterin, daß sie kaum miteinander verwandt sein konnten. Trotzdem fragte René: «Sie sind Schwestern?»

«Sehen wir so aus?» lachte die Frau im Rollstuhl. «Isabel ist meine Freundin. Ich heiße Anna.»

Nun stellte sich auch René vor. Er erfuhr, daß Isabel Tiermedizin studiert hatte, mit einem Juristen von GT IV verheiratet war und in Löwen lebte.

Während sie sprach, hatte René Gelegenheit, sie zu betrachten. Ihr blauschwarzes Haar, zum Pagenkopf geschnitten, ließ ihren schlanken Hals und die Nackenlinie frei. Kühl und überlegen lag ihr Blick auf ihm. Eine Frau, die wußte, was sie wollte. Ihre Lippen waren voll und sinnlich. Die auffallend weißen Zähne, stark und gerade gewachsen, verliehen ihrem Gesicht den überhöhten Glanz einer Zahnpastareklame. Schwarz war ihre Lieblingsfarbe. Vermutlich trug sie auch schwarze Unterwäsche. Sie verstand es, ihre Weiblichkeit einzusetzen wie eine Waffe.

Von Anna im Rollstuhl erfuhr René, daß sie Schweizerin war und Anna Ropaski hieß. Ihre Eltern – der Vater ein russischer Jude, die Mutter Schweizerin – hatte sie, erst vierzehnjährig, durch einen Flugzeugabsturz verloren. Seit einem Jahr lebte sie in Brüssel. Sie erzählte, wie sie als Krankenschwester gearbeitet hatte, als Kindermädchen und Lokalreporterin.

«Ich bin nicht immer so geschwätzig», lachte sie, «aber wissen Sie, wenn man im Rollstuhl sitzt, hat man nicht viel Gelegenheit, sich auszusprechen. Sie müssen wissen, ich bin nur vorübergehend an diesen Marterstuhl gefesselt. Ein Reitunfall. Ende nächsten Monats werde ich von meinem Gipskorsett wieder erlöst. Brauchen Sie in der Kommission keine gute Dolmetscherin?»

«Sie sind Übersetzerin?»

«Ich spreche Deutsch, Französisch, Englisch und Italienisch. Ich habe mein Geld mit allem möglichen verdient, häufig halbtags, damit ich die andere Tageshälfte Zeit zum Schreiben hatte. Ich kannte einen Studienfreund. Der ist nach Saudi-Arabien gegangen und hat dort innerhalb eines Jahres so viel verdient, daß er danach zwei Jahre um die Welt reisen konnte. Davon habe ich immer geträumt: eine Nebentätigkeit, mit der ich mir die Freiheit erkaufen kann, Zeit zu haben, Zeit zum Schreiben. Dafür würde ich meine Seele verpfänden.»

René betrachtete sie. Sie gefiel ihm. Warum nur die Seele?, dachte er.

Beim Abschied fragte er, ob sie Lust hätten, ihn am kommenden Freitag auf einem Empfang in der deutschen Botschaft zu begleiten.

«Das Büfett ist legendär gut.»

«Schade, am kommenden Freitag kann ich nicht», sagte Isabel.

«Das tut mir leid», meinte René, «aber was spricht dagegen, Anna, daß ich Sie fahre?»

«Ich weiß nicht.»

«Was wissen Sie nicht?»

«Im Rollstuhl …?»

«Sie waren im Rollstuhl in einer Buchhandlung. Warum geht das nicht in einer Botschaft?»

Und als Anna ihren Kopf schüttelte, drängte René: «Sie haben mir gerade gestanden, daß Sie eine Satire über den europäischen Einigungsprozeß schreiben würden, wenn Sie nur Zugang zu den Eurokraten hätten. Hier bietet sich die Gelegenheit!»

«Warum gehst du nicht?» mischte sich jetzt Isabel ein. «Der Tag im Rollstuhl ist lang. Ein wenig Zerstreuung würde dir guttun.»

«Der irische Wildlachs, der dort serviert wird, ist auf jeden Fall besser als griechische Ölsardinen», meinte René.

«Mal sehen, wie ich mich am Wochenende fühle.»

Sie gab René ihre Adresse. «Rufen Sie mich an!»

Er würde sie anrufen. Er fand sie … Ja, wie fand er sie?, dachte Anna.

❊ ❊ ❊ ❊

Obwohl sie versucht hatte, die Ereignisse aus der Distanz des Zuschauers zu betrachten, verursachte ihr die Beschreibung der eigenen Person Schwierigkeiten. Wer ist schon in der Lage, sich selbst zu beurteilen? Wie finde ich mich?

Bin ich schön?

Sie erhob sich, ging zu dem goldgerahmten Spiegel, der über der Anrichte hing. Die Petroleumlampe nahm sie mit. Sie führte ihr Gesicht bis dicht an das Spiegelglas heran, trat dann aber einen Schritt zurück. So genau wollte sie es nun doch nicht wissen.

Eine junge Frau – nicht mehr ganz jung – blickte sie prüfend an, warb mit einem Lächeln um ihre Gunst.

Gefalle ich dir? fragten die großen graublauen Augen, nicht ohne jenes spöttische Aufblitzen, das sie sich aus der Mädchenzeit bewahrt hatte.

Jeder von uns trägt ein Wunschbild in sich, wie er gerne sein möchte. Warum gefällt uns unter vielen Fotos, die von uns gemacht werden, nur das eine ganz bestimmte? Sind nicht auch die anderen naturgetreue Ablichtungen?

Anna gefiel, was sie sah. Das warme Licht der Petroleumlampe und der leicht vergilbte alte Spiegel waren barmherzige Weichzeichner. Fast faltenlos, stellte sie fest. Ach was, Falten, Lachfalten – das waren Lackschäden.

Das Wesen einer Frau offenbart sich nicht in ihrem Gesicht, sondern in ihrem Körper, in der Art, wie sie sich bewegt, wie sie sich in ihrem Leib erlebt. Frauengesichter lassen sich rasch verändern mit Make-up, aufgeklebten Wimpern, Lippenstift und wechselnden Frisuren. Die Gesamterscheinung hingegen läßt sich nur schwer korrigieren. Ein zu kurz geratenes Pummelchen wird auch mit hochhackigen Schuhen keine langbeinige Rassefrau. Aber Grazilität ist nicht nur eine Frage des Gewichts und Sex-Appeal keine Folge von vollendetem Aussehen. Was zählt, ist Rasse.

Als Kind hat mich nichts so beeindruckt wie Schönheit, dachte sie. Schön wollte ich sein, und da ich es mit meiner Zahnspange, den dünnen Storchenbeinen und den vielen Sommersprossen nicht war, wollte ich es werden, so wie andere Kinder Astronauten werden wollen oder Urwaldforscher.

Als kleines Mädchen habe ich mich vor dem Spiegel gefragt, was ich eigentlich mit meinem Spiegelbild gemeinsam habe. War das wirklich Anna?

Aber unser Gedächtnis ist gehorsam. Wir glauben so lange an etwas, bis wir uns zuletzt nicht mehr vorstellen können, daß es auch anders sein könnte. Ich habe mich diesem Diktat nie ganz unterworfen. Ich wollte mehr sein, nicht mehr als die anderen, sondern mehr als Anna, mehr als nur die eine. Ich wollte alles sein, wollte viele Rollen spielen. Schauspielerin wäre ich gerne geworden, nicht des Glamours wegen, sondern um mir ständig immer wieder in neuen Rollen selber zu begegnen. Ja, ich liebe die Verwandlung. Sie ist ein Teil meines Lebens. Mein Stil ist es, keinen zu haben, oder richtiger: alle haben zu wollen, was dasselbe ist.

Ohne diese Freude an der Verwandlung, ohne diese Neugier, alles erfahren zu wollen, hätte sie sich auf dieses Spiel mit vier Männern nicht eingelassen.

Keine Haarfarbe, die Anna nicht ausprobiert hatte. Später war sie auf Perücken umgestiegen, kurzgelockt, lang, Pagenkopf und Hochfrisur. Es war schon erstaunlich, mit wie wenig Hilfsmitteln sich das Aussehen eines Menschen verändern ließ.

Erlesener Schmuck zum richtigen Kleid, das adäquate Parfüm zur passenden Frisur, die rechte Mischung aus distinguierter Überlegenheit und elitärer Eleganz zur Schau gestellt, und schon war man eine Dame, oder jedenfalls das, was viele für eine Dame hielten. Ein paar andere Klamotten, frecher, freizügiger, geschlitzt, transparent, ein aufreizender Gang, ein wenig zuviel Lippenstift, und schon war man eine Hure.

Männer werden beurteilt nach dem, was sie sagen, Frauen nach dem, was sie nicht sagen, jedenfalls nicht mit Worten. Frauen beherrschen eine Sprache, die Männer zwar verstehen, aber nicht sprechen können: vom Augenaufschlag bis zum Übereinanderschlagen der Beine. Die Art, wie eine Frau mit ihrem Haar spielt, spricht den Mann an, aber würde er sich ihrer Sprache bedienen, so wäre er kein Mann, jedenfalls kein richtiger.

Frauen müssen sich zurechtmachen, um sie selbst zu sein. Ein Mann ist immer derselbe, egal, ob rasiert oder unrasiert, gekämmt oder ungekämmt.

Sie fuhr sich mit den Fingerspitzen über die Kehle.

Am Hals altert der Mensch zuerst. Ihrer war makellos glatt und schlank. Eine Haarsträhne fiel ihr bis über die Brauen. Sie strich sie sich aus der Stirn, eine graziöse Geste, die sie vollkommen beherrschte. Ihre Gesichtshaut, von der afrikanischen Sonne gerötet, wirkte frisch, die vollen Lippen fraulich. Die etwas zu klein geratene Nase verlieh ihrem Gesicht einen kindlichen Ausdruck, wie er allen jungen Geschöpfen eigen ist und bei Männern und Frauen Schutzinstinkte auslöst.

Ja, ich bin schön, sagte sie. Und wenn nicht, so werde ich mich schön machen. Sie faßte in ihr Haar.

Am liebsten trug sie es straff zurückgekämmt mit einem lockeren Pferdeschwanz im Nacken. Die freie Stirn betonte ihre dunklen Augenbrauen. Nur wenige Menschen haben schöne Ohren. Anna gehörte zu ihnen. Anstatt ihre Ohren unter der Frisur zu verstecken, betonte sie sie durch besonders sorgfältig ausgesuchte Ohrringe oder richtiger Gehänge, denn dicht am Ohrläppchen sitzenden Schmuck mochte sie nicht. Und nie hatte sie Ohrringe angelegt ohne den dazugehörenden Tropfen Parfüm.

Überhaupt hatte sie zu ihrem Haar ein fast erotisches Verhältnis. Sie konnte nachempfinden, daß Jüdinnen und Araberinnen ihr Haar bedeckt hielten, es nur für ihre Männer öffneten. Die Lösung ihres schulterlangen Haars empfand sie als so intim wie die Entblößung der Brüste.

Sie war müde. Sie löschte die Lampe.

Fünftes Kapitel

Vermutlich gibt es auf der ganzen Welt keinen anderen Ort, an dem allabendlich so viele Partys laufen wie in Brüssel. Vom Verband französischer Käseproduzenten bis zur Interessengemeinschaft italienischer Industriefaserhersteller sind unzählige Lobbyisten aus aller Welt bemüht, ihre Anliegen zu Gehör zu bringen und die neuen Normen zu ihrem Vorteil zu beeinflussen.

Neben der Wirtschaft drängen sich die Provinzen und Länder der Nationalstaaten in den Vordergrund. Andalusien gibt sich die Ehre. Die Lombardei lädt ein. Baden-Württemberg will sich vorstellen.

44

Bei russischem Kaviar und neuseeländischen Austern geht es um neue Normgrößen von Bildschirmen und um die Zulassung von Kälbermasthormonen. Bei Ausstellungen portugiesischer Impressionisten und der Darbietung finnischer Tänze wird für Fischfangquoten geworben und um Subventionen gebettelt. Ein Schranzenandrang wie am Hof Ludwig XIV.

Wer länger in Brüssel weilt, geht nicht mehr auf diese Partys, einmal, weil man hier die gleichen Leute trifft, mit denen man tagsüber beruflich zu tun hat, zum anderen, weil schon Wilhelm Busch wußte: Nichts ist schlechter zu ertragen als eine Reihe von Feiertagen.

Entsprechend war die Besetzung in der Deutschen Botschaft an jenem Abend. Die höheren Chargen oder die A-Besetzung, wie man in Brüssel sagte, fehlten. Der Empfang war eine Mischung aus Vernissage und *formal festivity*. Die Geladenen standen in Gruppen herum, Gläser in den Händen, gelassen in den Gebärden.

Anna trug ein schwarzes Kleid mit weitem langen Rock, der ihre Beine und Füße im Rollstuhl umhüllte. Eine Korallenkette war ihr einziger Schmuck. Die Korallen leuchteten wie Kirschen auf dem schwarzen Stoff. Sie hatte ihr Haar hochgesteckt. Die blasse Nakkenlinie erinnerte René an die Frauen auf japanischen Holzschnitten.

Als René sie seinen Freunden vorstellte, genoß er die Bewunderung, die sie seiner Entdeckung entgegenbrachten. Helmut von Hardenberg beugte sich so tief hinab, als küßte er die Hand einer Königin. Und Sylvano Piatti riß sich förmlich das Brusttuch aus der Tasche seines Jacketts, um einen Sektspritzer von ihrem Kleid zu wischen. Es herrschte ein Gedränge um ihren Rollstuhl wie um einen Kinderwagen in einem Altenheim.

«Mein Gott, was für eine Frau!» sagte Sylvano, als John sie zum Büfett entführt hatte.

«Gefällt sie euch?»

«Was für eine Frage! Sie ist …»

«… die Euro-Geliebte», vollendete René den Satz. «L'Allégresse.»

Die Männer schwiegen. Dem war nichts hinzuzufügen.

«Du Glücksritter.»

«Wir Glücksritter.»

«Wieso wir?»

«Habt ihr vergessen: die Tafelrunde der Euro-Ritter, Dévouement, unsere Großfamilie ...»

«Was für eine Großfamilie?» fragte die Begleiterin Sylvano Piattis, die mit einem Teller voller Crevetten vom Büfett zurückgekehrt war. Ihr schwarzer Lockenkopf wirkte wie eine Mohrenperücke. Ihre Lippen hatten die gleiche Farbe wie die Krebsschwänze.

«In Italien gibt es sie noch, die Großfamilien», sagte Sylvano.

«Ja gewiß», stimmte sie zu und wandte sich den Gliederfüßlern auf ihrem Teller zu.

Anna verfügte über die unverbrauchte Neugier eines Kindes unter Erwachsenen. Von einem deutschen Botschaftssekretär, der gerade von Rom nach Brüssel versetzt worden war, wollte sie wissen, wie viele Menschen in der Botschaft beschäftigt seien.

«Wie viele es hier in Brüssel sind, weiß ich nicht, aber in Rom waren wir vierundachtzig.»

«Und was für Aufgaben hat solch eine Botschaft?»

«Nun, es gibt Landsleute, die haben ihren Paß verloren oder sind bestohlen worden. Die wenden sich dann an uns.»

«Aber braucht man dafür vierundachtzig Angestellte?»

«Es geht ja nicht nur um Pässe. Sie glauben ja gar nicht, was da alles auf Sie zukommt. Es gibt Leute, religiöse Fanatiker, die kommen nach Rom, um dort zu sterben oder sich sogar das Leben zu nehmen. Die Rückführung der Leiche mit all dem Papierkrieg obliegt dann der Botschaft.»

«Aber wieso vierundachtzig Angestellte?» ließ Anna nicht locker.

Der so in die Enge Getriebene beendete das Verhör mit der trotzigen Feststellung, in der amerikanischen Botschaft in Rom gäbe es über vierhundert Angestellte.

Helmut Hardenberg sagte: «Die große Zahl der Angestellten in einer Botschaft ist nichts gegen die Anzahl der Botschaften in dieser Stadt. Als einzige Hauptstadt der Welt hat Brüssel drei diplomatische Korps.»

«Sie meinen, hier hat jedes Land drei Botschaften?» fragte Anna.

«Nun, nicht jedes. Zwölf Länder unterhalten drei und zweiundzwanzig Länder zwei Botschaften. Neunundachtzig weitere Botschaften haben Doppelfunktionen inne.»

«Soll das heißen, jede diplomatische Dienststelle gibt es doppelt und dreifach, mit drei Botschaftern, dreimal soviel Angestellten, Sekretärinnen, Übersetzerinnen, Chauffeuren?»

«Ja, so ist es. Neben dem Korps der rund hundert Botschafter für Belgien gibt es ein Corps diplomatique für die EG und eins für die NATO. Siebentausend Autos fahren in dieser Stadt mit dem bevorrechtigten Kennzeichen CD und EUR, meist mit Chauffeur.»

«Ein teurer Spaß!» meinte Anna.

John Redwood sagte: «Wer früher von Brüsseler Spitzen sprach, dachte an raffinierte, kostspielige Wäsche. Die heutigen Brüsseler Spitzen gehen uns an die Wäsche, nicht weniger raffiniert und kostspielig.»

Über eine Bemerkung Helmut von Hardenbergs amüsierte sich Anna ganz besonders, so daß die Umstehenden sich erstaunt umblickten und sich von ihrem befreienden Lachen anstecken ließen. Helmut hatte eine aufgetakelte Dame im Visier, als er sagte: «Kennen Sie Schopenhauer? Den Weiberfeind? Er hat einmal geschrieben: Eine Phrase wird gekennzeichnet durch zwei Eigenschaften. Die äußere Form ist angeberisch, der Inhalt aber ist nicht der Rede wert. Wenn das stimmt, so ist dieses Kleid dort eine Phrase.»

«Sie leben ganz allein auf der dritten Etage im Rollstuhl?» mischte sich jetzt Sylvano ein.

«Nun, ich bin nicht ganz allein. Meine Freundin hat mir ihr irisches Kindermädchen ausgeliehen, das mir zur Hand geht. Mir ist auch nicht langweilig. Ich lese viel und höre Musik.»

«Sie lieben Musik? Was für Musik?»

«Opern.»

«Haben Sie die Zauberflöte im Théâtre Royal de la Monnaie schon gesehen?»

«Wie könnte ich? Alle Vorstellungen sind seit Wochen ausverkauft.»

«Würden Sie sie gerne sehen?»

«Was für eine Frage. Natürlich, gern, aber …»

«Ich werde Karten besorgen», sagte Sylvano. Es klang wie eine Verheißung.

* * * *

Als René Anna die steilen Treppenstufen zu ihrem Appartement hinauftrug, hatte sie ihre Arme um seinen Hals gelegt. Sie war leicht wie ein Kind. Ihr Haar berührte seine Wange.

Er trug sie wie eine Braut über die Schwelle ihrer Wohnung. «Wo soll ich Sie …?»

«Dort in den Ledersessel beim Fenster. Kommen Sie, René, setzen Sie sich zu mir. Von hier aus kann man den ganzen Place du Grand Sablon überblicken. Hier sitze ich oft. Schauen Sie nur: eine Atmosphäre wie auf dem Montmartre.»

René blickte hinunter auf das Treiben. Obwohl es bereits Mitternacht geschlagen hatte, waren alle Stühle vor den Bistros und Cafés besetzt. Bei der Kirche Notre-Dame aux Riches Claires waren ein paar Männer damit beschäftigt, die ersten Stände aufzustellen, an denen jeden Samstagmorgen die skurrilsten Antiquitäten feilgeboten wurden. Rufen, Lachen und Musik klangen herauf. Liebespaare hielten sich bei den Händen, blaubeschürzte Kellner jonglierten Tabletts durch die Stuhlreihen. Zwei alte Damen versuchten, ihre Hunde zu trennen, die sich grollend ineinander verbissen hatten.

«Möchten Sie etwas trinken?» fragte Anna. «Whisky und Eis finden Sie in der Küche im Kühlschrank. Der Wein steht auf dem Tisch. Gläser sind hier im Schrank. Oder lieber einen Kaffee?»

René füllte zwei langstielige Gläser mit Rotwein.

«Auf Ihr Wohl!» sagte sie. «Und vielen Dank für den Abend. Ich habe mich schon lange nicht mehr so gut unterhalten.»

Sie betrachtete ihn über ihr Glas hinweg und setzte hinzu: «Es hat auch sein Gutes, daß ich zur Zeit im Rollstuhl sitze.»

«Wie meinen Sie das?»

«Nun, hätte ich Sie sonst noch zu einem Drink bei mir einladen können? Und vor allem, Sie hätten mich nicht auf Ihren Armen heraufgetragen.» Es war spöttisch gemeint und klang dennoch unendlich zärtlich in Renés Ohren.

Bevor er ging, fragte er: «Wie kommen Sie jetzt ins Bett?»

«Isabels Mädchen Penny wird gleich zurückkommen. Sie ist heute abend im Kino. Es ist lieb, daß Sie sich um mich sorgen.»

Sie küßte René auf die Wange: «Gute Nacht.»

«Gute Nacht, und bis bald.»

«Bis bald. Ja, bis bald!»

* * * *

Anna las die letzten Blätter mehrmals, unzufrieden mit sich selbst. Wer schreibt, muß ständig zwischen zahllosen Wörtern wählen, die alle nicht den Gedanken zu treffen vermögen. Jede Zeile zwingt mich, die Dinge zu vereinfachen. Bisweilen geht wohl auch die Phantasie mit mir durch, dachte sie. Unsere Einbildung zieht den Dingen bunte Kleider an.

Festhalten, wie sich alles ereignet hat? Kann man das überhaupt? Im Leben ist nichts eindeutig. Wer sich um mathematisch genaue Darstellung bemüht, muß lügen, weil er die Dinge nur aus seiner Sicht betrachtet und beurteilt.

Wahr ist für uns nicht, was sich ereignet hat, wahr sind am Ende nur die Dinge, die wir für so wichtig halten, daß wir sie in unserer Erinnerung aufbewahren.

* * * *

«Das kannst du mit einem Mädchen wie Anna Ropaski nicht machen», meinte John Redwood. «Sie ist eine Lady.»

«Natürlich ist sie eine Lady», lachte René, «hätte ich sie euch sonst vorgestellt?»

«Und du meinst, wir könnten bei ihr landen?» höhnte Helmut. «Du spinnst, René.»

«Lasciare omni speranza», fügte Sylvano hinzu.

«Well, warum sollte sie das tun? Nenne mir einen guten Grund», grinste John.

«Drei Dinge braucht der Mensch zu seinem Glück», sagte René: «Die richtigen Eltern, den richtigen Beruf und den richtigen Lebenspartner. Zweifellos hatte Anna Ropaski das richtige Elternhaus. Sie spricht mehrere Sprachen, weiß sich zu bewegen. Man sieht ihr an, daß sie aus einem guten Stall kommt. Um so mehr muß es sie belasten, daß sie nicht den richtigen Beruf hat. Sie hält sich mit Jobs weit unter ihrem Niveau über Wasser und träumt von der Schriftstellerei. Ihre Seele wollte sie hingeben für eine Beschäftigung, die ihr soviel Sicherheit böte, daß sie genügend Zeit zum Schreiben fände. Das hat sie mir selbst anvertraut. Wir bieten ihr diese Gelegenheit. Wir bieten ihr nicht nur Zeit zum Schreiben, sondern auch noch die richtige Umgebung zum Schreiben: ein Haus am Rande der Stadt mit Garten, Auto und allem, was dazugehört.»

«Kein billiges Vergnügen», sagte John.

«Die Kosten dafür, die normalerweise ein Ehemann allein zu tragen hat, teilen wir uns durch vier. Ein läppischer Betrag für eine Frau wie Anna.»

Sylvano meinte: «Mit den erotischen Vergnügungen ist es wie mit der Lebensversicherung: Je älter man wird, um so mehr kostet es.»

René zündete sich eine Zigarre an und wiederholte: «Drei Dinge braucht der Mensch zu seinem Glück: Das richtige Elternhaus, den richtigen Beruf und den richtigen Lebenspartner. Lebensabschnittspartner heißt das heute, nicht nur im Jargon der Singles.

Eine Frau, die ihre romantischen Mädchenträume hinter sich gelassen hat, was erwartet die vorrangig von ihrem Partner? Sicherheit, Geborgenheit, Zuverlässigkeit. Natürlich will sie geliebt werden, aber Freundschaft und Zärtlichkeit bedeuten ihr mehr als sexuelle Akrobatik. Selbstverwirklichung ist ihr wichtiger als atemberaubende Erotik. Und all das vermag ihr keiner besser zu bieten als wir.»

«Mein lieber René, du vergißt das Wichtigste», sagte Sylvano. «Amore, amore.»

«Wer kriegt schon seine große Liebe? Die meisten Frauen wählen ihren Partner nach Gesichtspunkten der Vernunft.»

John warf ein: «Vergiß die Liebe. Ein intelligenter Mann kann mit jeder Frau glücklich sein, vorausgesetzt, daß er sie nicht liebt.»

«Das klingt alles sehr überzeugend», sagte Helmut Hardenberg, «so als wenn der Pfarrer von der Auferstehung des Fleisches predigt. Aber ich glaube nicht daran.»

«Das hat nichts mit Glauben zu tun. Das ist eine Angelegenheit des Verstandes. Und Anna Ropaski hat Verstand.»

«Anna Ropaski», sagte John. «Habt ihr euch ihren Namen mal angeschaut?»

«Was gibt es da zu sehen?»

«Well, die Endsilbe -ski bedeutet im Russischen Sohn. Ropaski heißt Sohn des Ropa. Anna ist eine Frau. Wie kann sie da Sohn des Ropa heißen? Streichen wir das -ski, dann heißt sie Ropa. Dafür geben wir ihr den treffenden Beinamen: die Schöne. Die griechische Vorsilbe für schön, gut, richtig lautet EU, wie man noch heute aus einer ganzen Reihe von Wörtern ablesen kann. Euphorie: schöne gehobene Stimmung. Oder Eugenik: die Lehre von den guten Erbanlagen. Merkt ihr was? Schöne, gute Ropa.»

«EUROPA!»

«Donnerwetter, Europa!»

«Ist das Zufall?»

«Nein, ich sage euch, das ist ein Zeichen des Schicksals. Europa! Es liegt an uns, was wir daraus machen.»

«Ihr seid verrückt, ihr seid alle verrückt», sagte Sylvano, und er fügte hinzu: «Auf jeden Fall werde ich mit ihr in die Oper gehen.»

«Mit Rollstuhl», feixte Helmut.

«Ich werde sie auf Händen tragen.»

* * *

Und das hatte er getan.

Anna mußte noch nachträglich lachen, wenn sie daran dachte: Im Frack hatte er sie abgeholt. Wie ein Pinguin war er ihr vorgekommen oder wie der Dirigent der Oper, der sie persönlich führte, um ihr sein Haus zu zeigen, und so hatte er auch geredet: «Keine andere Kulturinstitution Belgiens genießt einen so guten Ruf wie das Théâtre Royal de la Monnaie. Ohne Übertreibung kann man wohl sagen, daß es zur Zeit die beste Opernbühne in Europa ist. Entsprechend ist der Andrang der Musikfreunde. Es ist leichter, eine Privataudienz beim Heiligen Vater zu bekommen als Zutritt ins Théâtre de la Monnaie». So sprach Sylvano auf der Fahrt zur Oper. Zuvor hatte er darauf bestanden: «Der Rollstuhl bleibt zu Hause. Die Taxe wird uns bis an die Freitreppe fahren.»

«Und dann?»

«Überlassen Sie das mir.»

Sechstes Kapitel

Im Foyer drängten sich die Herren, schwarzbefrackt, Damen in langen Abendkleidern. Das Licht der Kronleuchter schimmerte auf Perlen, Seide und nackter Haut. Pelze und Straußenfedern. Orden blitzten. An der Champagnerbar klingelten dezent die Gläser. Vertrauliches Raunen mischte sich mit Lachen; Komplimente, amüsante Bemerkungen, Geistreiches und Artiges auf flämisch und französisch.

Und dann ganz plötzlich wie unter dem Schatten einer Wolke verdunkelte sich die Klangfarbe; das Stimmenmeer verebbte zu gedämpftem Gemurmel. Ein Mann und eine Frau auf der geschwungenen Treppe. Ihr Anblick war weiß Gott ungewöhnlich in diesem Haus distinguierter Tradition.

Sylvano kam die Treppe herauf, auf seinen Armen im mohnroten Seidenkleid Anna, mit angezogenen Beinen und zusammengekuschelt wie ein kleiner Vogel, der aus dem Nest gefallen ist. So trug er sie durch die Menge, die sich vor ihnen öffnete wie seinerzeit das Rote Meer vor Moses und seinem Volk. Es war ein Auftritt wie auf offener Bühne: der fliegende Holländer mit Senta im Arm. Er hielt sie, als sei es die selbstverständlichste Sache der Welt, seine Dame in die Oper zu tragen.

An der Bar, wo ein junger Mann ihnen bereitwillig einen Hokker überließ, setzte er Anna ab und bestellte Champagner. Alle Blicke lagen auf ihnen. Die Gefühlsskala in den Augen reichte von Mitleid über Bewunderung bis zu kopfschüttelnder Verständnislosigkeit und Ablehnung: Wie kann man nur!

Sylvano schien das nicht im geringsten zu bekümmern. Im Gegenteil, er schien die Aufmerksamkeit, die man ihnen zuteil werden ließ, zu genießen. Anna, der das Ganze schon recht peinlich war, fühlte sich in seiner Nähe so geborgen wie ein kleines Mädchen an der Hand seines Vaters. Sie tranken sich zu, gutgelaunt, lachend, ohne Rücksicht auf mißbilligende Blicke, die nicht begreifen wollten, wie man gelähmt und gleichzeitig fröhlich sein kann.

Nach dem zweiten Läuten trug Sylvano sie zu ihrem Platz in der Loge, die sie mit drei anderen Paaren teilten. Der Vorhang hob sich, und die Zauberflöte tat ihrem Namen alle Ehre. Bei der Arie der Königin der Nacht legte Anna ihre Hand auf die seine, so als müßte sie ihre Empfindung mit jemandem teilen.

Spät am Abend saßen sie noch an Annas Fenster, blickten hinab auf die Place du Grand Sablon, der heute verlassen lag, denn es regnete.

«Welch ein Abend!» sagte Anna. «Wie Sie mich die große Treppe hinaufgetragen haben, das war ein theatralischer Auftritt, geradezu revolutionär.»

«Dieses Haus ist ein Ort der Revolution», sagte Sylvano. «Was in Paris die Bastille, ist in Brüssel die Oper. Nach der Niederlage Napoleons war Belgien den Niederlanden einverleibt worden. Das Volk fühlte sich so unterdrückt, daß König Wilhelm I. die Aufführung der Oper *Die Stumme von Portici* verbieten ließ, weil ihm einige Passagen darin zu aufrührerisch erschienen. Und das mit Recht, denn als die Oper im August 1830 wieder in den Spielplan aufgenommen wurde, drängten sich zur Premiere so viele Menschen dort zusammen, daß der Platz vor der Oper sie kaum zu fassen vermochte.

Beim Ruf der aufständischen Fischer im dritten Akt: Zu den Waffen! Zu den Waffen! explodierte die angestaute Wut der Masse. Sie strömten von der Oper zum Amtssitz des Justizministers. Nur wenige Wochen später wurde das Königreich Belgien gegründet.

Aber ich rede zuviel, eine Angewohnheit aller Italiener. Sie sind gewiß müde. Darf ich Sie noch einmal auf den Arm nehmen?»

Er hob sie auf wie ein Kind und küßte sie auf die Wange: «Buona notte, Cara.»

Am liebsten hätte er sie mitgenommen. Auf dem Heimweg sang er, wie er schon lange nicht mehr gesungen hatte.

Opernsänger hatte er werden wollen. Welcher Italiener will das nicht? Sylvano Piatti entstammte mütterlicherseits der römischen Aristokratie. Schon zu Mantegnas Zeiten gab es Menschen seiner Physiognomie mit markanten Adlernasen, sinnlich schwellenden Lippen und kräftigem Adamsapfel unter kantigem Kinn. Mussolini, Savonarola und eine ganze Reihe von Päpsten haben diesem Typus Unsterblichkeit verliehen.

Sylvano hatte in Rom Ökonomie studiert. Er war, wie es sich für eine standesgemäße Karriere gehört, nach Amerika gegangen, um dort sein PHd abzulegen, und hatte es in der Banco di Santo Spirito bis zum Direktor gebracht.

Hier überfiel ihn die Midlife-Krise. Sollte das alles gewesen sein? Nach dem Verlust seiner Gattin, einer zur Korpulenz neigenden Opernsängerin, die sich im wahrsten Sinne des Wortes zu Tode gehungert hatte, hielt es ihn nicht länger in Rom. Wie es ihm gelungen war, in Brüssel die Position eines Hauptberaters im Sqare de Meuus zu erobern, blieb sein Geheimnis.

«Mit der Kommission bin ich verheiratet», pflegte er zu sagen. «Die Musik aber ist meine Geliebte.»

Zweimal in der Woche sang er im Chor der Kathedrale von Brüssel, nicht nur aus Sangesfreude, wie René Anna verraten hatte. Sie sah die Szene vor sich: Er stand in der ersten Reihe der Männer, denn er war wie die meisten seiner Landsleute nicht groß. Ihm gegenüber auf dem anderen Flügel des Halbkreises standen die weiblichen Mitglieder des Chors. Sylvano beobachtete fasziniert, wie sich ihre Busen beim Tonauslassen senkten und beim Luftholen hoben wie Hafenbojen im Wellenschlag eines vorüberfahrenden Bootes. Besonders ein dunkelblauer Pullover zog seine Blicke auf sich. Er wurde von einer auffallend blassen jungen Frau mit hochgestecktem Haar ausgefüllt. Sie sang mit der Andacht eines Engels. Die Art, wie sie dabei die Lippen öffnete, sie mit der Zungenspitze beleckte, erregte ihn.

So wie ein Mädchen singt, so küßt es auch, sagen sie in Venetien. In keiner Geste offenbart sich eine Frau mehr als in der Art, wie sie singt. Nie hat mich meine Beobachtung in dieser Richtung betrogen, dachte Sylvano Piatti. Vielleicht habe ich die eine oder andere übersehen. Aber wenn ich einer Singenden die Liebesbereitschaft von den Lippen abgelesen habe, dann war sie auch immer vorhanden.

Frauen sind wie aufgeschlagene Bücher, hatte Benito, sein älterer Bruder, ihm beigebracht. Du mußt nur lernen, sie zu lesen.

Als sich Sylvano einen Expander gekauft hatte, um sich damit die Muskeln zu stählen, hatte der Bruder ihn ausgelacht: «Willst du Boxer werden? Muskeln braucht man, um Männer aufs Kreuz zu legen. Frauen wollen umworben werden. Canzone del amore. Nicht nur die Weibchen der Singvögel werden durch schöne Stimmen paarungsbereit. Apollo, der vollendetste aller antiken Götter, war ein Sänger.»

«Jauchzet, frohlocket», sangen sie jetzt.

Sylvano gab sein Bestes. Der Chorleiter nickte ihm freundlich zu. Er wußte, was er an dem Römer hatte. Die Chorproben waren für Sylvano in mehrfacher Hinsicht Erfolgserlebnisse, zum einen als Ausgleich für die trockene Verwaltungsarbeit in den Normausschüssen, zum anderen als idealer Brückenkopf zum anderen Geschlecht. Was macht man als Junggeselle, wenn man die Fünfzig überschritten hat, in einer Stadt wie Brüssel? Die Mädchen in den Büros waren für die gehobenen Verwaltungschargen so tabu wie die Schwester eines Krankenhauses für die Oberärzte. Hier aber war er Hahn im Chor, nicht nur, weil es sehr viel mehr Weibchen als Männchen gab, sondern weil auch keiner so männlich zu krähen verstand wie er. Aber es gab noch eine ganze Reihe anderer guter Gründe: Hier fand er, was er suchte.

Welche Frau verbringt ihre Abende in einem Chor? Gewiß keine sonderlich glücklich verheiratete oder eine mit festem Freund. Die hat Besseres zu tun. Die, die hierherkamen, lebten allein oder in abgekühlten Verhältnissen. Und das, obwohl sie sinnlichen Reizen durchaus zugänglich waren. Denn Frauen mit Freude am Singen sind für stimmliche Stimulanz äußerst empfänglich. Und auf diesem Gebiet kannte Sylvano Piatti sich aus. So hatte er alles wohl bedacht und sorgfältig geplant. Nicht ohne Grund war er Hauptberater bei der Europäischen Union.

Nun liegen nirgendwo sonst Theorie und Praxis, Ideal und Verwirklichung weiter auseinander als in der Liebe. Tatsache war, daß Sylvano nur selten zum Zug kam. Auch beim Angeln fängt man nicht immer etwas. Aber es war aufregend, mit dem Gedanken zu spielen. Es war ein Gefühl wie beim Ausfüllen eines Lottoscheines. Das Glück lag so greifbar nahe.

Sylvano, dachte Anna jetzt, war das genaue Gegenteil von John. Die Pfunde, die er zuviel hatte, fehlten dem anderen.

Hager wie ein Musterbrite war dieser John Redwood. Alle Engländer sahen so aus, als hätten sie was am Magen. Auch die Nase war britisch, schmal und lang wie die von Prinz Charles. Kräftige Zähne mit einem Anflug von Sepiabraun als Resultat unzähliger Tassen Tee. Oder war es der Pfeifentabak?

Das Haar, sauber gescheitelt, wirkte stets so, als käme er frisch vom Friseur. Von allen Kollegen bei der Kommission war John aber auch derjenige, der sich am lässigsten kleidete. Er sah immer so aus, als hätte er eine Verabredung auf dem Golfplatz. Ein typischer Vertreter der Upperclass. Sie kaufen sich den teuersten Anzugstoff, den sie kriegen können, und bringen ihn zum besten Schneider. Dann stecken sie in jede Tasche einen Ziegelstein und hängen das Ganze drei Tage lang in den Regen. Das verleiht ihren

Klamotten die unnachahmlich ausgebeulte Eleganz, deren Exklusivität nur Eingeweihte auf den ersten Blick zu würdigen wissen. «Understatement» nennt man das auf der anderen Seite des Kanals.

John war ein anfälliger, empfindlicher Mensch. Seine Reizbarkeit barg natürlich auch ihre Vorzüge. Er empfand tiefer und dachte klarer als die meisten seiner Mitmenschen. Antworten auf die kompliziertesten Fragen fielen ihm nicht nur mühelos zu, er vermochte sie auch brillant zu formulieren.

Dafür gab es Nächte, in denen er die Fähigkeit des Schlafens verlernt zu haben schien. Er wußte dann nicht mehr, wie man über die Schwelle des Schlafes gelangte. Bisweilen verweigerte sein Körper jegliche feste Nahrung. Dann trank er. «Das bißchen, das ich esse, kann ich auch trinken», pflegte er zu sagen und ernährte sich von südafrikanischem Rotwein: Shiraz Cabernet Sauvignon.

John Redwood, Sohn eines schottischen Bauern und einer südafrikanischen Burin, war in Transvaal auf der mütterlichen Farm zur Welt gekommen, wo er auch einen Teil seiner Kindheit verbracht hatte, weil seinen Bronchien das trockene Klima des afrikanischen Hochlandes besser bekam als der schottische Nebel. Er hatte in Edinburgh Geschichte, Anthropologie und vergleichende Religionswissenschaft studiert. Einige hielten ihn für ein Sprachgenie, auf jeden Fall war er universell gebildet, zumal er auch noch im Banking Business tätig gewesen war. In Brüssel bekleidete er die Position eines Hauptberaters beim GD VIII in der Rue de Genève und wurde dafür bezahlt, daß er für den Präsidenten dachte. Sein Hauptinteresse galt der Entwicklungspolitik.

Nie hatte ihn einer ohne seine Shagpfeife gesehen, so wie sich keiner der Freunde daran erinnern konnten, ihn je in Begleitung eines weiblichen Wesens gesehen zu haben. Manche hielten ihn für schwul. Wahrscheinlich jedoch lag ihm daran, sein Privatleben vor den anderen zu verbergen. Der Gentleman genießt und schweigt.

Ja, er war ein Gentleman.

Siebtes Kapitel

*J*ohn hatte Anna zu einer Besichtigungstour durch Brüssel eingeladen. «Ich werde Ihnen die Stadt zeigen, wie Sie sie noch nie gesehen haben», so hatte er Anna seine Dienste angeboten. Und nun standen sie vor dem Berlaymont.

«Well, hier sehen Sie das erste und gewaltigste Unfallopfer des neuen Europa. Oder ist es ein Werk des Verpackungskünstlers Christo?»

John Redwood schob Anna im Rollstuhl an einem mindestens zehngeschossigen Monsterbau vorbei, der eingewickelt in weißen Plastikbahnen dalag wie eine riesenhafte Mumie.

«Wahrhaftig, es sieht aus wie ein Werk von Christo», sagte Anna.

«So ist es», meinte John. «Aber während in Berlin Hunderttausende herbeigeströmt sind, um den verhüllten Reichstag zu bewundern, nimmt in Brüssel niemand Kenntnis von dem Unglaublichen.

Es ist im übrigen noch gar nicht so lange her, da hat hier ein Kloster gestanden mit bemoosten Schindeldächern und einem Glockenturm, mit Glöckchengebimmel und Schafen davor.»

«Kaum zu glauben», sagte Anna.

«Gibt es einen ehrwürdigeren Ort für die einflußreichste europäische Behörde als den geweihten Grund des traditionsreichen Klosters Berlaymont, so muß man wohl gedacht haben, als man das Kloster abriß, um auf seinem Boden die neue Reichskanzlei Europas zu errichten.

Bezeichnenderweise war der Architekt ein Fachmann für Gefängnisbauten. Und wie bei einem Gefängnis waren drinnen und draußen streng voneinander getrennt. Die dreitausend Normfenster ließen sich nicht öffnen. Starr wie Insektenaugen glotzten sie in die Welt. Weil sich die Gebäudeflügel gegenseitig das Licht wegnahmen, brannte in allen Räumen ständig Neonlicht. Viele Räume hatten überhaupt keine Fenster. Unterirdische Höhlen, in die sich niemals ein natürlicher Lichtstrahl verirren würde. Wie ein fernes Meer rauschte Tag und Nacht die zentrale Klimaanlage.

Was Anfang der sechziger Jahre als letzter Schrei der Verwaltungsarchitektur galt, wurde über Nacht zur Horrorvision, als sich herausstellte, daß der Asbestgehalt im Berlaymont ausreichte, um Labormäuse an Lungenkrebs erkranken zu lassen.

Nun steht das ‹Weiße Haus› des neuen Europa ganz oben auf der Sanierungsliste für asbestverseuchte Gebäude. Totenköpfe warnen vor unbefugtem Betreten: Lebensgefahr! Jetzt erweist es sich als weise Voraussicht, daß sich die Fenster nicht öffnen lassen. Trotzdem hat man das Ganze noch zusätzlich eingewickelt wie eine Leiche mit ansteckender Krankheit.»

John schob eine Ecke der Verpackung beiseite. Sie warfen einen Blick durch die Scheibe. In dem Treppenhaus bröckelte der Putz von den Wänden. Die Deckenplatten fielen herab und gaben den Blick frei auf die Asbestmatten.

Anna grauste bei dem Anblick. Sie dachte an Tschernobyl, wo sie den geborstenen Kernreaktor in Beton verpackt hatten.

«Mein Gott, in was für einer Welt leben wir! Wenn es wahr ist, wie man sagt, daß nichts so sehr ein Zeitalter charakterisiert wie seine Architektur, so gibt dieser Bau an der Schwelle zum vereinten Europa Anlaß zu den schlimmsten Befürchtungen.»

«So ist es», sagte John. «Hier in diesem bombastischen Bau ist Europa zerfallen, bevor es erstanden ist. Modernes Antiquariat nennt man das im Buchhandel. Ein Werk wird ausrangiert, kaum daß es verlegt worden ist. Gibt es Traurigeres als den Tod eines Neugeborenen?» John zeigte auf den vorbeiströmenden Verkehr und meinte:

«Die Menschen, die in ihren Autos die Rue de la Loi hinunterfahren, würdigen den einbalsamierten toten Bau nicht eines Blickes. Selbst der doppelstöckige Touristenbus der Stadtrundfahrt fährt achtlos vorüber. Der Fremdenführer neben dem Fahrer zeigt nach vorn in Richtung des Parc de Bruxelles, an dem sich Parlament und königliches Schloß in breiter Front gegenüberstehen wie die weißen und die schwarzen Figuren eines Schachbrettes. Zum Abschluß der Tour besichtigen sie die Schlachtfelder von Waterloo. Dort draußen hat Europa eine Schlacht gewonnen. Hier im Berlaymont ist Europa gefallen, bevor die Schlacht begonnen hat.»

«Warum zeigen Sie mir so etwas?» fragte Anna.

«Wollen Sie nicht eine Satire über Brüssel schreiben?»

«Eine Satire ja, aber kein Horrorstück. Hat diese Stadt nichts Besseres zu bieten?»

«Aber selbstverständlich. Warten Sie nur ab. Eins nach dem anderen. Wir beginnen in der grauen Gegenwart und arbeiten uns langsam zurück in die goldene Vergangenheit.»

Und damit fuhren sie hinab zur Rue de l'Etuve. Dort kramte John den zusammengeklappten Rollstuhl aus dem Kofferraum seines Autos, hob Anna hinein und schob sie durch einen Kreis von kamerabehängten Japanerinnen und katholischen Ordensschwestern, die sich um einen kleinen nackten Knaben geschart hatten, der ungeniert in ein Wasserbecken pinkelte.

John agierte wie ein Fremdenführer: «Well, was für New York die Freiheitsstatue, für Florenz Michelangelos David oder für Berlin die Quadriga auf dem Brandenburger Tor, das ist für Brüssel das Manneken-Pis. Seit fast vier Jahrhunderten pinkelt es ins Brunnenbecken, täglich tausend Liter, hundertvierzig Millionen seit Inbetriebnahme. Welch ein Wahrzeichen!

Was ist dagegen die Wasserkunst von Versailles oder die Fontana di Trevi in Rom?»

Bei dem Wort Rom wandten ihm die Ordensschwestern ihre bleichen Gesichter zu.

«Es geht die Sage», fuhr John fort, «Gottfried III. von Brabant habe im 12. Jahrhundert seinen eben erst geborenen Sohn als Maskottchen mit in den Krieg geführt. Vor der entscheidenden Schlacht in seinem Körbchen in einen hohen Baum gehängt, habe der Kleine auf die Fahnen der Feinde herabgepinkelt.

Läßt sich Überlegenheit elementarer demonstrieren?

Welch würdiges Wahrzeichen für Europas zukünftige Hauptstadt! Manneken-Pis und die EU grüßen den Rest der Welt.

Daß Brüssel aber nicht nur rückwärtsschauend der Tradition verhaftet ist, sondern sich auch mutig der Gegenwart zu stellen weiß, beweist das erst jüngst aufgestellte weibliche Gegenstück zum Manneken-Pis: das Janneken-Pis an der Rue des Bouchers. Sein wasserspeiendes Schlitzchen demonstriert feministische Wachsamkeit: Was ihr könnt, können wir auch. Hier läuft nichts ohne uns.»

Die Nonnen wandten sich ab. John ließ sich nicht beirren.

«Woher hat Brüssel seinen Namen?» fragte Anna.

«Zum erstenmal erwähnt wird Brüssel in einer Chronik aus der Regierungszeit Ottos I. ‹Bruocsella› steht dort zu lesen, was in der damaligen Sprache so viel bedeutet wie ‹Niederlassung im Sumpf›. Wenn das kein Name für die zukünftige Verwaltungshauptstadt Europas ist! Nomen est omen.

Und kann es Zufall sein, daß diese Handelsniederlassung im Sumpf genau tausend Jahre nach ihrer Gründung Sitz der EWG und der Euratom wird? Eine tausendjährige Hauptstadt zum Auftakt eines neuen Jahrtausends mit dem Anspruch einer tausendjährigen Ära in Europa unter der wirtschaftlichen Vormacht der Deutschen. Ein Traum geht in Erfüllung!»

Sie bewegten sich weiter zur Grand Place. Johns Anekdotenschatz war noch lange nicht erschöpft: «Hier, wo Ihr Rollstuhl jetzt rollt, rollte anno 1568 der Kopf von Egmont in einen Korb voller Sägespäne. Seine letzten Worte an seine Landsleute waren: ‹Fallt freudig, wie ich euch ein Beispiel gebe.› Dasselbe soll übrigens auch die Pompadour ihren Hofdamen zu Versailles zugerufen haben.

Und hier an dieser Ecke hat der Dichter Paul Verlaine auf seinen Geliebten Arthur Rimbaud zwei Pistolenschüsse abgefeuert. Gott sei Dank war er als Schütze so ungeschickt wie als Liebhaber.»

Er zeigte Anna auch das Haus zum Schwan, wo Karl Marx das Manifest der kommunistischen Partei verfaßt hatte.

«Nun wissen Sie, warum dieser Ort zur neuen Hauptstadt Europas auserkoren worden ist. Hier wurden nicht nur weltbewegende Manifeste ausgetüftelt, nein, hier rollten und rollen auch heute noch Köpfe. Abschießen und auf die Folter spannen gehörten hier schon immer zum Alltag.»

Im Café des Hotels Métropole tranken sie heiße Schokolade. Die Wandspiegel reflektierten Goldstuck, gläserne Kandelaber, tropische Farne und Palmenwedel. Hinter aufgeschlagenen Gazetten Herren mit Lackschuhen, Schnurrbärten, scharf gezogenen Scheiteln: Urenkel Hercule Poirots. Sie rauchten und warteten auf Geschäftsfreunde oder auf ihre Damen, die die honigfarbene Hoteltreppe heruntergetrippelt kamen oder aus gußeisernen Fahrstühlen stiegen.

Später vor der Nationalbank erklärte John: «Kein anderes Land in Europa verfügt über größere Goldreserven als Belgien.»

«Und das liegt da drinnen?» fragte Anna.

«Nein. Es wurde während des Krieges in die USA nach Fort Knox gebracht, und da liegt es noch heute. Das ist typisch für ein Land, das alles hat außer sich selbst.

Brüssel ist auch der einzige Ort mit einem Reiseführer der großen nutzlosen oder halbfertigen Bauarbeiten. Jener ‹Le petit guide des grands travaux› berichtet in hundertfünfzig Fällen von fertiggestellten U-Bahnstationen ohne Gleisanschluß, von Parkhäusern ohne Zufahrtsrampen, von vierspurigen Autobahnen, die in Sackgassen münden, von einer tollen Schule mit Schwimmbecken, die nicht benutzt wird, weil die flämischen Gemeinderäte keine frankophon geführte Schule dulden, von einem Atombunker, dessen Fertigstellung an der Frage scheiterte, welche Bürger im Ernstfall in ihm Schutz suchen dürfen, und anderen Weltwundern des baulichen Wahnsinns. Dabei muß man sich immer wieder vor Augen führen, daß wir es hier nicht mit einem Nest der Dritten Welt zu tun haben, mit einem Ort in einer Bananenrepublik, sondern mit der Hauptstadt des neuen Europa.

Inmitten altehrwürdiger Bebauung, die gnadenlos niedergewalzt wird, schießen gläserne Bürotürme zum Himmel. High-Tech-Architekturen für morgen stehen Wange an Wange mit düsteren Hinterhöfen von vorgestern, so düster, daß sich die Sekretärinnen nach Einbruch der Dunkelheit nicht vor die Tür trauen und wie die Löwen im Zirkus durch Laufgänge zu gesicherten Ausgängen geleitet werden müssen. Wenn ein Mensch sich so stillos einrichten würde wie das derzeitige Brüssel, so würden wir beide nicht mit ihm verkehren.»

Im Parc de Cinquantenaire vor einem mit Efeu umwucherten Pavillon fragte John Anna, ob sie die verbotenen menschlichen Leidenschaften von Brüssel kennenlernen wolle.

«Die gibt es hier?» lachte Anna.

«Voilà, hier sind sie.» Er zeigte auf den Pavillon.

«Im Jahr 1890 gab der belgische Staat bei dem Bildhauer Lambeaux ein Relief in Auftrag. Es sollte der Triumph des Lebens über den Tod werden und wurde ein gewaltiges Gewühl nackter Leiber. ‹Die menschlichen Leidenschaften› – wie Lambeaux sein Werk nannte – entfachten einen Sturm der Entrüstung. Das Werk sei einem vaginalen Gehirn entsprungen, spottete die Kritik, und sie nannte Lambeaux einen Michelangelo der Gosse. Der Pavillon wurde mit einer Tür versehen, um das skandalöse Machwerk den Blicken des Publikums zu entziehen. Erst seit wenigen Jahren dürfen die Brüsseler einen Blick auf das marmorne Fleisch werfen, aber immer nur an einem Sonntag zur Monatsmitte und am Nationalfeiertag. Dann ist hier das Gedränge so groß wie in Turin, wenn in der Karwoche das Heilige Tuch ausgestellt wird.»

«Sind die Figuren wirklich so unanständig?» wollte Anna wissen.

«Ach was: lauter Busen und Hintern, alle knackig und üppig. Republikanische Popos – wie Lambeaux darlegte – im Gegensatz zu den monarchistischen Ärschen, die verklemmt vor Moral seien und platt vom Aussitzen und vom Thronen.»

«Schade», sagte Anna, «ich hätte gern einen Blick auf knackige republikanische Hintern geworfen.»

Die Tour war zu Ende. «Es war die ungewöhnlichste Stadtbesichtigung, die ich je erlebt habe», bedankte sich Anna, als John sie die achtundvierzig Stufen zu ihrer Wohnung emportrug.

«Ich bin ja fast froh, daß ich in einem Rollstuhl sitze. Wie würden mir sonst wohl die Füße weh tun.»

Etwas später, mit Blick auf die Place du Grand Sablon, sagte sie: «John, Sie haben die seltene Gabe, Dinge zu sehen, die andere nicht wahrnehmen.»

«Ja, das habe ich», sagte er und schaute sie dabei so intensiv an, daß sie ihm mit dem Finger drohte: «Die Besichtigung ist zu Ende.»

«Schade», sagte er, «ich hätte Ihnen so gerne die menschlichen Leidenschaften gezeigt.»

Achtes Kapitel

Helmut Hardenberg war der letzte der vier Freunde, der sich erbot, Anna auszuführen: «Kunst und Kultur hat man Ihnen in den letzten Tagen reichlich offeriert», meinte er. «Wie wäre es mit einer Kutschfahrt übers Land? Sie lieben doch Pferde? Und für das kommende Wochenende ist Sonne angesagt.»

«Ich wüßte nichts, das ich lieber täte», jubelte Anna am Telefon. Nach einer kurzen Autofahrt bestiegen sie schon früh am Sonntagmorgen unter dem Geläut der Kirchenglocken den leichten Zweispänner, der bereits angeschirrt in einem Dorf südlich von Fervuren auf sie wartete.

Anna übernahm die Zügel. Die beiden Wallache tänzelten vor überschüssiger Kraft. «Oh, es tut gut, den Rollstuhl mit dem Kutschbock zu tauschen!»

Und so trabten sie unter strahlend blauem Himmel durch Chausseen blätterwirbelnder Pappeln, vorbei an schwarz-ge-scheckten Kühen, über hölzerne Brücken, auf denen die Hufe der Pferde wie lustiger Trommelwirbel klangen. Hätte ein Postillion geblasen, es wäre eine Stimmung wie bei Eichendorff gewesen.

Anna erkannte schon bald, daß Helmut sie nicht zu einer Fahrt ins Blaue eingeladen hatte. Organisation ist alles. Mit der Sicherheit eines Hafenlotsen gab er den Weg an: «Jetzt links durch diese Allee von Mooreichen! Und nun immer geradeaus durch die Rapsfelder!»

Im Schatten einer Windmühle machten sie halt. Die Bewohner begrüßten Helmut wie einen alten Bekannten. Und als die Frau des Hauses sie dann auch noch zu einem fertig gedeckten Frühstückstisch führte, meinte Anna lachend: «Sie haben aber auch nichts dem Zufall überlassen, wie?»

«Sie vergessen, daß ich Planer bei der Kommission bin. Wie kann man Europa auf den Weg bringen wollen, wenn man nicht einmal eine Kutschfahrt zu organisieren vermag.»

«Das ist es, was euch Deutsche so erfolgreich macht. Aber was ich nicht verstehe: Ihr seid zahlenmäßig und wirtschaftlich die stärkste Macht in Europa. Was treibt euch dazu, eure harte Deutschmark auf dem Altar Europas zu opfern und Frankreich die Führung zu überlassen?»

Helmut erwiderte: «Eine gute Ehefrau versteht es, ihren Mann in dem Glauben zu bestärken, daß er der Herr im Haus ist, um dann das zu tun, was sie tun will. Der Franzose braucht mehr als andere das Gefühl, ein wichtiger und tonangebender Partner, eine Art Macho zu sein. Nicht zufällig ist Frankreichs Wappentier ein Hahn, ein Vogel, der keine Eier legt, aber mit viel Lärm und Pose ständig zur Schau stellt, daß er der Größte auf dem Hof ist. Soll Frankreich doch krähen, wir kümmern uns um unsere goldenen Eier.»

Helmut goß sich Tee ein und fuhr fort: «Auf diese Art erreicht man mehr als mit Gewalt. Uns gehören ganze Küstenstriche in Spanien, Teile der Provence und der Toskana. Kein Land ist vor uns sicher. Und das alles ohne einen einzigen Schuß, allein durch die Kaufkraft unserer Mark.

Wir hätten Rußland nicht angreifen, sondern aufkaufen sollen. Es wäre uns billiger gekommen. Nun, wir haben dazugelernt: Europa werden wir uns kaufen, mit Gottes und mit Frankreichs Hilfe.»

Helmut hatte mit so übertriebenem Pathos seine Thesen vorgetragen, daß selbst die Wirtsleute lachen mußten, obwohl sie nicht verstanden, wovon er sprach.

Die Pferde grasten dicht neben ihnen auf der grünen Wiese, im angrenzenden Stall gackerten die Hühner. Eine Katze strich werbend um ihre Beine. Auf dem Mühlenteich führte eine Entenmutter ihre Jungen aus, quicklebendige, buttergelbe Wattebälichen, die auf dem Wasser umherglitten wie Wasserkügelchen auf einer heißen Herdplatte.

«Hier möchte ich leben», sagte Anna. Sie hatte die Hände hinter dem Kopf verschränkt und blinzelte in die Sonne. «Welch ein Tag!»

Am Abend wieder daheim, konnte sich Anna kaum noch erinnern, worüber sie gesprochen hatten. Aber ihr Kopf war voller Bilder, eine Flut von Eindrücken. Der Wind in den Weiden, der Duft von Pferdeschweiß, von frisch geteerten Kähnen. Das leuchtende Rot der Mohnblumen und das Gesumme der Bienen. Wann hatte sie zum letztenmal einen Kuckuck gehört?

Helmut Hardenberg war zumindest äußerlich der männlichste der vier Männer. Er war ein hervorragender Reiter und begeisterter Tennisspieler. Im Winter lief er Ski alpin, im Sommer Wasserski. Der Sport war ein Teil seines Lebens. Man sah es ihm an. Er brachte kein Gramm Fett zu viel auf die Waage. Er war in jeder Hinsicht in Form. Selbstredend, daß er nicht rauchte. Auch sonst hatte Anna einiges über ihn erfahren.

Helmut Hardenberg hatte in München Jura studiert. Danach war er ein Jahr am Collège d'Europe in Brügge gewesen. Es folgten ein paar Jahre in Deutschland beim Wirtschaftsministerium, eine halbjährige Entsendung in die Vertretung nach Brüssel. Ausgewählt unter Hunderten von Bewerbern beim Bonn Concours gelangte er in den juristischen Dienst der Kommission. Ihm war nichts geschenkt worden. In der Abteilung A3 beim Aufstieg blockiert, wechselte er in den Rat, oder richtiger: Sein ehemaliger Vorgesetzter, der mittlerweile zum ständigen Vertreter Deutschlands avanciert war, holte ihn in den Rat. Dort bekleidete er die Position eines Direktors für institutionelle Fragen.

Helmut Hardenberg bevorzugte Selbstbedienungslokale, gute versteht sich, wo man aus eigener Anschauung wählen kann, was das Herz begehrt, denn er war wie die meisten Männer ein Augenmensch. Was das Salatbüfett für den Gaumen, war die Sauna für seine erotischen Bedürfnisse. Hier fand er unverhüllt, wonach er sich sehnte: lockendes, schwellendes, junges nacktes Fleisch. Man bewunderte und ließ sich bewundern.

Wenn man zwanzig Lenze zählt, gelingt das problemlos. Wenn man jedoch die Fünfzig überschritten hat, gerät die Entblößung rasch zum Offenbarungseid.

Sauna ist nichts für Pokerspieler. Hier müssen die Karten auf den Tisch. Aus diesem Grund trifft man in den Singlesaunen nur Gutgebaute, denn wer hier nichts mitbringt, hat auch keine Chance, etwas abzuschleppen.

Helmut Hardenberg war stolz auf seinen Körper. Dieser war wie seine politische Karriere das Produkt harter Arbeit und gnadenloser Selbstdisziplin. Obwohl er mit Abstand der Älteste unter den Nackten war, machte er eine gute Figur. Hierin unterschied er sich wesentlich von seinem französischen Amtskollegen René Lafayette, der sich nur wenig Gedanken um seine Figur machte.

Der Franzose erinnerte Anna an Jean Gabin, den Filmschauspieler. Er verkörperte den unverbrauchten, kraftvollen Typ des geborenen Großbauern mit Gütern in der Bretagne oder der Normandie; zumindest sah er so aus. In Wahrheit hatte der Franzose die Ecole National d'Administration absolviert und war dann im Schatten seines Vaters, der eine Spitzenposition im Finanzministerium bekleidete, Sprosse um Sprosse auf der Erfolgsleiter emporgestiegen. Da er über allerbeste Beziehungen verfügte, hatte er sich als Quereinsteiger – oder wie man in Brüssel sagte: als Parachuter – die Position eines Directeurs erobert.

René Lafayette war ein glühender Verehrer Napoleon Bonapartes. Er würde vollenden, was dem großen Korsen nicht gelungen war: die Vereinigung Europas unter der geistigen Führung Frankreichs.

Das war auch der Grund, weshalb er nach Brüssel gegangen

war. Er wollte an der längst fälligen Reform des Abendlandes an entscheidender Stelle mitreden. Die Tatsache, daß heute ganz Europa in Metern maß, in Kilogramm wog, in Dezimalordnungen rechnete, verdankte sie keinem anderen als Napoleon. Die Normausschüsse von Brüssel brachten nur zum Abschluß, was in Frankreich fast zweihundert Jahre zuvor eingeleitet worden war.

Hier in dieser Landschaft – Waterloo lag nur achtzehn Kilometer von Brüssel entfernt – war Napoleon mit vereinten europäischen Kräften geschlagen wurden. Hier würde der schöpferische Genius der Grand Nation mit vereinten europäischen Kräften wieder auferstehen.

Im übrigen genoß Lafayette Bruxelles, wie er es nannte. Wo in der Welt gab es noch Restaurants wie das Comme Chez Soi? Wo wurden die Foi gras, Jacobsmuscheln und Hummer in solch raffinierter Vielfalt angeboten? Wo fand man noch einen Troplong-Mondot, Jahrgang 1986, für weniger als achtzig Mark?

So wie es in Afrika die Löwen zu den Wasserlöchern zieht, zog es Lafayette zu Vernissagen, Lesungen und Empfängen, denn hier fand er, wonach ihn verlangte. Seine Waffen waren Witz und Geist, Esprit und Eloquenz. Man konnte ihn übersehen, aber wenn er das Wort ergriff, war er nicht zu überhören. Er wußte seinen Verstand so aufregend zu bewegen wie manche Frauen ihren Hintern.

Im Essen sowohl als auch in der Liebe war er mehr Gourmet als Gourmand. Wie ein altes Krokodil vermochte er monatelang sexuell zu fasten, um dann im richtigen Augenblick zuzuschlagen. Im Grunde schätzte er den Heißhunger mehr als die Sättigung. Die Balz lag ihm mehr als die Brunft.

Frauen – die richtigen Frauen, versteht sich – erschienen ihm so verehrungswürdig wie ein Troplong-Mondot, von dem er sagte, man sollte ihn nur kniend trinken. Er brachte es fertig, sich in der Badewanne mit den Zehen einer Frau so zärtlich zu befassen wie ein Briefmarkensammler mit seinem wertvollsten Sammelobjekt. Nie hatte sich eine Frau auf den ersten Blick in ihn verliebt, aber die, die er gehabt hatte, vergaßen ihn nie.

Lafayette besaß die typische französische Lebensart, das Angenehme mit dem Nützlichen zu verbinden. Hierin unterschied er sich von seinem deutschen Amtskollegen. Für Helmut Hardenberg war Brüssel der chaotischste Ort, den er kannte.

«Brüssel – die babylonische Baustelle», pflegte er zu sagen, «ist auf dem besten Weg, unser aller Hauptstadt zu werden. Hauptstadt! Dabei ist dieser Flickenteppich aus gotischen Giebeln und gläsernen Bürofassaden nicht einmal eine Stadt, sondern eine Agglomeration aus neunzehn Ortschaften, nicht etwa Arrondissements oder Bezirken, wie man das von anderen Großstädten her kennt, sondern aus neunzehn Städten, die alle argwöhnisch ihre Unabhängigkeit verteidigen, mit eigenem Rathaus samt eigener Obrigkeit vom Stadtrat bis zum Polizeipräfekten, mit autarken Krankenhäusern und Feuerwehren, die sich alle untereinander das Leben schwermachen. Dieser Ameisenhaufen hat nicht mal eine eigene Sprache. Im 17. Jahrhundert redeten die Brüsseler noch Flämisch. Heute herrscht das Französische vor. Aber wer ist schon Brüsseler in Brüssel?

Schauen Sie sich dieses Völkergemisch an!» pflegte Helmut Hardenberg zu sagen, wann immer er Gäste über die Grand Place führte.

«Fünf Millionen Touristen bevölkern alljährlich die Altstadt. Das sind etwa fünfmal so viele wie hier leben, und von denen sind mehr als eine Viertelmillion Ausländer, die ständig hier arbeiten, einhunderttausend in internationalen Behörden und fünfzehntausend als Mitarbeiter bei der Europäischen Union. Das alles klingt sehr bürokratisch, und so muß es auch klingen, wenn man diesem Ort gerecht werden will, denn Brüssel ist die Hauptstadt der Bürokratie.

Nirgendwo sonst auf der Welt gibt es so viele Büros wie hier. Achteinhalb Quadratmeter pro Einwohner. Paris, die französische Verwaltungszentrale, verfügt nur über ein Drittel soviel, Madrid gar über ein Sechstel.»

Hardenberg kannte sich aus in Zahlen. Er liebte Zahlen. Er gehörte zu den Menschen, die jede ihrer Handlungen kommentieren müssen. Wenn er etwas beginnen wollte, sagte er: «So, dann wollen wir mal loslegen.» Selbst wenn er allein war, sagte er: «Ich glaube, ich mach' mir mal einen Kaffee.»

Er organisierte seinen Tagesablauf mit Hilfe eines Zeitplans, den er penibel einhielt. Er stellte ständig Listen auf und legte großen Wert darauf, daß sich alles an seinem Platz befand.

※ ※ ※ ※

Eine Motte unterbrach Annas Gedankengang. Sie war der Flamme zu nahe gekommen. Jetzt hing sie mit versengten Flügeln im gläsernen Zylinder der Lampe.

Anna überflog mit raschem Blick die letzten Seiten ihrer Niederschrift. Die Beschreibung der Männer nahm viel Platz ein, vielleicht etwas zu viel. Aber war das nicht der Grund, weshalb sie hier war? Wollte sie sich nicht aus der Entfernung ein Bild von ihnen machen? Seltsam, dachte sie, mehr als ihr Aussehen drängen sich mir ihre Stimmen auf, die Art, wie sie sprechen. Die Stimme charakterisiert einen Menschen mehr als seine äußere Erscheinung. Es ist weitaus schwieriger, seine Stimme zu verändern als sein Aussehen. Aber es waren nicht nur die Stimmen, es waren auch die so grundverschiedenen Sprachen der Männer. Anna beherrschte sie alle. Wie ein Schwimmvogel, der von einem Element ins andere gleitet, so wechselte sie von einer Sprache in die andere, und jedesmal schien es so, als schlüpfte sie in eine andere Rolle, als verwandle sie sich in eine andere Frau.

Sprach sie Italienisch, so bewegten sich ihre Hände so lebhaft und schwungvoll wie bei einer Neapolitanerin. Sie redete dann schneller und mit mehr Temperament als für gewöhnlich, wie es eben im Wesen dieser Sprache lag.

Sprach sie Deutsch mit leichtem Züricher Dialekt, so wirkte sie bedächtig und erdverbunden wie eine Schweizerin. Die rauhen Kehllaute und die Wortendungen ohne wohlklingende Vokale veränderten dann ihre ganze Erscheinung, so als verwandle sich ein Kolibri in eine Krähe oder als ertönten aus einer Violine die Klänge eines Kontrabasses.

Am liebenswertesten erschien sie den Männern, wenn sie Französisch sprach. Dann formten sich ihre Lippen zum Kuß. Wörter wurden weich und zärtlich wie Liebeserklärungen. Geist wetteiferte mit Charme.

Ihr Englisch klang so sachlich wie mathematische Gleichungen, klar und richtig, ohne alle Sinnlichkeit, mehr Gebrauchsanweisung als Lebensgefühl.

René, der von den vier Männern das feinste Sprachgefühl besaß, erkannte als erster, daß jeder von ihnen eine völlig andere Anna besaß. Aber auch Anna stellte immer wieder mit Erstaunen fest, wie sich ihre Männer veränderten, wenn sie Englisch sprachen, was immer dann geschah, wenn sie sich alle gemeinsam unterhielten.

Kein Vogel wirkt so elegant wie ein Schwan auf dem Wasser und keiner so plattfüßig plump wie ein Schwan an Land. René war solch ein Schwan an Land ohne sein Element, die Sprache. Er war dann nicht mehr der wortgewandte Charmeur, sondern ein steifer Verwaltungsbeamter.

Sylvano machte den Eindruck eines Menschen mit einem Sprachfehler, den es drängt, vieles zu sagen und dem das Instrument fehlt, es auszudrücken. Mit großen Augen und geöffneten Lippen suchte er dann nach Worten. Man sah ihm an, daß er das Englische nicht mochte. Er fühlte sich wie ein Klaviervirtuose, der auf einem verstimmten Instrument spielen muß.

Helmut wirkte gefaßter, ja fast einige Zentimeter größer, wenn er Englisch sprach. Es war offensichtlich, daß er sich Mühe gab, die richtige Wortwahl zu treffen. Er machte den Eindruck, als wäre er im Dienst. Die Rückkehr in seine Muttersprache genoß er wie jemand, der seine Straßenstiefel mit bequemen Hausschuhen vertauschen darf.

Der einzige, der von alledem nichts mitbekam, war John. Welcher Fisch interessiert sich schon für ein anderes Element als Wasser. Wasser gibt es überall auf der Erde, und genauso verhält es sich mit der englischen Sprache.

Sprache ist die Seele unseres Charakters, dachte Anna. Sylvano mit der Muttersprache Englisch wäre nicht Sylvano.

Die armen Eurokraten, die in Brüssel ständig ihre angeborene Natur verleugnen müssen, um sich den anderen Eurokraten in einer fremden Sprache mitteilen zu können! Und mochten sie noch so fließend die Sprache der Briten beherrschen, sie waren trotzdem Sprachkrüppel. Der leidenschaftlich vorgetragene Zornesausbruch eines andalusischen Abgeordneten auf englisch gleicht dem kriechenden Gang eines Seehundjägers auf einer Robbeninsel. Man erreicht damit sein Ziel, aber unter welch erbärmlichen Umständen!

Anna zog die Lampe näher zu sich heran. Mit einem Küchenmesser spitzte sie sich ihren Bleistift an. Dann fuhr sie mit ihrem Bericht fort. Sie schrieb ihn auf deutsch, in der Sprache, von der sie glaubte, daß sie am geeignetsten sei, die Dinge sachlich zu beschreiben.

Neuntes Kapitel

Wie heißt es doch: Am Anfang war die Idee.

Als sie einmal Besitz von René ergriffen hatte, ließ sie ihn nicht mehr los. Zugegeben, es war ein verrückter Gedanke. Aber war das am Anfang nicht immer so? Der Traum vom Fliegen, von der Mondlandung – Hirngespinste, bis sie verwirklicht wurden. Die Kernfrage des Problems lautete: Wie richtet man an eine kultivierte, gutaussehende Frau die Frage: Willst du die Geliebte von vier Männern werden? Wie würde Anna Ropaski darauf reagieren? Selbst wenn sie – unvorstellbarer Gedanke – nicht gänzlich abgeneigt wäre, könnte sie solch ein Angebot unmöglich annehmen, ohne sich selbst zutiefst zu deklassieren. Mit einem Mindestmaß an Ehrgefühl mußte sie solch einen Antrag als Beleidigung empfinden: Wie können Sie glauben, daß ich mich für so etwas hergebe?

Eine alte Anglerregel lautet: Fische fängt man nicht. Fische gehen freiwillig an den Haken. Alles, was man braucht, ist der richtige Köder. Am Ende hängen sie immer am Haken. Kein Fisch, der sich nicht fangen ließe. Keine Frau, die nicht verführbar wäre.

Der Satz stammte von Al-Karawi, dem Ölminister Ibn Sauds. René hatte bei einem Galadinner im Elysee-Palast neben ihm gesessen. Al-Karawi hatte die Behauptung aufgestellt: Jede Frau ist käuflich. Die sehr schöne Gattin eines deutschen Diplomaten, die ihm gegenüber ihren Platz hatte, empörte sich: «Wie können Sie so etwas behaupten?»

Al-Karawi betrachtete sie und meinte: «Eine Nacht mit Ihnen wäre mir hunderttausend Dollar wert.»

«Einhunderttausend Dollar?» wiederholte sie mit vor Erstaunen geweiteten Augen. Al-Karawi erwiderte lachend: «Die Dame wäre gefunden, jetzt gilt es nur noch, das Geld aufzutreiben.»

※ ※ ※ ※

Am Ende der Woche hatte René die rettende Idee. Wie die meisten guten Ideen kam sie ihm unter der Dusche. Ja, das war eine Möglichkeit! Und je länger er darüber nachdachte, um so bewußter wurde ihm, daß es der einzige Weg zum Erfolg war.

Den nächsten Tag – es war ein verregneter Samstag – verbrachte er vor seiner Schreibmaschine. Ein Film ist immer nur so gut wie sein Drehbuch. Bis in die Nacht nahm er Korrekturen vor, dann stand der Schlachtplan bis ins Detail fest. Nach dem Frühstück griff er zum Telefon:

«Anna, ich habe da ein Problem, bei dem ich auf Ihre Hilfe angewiesen bin. Hätten Sie irgendwann eine Stunde Zeit für mich? Wann kann ich Sie abholen?»

«Sie brauchen mich nicht zu holen. Ich kann wieder laufen. Ich muß sogar laufen. Der Gips ist ab. Ich bin heute nachmittag bei der Massage, gleich hinter dem Botanischen Garten. Wir können uns dort treffen, im Palmenhaus, um vier.»

Als René unter Palmen und blühenden japanischen Kirschbäumen auf Anna wartete, hatte er das Gefühl, weit weg von Brüssel in einem tropischen Land zu sein. Sonnenstrahlen rieselten durch das hohe Glashaus. Auf einer Marmorbank zwischen Farnwedeln streckte sich wie ein Panther eine große schwarze Katze. Der Duft von exotischen Blüten, von Harz und Fäulnis erfüllte die Luft. Ringelte sich da nicht eine Schlange durch das Moos dicht am Weg? Es war nur der verlorengegangene Gürtel eines Mantels.

Und dann sah er sie zum erstenmal ohne Rollstuhl. Selbstsicher und strahlend lief sie ihm auf langen Beinen entgegen. René betrachtete sie, und Freude erfüllte ihn. Mein Gott, dachte er, welch ein Weib! Frauen brauchen weder schöne Gesichter noch perfekte Körper, um anziehend auf Männer zu wirken. Je mehr sie mit sich selbst und ihren Körpern in Einklang leben, desto attraktiver finden sie sich, und diese katzenartige Wohligkeit überträgt sich wie gute Laune. Den meisten Sex verbreitet eine Frau, die weiß, daß sie es verdient, geliebt zu werden.

Anna wußte es. Sie schaute René offen ins Gesicht. Da war keine Verstellung. Der unbefangene Blick wirkte herausfordernd.

Sie begrüßte ihn wie einen Freund, hakte sich bei ihm unter, als sie das Glashaus verließen und an Buchsbaumhecken vorbei zur großen Rotunde spazierten, begrüßt von steinernen Schnittern und Schäferinnen, von griechischen Gipsgöttern und barocken Putten.

«Was haben Sie auf dem Herzen?» begann sie das Gespräch.

«Nun, ich habe Sie beschwindelt, oder richtiger: Ich war nicht offen zu Ihnen in unserem Gespräch nach der Lesung. Sie erinnern sich: Sie fragten mich, warum ich dorthin gegangen bin ...»

«Und warum waren Sie dort?»

«Weil ich ebenfalls schreibe.»

«Sie schreiben?» Ihre Augen leuchteten vor Freude. «Was schreiben Sie?»

«Ich arbeite an einer Novelle.»

«An einer Novelle?»

«Ja.»

«Und worüber? Ich meine, wovon handelt sie?»

«Eine Novelle ... Sie wissen, handelt im wahrsten Sinn ihrer Bedeutung von einer unerhörten, noch nie dagewesenen Begebenheit. So hat Goethe den Begriff definiert.»

«Und um welche unerhörte, noch nie dagewesene Begebenheit handelt es sich in Ihrer Novelle?»

«Darüber wollte ich mit Ihnen sprechen.»

«Warum gerade mit mir?» fragte sie mit erstaunten Kinderaugen.

«Weil Sie eine Frau sind. Es handelt sich um eine äußerst ungewöhnliche Geschichte zwischen einer Frau und vier Männern.»

«Vier Männern?»

«Mich würde interessieren, wie Sie als Frau solch ein Verhältnis bewerten, aus Ihrer Sicht. Könnten Sie sich in solch eine Lage versetzen?»

«Warum ist das so wichtig für Sie?»

«Nun, die Mehrzahl aller Leser sind weiblichen Geschlechts. Sie haben es ja bei der Lesung in den Galeries du Roi erlebt: acht Frauen und ein Mann. Ich suche einen weiblichen Lektor, der mir hilft, die Dinge richtig zu sehen, nicht nur aus männlicher Sicht.»

«Das klingt recht ungewöhnlich, was Sie mir da erzählen.»

«Darf ich Ihnen den Inhalt der Novelle in gestraffter Form vortragen? Hören Sie ihn sich bitte erst bis zum Ende an, bevor Sie ein Urteil abgeben.»

Sie hatten eine Apollostatue erreicht. Sieggewohnt und wohlgestaltet lächelte der Gott der Dichtung und der ekstatischen Weissagung auf sie herab. René nahm es als gutes Zeichen und begann:

«Also, da gibt es – in meiner Novelle – vier Männer in der Mitte ihres Lebens, allesamt unbeweibt, nicht unvermögend. Die vier Freunde sind keine konventionellen Männer. Sie haben in ihren Berufen Neues entwickelt, sind eigene Wege gegangen. Kreativität war ein Bestandteil ihres Erfolgs. Sie lieben das bißchen Freiheit, das ihnen ihr Beruf läßt, und sehnen sich doch gleichzeitig nach der Liebe einer – wohlgemerkt: einer – Frau. Sie haben die Jahre der Jagd hinter sich.

Warum, so fragen sie sich, ist in unserer Gesellschaft das Verhältnis zwischen den Geschlechtern so entsetzlich unkreativ? Wie ist es möglich, daß es keine andere anständige Bindung zwischen Mann und Frau gibt als die Monogamie?

Das war doch nicht immer so. Jahrhundertelang war die Bindung an mehrere Partner weltweit gesellschaftsfähig, nicht nur unter Muselmanen, auch die allerchristlichste aller Majestäten, der Sonnenkönig Ludwig XIV., war von Geliebten umgeben, die hochangesehen das kulturelle Leben bei Hof bestimmten.»

«Hätten Sie gern einen Harem?» lachte sie.

«Nein, denn der Harem ist nicht nur ein Unrecht an der Frau, weil er sie wie einen Verbrecher zu lebenslanger Freiheitsstrafe verurteilt, die Polygamie ist auch biologisch widernatürlich, denn nur ein sehr junger Mann vermag mehrere Frauen zu befriedigen. Eine Frau aber kann ohne weiteres mit mehreren Männern verkehren. Aus diesem Grund – so sagen sich die Männer in meiner Novelle – wäre es eigentlich ein Gebot der Vernunft, das Gegenteil der Polygamie gesellschaftlich zu sanktionieren, nämlich die Polyandrie zwischen einer Frau und mehreren Männern.»

«Mit vier Männern?»

«Ja, mit vier Männern.»

«Warum sollten Menschen so etwas tun? Will nicht jeder den, den er liebt, für sich ganz allein haben?»

«Einer der Männer in meiner Novelle ist ein passionierter Reiter. Er liebt Pferde über alles. Sein anstrengender Beruf läßt ihm nur wenig Zeit. Außerdem ist er auch nicht mehr der Jüngste, aber dennoch will er nicht auf sein geliebtes Pferd verzichten. Er könnte sich hin und wieder eins mieten, aber das lehnt er ab. Er will ein eigenes Pferd, das er kennt und liebt, das ihn freudig begrüßt, wenn er den Stall betritt, das auf Schenkeldruck reagiert.»

«Das kann ich sehr gut verstehen.»

«Er weiß, wenn er sich ein Pferd anschafft, wird das ein böses Ende nehmen. Er kann ihm nicht geben, was die Natur des Tieres verlangt. Ein gutes Roß will täglich geritten werden. Und nicht nur das. Es braucht ständige Zuwendung, will gestreichelt, gestriegelt, ausgeführt werden. Andernfalls wird es bocken, ausschlagen, verkümmern.»

«Das ist richtig. Garagenpferde nennt man diese armseligen Kreaturen, weil sie wie die Autos die meiste Zeit in der Garage stehen.»

«Dagegen gibt es nur ein Mittel: Man muß ihnen mehr Aufmerksamkeit zukommen lassen. Und wie erreicht man das? Man nimmt sich einen oder zwei Stallpartner. So kommen Roß und Reiter zu ihrem Recht. Das Verfahren funktioniert großartig, wie jeder Reitstallbesitzer weiß.»

«Finden Sie den Vergleich nicht reichlich frivol? Frauen sind keine Pferde.»

«Richtig. Aber es werden in der westlichen Welt mehr Ehen von Frauen als von Männern aufgelöst. Daraus entnehme ich, daß es nicht das Ideal der modernen emanzipierten Frau sein kann, ihr ganzes Leben mit nur einem Mann zu verbringen. Der häufige Wechsel seiner Partner aber ist nicht nur im Hinblick auf Aids ein riskantes Unternehmen.»

Anna fragte: «Und wo bleibt die Moral?»

«Die Tugend hat schon immer etwas Erbärmliches an sich, und das Laster besaß von jeher etwas Entzückendes, Hinreißendes.»

«Für Männer vielleicht …»

«Nein, ganz im Gegenteil. Frauen neigen von Natur aus zum Fremdgehen, aber unsere Moral verbietet es ihnen. Die Ehe mit mehreren Männern wahrt die Moral, ohne die es keine höhere Zivilisation gibt, und gewährt dem Weib, was ihm gebührt. Männer mit *einem* Eheweib werden müde. Sie brauchen die Balz, den Nebenbuhler. Nichts macht einen Mann so lebendig, so liebenswürdig wie die Eifersucht. Vier Männer mit einer Frau – das sind nicht vier Ehemänner, sondern vier permanente Liebhaber.»

Anna war stehengeblieben. Sie machte den Eindruck eines Menschen, der vergeblich nach Worten sucht. René nahm ihr Schweigen als Zustimmung und fragte:

«Was halten Sie grundsätzlich von meiner Idee?»

«Ja, ich weiß nicht. Sie erscheint mir irgendwie unnatürlich.»

«Unnatürlich? Im Gegenteil, in der Natur ist die Einehe die Ausnahme und die Mehrehe die Regel. In einem Hirschrudel kommen bis zu acht Weibchen auf einen Bock. Bei den Löwen sind es noch mehr.»

«Es handelt sich aber immer um ein Männchen mit mehreren Weibchen und niemals um ein Weibchen mit mehreren Männchen. So etwas hat es meines Wissens nicht einmal bei den Tieren gegeben, geschweige denn bei den Menschen.»

René war bei einer Bank stehengeblieben: «Wollen wir uns setzen?»

Anna schüttelte energisch ihren schönen Kopf: «Ich brauche Bewegung. Das Thema erregt mich zu sehr.»

«Schauen Sie», sagte René im Weitergehen, «die Anzahl der Spermien, die ein Mann bei einer einzigen Ejakulation ausstößt, ist um das Hunderttausendfache größer als die Anzahl der Eizellen, die eine Frau während ihres ganzen Lebens produziert. Bei jeder Paarung kommen unzählige männliche Lebensträger auf einen weiblichen. Für das Fundament aller Sexualität, da, wo sie sich tatsächlich ereignet, gilt: Viele Männchen auf ein Weibchen.»

«Und darüber hinaus?»

«Beim Hochzeitsflug der Bienen und Termiten kommen Hunderte von Drohnen auf eine kopulationsbereite Königin.»

«Bei den höher entwickelten Tieren und beim Menschen galt aber immer das umgekehrte Prinzip», widersprach Anna. «Und das hat gewiß seinen Grund.»

«Ja, natürlich hat das seinen Grund.»

«Na, da bin ich aber gespannt.»

«Nehmen Sie einmal an, Sie hätten einen leeren Hühnerstall geerbt, in dem drei Dutzend Hennen bequem Platz hätten. Um ihn zu füllen, kaufen Sie sich nicht vier Hähne und eine Henne, denn dann würde es mehrere Jahre dauern, bis Sie Ihren Stall gefüllt hätten. Nein, Sie kaufen sich einen Hahn und vier Hennen.

Sollte aber eines Tages der Stall voll sein, so bleibt Ihnen nichts anderes übrig als das Schlachten. Es sei denn, Sie bremsen die gackernde Lawine auf natürliche Art. Dazu brauchen Sie bloß das Verhältnis der Geschlechter so zu verändern, daß auf eine Henne mehrere Hähne kommen.

Theoretisch kann ein Mann mit hundert Frauen jährlich hundert Kinder zeugen. Eine Frau mit hundert Männern – und mögen sie noch so fleißig sein – kann aber immer nur ein Kind pro Jahr in die Welt setzen.

Diese Lösung ist, übertragen auf den Menschen und seine Bevölkerungsexplosion, so einleuchtend, daß die nach uns kommenden Generationen sie so sicher aufgreifen werden wie die Nutzung der Dampfkraft.

In den steinzeitlichen Stämmen war die Vielweiberei ein Gebot der Vernunft, wie bei den Hühnern und Seehunden, denn die Sterberate lag sehr hoch. Nachwuchs war wichtig, um als Horde zu überleben.

Heute ist die Vielmännerei ein Gebot der Vernunft, denn die Sterberate ist so niedrig, daß weltweit Überbevölkerung droht. Geburtenrückgang ist nötig für die Menschheit, um zu überleben.

Das Rudel aus einem männlichen Leittier und mehreren Muttertieren ist uralt, so alt wie die Großfamilie mit einem Mann und mehreren Frauen. Der Zweck heiligt die Mittel. Es ist nicht einzusehen, warum das umgekehrte Prinzip weniger moralisch sein sollte. Natürlicher ist es auf jeden Fall. Nur sehr wenige junge Männer sind biologisch befähigt, regelmäßig mehrere Frauen zu befriedigen. Auch wirtschaftlich wäre ein Kind mit mehreren Vätern besser versorgt und abgesichert als ein heutiges mit nur einem Ernährer.»

«Sie sind ein überzeugender Redner», lachte Anna. «Wenn ich Ihnen noch eine Weile zuhöre, kommt es mir richtig unmoralisch vor, daß ich mir noch kein eigenes männliches Rudel erkämpft habe, wobei das Erkämpfen von Rudeln ja wohl mehr Männersache ist.»

«Auch hierin muß ich Ihnen widersprechen», sagte René. «Die modernen Evolutionsbiologen stimmen mit Darwin darin überein, daß bei den meisten Tierarten das Weibchen den größeren Anteil an der Partnerwahl hat. Bei Löwen, Hirschen und fast allen Vögeln sind die Männchen von viel prächtigerem Habit als die grauen Weibchen. Und wissen Sie warum?

Die fruchtbaren Weibchen sind in der Natur immer stark in der Minderzahl. Sie können sich die Männchen nach ihrem Geschmack aussuchen. Sie lassen nur zu, was ihnen gefällt. Damit bestimmen sie den Verlauf der männlichen Evolution. Das imponierende Aussehen von Hirsch und Löwenmännchen ist kein Machoprodukt, sondern Designarbeit der Hirschkühe und Löwinnen. Warum sollte das nicht auch für die Frau in meiner Novelle gelten.»

«Sie meinen, sie ist nicht nur ein Objekt der Begierde, sondern handelnde Hauptperson, die die Männer nach ihrem Bild formt.»

«Warum nicht», sagte René. Er zündete sich eine Zigarre an und fragte versteckt hinter Tabaksqualm:

«Könnten Sie – als Frau – sich vorstellen, in solch einer eheähnlichen Gemeinschaft mit vier Männern zu leben?»

Die Frage war heraus. René wagte nicht, sie anzusehen. Sie liefen nebeneinander her. Da war nur das knirschende Geräusch ihrer Schuhsohlen auf dem Kiesweg.

«Die Männer in Ihrer Novelle – beschreiben Sie sie mir. Wie alt, was für Landsleute sind sie? Wo leben sie? Was machen sie?»

«Nun, wie gesagt, sie sind Anfang Fünfzig. Ein Franzose, ein Italiener, ein Engländer und ein Deutscher. Sie sind Parlamentarier bei der Europäischen Union.»

«In Brüssel?»

«Ja, in Brüssel.»

«So wie Sie und Ihre Freunde, die ich auf dem Botschaftsempfang kennengelernt habe?»

René spürte, wie er errötete. Er sagte: «Man kann nur über Dinge schreiben, die man kennt. Bei mir ist das jedenfalls so.»

«Und wie stellen Sie sich dieses Zusammenleben vor – in Ihrer Novelle?»

«Wie meinen Sie …?»

«Ziehen sie alle in eine Wohnung? Schlafen sie in einem Bett?»

«Nein, natürlich nicht. Die Männer behalten ihre Junggesellen-Appartements als Zweitwohnung. Ihr Hauptwohnsitz wird ein Haus am Rande der Stadt mit Garten, Auto und allem, was dazugehört. Dort werden sie mit ihr leben, nicht alle gleichzeitig.

Natürlich gibt es auch Dinge, die sie gemeinsam unternehmen: Feste, Urlaubsreisen, Theaterbesuche. Ich stelle mir das sehr lustig vor. Sie sind ein fröhlicher Haufen von Freunden, die zusammenhalten wie Pech und Schwefel, in guten wie in bösen Tagen. Eine Art europäische Gemeinschaft.»

«Das hört sich gut an.»

Im Weitergehen fragte sie: «Und die Frau? Wie stellen Sie sich die Frau vor, die sich auf solch ein Abenteuer einläßt?»

«Außergewöhnlich und widerspruchsgeladen, mit anderen Worten: voller Faszination.»

«Wie sieht sie aus?»

«Sie ist schön», sagte René.

«Schön … das genügt mir nicht. Beschreiben Sie sie mir!»

«Sie ist, wie soll ich sagen … wie Sie … oder so ähnlich.»

«Wie ich? Wieso wie ich?»

«Nun, Sie wissen ja, ich kann nur über Dinge schreiben, die ich kenne.»

«Sie kennen mich?» Es klang spöttisch. «Wie würde das Mädchen in Ihrer Novelle sich verteidigen, wenn man ihm moralische Vorhaltungen machen würde?»

«Sie könnte Guy de Maupassant zitieren, der sich in allen seinen Büchern mit diesem Thema beschäftigt hat und zu der Erkenntnis gelangte: Ein jeder, der sich sein Leben lang mit einem Partner begnügt, benimmt sich so widernatürlich wie einer, der sich nur von Selleriesalat ernährt.»

«Und was würde sie sagen, wenn sie Guy de Maupassant nicht gelesen hat?» lachte Anna.

«Liebe ist etwas sehr Schönes und Natürliches. Warum soll die Liebe zu einem Menschen sauberer und anständiger sein als zu zweien oder dreien. Haben Sie sich als Kind mit einer Puppe zufriedengegeben?»

«Mein Gott», entrüstete sich Anna, «Sie sind ja noch schlimmer, als ich befürchtet habe.»

«Könnten Sie sich solch ein Verhältnis vorstellen?» wiederholte René seine Frage.

«Ich weiß nicht», sagte sie. «Ich muß mich an diese Vorstellung erst gewöhnen. Es ist nicht einfach, sich in die Gefühlswelt der Frau in Ihrer Novelle zu versetzen. Geben Sie mir ein paar Tage Zeit, und ich werde Ihnen sagen, wie ich darüber denke.»

※ ※ ※ ※

In der Nacht fand René keinen Schlaf.

Sie hatte die Finte mit der Novelle durchschaut. Daran gab es keinen Zweifel. Anna wußte, daß das Angebot ihr galt. Wie würde sie reagieren?

Auf jeden Fall würde er das Spiel fortsetzen. Was blieb ihm anderes übrig? Es gibt Rituale, die wollen eingehalten werden, auch wenn jeder weiß, daß sie Täuschungen sind. Warum legen wir unseren Toten Blumen auf die Gräber, wo doch jeder weiß, daß sie sich darüber nicht mehr freuen können, und dennoch tun wir so, als ob sie es täten. Der schöne Schein ist ein wichtiger Bestandteil unseres Lebens.

Warum, so fragte er sich, lasse ich mich auf so etwas ein? Jeder normale Mann würde um ein Mädchen wie Anna kämpfen, um sie für sich allein zu besitzen. Warum will ich sie mit meinen Freunden teilen? Bin ich pervers? Nein, die Monogamie ist es. Wie kann man alleinigen Besitzanspruch auf einen Menschen erheben? Mein Mann – welch ein Verrat an allen schwer erkämpften Errungenschaften des Fortschritts. Jedermann gehört nur sich selbst, heißt es in der Bill of Rights.

Bin ich lieblos? Nein. *Je t'aime l'amour.* Ich handle aus Liebe. Wie erschreckend gering ist unser Vorrat an Formen, in denen sich die Liebe verwirklichen läßt. Eigentlich gibt es nur eine einzige. Wie aber kann es sein, daß solch ein Wunder wie die Liebe in der Ehe enden, verenden muß. «Happy end» heißt das in amerikanischen Filmen. Welch ein Sarkasmus! *Enterré vif* (lebendig begraben), so müßte es heißen.

Vielleicht liegt es daran, daß ich Franzose bin?

Das analytische Denken ist uns angeboren wie den Deutschen

die Romantik und den Engländern die sportliche Fairneß. Voltaire, Rousseau, Descartes – gewaltige Geister, aber ausnahmslos lausige Ehemänner. Rousseau brachte seine Kinder gleich nach der Geburt ins Waisenhaus. Und Voltaire lebte noch im Greisenalter mit der eigenen Schwester zusammen, weil er die Ehe für unmoralisch hielt.

Vielleicht liegt es daran, daß ich Jurist bin, daß ich vom Recht auf Freiheit für jeden Menschen überzeugt bin?

Jahrtausende haben sich die Menschen Sklaven gehalten, ohne daß irgendeiner es als Unrecht empfunden hätte. Hatte nicht Aristoteles gelehrt, ohne Sklaven gäbe es keine höhere Zivilisation? Und dennoch war es eines Tages vorbei damit. Eine höhere freiheitliche Gesinnung hatte das altgewohnte Joch außer Kraft gesetzt. Der Ehe war das gleiche Schicksal beschieden. Davon war er überzeugt.

Neue übergeordnete Bindungen waren gefragt. Aus diesem Grund war er nach Brüssel gegangen. Die alte Ordnung der Nationalstaaten, die im Kriegsfall jeden wehrfähigen Bürger zum Kriegsknecht degradiert, muß durch höheres Recht abgelöst werden. Was im Großen gilt, gilt erst recht im Kleinen. Ist die Familie nicht die Keimzelle aller Kultur?

Opas spießbürgerliche Monogamie als kirchliches Sakrament – ist dafür im neuen Europa noch Platz? Lebenslänglich an die Ruderbank geschmiedet wie ein Galeerensträfling – kann das an der Schwelle ins dritte Jahrtausend noch Bestandteil einer neuen abendländischen Ordnung sein? Eine Familie von Freunden aus fünf verschiedenen europäischen Nationen – was für eine Vision!

Freiheit, Gleichheit, Brüderlichkeit.

Im Traum schritten sie durch das Kirchenschiff der Kathedrale von Reims. In ihrer Mitte Anna, ganz in Weiß. Der Priester erwartete sie am Altar.

«Wollt ihr Europa die Treue halten, in guten wie in schlechten Tagen, so antwortet mit: Ja.»

«Jaa!» riefen sie. Die Glocken läuteten. Er erwachte, und da war es nur der Wecker an seinem Bett.

Zehntes Kapitel

*A*nna war nach Löwen gefahren.

Anna liebte Löwen. Obwohl keine fünfundzwanzig Kilometer von Brüssel entfernt, war ein Ausflug hierher wie eine Reise in ein anderes Land. Hier hörte man nur holländische Laute. Seit mehr als einem halben Jahrtausend Universitätsstadt, wirkte Löwen unglaublich jung. Überall stieß man auf Studenten, lachend und schwatzend in kleinen Gruppen. Auf den Brücken, unter den kugeligen Akazienbäumen, vor den Cafés mit ihren farbigen Klappstühlen bildeten sie einen aufregend lebendigen Gegensatz zu der altehrwürdigen Brabanter Gotik, zum großen Beginenhof und zu den verwitterten Backsteinbauten mit bleiverglasten Butzenscheiben.

Die Mittagssonne stand über der Stadt, als Anna ihren alten Golf auf dem Großen Marktplatz parkte. Sint Pieterskerk und das Rathaus mit seinem filigranen Blendwerk flimmerten wie Brüsseler Spitze.

Anna kam gern hierher. Wie schön muß es sein, in dieser Bilderbuchstadt zu leben. Das weiträumige, zweigeschossige Appartement, das Isabel mit Mann und Sohn bewohnte, lag mitten im Gewirr der Altstadtgassen. Vom Dachgärtchen aus blickte man auf steile Dächer, auf schiefe Türme mit goldenen Knöpfen und knarrenden Windfahnen. Hier über den Dächern von Löwen war die Welt noch in Ordnung. So hatte Anna geglaubt. Mein Gott, wie kann man sich täuschen!

Sie hatten zwei Jahre in der gleichen Klasse an der Oberschule verbracht. Die sanfte, schüchterne Isabel – wie hatte sie sich verändert! Äußerlich war sie noch immer die wohlerzogene Tochter aus evangelischem Pfarrhaus. Aber Anna wußte es besser.

Im dichten Gedränge der Galerie du Roi waren sie sich begegnet.

«Mensch, Anna, bist du es wirklich?»

«Isabel, wo kommst du denn her?»

Das war vor zwei Jahren. Sie hatte Marc kennengelernt, Isabels Mann, und Tobby, ihren kleinen Sohn. Marc arbeitete bei der Europäischen Kommission. Der Kleine ging noch in den Kindergarten. Ein blonder Wuschelkopf, der so aussah wie die Engel vom Abendmahlsaltar in der Sint Pieterskerk, wo sie im vergangenen Jahr die Christmesse gefeiert hatten. Eine harmonische Weihnacht, so harmonisch wie Isabels Familienleben.

An all das mußte Anna denken, als sie durch die Altstadt von Löwen lief.

Als sie endlich an der reichbeschnitzten Haustür schellte, öffnete Isabels irisches Kindermädchen Penny: «Madam is not at home. Sie ist im Zoo.»

«Heute am Freitag?»

«A special case. Ein Affe – sehr krank.»

Mist, dachte Anna, hätte ich bloß angerufen. Ich muß sie sprechen, heute noch. Aber dieses Mal würde sie sich vorher anmelden. Am Ende ist sie gar nicht im Zoo, sondern im Club. Penny gab ihr die Telefonnummer. Nach längerem Läuten meldete Isabel sich: «Ich kann hier nicht weg. Aber komm doch her. Du findest mich im Affenhaus.»

Auf der Fahrt nach Antwerpen liefen Annas Gedanken zurück.

Amüsiert hatten sie bei ihrem ersten Treffen festgestellt, daß sie dasselbe Fitneßstudio besuchten, ohne sich jemals begegnet zu sein. Damit war es nun vorbei. Sie verabredeten sich jeden Mittwoch dort. Isabel, die Tiermedizin studiert hatte, arbeitete an drei Wochentagen im Zoologischen Garten von Antwerpen. Nach Dienstschluß trafen sie sich von nun an im Golden Gym an der Chaussee d'Etterbeek. Das Studio besaß, wie man in Brüssel zu sagen pflegte, Diplomatenklasse und wurde wie ein elitärer Club geführt. Für die Neuaufnahme benötigte man die Bürgschaft von zwei Mitgliedern oder besser Mitgliederinnen, denn er bestand fast nur aus Damen.

Nackt unter der Dusche hatten sie sich gegenseitig begutachtet und festgestellt, daß sie sich sehen lassen konnten. In der Sauna war das Gespräch auf Männer gekommen:

«Wie lebt es sich als Single in Brüssel?» wollte Isabel wissen. «Gewiß kannst du dich vor Angeboten nicht retten. Du warst schon auf den Schulfeten ein gefragtes Mädchen.»

«Es hält sich in Grenzen.»

«Hast du keine feste Beziehung?»

«Nein.»

«Aber viele lose, nehme ich an.»

Anna hatte die Bemerkung überhört und gefragt: «Wie lebt es sich mit einem Mann wie Marc?»

«Ich bin sehr glücklich.»

Sie hatte wirklich gesagt: Ich bin sehr glücklich.

Und dann war da der Tag, an dem Anna ihre Armbanduhr vergessen hatte. Sie hatte schon in der Tiefgarage ihren Wagen gestartet, als sie feststellte, daß ihr Handgelenk bloß war: die Uhr! Sie war noch einmal nach oben gegangen.

Hoffentlich traf sie noch jemand an. Sie waren die letzten gewesen. Die Tür zum Club stand offen. Der Garderobenschrank, in dem sie ihre Kleidung aufbewahrt hatte, war leer. Vielleicht hatte Oliver, der Inhaber des Clubs, die Uhr gefunden und an sich genommen.

Sein Büro lag im hinteren Teil der Anlage. Die Tür war nur angelehnt. Bevor sie anklopfen konnte, hörte sie die Atemgeräusche. Es klang, als wenn ein Erstickender nach Atem ringt. Ein tödliches Röcheln.

Erfüllt von panischem Entsetzen, warf sie sich gegen die Tür. Zwei nackte Leiber auf der schwarz-ledernen Massageliege. Isabel auf dem Rücken. Ihr Kopf und Hals hingen wie in Trance über dem Kopfende herab. Die Lippen wie zum Schrei geöffnet. Lustvolles, rhythmisches Keuchen.

Anna blickte auf den nackten muskulösen Rücken eines Mannes zwischen Isabels Schenkeln. Seine schweißnassen Hinterbacken schoben sich mit athletischen Schwüngen vor und zurück. Die beiden Liebenden waren so sehr mit sich selbst beschäftigt, daß sie nichts um sich herum wahrnahmen.

Anna hatte genug gesehen. Fluchtartig hatte sie das Studio ver-

lassen. Fast hätte sie einen Unfall gebaut, als sie eine Ampel über-
fuhr.

* * * *

«Gut, nun weißt du es», hatte Isabel gesagt, «ich habe zwei Männer. Und ob du mir glaubst oder nicht: Ich halte mich für eine
treue Frau. Nie ist mir der Gedanke gekommen, die beiden mit einem dritten zu betrügen. Mit Marc habe ich einen Sohn. Er ist ein
prächtiger Vater und aufmerksamer Ehemann. Nie würde ich
mich von ihm trennen. Aber ich würde auch niemals auf Oliver
verzichten wollen. Ich brauche sie beide, so wie ich meine beiden
Beine zum Laufen brauche.

Marc ist ein Mann, zu dem ich aufschaue wie zu meinem Vater.
Er gibt mir und Tobby das Gefühl von Geborgenheit. Solange er
da ist, ist die Welt in Ordnung. Es ist nicht so, daß wir uns nichts
mehr zu sagen haben, aber es gibt keine Träume mehr, die wir gemeinsam träumen könnten. Wenn er mit mir schläft, fühle ich
mich wie ein Vegetarier, der einem Nichtvegetarier ein Steak brät.
Obwohl ich mir nichts daraus mache, versuche ich, ihm das
Fleisch so raffiniert wie möglich zu servieren.

Mit Oliver ist das alles ganz anders. Zweimal in der Woche gehe
ich zu ihm. In seinem Büro auf der Massageliege lieben wir uns.
Und wie wir uns lieben! Nie habe ich dergleichen mit Marc erlebt.
Es ist unbeschreiblich. Allein der Gedanke daran bringt mich zum
Erbeben.»

«Und wie lange geht das schon so?»

«Seit zwei Jahren, seit zwei Jahren und vier Monaten. Oliver ist
ebenfalls verheiratet. Er hat eine Tochter. Natürlich schläft er auch
mit seiner Frau, ihr zuliebe, sagt er.»

«Hast du Marc gegenüber keine Schuldgefühle?»

«Ja, aber nicht weil ich mit Oliver schlafe, sondern wegen der
gefühlsmäßigen Vertrautheit mit ihm. Er verzaubert nicht nur
meinen Körper. Er berührt, nein, er verschlingt mein geheimstes
Inneres. Zwischen uns gibt es keine Hemmungen, keine Scham,
keine Grenzen. Er weiß, was ich empfinde, was ich brauche. Er

kennt meine Gedanken. Nie könnte ich mich Marc so öffnen. Es würde ihn erschrecken, wahrscheinlich sogar abstoßen. Marc liebt eine völlig andere Isabel als Oliver. Für ihn bin ich gut, anständig. Er liebt mich, wie er als Kind seine Mutter geliebt hat.

Mein Gott, ich war achtzehn, als ich ihn kennenlernte, ein netter Kerl, gutaussehend, eine gute Partie. Ich war verliebt bis über beide Ohren. Aber nie hatte ich einen Orgasmus mit ihm. Er ist wie ein stiller klarer Bergsee, bei dem man bis auf den Grund schauen kann. Oliver ist wie ein Meer, dessen Brandung dir die Füße wegreißt. Trotzdem liebe ich Marc. Nie könnte ich ihm weh tun.»

«Und dennoch setzt du alles aufs Spiel, dein Kind, dein Heim, deine Ehe?»

«Ohne Oliver würde meinem Leben die Tiefe fehlen, das Glück, der Rausch, der Duft, die Freude, Zärtlichkeit, Sehnsucht und Erfüllung, alles, was mich zur Frau macht.»

«Wärst du lieber mit Oliver verheiratet?»

«Um Gottes willen, nein. Ich möchte nichts an dem bestehenden Zustand verändern. Manchmal im Traum verschmelzen beide zu einem Mann. Das wäre zu schön, um wahr zu sein. Das Leben ist komplizierter.»

Sie glitt von ihrem Saunahandtuch und goß mit einem hölzernen Schöpflöffel Wasser über die Kiesel des Ofens. Zischend verbreitete sich heißer Dampf. Eingehüllt in Nebelschwaden sagte sie: «Manche Frauen lösen das Problem, indem sie mehrmals hintereinander heiraten. Aber Scheidung ist eine schmerzvolle Erfahrung, die allen Beteiligten mehr schadet als nutzt. Ich lebe mit zwei Männern zur gleichen Zeit und mache sie, mich und meinen Sohn glücklich.»

«Das hört sich gut an», sagte Anna, «aber hast du denn nie ein schlechtes Gewissen, wenn du unentwegt deinen Mann betrügst?»

«Welchen Mann? Meinen Ehemann, dessen Frau ich zu sein habe, oder den Mann, der mir Herzklopfen verursacht, der mir das Gefühl gibt, eine Frau zu sein?»

Sie strich sich die Schweißperlen von den Brüsten und sagte: «Glaub nicht, ich wäre eine Nymphomanin. Mir geht nichts über Freundschaft und Zuneigung. Sie sind die Voraussetzung zu allem anderen. Aber unterschätze nie den Sex. Er ist die primäre Kraft, die der Beziehung zwischen Mann und Frau Sinn verleiht, sonst kann ich mir auch eine Freundin suchen.» Sie hatte auf die Uhr geblickt und sich rasch erhoben: «Ich muß gehen, Oliver wartet auf mich.»

Sichtlich erregt war sie davongehuscht, und Anna hatte gedacht: Mein Gott, wie praktisch. Sie braucht sich nicht einmal mehr auszuziehen.

* * * *

Anna war immer wieder fasziniert vom Zoologischen Garten in Antwerpen. Unmittelbar neben dem Bahnhof gelegen, wirkte er so unwirklich wie eine surrealistische Vision Salvadore Dalís. Bisweilen mischte sich das Heulen der Wölfe mit dem Kreischen der Zugbremsen. Die Brüllaffen lösten die Bahnsteigansage ab. Am beeindruckendsten aber waren die urzeitlichen Leiber der Elefanten vor den vorüberfliegenden silbernen Schatten der Eurocitys im Dunst des Regens.

Als Anna den Parkplatz beim Zoo erreichte, goß es wie aus Eimern. Im Eilschritt suchte sie Schutz unter vorstehenden Dächern. Auf der Hintertür des Affenhauses stand: Eintritt verboten. Dann war sie endlich am Ziel.

Der Raum erinnerte Anna an ein riesiges Badezimmer. Die Wande waren bis unter die Decke gekachelt. An den beiden Längsseiten befanden sich Käfige, die leer zu sein schienen. Hinter den hölzernen Gitterstäben eines Kinderbettes lag ein großer Affe mit geschlossenen Augen. Nur seine Brust hob und senkte sich mit jedem Atemzug. Isabel saß an seiner Seite und hielt ihm die Hand.

«Was fehlt ihm?»

«Ihr. Sie ist ein Weibchen, eine Schimpansin. Sie heißt Radja und erwartet ein Baby. Gut, daß du da bist. Du kannst mithelfen, wenn es soweit ist. Aber wir haben noch Zeit.»

«Du, ich kenn' mich mit Affen nicht aus.»

«Das ist bei Schimpansenfrauen nicht anders wie bei Menschenfrauen.»

Sie füllte eine Kaffeemaschine. Und während der heiße Dampf zischend köstlichen Kaffeeduft verbreitete, fragte sie: «Was gibt es Wichtiges, daß du mich so dringend sprechen mußt? Laß mich raten: ein Mann?»

«Vier Männer», sagte Anna.

«Donnerwetter! Du machst dich.» Isabel zog sich einen Stuhl heran, goß die Tassen voll und sagte: «Los, erzähl schon!»

Anna erstattete Bericht, und als sie geendet hatte, sagte sie: «Ich komme zu dir, weil du Erfahrung mit mehreren Männern gleichzeitig hast.»

«Nicht mit mehreren, mit zwei Männern.»

«Kannst du dir eine Beziehung mit drei oder vier Männern vorstellen?» fragte Anna.

«Nicht für mich, aber warum soll es das nicht geben. Obwohl es schwierig sein wird, das Geheimnis von mehreren Liebhabern zu wahren.»

«Und wenn alle voneinander wissen?»

«Das gibt es nicht», lachte Isabel, «und wenn, dann wäre es höchst unmoralisch. Denn eine Frau mit mehreren Partnern, die alle voneinander wissen, ist eine Nutte.»

«Du meinst», verwunderte sich Anna, «deine Beziehung zu zwei Männern ist moralisch, weil dein Mann nichts davon weiß?»

«So habe ich das noch nicht betrachtet», sagte Isabel, «aber da ist schon etwas dran. Ich kann mir nicht vorstellen, mit einem Mann verheiratet zu sein, der seine Ehefrau wie ein Zuhälter wissentlich mit anderen teilt.»

«Und wenn er es täte?»

«Dann möchte ich ihn nicht zum Mann. Vom Vater meiner Kinder erwarte ich, daß er seine Familie zusammenhält wie ein Hirsch sein Rudel. Seine Bereitschaft, mich mit keinem zu teilen, vermittelt mir die Geborgenheit, derentwillen ich ihn liebe. Mein Fremdgehen aber macht mich zu der blühenden Frau, die er begehrt. Du siehst, es hat alles seine Richtigkeit. Ich tue es auch für ihn.»

Die Schimpansin hatte sich in ihrem Wochenbett aufgerichtet. Mit großen blanken Augen betrachtete sie die Besucherin. Wer bist du? Was willst du hier? schienen sie zu fragen.

«Sie hat schöne Augen», sagte Anna, «und richtige, hübsche Brüste. Ich habe gar nicht gewußt, daß Affenweibchen einen Busen haben.»

«Sie haben keinen richtigen Busen wie wir», sagte Isabel. «Menschliche Mädchenbrüste wachsen mit der Geschlechtsreife, unabhängig davon, ob eine Schwangerschaft vorliegt oder nicht. Schimpansinnen bekommen nur einen Busen, wenn sie stillen. Davor und danach sind sie so flach wie die Männchen. Ihre Milchdrüsen dienen ausschließlich der Aufzucht.»

«Und unsere?»

«Unsere sind permanente Männerfallen. Volle, feste Brüste sind sexuelle Signale ohnegleichen.»

«Wieso ohnegleichen? Haben nicht auch Männer pralles, lockendes Fleisch?»

«Wenn du den Penis meinst, so laß dir sagen, die meisten Frauen stimmen wohl mit mir darin überein, daß er kein besonders schöner Körperteil ist. Mit ihm verhält es sich wie mit der Zigarette. Am Anfang kostet es Überwindung, aber einmal zum Raucher geworden, greift man gierig zur nächsten.»

«Mein Gott, du hast Vergleiche», lachte Anna.

«Nichts wirkt auf unsere Männchen so erotisierend wie ein schöner Busen. Bei den Affen ist es genau umgekehrt. Volle Brüste signalisieren den Männchen: Mit diesem Weibchen ist nichts anzufangen. Es ist vollauf mit seinem Nachwuchs beschäftigt und zeigt keinerlei Interesse an Sex.»

«Sind die Schimpansen entwicklungsgeschichtlich nicht unsere nächsten Verwandten?»

«Ja, so ist es.»

«Wie ist es dann möglich, daß sie in der Sexualität so verschieden von uns sind? Warum stehen unsere Männchen auf so was?» Sie griff sich mit den Händen unter die Brüste und hob sie leicht an.

«Danken wir Gott, daß er uns so lockendes Fleisch verliehen hat», lachte Isabel. «Aber das Wichtigste, das uns von den Affen und von allen Tieren unterscheidet, ist die außergewöhnliche Tatsache, daß die Menschenfrau das einzige Geschöpf ist, dessen Empfängnisbereitschaft sich nicht äußerlich ankündigt. Alle anderen Säugetierweibchen signalisieren sehr deutlich, daß sie heiß sind, und locken von weither die Männchen herbei. Bei der Frau weiß nicht einmal sie selbst, wann sie empfängnisbereit ist.»

«Und warum ist das so? Gibt es eine Erklärung dafür?»

«Für alles gibt es Erklärungen, Theorien, von Männern aufgestellt. Aber was wissen die schon vom wahren Wesen des Weibes?»

«Und welches ist das wahre Wesen des Weibes?»

«Täuschung, Verstellung, Theater.»

«Ist das dein Ernst?»

«Ja.»

«Du spinnst.»

«Ich will versuchen, es dir mit wenigen Sätzen zu erklären. Wildlebende Säugetierweibchen werden ein- oder zweimal im Jahr brunftig. Dann – und nur dann – werden sie von den Männchen bedrängt. Ist ihre heiße Phase vorbei, verlieren die Männchen das Interesse an ihnen und ziehen sich zurück.

Für Geschöpfe, die gleich nach der Geburt auf eigenen Beinen umherlaufen oder nur wenige Tage im Bau verbringen, ist das in Ordnung. Beim Menschen aber liegen die Dinge anders. Das Neugeborene ist so hilflos, daß es viele Jahre innigster Brutpflege braucht. Das schafft die Mutter nur mit Hilfe eines zuverlässigen männlichen Partners. Wie aber erreicht sie, daß er bei ihr bleibt?

Ganz einfach. Sie muß ständig sexuell begehrenswert sein. Das geht natürlich nicht. Kein Organismus kann immer empfängnisbereit sein. Also muß er so tun, als wäre er es. Damit aber wurden die Frauen zu Meisterinnen der Verstellung. Die vorgetäuschten

Brüste und die versteckte Ovulation hielten ihre Partner im ungewissen. Die Täuschung war so perfekt, daß selbst die Frauen auf sie hereinfielen. Sie sind die einzigen weiblichen Geschöpfe, die die höchste sexuelle Lust zu einem Zeitpunkt erleben, an dem sie mit Sicherheit nicht schwanger werden – nämlich kurz vor Beginn der Menstruation. Diese Scheinbrunst dient nicht mehr der Fortpflanzung. Sie ist eine Art von Bezahlung für den männlichen Partner am Dienst für Mutter und Kind, so wie die Blüten die Bienen mit Honig entlohnen.

Gleichzeitig erlangen die Frauen ein außergewöhnliches Maß an biologischer Freiheit. Waren sie vorher willenlose Marionetten ihrer Brunst, so lag jetzt die Entscheidung, wann sie einen Mann wollten und wann nicht, bei ihnen. Sie gewannen Macht über das starke Geschlecht.

Ein Mann, der sicherstellen will, daß er der Vater ihrer Kinder ist, muß die Frau fest und ständig an sich binden. Wie sehr ihn das verunsichert, erkennt man daran, daß die weitgehend von ihm beherrschten Gesellschaften Gesetze benötigen, in denen der Alleinbegattungsanspruch auf eine Frau bei Höchststrafe garantiert wird. Fremdgehen wird zum Verbrechen, Ehebruch zur Tragödie. Jungfräulichkeit, Reinheit aber avancieren zu religiöser Verklärung.

«Ich glaube, da tut sich was.»

«Ja, du hast recht. Es geht los.»

Anna war aufgesprungen. Isabel folgte ihr. Und nun sahen sie es beide. Die Fruchtblase war geplatzt.

«Es kommt!»

«Gib mir die Tücher, das heiße Wasser! Rasch!»

Wie ein nasses Stück Seife, das einem aus den Händen entgleitet, so glitschte schnell und unerwartet die Frucht heraus, klebrig feucht und eingeschlossen in transparenter Membran. Isabel befreite das Neugeborene von allen Häuten, durchtrennte die Nabelschnur, wusch es in warmem Wasser.

«Mein Gott, wie bei den Menschen», sagte Anna.

«Findest du wirklich?» erwiderte Isabel. «Ich denke, daß wir Menschenfrauen beim Gebären eher wieder zu Tieren werden. In der Natur bedeutet Mutterschaft nicht Gewinn an Weiblichkeit, wie viele Idealisten glauben, sondern Verlust der Weiblichkeit. Ein Muttertier ist ein sexuelles Neutrum.»

Sie nahm das Neugeborene auf den Arm: «Ein Junge! Ist er nicht süß!»

Der kleine Affe ließ einen wimmernden Schrei hören. Radja streckte die Arme nach ihm aus. Isabel gab ihr ihren Sohn. Behutsam wie eine Menschenmutter legte sie ihn an ihre Brust und wiegte ihn sanft.

«Sie ist eine gute Mutter», sagte Anna.

«Sie ist überhaupt ein tolles Mädchen. Du hättest sie als Geliebte sehen sollen. Die Liebesfähigkeit der Schimpansen ist wirklich phänomenal. Während der Brunst schwillt ihr Genitalbereich gewaltig an und färbt sich rot bis zu den Gesäßbacken. Sie sind dann sexuell so erregt, daß sie sich mit allen Männchen der Horde paaren. Brunftige Schimpansinnen sind wahre Athletinnen der Lust. Sechzig Paarungen mit zwölf verschiedenen Männchen an einem Tag. Du glaubst mir nicht? Ich habe es mit eigenen Augen gesehen.

Die Schimpansen sind übrigens die einzigen Affen, bei denen sich die Männchen die Weibchen teilen. Bei den anderen Arten werden sie vom Leitaffen bewacht wie Haremsfrauen. Wird der alte Leitaffe von einem Rivalen entmachtet, so tötet der als erstes alle nicht von ihm gezeugten Jungtiere.»

«Du meinst, er tötet alle kleinen Affen?»

«Die Natur kennt kein Mitleid. Diese rücksichtslose Ausrottung trifft man bei vielen Rudeltieren an, von den Ratten über die Löwen bis zu den Menschenaffen. Die Killermännchen erhöhen damit ihren Fortpflanzungserfolg, nicht nur, daß sie den Nachwuchs des entmachteten Rivalen beseitigen. Sie erreichen zugleich auch, daß die stillenden Weibchen ohne ihre Säuglinge wieder paarungsbereit werden für die eigenen Nachkommen. Dabei werden auch alle Neugeborenen erwürgt, die nach dem Machtantritt das Licht der Welt erblicken und unmöglich vom neuen Herrn stammen können. Gegen solche Machobrutalität greifen die schwangeren Weibchen zu einem bemerkenswerten Trick, indem sie Scheinbrunst vortäuschen. Sie paaren sich mit dem Neuen, um ihm das Gefühl zu vermitteln, der Vater ihres heranreifenden Kindes zu sein. Diese körperliche Lüge der Weibchen dient dem Schutz ihrer Ungeborenen. Man findet sie bei den Rhesusaffen, den grünen Meerkatzen, bei den Makaken, ja sogar bei den Gorillas. Sie ist keine skurrile Ausnahme, sondern die Regel.

Du siehst, die Verstellungskunst der Frau hat tief zurückreichende Wurzeln.

Warum ich dir das alles erzähle?

Nun, du hast mich gefragt, ob eine Frau mit mehreren Männern glücklich werden kann. Nimm meine zoologischen Ausführungen als Antwort. Die Polyandrie – ein Weibchen für mehrere Männchen – ist keine Vision für morgen, sondern ein alter Hut von vorgestern, Erinnerungen an die Zukunft, wenn du so willst. Und das gilt auch für die Liebeskünste der Frau. Kein Täuschungsmanöver, das uns fremd wäre, wenn es gilt, unser Ziel zu erreichen, von der Busenfalle bis zur Scheinbrunst.»

«Ich danke dir», sagte Anna, «dir und Radja.»

Der Ausflug in den Zoo hatte sich gelohnt. Sie würde das Angebot annehmen. Sie beschloß herauszufinden, wer die vier Männer waren oder besser: sie herausfinden zu lassen, wer sie war.

* * * *

In der Nacht träumte ihr, sie säße in einem Beichtstuhl.

«Ich habe drei Männer.»

«Das ist eine schwere Sünde», sagte die Stimme des Priesters.

«Was soll ich tun?»

«Entscheide dich für einen.»

«Aber ich mag sie alle drei.»

«Das geht nicht.»

«Warum kann man seine Liebe nicht auf drei Männer verteilen, so wie auf drei Kinder oder drei Geschwister?»

«Du kannst nur einem Herrn dienen.»

«Aber auch der Herr ist dreigeteilt: Vater, Sohn und heiliger Geist.»

«Raus!» rief der Priester, «Raus! Ich will dich hier nicht mehr sehen.»

Elftes Kapitel

Als René die Schalterhalle des Museums betrat, wartete Anna schon auf ihn. Die Säle waren um diese Zeit des Tages leer. Oder lag es am Wetter? Der Regen trommelte gegen die Fensterscheiben. Sie liefen von Bild zu Bild, ohne den Kunstwerken die Beachtung zu schenken, die sie verdient hätten.

Ein weißhaariger Museumswächter schaute ihnen kopfschüttelnd hinterher. Wie konnte man in ein Museum gehen, ohne die Kunstwerke zu beachten? Das war so, als wenn man sich in eine Badewanne setzt, ohne Wasser einzulassen.

Anna sagte: «Ich habe versucht, mich an die Stelle dieser Frau in Ihrer Novelle zu versetzen. Wie soll sie übrigens heißen?»

«Rebecca», erwiderte René, weil ihm so schnell nichts anderes einfiel.

«Rebecca – klingt schön. Aber wissen Sie, was Rebecca übersetzt ins Deutsche heißt?»

«Nein.»

«Fleisch, genauer gesagt: Fleisch einer jungen Kuh.»

«Sie scherzen.»

«Nein, es ist wirklich so. Was gucken Sie so ablehnend? Kein schlechter Name für das, was Sie mit dem Mädchen vorhaben.»

«Wieso ich?»

«Na, Sie schreiben doch dieses Buch.»

«Sie mißverstehen die Rolle, die ich der jungen Frau zugedacht habe.»

«Was haben Sie ihr denn zugedacht?»

«Wir … ich meine die Männer in meiner Novelle, suchen eine echte Partnerschaft, eine feste Bindung.»

«Feste Bindung bedeutet Rechte und Pflichten, ideelle und materielle. Sind die Männer in Ihrer Novelle dazu bereit?»

«Ja. Aber wie steht es mit Rebecca?»

«Woher soll ich das wissen?»

«Na, Sie haben versucht, sich in ihre Lage zu versetzen.»

«Ja, richtig.»

«Und?»

«Ich könnte mir schon denken, daß eine Frau unter bestimmten Voraussetzungen … wie soll ich mich ausdrücken … sagen wir mal: mitspielen würde.»

«Und wie sähen diese Voraussetzungen aus?» fragte René etwas zu schnell.

Sie waren vor einer überlebensgroßen Skulpturengruppe aus Marmor stehengeblieben. Alabasterfarben schimmerte nacktes Fleisch.

Anna sagte: «Von Egide Rombaux: Satans Töchter.»

«Wir waren bei den Voraussetzungen», erinnerte sie René, ohne die Teufelsweiber aus den Augen zu lassen.

«Ich habe als Studentin einmal in einer Wohngemeinschaft gelebt», sagte Anna. «Wir waren fünf Mädchen, gute Freundinnen, und trotzdem hatten wir einen festen Vertrag zum Schutz unser aller Interessen. Das war auch gut so, denn schon bald wollte die eine zu ihrem neuen Freund ziehen, eine andere sehnte sich plötzlich nach dem Alleinsein. Wir Verbliebenen hätten allein die hohe Miete nicht aufbringen können. Der Vertrag verpflichtete die erstere dazu, nach ihrem Auszug die Miete weiterzuzahlen, die andere blieb bis zum Vertragsende.

Was ich damit sagen will, ist: Das Zusammenleben von Menschen auf engem Raum bei gemeinsamer Nutzung von Wohnung, Autos und was weiß ich erfordert nicht nur Rücksichtnahme und gute Manieren, die ich bei den Männern Ihrer Novelle voraussetze, sondern auch geregelte Rechte und Pflichten, die es verdienen, schriftlich festgehalten zu werden. Denn, Sie wissen ja: Vertrauen ist gut, Kontrolle ist besser. Und so manche im Himmel beschlossene Gemeinsamkeit endet in höllischen Scheidungsverfahren. Deshalb würde ich – wäre ich Rebecca – vorschlagen, einen Zeitvertrag auszuarbeiten, sagen wir mal: für die Dauer eines halben Jahres.»

«Für ein halbes Jahr? Ist das nicht recht kurz?»

«Der Vertrag kann verlängert werden, wenn alle Beteiligten es wollen. Wie heißt es in einem japanischen Gedicht zum Kirschblütenfest: Wäre der Glanz der Blütenpracht nicht so kurz, wir würden ihn so innig nicht lieben. Es gäbe keine unglücklichen Ehen, wenn Männer und Frauen die Möglichkeit hätten, am Ende eines jeden Jahres vor den Traualtar zu treten, um sich neu füreinander zu entscheiden oder auseinanderzugehen.»

«Und wie sollte Ihrer Meinung nach solch ein Zeitvertrag aussehen?»

«Er müßte vor allem so etwas wie eine Testphase einschließen.»

«Testphase?»

«Kein Bund fürs Leben ohne Verlobungszeit. Kein Arbeitsvertrag ohne Probezeit. Wer sich Wein in den Keller legt, sollte ihn vorher kosten, so wie man Hosen anprobiert, bevor man sie bezahlt. Keiner kauft gerne die Katze im Sack. Und Wundertüten machen nur kleinen Kindern Spaß.»

«Sie meinen, wir sollten … ich meine: Sie sollten miteinander … erst mal probeweise?»

«Ja, wie haben Sie sich das denn vorgestellt? Es kann doch sein, daß sich Ihre Männer in der Frau getäuscht haben oder daß Rebecca mit dem einen oder dem anderen der Freunde nicht klarkommt. Im klassischen Harem war das kein Problem. Da wurde eine Frau hineingesteckt, ob es ihr gefiel oder nicht. Sie hatte sich zu fügen. Basta!

So kann es in Ihrer Novelle ja wohl schlecht zugehen. Nach dem herrschenden Recht der meisten mitteleuropäischen Länder ist Vergewaltigung auch in der Ehe strafbar. Überhaupt stelle ich mir den Einstieg in diesem Verhältnis zwischen einer Frau und vier Männern nicht leicht vor.»

«Wieso den Einstieg …?»

«Nehmen Sie es mir nicht übel, aber für einen Autor, der sich an so delikate Themen wagt, fehlt es Ihnen anscheinend an Phantasie, oder soll ich sagen: an Feingefühl für das Peinliche. Bei einem Liebespaar ergibt sich das erste Mal gewissermaßen von selbst. Aber bei vier Männern und einer Frau? Wie haben Sie sich das gedacht? Begehen sie gemeinsam die Hochzeitsnacht? Oder würfeln sie um die Frau? Ich würde es nicht zulassen, daß man um mich würfelt. Die Entscheidung läge grundsätzlich bei mir, so wie bei den Vogelweibchen, die sich unter den balzenden Hähnen den aussuchen, der ihnen am meisten liegt.»

Sie war stehengeblieben und wiederholte ihre Frage: «Wie haben Sie sich den Einstieg vorgestellt?»

«Man könnte … ja, ich weiß nicht … Also, ich habe darüber noch nicht so genau nachgedacht. Deshalb habe ich Sie ja um dieses Gespräch gebeten. Ich wüßte gern, wie eine Frau über diese Dinge denkt. Wie würden Sie denn so eine delikate Angelegenheit einfädeln?»

«Ich würde mit jedem der Männer ein paar Tage allein verreisen wollen, irgendwohin in eine völlig neue Umgebung zum gegenseitigen Kennenlernen. Ohne irgendwelchen Anspruch aufeinander die Dinge sich entwickeln lassen. Eine Testphase würde – so glaube ich – die Vertrautheit schaffen, die man braucht, um ein Verhältnis zu fünft zu beginnen. Ich weiß nicht, ob das funktioniert, aber mir fällt nichts Besseres ein.»

«Großartig!» René war stehengeblieben. Er faßte Anna bei den Schultern: «Eine großartige Idee! Lassen Sie sich umarmen. Sie sind ein Geschenk des Himmels.»

Er drückte sie an sich wie ein Kind, das seinen verloren geglaubten Teddy wiedergefunden hat.

«O Anna, Sie sind ein Engel.»

«Ach, da ist noch etwas», sagte Anna. «Wenn ich Rebecca wäre, würde ich auf einem Aidstest bestehen. Und natürlich auf Treue im Interesse aller. Sie verstehen?»

René verstand.

Noch am selben Tag verfaßte René einen Brief, in dem stand:

Liebe Anna,

ich weiß nicht, wie ich beginnen soll, zumal wir uns bereits in der Mitte der Handlung befinden. Oder ist es bereits das Ende? Meine Novelle war eine Notlüge. Die vier Freunde sind keine frei erfundenen Figuren, sondern Männer aus Fleisch und Blut. Sie kennen sie. Rebecca heißt in Wahrheit Anna. Aber alles andere entspricht der Wahrheit.

So, nun ist es heraus, und ich fühle mich, als hätte man mir eine Zentnerlast vom Herzen genommen.

War Ihr Verständnis für Rebecca nur theoretischer Natur, oder könnten Sie sich vorstellen, diese Novelle gemeinsam mit uns zu realisieren?

Wie heißt es bei Rousseau in der *Nouvelle Héloïse*: Das einzige Land, das bewohnt zu werden sich lohnt auf dieser Welt, ist das Land des Phantastischen. Unser Leben ist zu begrenzt, um sich mit dem Alltäglichen zufriedenzugeben.

Laßt uns unsere Träume verwirklichen! Haben Sie Mut?

Wir mögen Sie sehr.

Ihre vier Freunde, bereit, Sie auf Händen zu tragen.

Annas Antwort lautete:

Lieber René,

Sie sind ein schlimmes Schlitzohr, aber ein liebenswertes, sonst würde ich diesen Brief nicht schreiben. Ich mag Männer, die sich wie Männer benehmen – stark und kindisch. Ich habe Ihnen Ihre Novelle vom ersten Augenblick an nicht abgenommen. Ihr Taktgefühl hat mich mit Bewunderung erfüllt.

Dafür danke ich Ihnen.

> Ihre Rebecca,
> die darauf wartet, auf Händen getragen zu werden.

Nachdem Lafayette den Freunden beide Briefe vorgelesen hatte, herrschte andächtige Stille. Nur der Atem der Männer war vernehmbar.

«Sie hat wirklich gesagt, sie will mit jedem von uns verreisen?» brach Helmut Hardenberg die Stille.

«Sie betrachtet es als eine Art Einstellungsgespräch, ein Vorexamen», sagte René. «Wer durchfällt, ist draußen. Also strengt euch an!» fügte er grinsend hinzu.

«Und danach will sie einen Vertrag?»

«Einen Zeitvertrag, auf ein halbes Jahr.»

«Warum will sie einen Vertrag?» wollte Sylvano wissen. «Ist das wirklich nötig? Seit wann braucht Freundschaft Verträge?»

«Hör mal», wies ihn John zurecht, «aus welch anderem Grund sind wir in Brüssel? Wir sind hier, um Verträge auszuarbeiten, Verträge zwischen befreundeten Nationen. Ohne diese Sicherheit gibt es keine Vereinigung von Bestand. Und was im Großen gilt, gilt auch im Kleinen.»

«John, du hast recht», sagte René, «als Experte für internationales Vertragsrecht werde ich mich unseres Vertrags annehmen. Vielleicht dient er eines Tages als juristisches Vorbild wie die Bill of Rights. Ein Vorbild für eine neue Lebensgemeinschaft.»

«Ist das dein Ernst?» fragte Sylvano.

René fuhr unbeirrt fort: «Und vergeßt nicht, Freunde: So, wie ein Ehevertrag mehr ist als ein Vertrag zum wechselseitigen Nießbrauch am Körper des anderen, so ist auch das, was wir hier planen, mehr als ein Puff mit begrenzter Mitgliederzahl. Von heute ab stellen wir vier nicht nur die Weichen auf dem europäischen Markt. Wir arbeiten an einem zwischenmenschlichen Pilotprojekt, das unsere Gesellschaft mehr zu verändern vermag als die Mondlandung. Und jeder von uns kann dereinst sagen: Ich bin dabeigewesen.»

Helmut Hardenberg fügte hinzu: «Wie sagte Goebbels bei der Machtübernahme: ‹Meine Herren, ich weiß nicht, wie es enden wird, aber eines verspreche ich Ihnen, es wird interessant werden.›»

Anna spürte, wie die Müdigkeit sie übermannte. Die Uhr zeigte zwei Uhr morgens. Sie legte sich angekleidet auf das lederne Sofa. Mondlicht fiel durch die Fenster. Nicht einschlafen, dachte sie. Nur ein wenig ruhen.

Anna erwachte und wußte, sie war nicht allein im Raum. Obwohl nichts zu vernehmen war, spürte sie die Nähe des Unbekannten: ein lauernder Schatten, der drohend auf ihr lag. Sie hielt den Atem an und lauschte. Da war nur Schweigen, gnadenloses Schweigen und das Hämmern ihres Herzens.

Ohne den Kopf zu bewegen, ließ sie ihre Augen zum Fenster wandern: Es stand … offen. Offen! Um Gottes willen, es war offen! War da nicht jemand? Ja, jetzt vernahm sie es ganz deutlich: der hechelnde Atem eines Tieres, eines großen Tieres.

Löwen! Die Erkenntnis erfüllte sie wie ein Schrei: Löwen! Wie konnte ich nur das Fenster offenlassen? Allein, mitten in dieser gottverdammten Wildnis.

Stille umfing sie. Gebe Gott, daß ich mich täusche! Aber da war es wieder. Diesmal ganz deutlich: ein fauchendes Grollen. Ein schleichender Schatten!

Und dann sah sie die Augen, große, glimmende Raubtieraugen, die sie aus dem Dunkel anstarrten.

Ich träume. Gib, daß ich träume!

Aber sie wußte, daß es kein Traum war. Schweiß rann ihr in die Augen. Sie wollte aufspringen, davonlaufen, aber die Beine versagten ihren Dienst. Sie war wie gelähmt.

Angespannt bis zum Zerreißen erwartete sie den Angriff der Bestie. Nur ein Wunder vermochte sie noch zu retten.

Bei Wunder dachte sie an die Inyanga. Sie vernahm Simbas Stimme: Jetzt kann nur noch einer helfen.

Hilf mir, flehte sie.

Die Augen kamen näher. Anna öffnete den Mund zum Schrei. O mein Gott … Askari. Es war Askari.

Er legte seinen Kopf auf die Bettkante und blickte sie aus treuen Hundeaugen an. Mit bebenden Gliedern erhob sie sich, um das Fenster zu schließen. Übelkeit würgte sie.

«Mein Gott, hast du mich erschreckt.»

Sie holte sich ein Glas Wasser aus der Küche und ließ sich in den Korbsessel fallen, in dem Bryan den Schwarzen die Zähne zog. Der Mond brach durch die Wolken. Fahles Licht fiel ins Zimmer. Anna fühlte sich, als sei sie in letzter Sekunde dem Tod entronnen. In höchster Not hatte sie die Inyanga angerufen. Und sie hatte geholfen. Aus dem Löwen war Askari geworden. So einfach waren Wunder.

* * * *

Am Vormittag saß sie schon wieder über ihrer Niederschrift. Simba brachte ihr Eistee und Wassermelonen. Anna bat ihn, die Nacht bei ihr im Haus zu verbringen. Er blickte sie mit erschrockenen Augen an.

«Was wird Master Bryan dazu sagen?»

«Was soll er sagen?»

«Ich habe noch niemals in dem Haus aus Stein geschlafen.»

«Dann wird es eben das erstemal sein.»

Er nickte und verschwand in der Küche. Als Anna sich über ihren Text hermachte, hörte sie ihn mit den Töpfen klappern.

Sie griff zum Bleistift, und während sie ihre Gedanken zu Papier brachte, versank die Welt um sie herum.

Zwölftes Kapitel

Es war so Brauch unter den Freunden, daß derjenige, dessen Land seinen Nationalfeiertag beging, die anderen zum Dinner zu sich lud.

Der deutsche Nationalfeiertag stand vor der Tür.

Als Helmut Hardenberg den Vorschlag machte, Anna einzuladen, fand er sofort Zustimmung. Der Tag der Deutschen Einheit war ein willkommener Anlaß, Anna offiziell in ihre Tafelrunde aufzunehmen. Im Vordergrund ihres Treffens stand nicht die Vereinigung mit dem anderen Geschlecht, sondern mit dem anderen Deutschland.

Helmut Hardenberg wohnte in Fervuren, dem ersten wirklichen Dorf außerhalb Brüssels, wo morgens noch die Hähne krähen, wo sich der Geruch von Stallmist mit dem von Heu und verbranntem Kartoffelkraut mischt. Er lebte in dem rustikal ausgebauten Pferdestall eines ehemaligen Beginenhofes am Rande des alten Dorfkerns. Der Garten lag hinter einer hohen Hecke und war von der Straße nicht einzusehen. Hardenberg nannte ihn: Mein kleines Paradies.

Sie saßen um einen runden Tisch. Kerzenlicht spiegelte sich in blankgeputztem Silberbesteck und verbreitete elitäre Behaglichkeit. Der Hausherr hatte gerade einen Toast zur Feier des heutigen Tages ausgebracht:

«Auf die deutsche Wiedervereinigung! Auf die Wiedervereinigung Europas!»

«Wieso Wiedervereinigung Europas?» wollte John wissen.

Bevor Helmut antworten konnte, sagte Sylvano: «Weil es das vereinte Europa schon zweitausend Jahre vor dem Britischen Empire gegeben hat. Damals hieß es Imperium Romanum und wurde von uns verwaltet.»

«Es ist keine zweihundert Jahre her», sagte René, «da hieß die Hauptstadt Europas Paris und würde vermutlich noch heute so heißen, wenn Napoleon in Waterloo gesiegt hätte.»

«Und es sind gerade mal zwei Generationen vergangen, da gab es ein Reich vom Eismeer bis zum Mittelmeer und von den Pyrenäen bis zum Ural. Und das wurde von Berlin aus regiert. Ihr seht, jeder von uns hatte seine Chance», grinste Helmut.

«Bis auf die Briten», meinte Sylvano.

«Pah, Europa», sagte John. «Mit solch einer Bagatelle haben wir uns nicht abgegeben. Zu unserem Empire gehörte Amerika, Kanada, Australien, Neuseeland und fast ganz Afrika. Queen Victoria war Kaiserin von Indien und China.»

«Angeber», sagte Helmut.

«Wie kommt es, daß ihr Deutschen euren Nationalfeiertag so traurig begeht?» fragte René. «Ich war im vergangenen Jahr in Berlin und erwartete, die Leute auf den Straßen tanzen zu sehen. Es gab keine Musik, keine Paraden, keine flatternden Fahnen, nicht mal lachende Gesichter. Aus dem Radio ertönte Beethoven, und die Ansprachen klangen wie Grabreden.»

«Sage mir, wie du deinen Nationalfeiertag begehst, und ich sage dir, wer du bist», meinte John.

«Wir Franzosen», fuhr René fort, «feiern den Ausbruch einer Revolution, den Aufbruch zu völlig neuen Ufern. Der Tag der Deutschen Einheit verkörpert das genaue Gegenteil. Mit der Wiedervereinigung werden alte Verhältnisse wiederhergestellt. Aber wie! Während die Pariser auf den Straßen tanzen, gedenkt man in Deutschland der Opfer und der Toten. Niemand in Paris käme auf die Idee, sich die Freude nehmen zu lassen, weil die Revolution Opfer gefordert hat.»

«Und wie ist das in Italien?» wollte René wissen.

«Der Tag der Republik ist ein Freudenfest wie der französische», sagte Sylvano. «Einen Tag und eine Nacht lang berauschen sich die Bewohner der italienischen Halbinsel an der Vorstellung, ein Volk zu sein. Danach zerfallen sie wieder in Sizilianer, Genuesen, Römer, Venezianer. Es ist ein auf den Kopf gestellter Karneval. Während beim gewöhnlichen Fasching jeder in ein anderes, möglichst originelles Kostüm zu schlüpfen versucht, tragen die Menschen in meinem Land an ihrem Nationalfeiertag alle die gleiche Maske, die Maske des Italieners, den es nicht gibt und nie gegeben hat.»

«Der britische Nationalfeiertag ist mit Abstand der elitärste», sagte John. «Es gibt ihn nämlich nicht. Wenn wir historische Ereignisse wie den Sturm auf die Bastille feiern würden, kämen wir nicht mehr zum Arbeiten. Von der Unterzeichnung der Magna Charta bis zum Sieg über Hitler gibt es in der Geschichte unseres Empires kaum einen Tag, der nicht an ein bedeutendes historisches Ereignis erinnert.

Aus dieser Notwendigkeit heraus haben wir nicht den Kalender, sondern unsere Umwelt nach unseren Heldentaten benannt: Der Trafalgar Square, die Waterloo Station, lauter Siegesfeiern! Als Ersatz feiert das Volk die Hinrichtung eines Terroristen, der das Parlament in die Luft sprengen wollte. Der Guy Fox Day ist der Tag der erfolgreichen Bekämpfung des Terrorismus. Man sollte ihn zum globalen Feiertag erheben.»

«Auf das vereinte Europa!» Helmut erhob sein Glas.

Und er fügte hinzu: «Da wir gerade beim Einreißen von Schlagbäumen und Grenzen sind, schlage ich vor, wir sollten mit Anna Bruderschaft trinken.»

Und so geschah es.

Erste Küsse wurden ausgetauscht, scheu auf hingehaltener Wange.

Anna fühlte sich wie ein Weihnachtsgeschenk auf dem Gabentisch von vier Buben, die es nicht abwarten können, ihr Präsent endlich auswickeln zu dürfen. Die vier waren einfach umwerfend. Ihre Blicke machten Männchen, warben um Aufmerksamkeit. Ihre Gesten demonstrierten Selbstbewußtsein, Größe, Gelassenheit. Ihr Lächeln war leuchtender als für gewöhnlich, ihre Bäuche flacher und ihr föngetrocknetes Haar voller.

Anna mußte die Balz wohl geahnt haben, denn sie hatte ihre Reize mehr verhüllt, als es für gewöhnlich ihre Art war. In ihrem Hosenanzug und Rollkragenpullover wirkte sie so männlich, daß René sie damit aufzog. Er belehrte sie charmant lächelnd:

«Als die Frauen während der Französischen Revolution Männerkleidung anlegten, um Gleichberechtigung zu demonstrieren, gab die Pariser Kommune einen offiziellen Aufruf heraus, der fast wie eine Liebeserklärung klingt. In ihm heißt es: ‹Frauen, die ihr Männer sein wollt, ihr benehmt euch wie Blüten, die Bienen werden wollen. Warum gebt ihr euch nicht zufrieden mit dem, was ihr habt? Was wollt ihr noch mehr? Ihr beherrscht unsere Sinne. Wir liegen euch zu Füßen. Euer Despotismus ist der einzige, den selbst die Revolution nicht abzuschaffen vermag. Im Namen der Natur, bleibt, wozu sie euch bestimmt hat!›»

«Dagegen muß ich energisch protestieren», erwiderte Anna. «Das könnte euch so passen, daß wir Frauen bleiben, wozu ihr uns bestimmt habt: Das Tier mit den langen Haaren, das im Kreis der Männer zu schweigen hat, wie es bei Augustinus heißt. Ich bestehe darauf, eine Antrittsrede halten zu dürfen.»

Sie blickte sich herausfordernd um, griff nach der Geige, die zur Dekoration hinter ihr am Kamin hing und sagte: «Eine Geige. Schaut sie euch an!

Boden, Zargen und Schnecke sind aus kanadischem Ahorn. Die Decke ist von finnischer Fichte, das Griffbrett aus Ebenholz. Der Wirbel, der Geigenhals und die Saitenhalter von Buchsbaum und Rosenholz. Wichtig ist der rechte Leim, die notwendige Geschmeidigkeit des Lacks, die wohlausgewogene Wölbung des Bodens und der Decke, die richtige Spannung des Baßbalkens, der die Decke stützt. Die Stärke der Saiten, der Zuschnitt des Steges – lauter Faktoren, die den Klang beeinflussen. Die Geige ist ein kunstvoll zusammengefügtes Gebilde aus vierundachtzig verschiedenen Holzteilen aus aller Herren Länder.

Europa ist ein kunstvoll zusammengefügtes Gebilde aus siebenunddreißig verschiedenen Ländern von verschiedenem Holz, unaustauschbar miteinander verbunden zu einem Instrument. Erst die Summe aller erzeugt den unnachahmlichen Wohlklang, der seinen wahren Wert ausmacht. Die Geige – ist das nicht ein schönes Gleichnis für Europa?»

Es war einen Augenblick totenstill. Dann ertönte tosender Applaus. René klatschte am lautesten: «Mensch, Anna, Sie, ich meine du bist ja ein Phänomen. Ein weiblicher Demosthenes.»

«Übertreibt nicht so schamlos», lachte Anna. «Wahr ist, ich liebe das Gespräch. Also strengt euch an! Im übrigen bin ich hungrig wie ein Wolf.»

Das Dinner konnte beginnen.

Zum Auftakt gab es doppelte Kraftbrühe. Es folgten Flußkrebse. Am meisten Beachtung fand der Hauptgang, drei heiße Tonklumpen auf einem großen Holzbrett.

«Mein Gott, was wollt ihr denn mit diesen Steinen?» lachte

Anna. Als Antwort schlug der Hausherr mit einem Hammer gegen den gebrannten Ton. Es klang, als wenn man auf einen Ziegelstein schlägt. Ein kräftiger Hieb: Der Tonbrocken zersprang in zwei Hälften. Wie eine reife Kastanie in ihrer aufgeplatzten Schale erschien dampfend und duftend eine braungebratene Wildente.

«Eine Spezialität meiner Heimat», sagte Helmut Hardenberg. «So haben früher die Wenden und Sorben ihre Hühner gegrillt. Saft und Aroma bleiben erhalten, und man braucht die Vögel nicht einmal zu rupfen. Sie kommen mit den Federn in den Ton, der so weich wie Brotteig ist. Nach dem Backen bleiben die Federn im harten Ton stecken. Das geht sogar mit Igeln. Wir haben es als Jungs am Lagerfeuer ausprobiert.»

Die Wildenten schmeckten vorzüglich. Dazu gab es Kartoffelknödel und Rotkraut mit Preiselbeeren.

«Könnt ihr alle so gut kochen?» fragte Anna.

«Die sind besser als ich», sagte Helmut.

«O Gott, wie soll ich da mithalten», lachte Anna. «Ich kann nämlich überhaupt nicht kochen.»

«Es reicht ja, wenn wir es können», meinte Sylvano. «Wir kochen für dich.»

«Dafür werde ich euch Geschichten erzählen.»

«Sie ist eine Scheherezade», sagte René.

«Well, laß hören, was du kannst, Anna!» rief John. «Ich habe in wenigen Minuten Geburtstag und wünsche mir eine Birthdaystory. Aber vergiß nicht: Wir Briten mögen es makaber.»

Anna erhob sich, klopfte an ihr Glas und begann, ohne zu zögern:

«Nero hat Geburtstag. Was soll man dem Kaiser schenken? Er hat alles. Womit könnte man ihm eine Freude machen? Womit bloß? Nichts bereitet Nero soviel Vergnügen wie Städte anzünden und Christen kreuzigen. Feuer geht nicht. Rom hat gerade erst gebrannt. Also wird man Christen ans Kreuz nageln.

Am Geburtstagsmorgen. Nero erwacht. Er tritt auf seinen Balkon. Was sieht er? Eine Allee von Kreuzen direkt unter seinem

Schlafzimmerfenster. Erfreut eilt er nach unten, läuft die Kreuze entlang, zählt sie: sechsundvierzig, siebenundvierzig, achtundvierzig. Ich bin achtundvierzig. Welch ein Geburtstag! Er reibt sich die Hände, hüpft von einem Bein auf das andere. Unter einem Kreuz bleibt er stehen. Was war das? Spricht da nicht jemand? Er blickt nach oben. Ein alter bärtiger Christ hängt daran, mit ausgebreiteten Armen. Er bewegt die Lippen. Der Kaiser legt die Hand hinters Ohr. Er kann nicht verstehen, was der Mann sagt.

‹Wache!› Ein Legionär eilt herbei.

‹Eine Leiter!›

Eine Leiter wird gebracht. Der Kaiser steigt hinauf. Er nähert sein Ohr den Lippen des Gekreuzigten. Und nun hört er es ganz deutlich: [Anna singt mit leiser, mädchenhafter Stimme] ‹Happy birthday to you …›»

Es schlug Mitternacht. Und da sangen sie alle: Happy birthday to you.

«Aus welcher Ecke Englands stammst du eigentlich?» fragte Helmut, während er nachschenkte.

«Aus keiner», erwiderte John. «Ich wurde in Afrika geboren, in Transvaal.»

«Ein weißer Herrenmensch der Apartheid», sagte Helmut.

«Hört, hört!» riefen die anderen.

«Das sagt *ihr*», konterte John, «ausgerechnet *ihr*! Glaubt mir, auf keiner Farm in ganz Transvaal gab es soviel Herrenmenschentum wie hier in Brüssel. Unsere Häuser daheim waren zwar größer als die der Schwarzen. Aber keiner von denen empfand das als Nachteil. Sie wohnten seit Jahrhunderten in ihren strohgeflochtenen Rundhütten. Wir und sie haben das gleiche gegessen, nämlich das, was auf den Feldern wuchs, was geschlachtet und geschossen wurde. Natürlich hat der Farmer mehr verdient als seine afrikanischen Landarbeiter, aber er trug auch das Risiko, wenn der Regen ausblieb oder die Ernte vom Ungeziefer gefressen wurde.»

«Und was hat das mit uns und Brüssel zu tun?»

«Macht euch doch nichts vor», sagte John. «Wir Eurokraten residieren hier wie die weißen Herren im vorigen Jahrhundert in Kenia. Wir verdienen ein Vielfaches mehr als die Eingeborenen vom Stamm der Belgier. Verglichen mit ihnen leben wir auf enorm großem Fuß mit einer ganzen Reihe von Vorrechten, Vergünstigungen und noch mehr elitärem Dünkel. Wir zelebrieren unsere eigenen exklusiven Partys, treiben getrennt Sport in teuren Clubs, haben eigene Schulen und Kindergärten – bessere versteht sich –, leben ghettohaft separiert in den schönsten Vororten der Stadt mit eigenen Geschäften.»

«Die gibt es doch bloß, damit die verschiedenen Nationen nicht auf ihre heimische Kost verzichten müssen», sagte Sylvano. «Damit die Norweger ihren Trockenfisch kriegen und die Griechen ihre Moussaka.»

«Die Clubs in Kenia erfüllten die gleiche Aufgabe. Sie wurden gegründet, damit die Kolonialherren nicht auf ihren gewohnten Whisky und Pfeifentabak von Harrods verzichten mußten.»

«Komm, hör auf», sagte Helmut. «Du übertreibst mal wieder gewaltig.»

«Tue ich das?»

«Die Belgier sind doch keine Eingeborenen.»

«Wer von uns hat schon belgische Freunde? Aber jeder von uns hat eine belgische Putzfrau», sagte John.

«Und warum erzählst du uns das?» wollte Helmut wissen.

«Weil ihr mich einen weißen Herrenmenschen genannt habt.»

«Was ist daran verkehrt?» sagte René. «Wir sind Herrenmenschen. Ganze Kulturen sind untergegangen, weil die Balance zwischen Eliten und Massen aus den Fugen geriet.»

«John ist ein Südafrikaner», grinste Sylvano. «Wer hätte das gedacht. Ein Bure!»

«Gute Briten kommen in Afrika zur Welt», sagte John, «in Australien, Indien, Neuseeland. Gute Italiener – habe ich mir sagen lassen – werden auf der kurzen Strecke zwischen Mailand und Turin geboren. Der italienische Stiefel ist halt enger als das englische Weltreich. Und da wir gerade beim Thema ‹weite Welt› sind:

Wißt ihr, was ich mir von euch zum Geburtstag wünsche? Ich will als erster mit Anna verreisen. Ich möchte ihr meine Heimat zeigen. In Transvaal blühen jetzt die Yakarandabäume. Ich war schon lange nicht mehr dort. Anna, hättest du Lust, mich zu begleiten?»

«Was für eine Frage!» lachte Anna. «Wann soll es losgehen?»

«So bald wie möglich.»

«Da haben wir aber auch noch ein Wörtchen mitzureden», protestierte Sylvano.

«Wollt ihr einem Geburtstagskind seinen einzigen Wunsch abschlagen?»

Und da sie nicht sogleich antworteten, nahm er ihr Schweigen als Zustimmung.

So hatte es begonnen.

Und nun saß sie hier allein in der afrikanischen Wildnis am Ende der Welt und schrieb an ihrem Buch, während John halbtot in der Hütte einer Hexe um sein Leben kämpfte. Nicht einmal Strom gab es auf Leukop, geschweige denn ein Telefon. Es war wie ein Alptraum.

Dreizehntes Kapitel

Als Anna am anderen Morgen im ersten Tageslicht zur Hütte der Inyanga fuhr, wurde sie bereits erwartet.

«Wie geht es ihm?»

«Er schläft.»

John lag auf dem Lager beim Feuer, so wie sie ihn verlassen hatten. Die Augen geschlossen, bleich und leblos. Sein Bein war mit dickfleischigen Blättern umwickelt. Anna kniete neben ihm nieder und strich ihm über die Stirn. Ein tiefer Seufzer entrang sich seiner Brust.

«Warum sind seine Lippen blutig?»

«Das ist kein Blut. Das ist der Saft der Benga-Benga-Beeren. Laß ihn schlafen», sagte die Inyanga. «Der Schlaf ist ein guter Arzt.»

Die beiden Frauen setzten sich vor der Hütte auf eine Bank. Die Inyanga brachte Tee und fragte: «Bist du seine Frau?»

«Nein.»

«Aber du schläfst mit ihm?»

«Nein.»

«Bist du seine Tochter? Nein, du bist nicht seine Tochter. Du bist jung und schön. Warum macht ein Mann mit einer Frau wie dir eine so weite Reise, ohne ihren jungen Leib zu genießen? Und was ist mit dir? Ist dein Schoß ohne Sehnsucht?»

«Nein, aber …»

«Euer Leben ist voller Aber.»

«Was weißt du von unserem Leben?» fragte Anna.

«Oh, sehr viel. Ich bin zur Schule gegangen und habe in Johannesburg als Nurse gearbeitet.»

«Und wie bist du das hier geworden?»

«Eine Inyanga? Inyanga wird man nicht. Zur Inyanga wird man berufen. Die Entscheidung liegt nicht bei dir.»

Sie betrachtete Anna: «Du hast schöne Augen, Schwester, Augen wie eine Onyx-Antilope.» Und wieder ruhten ihre Blicke prüfend auf Anna. Endlich ergriff sie ihre Hand und fragte: «Soll ich dir die Knochen werfen?»

«Was für Knochen?» fragte Anna.

«Dollos-goi. Hast du nie davon gehört?»

«Nein.»

Die Inyanga verschwand in der Hütte, und als sie wieder zum Vorschein kam, hielt sie einen Lederbeutel in der Hand.

«Was ist das?»

«Der Hodensack eines Kudus.»

Sie kniete auf dem Boden nieder, die Augen geschlossen, die Handflächen auf den Oberschenkeln. Der Lederbeutel lag zwischen ihren Knien. Wie eine Betende hockte sie da, viele Herzschläge lang. Anna wagte nicht zu sprechen. Dann, wie in Trance, hob sie den Beutel hoch und warf seinen Inhalt vor sich in den Sand. Anna erkannte seltsame beinerne Gegenstände: Knochen mit rätselhaften Runen von verschiedener Form. Die Inyanga beugte sich tief zu ihnen herab und betrachtete sie, als läse sie in einem Buch. Ihr Blick glitt prüfend von einem Zeichen zum anderen. Sie verglich, deutete. Endlich schien sie zufrieden. Ein Lächeln huschte über ihr Gesicht.

«Du bist eine Shangolollo», sagte sie, «eine langbeinige Netzknüpferin. Du weißt, wie Spinnenweibchen sind? Sie machen ihre Männer glücklich, aber sie bringen ihnen kein Glück. Sie wirken wie Feuer auf Falter verlockend tödlich. Da sind mehrere Männer in deinem Leben.»

«Ja», sagte Anna, «du hast recht. Da sind wirklich mehrere Männer.»

Sie schaute der Inyanga in die Augen und fragte: «Kann eine Frau mit mehreren Männern zusammenleben, gleichzeitig und gemeinsam wie in einer Familie?»

«Mehrere? Wie viele?»

«Vier.»

Die Inyanga schnalzte mit der Zunge. Es klang genießerisch. Ein lustvolles Leuchten blitzte in ihren Augen auf: «Himmlisch für die Frau, aber die Hölle für den Mann.»

«Wieso die Hölle für den Mann?»

«Weil keiner von ihnen sein Weib mit einem anderen teilen kann. Sie würden sich zerfleischen wie die Löwen. Ein Löwe kann zehn Weibchen haben, aber eine Löwin kann nicht einmal zwei Männer haben, ohne daß Blut fließt.»

«Menschen sind keine Löwen.»

«Männer sind schlimmer als Löwen.»

«Und wenn es Männer gäbe, die es könnten?»

«Dann wären sie keine Männer. Ein Farmer kann vier Felder bestellen. Aber vier Farmer können sich nicht ein Feld teilen.»

Anna erwiderte: «Eine Frau kann sich vier Pferde halten. Aber vier Frauen können nicht ein Pferd besteigen.»

«Du bist schlimmer als die Schakalin», lachte die Inyanga.

«Aber ich mag dich. Weißt du, daß ich noch niemals einer Weißen die Knochen geworfen habe?»

«Was haben dir die Knochen sonst noch über mich verraten?»

«Du bist auf dem richtigen Weg. Knüpfe dein Netz. Deinem Glück steht nichts im Weg. Du wirst alt werden, alt wie ein Elefant.»

Und nach einer kurzen Pause fragte sie: «Liebst du den Mann, den die Schlange gebissen hat?»

Als Anna mit der Antwort zögerte, fügte sie hinzu: «Laß den Mann, den du liebst, nicht zum Wasser des Löwen gehen. Am Löwenplatz lauert der Tod.»

«Schon wieder die Löwen», lachte Anna. «Alle wollen mir angst vor den Löwen machen.»

«Dir droht keine Gefahr von den Löwen, aber deinen Männern. Und noch etwas: Einer deiner Männer wird von den Toten wiederauferstehen.»

«Das ist doch bereits geschehen», sagte Anna. «John war so gut wie tot. Du hast ihn zurückgeholt.»

«Nein», sagte die Inyanga. «Ich habe ihn geheilt. Der, von dem ich spreche, wird bereits begraben sein.»

Sie sammelte die Knochen wieder ein.

«Du glaubst mir nicht? Ich weiß, es klingt phantastisch, aber das Dollos-goi irrt sich nicht. Bewahre seine Warnung gut.»

Anna trank ihre Teetasse aus und fragte: «Hast du keinen Mann?»

«Wie kannst du fragen? Eine Frau ohne Mann ist wie eine Nacht ohne Mondlicht.»

«Und wo ist er?» fragte Anna.

«Daheim.»

«Hier?»

«Das ist nicht mein Zuhause. Ich lebe eine Stunde von Leukop entfernt in einem kleinen Dorf im Süden.»

«Und warum arbeitest du nicht dort?»

«Wie kann ich? Dieser Platz hier ist ein Thabana, ein heiliger Ort. Hier hat es schon immer eine Inyanga gegeben. Wenn ich nicht mehr bin, wird es eine andere sein.»

«Warum lebst du dann nicht hier?»

«Hier auf dem Thabana? Unmöglich. Das Tabu ist ein wichtiger Teil unseres Glaubens. Es umfaßt alle Lebensbereiche. Eine Schwangere darf nicht einmal in ihrem eigenen Haus gebären. Dafür gibt es eine spezielle Hütte, den Ort der Ankunft. Übrigens gehören alle Häuser im Kral den Frauen. Ledige Männer wohnen bei ihrer Mutter. Verheiratete schlafen bei ihren Frauen, reihum, wenn sie mehrere haben. Sie sind nur zu Gast.»

«Ist das wirklich so?» staunte Anna. «Ich habe gelesen, daß eure Väter euch an eure Männer verkaufen.»

«Unsinn», sagte die Inyanga. «In euren Büchern steht nur Unsinn. Ein junger Bantu, der ein Mädchen zur Frau nehmen will, muß dem Vater eine Lobola zahlen. Die Lobola ist ein Betrag, für den ein Mann viele Jahre schwer arbeiten muß. Gibt es ein größeres Opfer als Lebenszeit?»

«Dafür müssen eure Frauen aber am Ende um so schwerer für ihn arbeiten.»

«Hast du das auch aus den Büchern?»

«Man sieht auf den Feldern nur Frauen. Während die Männer vor den Hütten hocken, schwatzen und rauchen.»

«Weißt du, warum das so ist?»

«Nein.»

«Weil es in Afrika seit ewigen Zeiten eine Arbeitsteilung der Geschlechter gibt: Der Frau obliegt die Feldarbeit, dem Mann die Jagd. Was können unsere Männer dafür, daß es kaum noch was zu jagen gibt. Afrika ist ein konservativer Kontinent. Außerdem lieben wir nichts so sehr wie Sex.»

«Was hat das denn damit zu tun?» staunte Anna.

«Wenn wir Frauen schon den ganzen Tag auf den Feldern verbringen müssen, wollen wir wenigstens am Abend einen ausgeruhten Mann auf dem Liebeslager.»

Sie trank ihre Tasse Tee leer und leckte sich ihre vollen, breiten Lippen: «Es gibt keine sanfteren Tiere als Kühe. Aber sie wollen zweimal am Tag gemolken werden. Und genauso verhält es sich mit den Männern. Übrigens gibt es nichts, das Männer so kraftlos macht wie ein Schlangenbiß, für viele Tage. Aber das spielt ja wohl für dich keine Rolle. Du machst ja kein *dschudschi dschudschi* mit ihm.»

Sie formte diese zwei Wörter mit solch sinnlichem Schmatzen, daß es sich wirklich nur um die aufregendste aller Betätigungen handeln konnte.

Ein verschmitztes Lächeln huschte über ihr Gesicht: «Falls du es dir anders überlegen solltest, so laß es mich wissen. Lebende Termiten an der richtigen Stelle seines Gliedes angesetzt, machen es so hart wie Wurzelholz.»

Vierzehntes Kapitel

«Was seid ihr bloß für Kinder», sagte Bryan bei seiner Rückkehr. «Man kann euch keine zwei Tage aus den Augen lassen. Wenn die Puffotter Anna erwischt hätte, hätte ich das ja noch verstanden, aber daß dir das passiert, einem alten Südafrikaner!»

Er betrachtete Johns Bein und stellte fest: «Gute Arbeit. Schneller wäre es mit dem Schlangenserum auch nicht gegangen. Eine unglaubliche Person, diese schwarze Hexe. Ohne sie würden wir dich heute beerdigen.»

«Ist die Puffotter so giftig?» fragte Anna.

«Es gibt zwar giftigere Schlangen, aber keine kann ihren Rachen so weit aufreißen. Mamba und Kobra erwischen dich meist am Hosenstoff. Die Puffotter faßt tief ins Fleisch. Vor allem ist sie faul. Sie läuft nicht weg. Und wehe, man kommt ihr zu nah! Du hast es ja erlebt.»

«Ich hatte das Gefühl, ich müßte ersticken», sagte John.

«Ohne Inyangas Hilfe wärst du erstickt. Was hat sie eigentlich mit dir angestellt?»

«Ich kann mich nicht erinnern. Immer, wenn ich zu mir kam, kniete sie bei mir und flößte mir Medizin ein. Da waren heiße

Dämpfe, die ich eingeatmet habe, Gesang und Trommelschlag. Und dann ... ja, jetzt erinnere ich mich ... ein Huhn, oder ein Hahn? Sie hält ihn in ihren Händen. Er wehrt sich, schlägt mit den Flügeln. Sie zerreißt ihn.»

«Zerreißt ihn?»

«Ja, sie zerreißt ihn mit ihren bloßen Händen. Sein warmes Blut tropft auf mein Bein ... Es war ekelhaft. Vielleicht habe ich das aber auch nur geträumt. Ein paarmal hat sie mein Bein mit Blättern umwickelt.»

«Unglaublich, wie sie das macht, mit den primitivsten Mitteln.»

«Woher hat sie dieses Wissen?» fragte Anna.

«Jahrhundertealte Überlieferung, so sagt man, aber ich glaube nicht daran. Es ist mehr.»

«Wie meinst du das?»

«Mit Erfahrung allein läßt sich ihr Wissen nicht erklären. Es ist Unsinn anzunehmen, ein von einer Schlange Gebissener sei irgendwann einmal losgezogen und habe zufällig das richtige Kraut gegen Schlangengift entdeckt. Abgesehen davon, daß er gar nicht die Zeit dafür gehabt hätte, wären bei diesem Versuch Hunderte von Pflanzen vertilgt worden, deren Einnahme erfolglos oder sogar schädlich gewesen wäre. Aber ohne Schlangenbiß hätte er die Erfahrung nicht machen können.»

«Du meinst, die Inyanga hätte die Fähigkeit zu erkennen, welche Kräfte in einer Pflanze stecken?»

«Ja, so wird es wohl sein», sagte Bryan. Er entkorkte eine von den mitgebrachten Whiskyflaschen, goß ihre Gläser voll, brachte einen Toast auf Johns Negerbein aus und erzählte:

«Als ich noch zur Schule ging, hatten wir ein schwarzes Hausmädchen. Miriam hatte die Missionsschule besucht, war getauft, christlich erzogen, konnte lesen und schreiben. Wir Kinder haben sie geliebt. Eines Tages stürzte sie in der Küche zu Boden, wand sich in Krämpfen und schrie vor Schmerzen. Wir brachten sie ins Krankenhaus. Sie wurde untersucht. Ihr fehlte nichts. Ein paar Wochen später wiederholten sich die Krämpfe. Sie kamen jetzt immer häufiger und heftiger. Mein Vater fuhr mit ihr ins

Baragwana-Hospital, wo sie noch gründlicher untersucht wurde. Es gab keine organische Ursache. Sie wurde immer elender. Am Ende offenbarte sie sich meiner Mutter. Sie sagte: Man hat mich zur Inyanga bestimmt. Aber ich will keine Inyanga werden. Ich bin davongelaufen und habe mich mit allen Kräften dagegen gewehrt. Ich weiß jetzt, daß ich mich fügen muß. Mir bleibt keine andere Wahl. Ich muß die Berufung annehmen oder sterben.

Jahre später hat sie uns besucht, eine junge Frau von kraftvoller Gesundheit. Sie war eine Inyanga.»

Anna meinte: «Ich habe immer gedacht, in Afrika seien Medizinmänner tonangebend.»

«Der Medizinmann ist eine Erfindung der Missionare, die nicht wahrhaben wollten, daß spirituelle Macht bei den Frauen liegen könnte. Als Vertreter einer rein männlichen Kirche ging das wohl über ihr Vorstellungsvermögen. Die Geschichte des schwarzen Kontinents weiß nur von wenigen großen Männern zu berichten, aber sie kennt eine ganze Reihe bedeutender Frauen, von der Königin von Saba bis zur Regenkönigin von Nordtransvaal. Alle Schwarzen beschwören, daß es regnet, wenn sie es will. Die jungfräuliche Regenkönigin darf nicht krank werden. Wird sie von einer Krankheit befallen, so verliert sie ihre magische Kraft und muß sich eigenhändig das Leben nehmen, damit eine neue Auserwählte ihren Platz einnehmen kann.»

«Und das tut sie auch?» fragte Anna ungläubig.

«Sie hat es gerade erst getan», meinte Bryan.

«Das muß ich mir merken», feixte John. «Das sollten wir in Brüssel übernehmen. Wenn einer nicht mehr in der Lage ist, sein Land mit warmem Regen zu versorgen, so soll er den Löffel abgeben.»

Bisweilen siegte sein schwarzer Humor über die große Müdigkeit, die ihn befallen hatte.

Sie hatten ihn auf das Ledersofa in der Wohnstube gelegt. Meist starrte er mit offenen Augen zur Decke.

«Du liegst da wie ein totgeschossenes Kaninchen», meinte

Bryan, und John erwiderte: «So fühle ich mich auch. Fledermäusen muß so zumute sein, kurz bevor sie in den Winterschlaf fallen.»

Als er abends mit Anna allein war, sagte John: «Wenn ich einmal sterbe, will ich nicht, daß man um mich trauert. Ich wünsche mir, daß meine Freunde zusammenkommen wie bei unseren Nationalfeiertagen, daß sie gut essen, reichlich trinken und von mir sprechen wie von einem, der lebt. Und vergeßt nicht: Ich mag es makaber.»

Etwas später – Anna hatte ihren Tee zubereitet – sagte er: «Wir hätten nicht hierherfahren dürfen. Die afrikanische Wildnis war keine gute Idee.»

«Es war die beste, die du je hattest», widersprach Anna. «Wo sonst auf der Welt wären wir uns in wenigen Tagen so nahe gekommen wie hier?»

«Meinst du das im Ernst? Schau mich an. Ich bin schwach wie ein Wickelkind. Ich hätte gern … ach, vergiß es.»

«Ich weiß, was du gerne hättest. Aufgeschoben ist nicht aufgehoben. Ich habe in dieser Woche mehr über dich erfahren, als wenn wir jede Nacht miteinander geschlafen hätten.»

«Laß uns noch ein paar Tage hierbleiben», bat er.

«Du weißt, daß das nicht geht, John. Du mußt nach Straßburg zum Europarat, und Sylvano hat bereits Urlaub, Flug und Hotel gebucht.»

«Willst du wirklich mit Sylvano …?»

«Natürlich. Das haben wir doch so ausgemacht.»

«Ja, schon, aber …»

«Aber was?»

«Zum Teufel, das war vor einer Ewigkeit. Da war alles noch ganz anders.»

«Was war anders?»

«Ich kannte dich nicht.»

«Und jetzt kennst du mich?»

«Auf jeden Fall weiß ich, daß ich dich mit keinem anderen teilen will.»

«Aber es war doch deine Idee.»

«Meine?»

«Gut, eure.»

«Nein, es war ihre. Ich habe da nur mitgemacht.»

Er betrachtete Anna und fragte: «Warum bist du auf dieses unmögliche Angebot eingegangen? Wie konntest du, eine Frau wie du? Ich begreife es nicht.»

«Vielleicht weil ich von Natur aus neugierig bin. Erlaube mir eine Gegenfrage: Was stört dich mit einemmal an unserem Arrangement?»

«Ich ... ich mag dich. Ich mag dich sehr.»

«Ich mag dich auch», sagte Anna. «Ich hätte mich nie auf euer Angebot eingelassen, wenn ich euch nicht gemocht hätte.»

Sie streifte sich die Sandalen von den Füßen und schlüpfte zu ihm unter die Bettdecke. Es war das erstemal, daß sie bei ihm lag. Er nahm sie behutsam in die Arme und streichelte ihr Haar.

«Oh, Anna.»

Sie drängte sich an ihn: «Halt mich fest!»

«Ich kann nicht zu dir kommen», sagte er. «Ich bin impotent wie ein Eunuch.»

«Ich weiß.»

«Was weißt du?»

«Die Inyanga hat es mir prophezeit. Das Schlangengift lähmt nicht nur die Lungen, sondern vor allem die Glieder.»

«Über so etwas habt ihr gesprochen?»

«Oh, wir haben über noch viel intimere Dinge geredet.»

«Erzähl!»

«Frauengeheimnisse. Rede nicht so viel. Küß mich, du Dummkopf!»

Seine Lippen und Hände erkundeten sie.

«Schmecke ich dir?»

«Zum Fressen gut.»

«Dann friß mich!»

«Es tut mir so leid, daß ich nicht ...»

Sie verschloß seinen Mund mit einem Kuß.

Später bat er sie: «Bitte laß es unser Geheimnis bleiben – der Schlangenbiß und das alles. Eigentlich geht es nur uns beide an. Oder?»

Anna versprach es.

* * * *

«Wie geht es deinem Mann?» fragte die Inyanga, als Anna sie am Morgen besuchte.

«Er schläft.»

«Ein fressender Löwe, ein schlafender Mann – laß sie in Ruhe!»

«Ich möchte mich bei dir bedanken», sagte Anna.

«Wofür?»

«Du hast ihm das Leben gerettet.»

«Der Kranke ist sein bester Arzt.»

«Kann ich dir eine Freude machen?»

«Ja», sagte sie, «setz dich zu mir und erzähle mir von dir und deinen Männern. Sind sie gute Tänzer?»

«Ich weiß es nicht.»

«Du weißt es nicht?»

«Ich habe es noch nicht ausprobiert.»

«Du tanzt nicht mit ihnen. Du schläfst nicht mit ihnen. Was gibt es sonst noch, das man mit Männern anstellen könnte?»

«Miteinander reden.»

«Dazu brauchst du keinen Mann. Das kannst du mit einer Frau viel besser. Männer sind mundfaul. Sie sind uns selbst körperlich unterlegen. Ein Mann kann zwar mit seinen Armen doppelt soviel tragen wie wir, aber was ist das schon gegen das Austragen eines Kindes im Bauch, neun Monate lang?

Ihre Überlegenheit liegt allein im Denken. Darin sind sie gut. Oft, wenn ich ein Auto sehe oder ein Flugzeug, dann sage ich mir: Das haben Männer gemacht. Keine Frau könnte dergleichen basteln. Aber Männer sind auch verrückt. Sie graben Stollen bis zum Mittelpunkt der Erde, um in völliger Finsternis nach Gold zu suchen. Sie fliegen sogar zum Mond, nur so. Keine Frau käme auf solch einen verrückten Gedanken.»

Anna fragte: «Wärst du lieber ein Mann?»

«Alles, nur das nicht. Nein, auf gar keinen Fall», empörte sich die Inyanga. «Wäre ich ein Mann, dann müßte ich mit einer Frau zusammenleben.»

Sie betrachtete Anna und fragte: «Wie hältst du es mit deinen vier Männern? Geht ihr alle gemeinsam ins Bett und treibt es wie die Affen gleichzeitig, oder macht ihr es so, wie wir es machen, wenn ein Mann mehrere Frauen hat?»

«Wie macht ihr es denn?»

«Jede Frau lebt in ihrer eigenen Hütte. Der Mann besucht sie der Reihe nach. Er hat keine eigene Schlafstelle. Er ist nur zu Gast, jede Nacht in einem anderen Bett. Hältst du es auch so?»

«Nein», sagte Anna. «Ich werde mein eigenes Haus haben.»

«Und deine Männer besuchen dich dort?»

«Ja.»

«Dann steht jede Nacht eine Wohnung leer. Welch eine Verschwendung! Unser System ist besser.»

«Du meinst, ich sollte zu ihnen gehen?»

«Was für eine Frage! Natürlich mußt du zu ihnen gehen. Schon schlimm genug für deine Männer, daß sie dich miteinander teilen müssen. Willst du ihnen wirklich zumuten, daß sie auch noch das Bett miteinander teilen, Zahnbürste, Handtuch, Schlafanzug – wie willst du das alles auseinanderhalten? Nein, du mußt zu ihnen gehen und jedem das Gefühl geben, er sei die Nummer eins. Männer können nicht teilen, wenn es um uns geht. Und bedenke: Eine Frau, die von mehreren Männern aufgesucht wird, ist eine Hure. Eine, die die Nacht in der Wohnung eines Mannes verbringt, ist seine Geliebte. Unterschätze nie die Macht der Rituale. Höre auf eine erfahrene Frau: Verbringe nicht die Zeit mit Warten. Ergreife die Initiative! Geh zu ihnen oder gehe nicht. Die Entscheidung muß bei dir liegen. Du bestimmst, ob, mit wem, wann und wie oft.»

«Mein Gott», sagte Anna, «so habe ich das noch gar nicht gesehen. Du verstehst nicht nur etwas von Krankheiten, sondern auch von Männern.»

«Männer sind eine Krankheit», lachte die Inyanga. «Gib jedem deiner Männer das Gefühl, daß er besser im Bett ist als die anderen. Ich würde mich schwanger stellen und jedem unter dem Siegel der Verschwiegenheit erzählen, daß er der Vater meines Kindes ist. Nichts bindet einen Mann mehr an eine Frau als ein Kind.

Und noch etwas: Sprich nie mit dem einen über die anderen, aber zeig es allen, wenn dir einer ein Geschenk macht. Das schafft den Ansporn, den anderen zu übertreffen.

Mußt du für deine Männer arbeiten, oder arbeiten sie für dich?»

«Sie arbeiten für mich.»

«Dann sind sie abends müde. Aber dafür bist du ausgeruht, und du hast vier Männer zur Verfügung. Das ist nicht schlecht. Das ist sogar sehr gut.

Vier Männer für *dschudschi dschudschi*, vier Geldverdiener, vier Beschützer. Der Tod eines Mannes macht dich nicht zur Witwe und deine Kinder nicht zu Halbwaisen. Du bist vierfach beglückt und vierfach versorgt. Du bist wahrhaftig zu beneiden, Schwester Shangolollo. Wie machst du das? Verrate mir deinen Zauber. Wie holt man sich vier Männer ins Netz? Du mußt etwas haben, das ich nicht habe. Was ist es?»

Sie betrachtete Anna, als wollte sie ihr ins Herz schauen.

«Du wolltest mir einen Wunsch erfüllen? Gut, ich habe einen Wunsch. Zeige mir deine Brüste!»

«Meine Brüste?»

«Ja, deine Brüste. Ich möchte sie sehen.»

Anna öffnete die Knöpfe ihres Buschhemdes. Einen Büstenhalter trug sie nicht.

Die Inyanga erhob sich. Behutsam und fast ehrfürchtig kam sie näher, den Blick fest auf Annas Brüste gerichtet. «Haben alle hellhäutigen Frauen so blasse Brüste wie du?» Die Hände wie zur Berührung erhoben, so verharrte sie nur wenige Zentimeter vor dem Ziel. Bewunderung, Erstaunen lag in ihrer Stimme: «Fleisch, so weiß wie das Fruchtfleisch frischer Kokosnüsse, weiß wie Kawa-

Kawa-Blüten! Milchhäutige Schwester, jetzt weiß ich, wie du es fertigbringst, vier Männer an dich zu binden.» Sie spitzte ihre dicken Lippen zum Kuß und berührte Annas Brüste mit der Verzückung, mit der Rompilger dem Heiligen Vater die Hand küssen.

«Ist es wahr», fragte Anna, «daß du ein lebendes Huhn zerrissen hast?»

«Es war ein Hahn.»

«O mein Gott!»

«Schreckliches Gift will schreckliche Arznei. Auf böse Wunden böse Medizin.»

Sie bemerkte Annas angewiderten Gesichtsausdruck und fragte: «Wie viele Hühner hast du schon gegessen, ohne dir Gedanken darüber zu machen, wie sehr sie leiden mußten, damit es dir schmeckt. Das Blut dieses Hahnes mußte vergossen werden wie das Blut von Golgatha. Der Schlaf ist ein kurzer Tod. Der Tod ist ein langer Schlaf. Kein Heil ohne Blutzoll. *Nzuki kawenda wahabu.*»

* * * *

Anna ging zu Bryan, der mit entblößtem Oberkörper im Hof an der Wasserpumpe arbeitete.

«Kann ich dir irgendwie helfen?»

«Ja», sagte er. «Du kannst uns zwei Büchsen Bier aus dem Kühlschrank holen.»

Als sie zurückkehrte, fragte er: «Was macht unser Schwarzfuß?»

«Er schläft.»

«Schlangengift ist ein gutes Schlafmittel», lachte Bryan, «so gut, daß manche gar nicht mehr aufwachen. Auf jeden Fall hat ihn die Hexe wieder prächtig zusammengeflickt. Ein tolles Mädchen, was.»

Anna fragte: «Was weißt du über die Inyanga?»

Bryan riß seine Bierbüchse auf und trank sie in einem Zug aus. Er zündete sich eine Zigarette an und sagte: «Vor zwei Jahren war Simba sehr krank. Er litt unter Leibschmerzen, verlor an Gewicht, fieberte. Ich nahm ihn mit nach Johannesburg. Er wurde untersucht, bekam Medikamente. Nichts half. Dann ist er zur Inyanga gegangen. Sie hat ihn geheilt.»

«Und wie macht sie das?»

«Simba hat es mir erzählt. Sie verbringt längere Zeit mit ihrem Patienten schweigend im gleichen Raum. Dann erzählt sie ihm Ereignisse aus seinem Leben, die nur er kennt. Sie sagt ihm, wo und wie er lebt, wie viele Kinder er hat, wer seine Eltern waren.»

«Woher sollte sie das wissen?»

«Wie sie das macht, ist ihr Geheimnis. Gedankenübertragung, Hypnose, Menschenkenntnis, vermutlich von jedem etwas. Dadurch gewinnt sie das Vertrauen ihres Patienten, der nun davon überzeugt ist, daß sie über magische Kräfte verfügt. So hat sie Simba den heimatlichen Kral am Limpopo sehr genau beschrieben, die Landschaft, die Menschen.

Es gibt dort, so hat sie gesagt, zwei Familien, die beide wollen, daß du eine von ihren Töchtern zur Frau nimmst. Weil du dich für die eine entschieden hast, hat die Mutter der anderen dich verflucht und einen Dämon beschworen, der dir in den Unterleib gefahren ist, um dich unfruchtbar zu machen. Nimm diese Medizin bei Vollmond. Wenn sich dein Urin rot färbt, so ist das der sichtbare Beweis dafür, daß das Böse aus deinem Leib getrieben wird und dir keinen Schaden mehr zufügen kann. Und wahrhaftig jubelte Simba. Er hat sich rot gefärbt. Ich habe es mit meinen eigenen Augen gesehen. Blutrot wie eine verwundete Hyäne ist der Dämon ausgetrieben worden.

Und von Stund an ging es ihm besser», sagte Bryan. «Die Medizin kennt eine ganze Reihe von Chemikalien, die Urin rot färben. Dieses Wissen hat die Inyanga ausgenutzt, seinen Glauben zu mobilisieren. Er hat sich selbst geheilt.»

«Einfach und gut», sagte Anna.

«Einfach ja, aber nicht gut. Denn Simba schwor nach seiner Gesundung: Wehe der Hexe, die mir das angetan hat.

Da wird dann irgendwann eine alte Frau halbtot geschlagen, die nicht einmal weiß, warum. Das ist die Kehrseite der magischen

Wunderheilung. Nach afrikanischer Vorstellung kommen Krankheit und Tod nicht von ungefähr. Sie werden immer von irgendwem verursacht. Eine Bantuweisheit besagt: Jeder, der vor seinem siebzigsten Geburtstag stirbt, stirbt nicht eines natürlichen Todes, sondern wird ermordet. Die Hinterbliebenen setzen alles daran, den ‹Mörder› zu finden, und sie finden immer irgendeinen Sündenbock.

Das Gute braucht das Böse. Aber letztlich ist das in unserer Religion auch nicht anders.»

Fünfzehntes Kapitel

Anna erwachte mitten in der Nacht. Johns Bett war leer. Sie fand ihn auf der Terrasse vor dem Haupthaus. Er saß in einem Schaukelstuhl und starrte in den Himmel.

«Wie fühlst du dich?»

«Wie ein Opfertier.»

Anna setzte sich zu ihm. Sie sagte: «Das mit dem Hahn hast du nicht geträumt. Die Inyanga hat wirklich einen lebenden Hahn über deinem Bein zerrissen. Weißt du, was sie gesagt hat: Schreckliches Gift will schreckliche Medizin.»

«Ein weises Wort. Es könnte von Paracelsus sein.»

«Einen lebenden Hahn! Mit den Händen zerreißen! Wie kann eine Frau so etwas tun?»

John erwiderte: «Was erstaunt dich daran? So etwas bringen nur Frauen zustande. Hast du nie von den Mänaden oder den Erinnyen, den rasenden Rachegöttinnen, gehört? Sie haben sogar Menschen mit ihren bloßen Händen zerrissen. Die Bacchantinnen machten das sogar mit Neugeborenen.»

«Das ist Sage.»

«Nein, Religion. Am Anfang aller Religion steht die große Mutter. Sie verkörpert die Macht der Natur. Natur aber ist ohne Mitgefühl, grausam und ungerecht. Alle alten Muttergottheiten wurden verehrt und gefürchtet.

Die große Gebärerin ist auch die große Vernichterin. Sie gibt das Leben, und sie nimmt es. Was schert es sie, ob ein Hahn von einer Hexe oder ein Mensch von einem Löwen zerrissen wird. Wir sind der Willkür der Natur ausgeliefert. Der schöne Schein der Zivilisation ist nur ein Traum, herbeigewünscht als Bollwerk gegen die Barbarei der Natur, erdacht und verwirklicht von Männern.»

«Und Frauen», fügte Anna hinzu.

«Nein, nicht von Frauen», sagte John. «Unsere Kultur war von Anfang an eine rein männliche Angelegenheit im Gegensatz zur barbarischen Urnatur. Die minoische Kultur auf Kreta war die letzte Gesellschaft von historischer Bedeutung, die kultisch weiblich ausgerichtet war. Nicht ohne Grund ist sie kampflos untergegangen. Überlebt hat die mykenische Kriegerkultur, von der Homer berichtet.

Die männliche Zivilisation war ein Sieg über die weibliche Wildnis. Die Antike und die jüdisch-christlichen Traditionen wurden von Männern diktiert. Allen gemeinsam ist die Flucht aus der Barbarei der Natur, der wir ausgeliefert sind wie Schiffbrüchige dem Ozean.»

«Mein Gott, was bist du für ein Macho», sagte Anna. «Sind wir nicht hierhergefahren, um uns an der Schönheit der Natur zu erfreuen?»

«In der Natur gibt es nichts Schönes. Sie ist ungebändigte Macht. Schönheit ist unsere Waffe gegen die Wildnis. Mit ihr versuchen wir diese Welt zu veredeln.»

Anna zeigte auf den Jakarandabaum vor dem Fenster: «Willst du wirklich behaupten, er sei nicht schön?»

«Du siehst doch nur das, was du sehen willst», sagte John, «einen blühenden Busch. In Wirklichkeit ist diese Ansammlung von schäumenden Zellen ein quellendes Monster. Alles in der Natur ist im Fluß, ununterbrochen wachsend und welkend. Unsere Art zu sehen ist so träge, daß wir glauben, dort stünde ein Kunstwerk. Dort draußen wuchert eine von Verwesung gezeichnete Geschwulst, ständig in Bewegung wie die Tentakeln eines Polypen.»

«Und dennoch ist er schön», sagte Anna.

«Wir Menschen sind nichts weiter als elende Ameisen», fuhr John unbeirrt fort. «Ein Schulterzucken der Natur, und alles liegt in Trümmern. Erdbeben, Vulkanausbrüche, Sintfluten, Wirbelstürme! Machtlos sind wir ihnen ausgeliefert.»

«Einer Priesterin der Wildnis verdankst du dein Leben», sagte Anna. «Was beklagst du dich? Das Schicksal hat es gut mit dir gemeint.»

«Gut – was ist das? Nirgendwo in der Schöpfung werden die Guten belohnt und die Bösen bestraft. Kein Tier empfindet Mitleid mit Schwächeren. Liebe: hormonbedingte Drüsenfunktion. Kein Vogel käme auf den Gedanken, seine Alten und Krüppel im Nest mit Nahrung zu versorgen. Es kümmert ihn nicht, wenn sie verrecken.

Zurück zur Natur, das hieße: zurück zur Rechtlosigkeit der Löwen und der Schlangen. Was für ein Schwachkopf muß dieser Rousseau gewesen sein, als er in seinen kulturpessimistischen Schriften die Forderung erhob: Zurück zur Natur! Weißt du, wie Voltaire darüber dachte? Er schrieb an Rousseau: ‹Noch nie hat jemand soviel Geist leuchten lassen wie Sie in dem Bestreben, uns wieder zu Bestien zu machen. Man bekommt beim Lesen Ihres Buches ordentlich Lust, wieder auf allen vieren zu gehen.›»

«Du redest wie ein verbitterter Greis», sagte Anna.

«Ich bin ein verbitterter Greis», erwiderte John, «ein impotenter Greis auf der Hochzeitsreise mit der aufregendsten jungen Frau, die mir je begegnet ist. Ich habe ein Recht darauf, verbittert zu sein. Weißt du, mit dem Schlangengift hat es eine eigenartige Bewandtnis. Es lähmt deinen Körper, aber es beflügelt deinen Geist. Ich habe schon lange nicht mehr so intensiv geträumt wie in den letzten Nächten.»

«Sind es wenigstens schöne Träume?» wollte Anna wissen.

«Seltsame Erlebnisse, voller Schlangen, aber nicht unangenehm, fast erotisch.»

«Weißt du, was Freud in seiner Traumanalyse über Schlangen sagt?» fragte Anna.

«Nein.»

«Ihre glitschigen, gleitenden Leiber verkörpern unser sexuelles Verlangen.»

«Dann trägt die Puffotter ihren Namen zu Recht.»

Anna küßte John auf die Wange und sagte: «Laß uns von was anderem reden. Wie warst du, als du achtzehn warst? Erzähl mir von deinen Eltern.»

«Warum willst du das wissen?»

«Ich will wissen, wer du bist.»

«Wer weiß schon, wer er ist.»

Anna wiederholte ihre Frage, und John erwiderte:

«Mein Vater war ein Schotte. Er lebte so selbstverständlich, als hätte er schon immer gelebt. Mutter war eine waschechte Burin, gottesfürchtig und sehr lebendig. Sie rauchte Zigarren und ritt wie der Teufel.»

«Und du, wie warst du mit achtzehn?»

«Ein großer Junge mit wachem Verstand und schwachen Lungen. Das Lernen fiel mir leichter als das Laufen. Geologe wollte ich werden beim großen Loch in Kimberley. Schätze wollte ich ausgraben, Diamanten, so wie Cecil Rhodes. Kennst du die verrückte Geschichte vom großen Cullinan? Du kennst sie nicht? Sie ist so unglaublich, daß ich sie dir unbedingt erzählen muß.»

Er stopfte sich seine Pfeife und begann: «Im Sommer des Jahres 1902 spazierte der Direktor der Premier Diamond Mine in Cullinan über das Werksgelände und stieß dabei mit seinem Gehstock gegen einen Stein. Es klang wie Glas. Er buckte sich und hielt den größten Diamanten in der Hand, der je von Menschen gefunden worden ist. Er wog weit über dreitausend Karat. Es war eine Sensation. Monatelang beschäftigten sich die großen Zeitungen rund um den Erdball mit dem unglaublichen Fund.»

«Und er hat wirklich einfach so dagelegen?»

«Ja, gleich neben dem Weg. Jeder hätte ihn finden können.»

«Und wie war der Stein da hingekommen?»

«Keiner hatte eine Erklärung dafür. Und da war noch etwas anderes, Unbegreifliches. Der Diamant sah aus wie eine halbierte Kugel. Der Bruch war noch recht frisch. Wo aber war die andere Hälfte von dem großen Cullinan?

Das gesamte Gelände wurde abgesucht wie ein archäologisches Grabungsfeld. Der andere Teil wurde nie gefunden. Es geht noch heute das Gerücht um, daß er sich in den Händen der Inyangas befände, eine Art magische Atombombe gewissermaßen. Aber die verrückte Geschichte ist noch nicht zu Ende. Der Diamant von unschätzbarem Wert mußte nach London transportiert werden.

In einer eisernen Munitionskiste, die in einer versiegelten Holztruhe steckte, die man wiederum in Leinen eingenäht hatte, wurde der große Cullinan auf einem Pferdefuhrwerk nach Port Elizabeth gekarrt. Eine Armee von Soldaten begleitete ihn quer durch Natal bis an den Ozean, wo ein englisches Kriegsschiff ihn an Bord nahm. Auf einem Kanonenboot wurde der Diamant die Themse heraufgebracht und unter allerschwerster Bewachung in die Bank von England geschafft.

Als die versiegelte Kiste im Beisein mehrerer Minister und dem Schatzmeister Seiner Majestät geöffnet wurde, war sie leer! Der Direktor der Premier Diamond Mine hatte den Stein mit der ganz gewöhnlichen Paketpost verschickt. All die militärischen Eskorten waren nur Ablenkungsmanöver gewesen.»

«Unglaublich! Und was geschah mit dem großen Cullinan?»

«Er wurde gespalten, geschliffen und ergab am Ende mehrere riesige Einzelsteine, die in Krone und Zepter des englischen Königshauses eingesetzt wurden, wo sie noch heute strahlen.»

«Eine tolle Geschichte», sagte Anna.

«Verstehst du jetzt, warum ich gerne Direktor auf der Premier Diamond Mine geworden wäre?»

John sog an seiner Pfeife und fragte: «Wie warst du, als du achtzehn warst? Bei dir ist das ja noch nicht so lange her.»

«Danke für die Blumen. Ich denke, ich war noch ein rechtes Kind, ein Mädchen aus einer Schweizer Kleinstadt, aus Schaffhausen. Weißt du, wo das liegt?»

«Schaffhausen. Aber ja, der Rheinfall von Schaffhausen.»

«Warst du mal dort?» fragte Anna erstaunt.

«Nein, aber mein Vater hat oft von Schaffhausen gesprochen. Er war im Krieg Bombenschütze bei der Royal Airforce. Bei seinem letzten Feindflug ist die Panne mit Schaffhausen passiert. Der amerikanische Navigator, der den Verband anführte, hielt Schaffhausen für eine deutsche Stadt.

Präsident Roosevelt hat sich offiziell bei der Schweizer Regierung entschuldigt. Er hat ihnen einen Blankoscheck geschickt für den Wiederaufbau der versehentlich zerstörten Stadt. Eine schlimme Sache. Mein Vater hat oft davon gesprochen.»

«Bei dieser Panne verlor meine Mutter ihre Eltern und Geschwister. Sie hat als einzige ihrer Familie überlebt», sagte Anna. «Sie kam ins Waisenhaus. In meiner Familie hat sich keiner in die Luft gesprengt; wir wurden in die Luft gesprengt, von euch.»

«Es tut mir leid», sagte John. «Ich ...»

«Vergiß es.»

Sie schwiegen und dachten beide dasselbe.

In der Ferne heulte ein Schakal. Ein Nachtfalter verbrannte in der Kerzenflamme auf ihrem Tisch.

❊ ❊ ❊ ❊

John sagte: «Weißt du, ich habe wirklich geglaubt, ich müßte sterben.»

«Ich weiß», sagte Anna. «Als ich deinen Kopf in meinem Schoß hielt, im Landrover, da hast du mich gebeten: ‹Bring meine Asche nach Edinburgh.›»

«Das habe ich gesagt?»

«Ja.»

«Und, hättest du es getan?»

«Zweifelst du daran?»

«Nein.»

«Komm, laß uns von was anderem sprechen», sagte Anna. «Wie

wäre es mit einer Gutenachtgeschichte?» Sie legte sich zu John aufs
Bett. «Was willst du hören? Beginne mit der Geschichte. Ich werde sie dann weiterspinnen.»

John begann ohne lange nachzudenken: «In Irland gibt es keine Schlangen …»

«…, dafür aber um so mehr Kinder», lachte Anna und begann:

«Patrick O'Brian war das achte von elf Kindern. Er war rothaa-
rig wie die Mutter und durstig wie der Vater, der den Whiskey
mehr liebte als das Leben. Seine Leber gab ihren Geist auf, als
Patrick noch in den Windeln lag.

Mit zwölf kam Patrick zu einem Schuhmacher in die Lehre,
ein krisensicherer Job in Irland, denn hier werden mehr Schuhe repariert als gekauft. Bald kannte er alle Schuhe in der Graf-
schaft. Selbst mit geschlossenen Augen erkannte er sie am Geruch.

Die Zeit verfließt langsam in Irland, langsam wie das Wasser im
Shannon, aber sie vergeht auch hier. Eines Tages war er Old Patrick mit acht Kindern und elf Enkeln. Er hatte zwei Frauen verloren, drei Finger und alle Zähne bis auf einen, da ritt ihn der
Teufel. Er verfiel auf den wahnwitzigen Gedanken, eine Reise zu
unternehmen.

Nie zuvor hatte er die Grüne Insel verlassen. Nun aber erging es
ihm wie den Lachsen, die im Alter von unerklärlichem Wan-
dertrieb befallen werden. Es zog ihn nach New York, wohin zwei
seiner Söhne ausgewandert waren.

‹Tu das nicht›, riet ihm Linda, seine jüngste Tochter, die bei ihm
geblieben war und das Haus versorgte. ‹Wenn man einen alten
Baum verpflanzt, geht er ein.›

Irische Sprichwörter haben immer recht, und so geschah, was
geschehen mußte. Patrick O'Brian gab jenseits des großen Tei-
ches seinen Geist auf. Seine letzten Worte waren: ‹Ich will heim.
Hier gibt es ja nicht mal einen anständigen Whiskey.›

Welcher Ire würde nicht den letzten Wunsch seines alten Herrn erfüllen. Das Problem war nur, wie ließ sich dieser unaufschiebbare Auftrag bewältigen?

Die Rückführung der Leiche im gesetzlich geforderten Bleisarg überstieg die finanziellen Kräfte der Söhne bei weitem. So ließen sie den Alten erst mal einäschern.

Aber selbst die Überführung der Urne erwies sich als langwierig und sündhaft teuer. Nun sagt man den Iren nicht zu Unrecht eine gewisse Gewitztheit nach, und so lösten die Söhne des alten O'Brian das Problem auf ihre, nicht ganz legale Art.

Es war Richard, der ältere, der aussprach, was alle längst dachten: ‹Warum schmuggeln wir den Alten nicht einfach heim?›

‹Du meinst, wir sollten die Urne …?›

‹Nein, nicht die Urne. Wir füllen ihn um in ein anderes Gefäß, in eine Verpackung, die den Inhalt nicht vermuten läßt.›

Und so geschah es.

Noch am gleichen Abend wurden die sterblichen Überreste Patrick O'Brians in einer Blechbüchse verschickt. Darauf stand zu lesen: INSTANT CHICKEN SOUP.

Mit der gleichen Post, aber getrennt, um beim Zoll kein Risiko einzugehen, gaben sie einen Brief an die Schwester auf, der, aus welchem Grund auch immer, die Adressatin nicht erreicht haben kann. Denn diese bedankte sich postwendend bei ihren Brüdern für das erhaltene Paket aus der Neuen Welt. Sie schrieb: Über das Suppenpulver haben wir uns sehr gefreut. Die Büchse ist fast leer. Wenn man ein wenig nachsalzt, schmeckt es fast so gut wie Mutters Ochsenschwanzsuppe.

Einen Gruß an Vater, Eure Linda.»

Sechzehntes Kapitel

In Brüssel regnete es.

«Schon seit Tagen», sagte Sylvano, der Anna und John vom Flughafen abholte.

Helmut nahm an einer wichtigen Sitzung teil, und René befand sich in Straßburg.

«Willkommen in der Zivilisation. Anna, du hast dich ja prächtig erholt. Mein Gott, bist du braun! Was man von dir nicht sagen kann, John. Du siehst so aus, als hättest du Urlaub nötig. Wart ihr beide wirklich am selben Ort?»

«Die vornehme britische Blässe», meinte John.

«Der Nachtflug», sagte Anna, «der Nachtflug und der Klimawechsel.»

«Oder sind es die Sorgen?» fragte Sylvano. «Du wirst es nicht leicht haben. In eurem Büro ist die Hölle los.»

«Was für Sorgen? Wieso die Hölle los?»

«Liest du keine Zeitung?»

«Nein, seit zwei Wochen nicht mehr.»

«Na, dann halt dich fest», sagte Sylvano. «Es gibt eine neue Kontinentalsperre, eine Festlandsblockade wie in Kriegszeiten. Europa contra England. Der reinste Wahnsinn, der Rinderwahn.»

«Du meinst diese teuflische Krankheit BSE?»

«Aus der Krankheit wurde eine Kriegserklärung. Brüssel hat befohlen, daß sämtliche britischen Rinder geschlachtet werden müssen. Ach, was sage ich, nicht geschlachtet: vernichtet, verbrannt, weggeworfen; entsorgt wie Sondermüll.»

«Nein.»

«Doch. Über britisches Rindfleisch ist eine Einfuhrsperre verhängt worden, in ganz Europa.»

«Ich muß sofort in mein Büro», stöhnte John.

«Kann ich euch wenigstens zuvor zu einem anständigen europäischen Frühstück ins Metropole einladen?»

«Nein, ich muß …»

«Bitte», sagte Anna, «bitte komm mit.»

«Well, du hast recht», lachte John. «Der Wahnsinn kann warten.»

* * * *

«Ich muß euch etwas erzählen», sagte Sylvano.

Sie saßen in der Brasserie George in Uccle: Helmut, Sylvano und René.

«Ich habe Johns Bein gesehen.»

«Du hast was gesehen?»

«Johns Bein.»

«Johns Bein? Und was ist da Besonderes dran?»

«Nun laßt mich doch mal ausreden. Wir saßen uns gegenüber im Café. Ihr kennt die kleinen Tische im Metropole. John bückte sich, um seine herabgerutschte Socke wieder hochzuziehen. Dabei hob er sein linkes Hosenbein. Und da sah ich es.»

«Was hast du gesehen?»

«Seine Wade. Ein blauer Fleck am anderen. Ich sage euch, so etwas habt ihr noch nicht gesehen. Und etwas später auf der Toilette am Urinal. Wir standen nebeneinander. Ihr wißt, John trägt diese konservativen Golfhosen mit dem großen Hosenschlitz. Sein linker Oberschenkel ... der größte Knutschfleck, den ich je gesehen habe.»

«Vielleicht hat er sich gestoßen», meinte René.

«Von der Wade bis herauf zum Schritt? Nein, niemals. Es sah aus, als hätte ihn ein Vampir gebissen, besaugt.»

«Bis hinauf zum Hosenschlitz?»

«Ja.»

«Donnerwetter! Wer hätte das geglaubt. Anna ein Vamp, eine Nymphomanin.»

«Ach, du willst uns auf den Arm nehmen.»

«Nein, es ist die Wahrheit. Nun wißt ihr, warum John so blaß ist. Er sieht aus wie einer, der mit hohem Fieber das Krankenlager gehütet hat.»

«Ein schönes Krankenlager!»

«Ein verdammt heißes Fieber!»

«Hat John nichts gesagt?» fragte René. «Hast du ihn nicht gefragt, wie es war?»

«Doch, natürlich.»

«Und was hat er geantwortet?»

«Unbeschreiblich! Er hat nur dieses eine Wort gesagt, und dabei hatte er ein Leuchten in den Augen wie ein Kind unter dem Weihnachtsbaum.»

«Unglaublich.»

«Ja, das ist wirklich unglaublich.»

«Wo steckt John eigentlich?»

«Na, wo wird er schon sein», meinte Helmut, «im GD VIII in der Rue de Genève. Dort soll es zugehen wie in der Börse. Die Telefone rasseln rund um die Uhr.»

«Und Anna? Wo ist Anna?»

«Sie mußte in einer dringenden Familienangelegenheit verreisen», sagte René. «Übrigens habe ich euch nicht ohne Grund heute hierher gebeten. Mir ist ein Haus angeboten worden, das ich euch zeigen wollte.»

«Wo?»

«In Ixelles les Etangs d'ixelles direkt bei den Seen von Ixell.»

«Eine tolle Gegend!»

«Wie sagte der alte Rothschild: Für mich und die meinen ist das Beste gerade gut genug.»

«Und die Miete?»

«Geteilt durch vier ein Pappenstiel.»

* * * *

«Die Forderung, Millionen von britischen Rindern zu töten, ist so aberwitzig wie die Vorstellung, Kolumbus hätte den Befehl erlassen, alle Indianerinnen abzustechen, um zu verhindern, daß Europa an der Geschlechtskrankheit Schaden nähme», so argumentierte John vor den laufenden Kameras der Fernsehgesellschaften. «Warum gerade unsere Kühe?

136

Es wäre viel vernünftiger, die Vernichtung aller Tabakpflanzen anzuordnen, da sie millionenfachen Tod verursachen, und zwar erwiesenermaßen. Im Fall der Rinderseuche steht der wissenschaftliche Beweis noch aus, daß BSE auf den Menschen übertragbar ist.

Die Annahme, daß das so sein könnte, kann doch wohl unmöglich der Grund für die Tötung unzähliger Tiere sein.

Annehmen kann ich alles. Die Kirche nahm einmal an, daß es Hexen gäbe, die mit ihrem bösen Blick Krankheit und Tod über die Menschen brächten. Diese Annahme hat Zehntausenden von Unschuldigen das Leben gekostet. Heute wissen wir, daß diese Annahme nicht nur falsch, sondern verbrecherisch war.

Und ich sage Ihnen, ähnlich werden einmal alle diejenigen dastehen, die sich jetzt dazu hinreißen lassen, Scheiterhaufen für Kühe zu errichten.

Nicht unsere Rinder sind vom Wahn befallen, sondern wir.»

So sprach John Redwood im Presse-Club.

Zu Helmut und René sagte er:

«Wenn es wenigstens irgend etwas anderes wäre! Warum ausgerechnet unsere Rinder?»

«Was ist so Besonderes an euren Kühen?» wollte Helmut wissen.

«Auf nichts sind wir Briten seit Jahrhunderten so stolz. Wir nennen die Deutschen Krauts, weil sie Sauerkraut mit Schweinswürsten essen. Italiener sind Spaghettis und die Franzosen Froschfresser. Der Spitzname für einen typischen Engländer aber lautet: John Bull. Die Ehrengarde des Königs wird liebevoll Beefeater genannt, die Rindfleischfresser. Die Überlegenheit des britischen Commonwealth beruht auf dem Verzehr von Rindfleisch. Davon sind die meisten aller Engländer fest überzeugt. Im übrigen Europa wurden Kühe gehalten, um sie zu melken. Beef zum Essen, das gab es schon seit Cromwell nur auf der englischen Insel.

Nicht zufällig tragen viele Rindfleischgerichte englische Namen. Steak und Roastbeef sind auf der ganzen Welt feste Begriffe, die keiner Übersetzung bedürfen. Das Beef ist den Briten so wichtig wie den Chinesen der Reis und den Italienern die Pasta.»

Helmut Hardenberg sagte zu John: «Ich weiß gar nicht, worüber ihr euch so aufregt. Eine halbe Million Rinder, was ist das schon? In den USA werden täglich hunderttausend Rinder geschlachtet.

Überhaupt haben die meisten Menschen kein Verhältnis zur großen Zahl. Wenn bei einem Banküberfall zwei Geiseln erschossen werden, geht das um die Erde. Daß allein in Deutschland zehntausend Menschen jährlich im Straßenverkehr umkommen, gehört zum Alltag. Keine Zeitung, die nicht regelmäßig das Waldsterben in ihre Schlagzeilen hebt. Dabei gibt es keinen größeren Baumkiller als die Presse. Eine Tageszeitung mit Millionenauflage verbraucht über tausend Bäume am Tag für die Herstellung des Papiers, auf dem sie dann das Baumsterben beklagt.»

René sagte: «Nur ein Engländer kann auf eine so wahnwitzige Idee verfallen, Kühe mit Schafskadaver zu füttern.

Eine französische Kuh hätte so etwas gar nicht gefressen.

Aber wenn man weiß, was Engländer fressen ...», er verzog das Gesicht zu einer Grimasse, «...gepökelten Räucherhering zum Frühstück. Ein Volk, dem jeglicher Sinn für Geschmacksharmonie fehlt. Englische Speisekarten bieten wahrhaftig nach dem Dessert noch Käse an. Mich wundert, daß sie sich den Pudding nicht gleich aufs blutige Roastbeef schmieren.»

＊ ＊ ＊ ＊

«Haben Sie je von dem Selbstmord der Xhosas gehört?» fragte John den Reporter der *Frankfurter Allgemeinen.*

«Dabei ist ein ganzes Volk dem Rinderwahn, der Massenschlachtung seiner Kühe, zum Opfer gefallen.»

Der Reporter hatte noch nie davon gehört, und so erzählte ihm John die folgende Geschichte. Er zündete sich seine Pfeife an und begann:

«Im Jahr 1857 erfaßte die Menschen in den Tälern der Transkei eine seltsame Unruhe. In den riedgedeckten Rundhütten der Kraale rumorte es wie in Bienenkörben kurz vor dem Ausschwärmen. Es hieß, die Toten würden wiederauferstehen. Bei Vollmond hörte man in den Bergen den Trommelschlag der alten Kriegstänze. Die Geister der Ahnen waren erwacht. Lanzenschwingend galoppierten ihre Schatten durch die Nacht. Die Inyangas beschworen die Dämonen mit Blutopfern und magischem Ritual.

Dann geschah etwas Unglaubliches. Eine junge Ziegenhirtin wurde vom göttlichen Blitz der Erkenntnis getroffen. Sie erhob ihre Stimme und begann zu singen, wie man noch niemals zuvor ein Mädchen hatte singen gehört. Nackt trat sie in den Kreis der Männer und sang vom Sieg. Wer sie hörte, erlag ihrem Zauber. Die Krieger trugen sie auf ihren Schilden von Kraal zu Kraal, eine schwarze Jeanne d'Arc, die ihrem Volk als rettender Engel erschienen war.

Ihre prophetischen Gesänge verbreiteten sich im Land wie ein Steppenbrand. Man sprach von nichts anderem mehr. Der Stamm der Xhosa würde kämpfen und siegen. Der Glanz der alten Tage würde wieder erstrahlen. Im Herbst desselben Jahres verkündeten die Götter, wie der Sieg über die Weißen errungen werden sollte.

‹Nicht die Speere sollen sprechen. Nicht mit Waffen sollt ihr siegen›, so sang die Inyanga, ‹sondern durch ein Opfer ohne Beispiel. Vernichtet alles Vieh! Zeigt den Unsterblichen, zu welchen Opfern ihre Kinder fähig sind. Und sie werden die weißen Ratten ins Meer treiben, woher sie kamen und wohin sie gehören.›

In allen Kraalen brannte das Viehfutter. Die Rauchsäulen der Maisfelder standen über dem Land. Das Blut der Rinder versickerte im Sand. Selbst die Kälber wurden erschlagen. Die Menschen verhungerten zu Hunderttausenden.

Die Überlebenden flohen in die englische Kolonie. Ausgemergelte Elendsgestalten, die ihre Feinde um eine Handvoll Hirse anbettelten und jede noch so schlecht bezahlte Arbeit annahmen, nur um zu überleben. Was die Gewehre der Engländer und Buren nicht vermocht hatten, vollbrachte der Gesang eines einfachen

Hirtenmädchens. Dem stolzen Stamm der Xhosa wurde das Rückgrat gebrochen. Die Überlebenden nahmen das Christentum an und wurden zum billigen Arbeitskräftereservoir für die Goldminen von Johannesburg.

Manchmal bei Vollmond hört man noch den Trommelschlag der alten Tänze und das Lied der Inyanga. Dann bekreuzigen sich die Frauen, und die Männer sagen: ‹Singe, Inyanga, singe vom Untergang der Xhosa!›

Dieser Wahnsinn ereignete sich vor hundertvierzig Jahren in Südafrika. Wer von uns will die Verantwortung für das Massaker übernehmen, das jetzt vor uns liegt und dessen Folgen damals wie heute unabsehbar sind? In beiden Fällen geht es darum, die nationale Existenz dem Aberglauben zu opfern … jawohl, dem Aberglauben, denn den Beweis für die Übertragbarkeit von BSE auf den Menschen ist uns die Wissenschaft bisher schuldig geblieben.»

* * * *

Als er den Freunden dieselbe Geschichte erzählte, sagte Helmut:

«Weil wir gerade bei Südafrika sind. Wie war das eigentlich mit Anna?»

«Ja, wie war es? Erzähl mal!» stimmte René zu.

«Wie soll ich das verstehen?»

«So, wie es gemeint ist», grinste Helmut. «Ist sie die Euro-Geliebte? Allégresse, Glückseligkeit, Genuß ohne Reue. Ist sie es?»

«Erwartet ihr wirklich von mir, daß ich euch mein Sexualleben offenbare?»

«Es bleibt ja in der Familie», meinte René.

«Es muß ja auch nicht gleich im Detail sein.»

«Auch in der Familie gibt es Grenzen des Anstandes, die respektiert werden wollen. Und außerdem wäre es unfair, euch zu verraten, was euch erwartet. Laßt euch überraschen.»

«Ist sie eine Überraschung?»

«Zweifelt ihr daran? Sie ist … ach … auf jeden Fall ist sie viel zu schade für euch. Wo steckt sie eigentlich? Ich versuche seit Tagen, sie zu erreichen.»

Er sagte es so wie ein Süchtiger, der seit Wochen ohne Stoff ist. Die Freunde nahmen es als Verheißung.

Siebzehntes Kapitel

Die Männer waren alle in der Kommission. Nur René hatte Zeit für Anna. Er nahm sie bei den Händen und sagte: «Komm, laß uns hinausfahren ans Meer. Ich kenne da ein Fischrestaurant hinter dem Deich, wo man hervorragend essen kann.»

Seidenes Licht lag über dem flachen Land. Der Wind wiegte das hohe Gras. Pappelalleen unter tiefem, schwerem Himmel. Seevögel mit zerrupftem Gefieder, sturmzerzaust. Landschaft, die nur wenigen zugänglich ist.

Sie saßen hinter weißgestrichenen Fenstern und tranken alten Genever zu Kutterschollen. Auf dem Deich weideten Schafe.

«Ich weiß so gut wie nichts von eurer Arbeit», sagte Anna. «Was macht ihr den ganzen Tag in euren Büros?»

«Interessiert dich das wirklich?» lachte René.

«Ja, natürlich.»

«Na gut, ich will versuchen, es dir zu erklären. Was machen wir? Pars pro toto, sagt der Lateiner. Das Ganze läßt sich am besten an einem Teil erklären, zum Beispiel an dem Projekt CEN/TC 163 WG3 GAH3, der Euro-Norm für WC-Spülkästen.

Wenn du jetzt denkst, Klospülungen wären nicht der Rede wert, so verkennst du den Arbeitseifer der Kommission. Zu diesem Thema sind in den vergangenen Monaten mehr Reden gehalten worden als während der ganzen Französischen Revolution über die Menschenrechte. Es gab da eine regelrechte Kloschlacht zwischen deutschen und britischen Sanitärexperten von hohem Rang.

Dabei geht es nicht etwa darum, wie die hundertzehn Gramm

Stuhl, die ein Mitteleuropäer im Durchschnitt pro Tag absetzt, weggespült werden, sondern um die Erhaltung heiliger Kühe, um politisches Durchsetzungsvermögen und um nationales Prestige.

Im Jahr 1596 erfand der Engländer John Harrington die WC-Spülung mit ventillosem Auslauf. Erst zweihundert Jahre später wurde das WC auf dem Kontinent noch einmal erfunden, und zwar als Spülung mit Auslaufventil. Der technische Unterschied braucht dich nicht zu interessieren. Er ist so minimal, daß ihn nur ein Klempner wahrnimmt. In beiden Fällen zieht man an einer Kette, bis das Spülwasser ausläuft.

Der Festland-Spülkasten ist auf der Britischen Insel nicht nur unerwünscht, sondern sogar per Gesetz verboten wie die Einfuhr artfremder Wildtiere.

Laut Befehl aus Brüssel müssen die Briten nun ab 1997 nicht etwa ihre Spülkästen abschaffen, sondern nur die festländischen neben ihren altehrwürdigen Traditionsspülen dulden.

Die *Sunday Times* warnte per Schlagzeile: Ein weiteres Stück britischen Kulturgutes in Gefahr! Tory-Parlamentarier riefen zum Euro-Boykott auf. Die Festland-Spülung sei eine Hygienegefahr für die Britische Insel, viel gefährlicher als der Rinderwahnsinn, weil der auf Menschen nicht übertragbar wäre.

Dagegen verwahrten sich natürlich die fünfzehn Toiletten-experten des Euro-Arbeitsausschusses, die das viele tausend Seiten starke Regelwerk zur Erarbeitung einer gesamteuropäischen Spülkastenordnung zu verantworten hatten und das unter Kennern als richtungweisender Triumph der europäischen Nomenklatur gilt.

In endlosen Sitzungen, von Unterhändlern und Lobbyisten aus allen Teilen Europas besucht, wurden die Maßnormen für den Euro-Abtritt und die Anforderungen an die Klosettbecken mit wissenschaftlicher Akribie ausgehandelt. Es war wie auf den Konzilen, wo Scholastiker darüber debattierten, wie viele Engel auf einer Nadelspitze Platz fänden.

Die hygienebeflissenen Skandinavier forderten hundertprozentige Flächenspülung. Man einigte sich nach monatelangem

Ringen auf eine vom Spülwasser unberührte Fläche in der Klosettschüssel von fünfzig Quadratzentimetern und legte fest, daß bei vier von fünf Spülungen zwölf Blatt Toilettenpapier auf einmal verschwinden müssen.»

Die Kellnerin brachte ihnen rote Grütze mit ungeschlagener frischer Sahne. René probierte davon genüßlich wie ein kleiner Junge und fuhr fort:

«Was Blücher für Waterloo, das ist der Schwabe Dannemann für das Water-Klo. Als Obmann des deutschen Arbeitsausschusses Spülkästen und als Mitglied des Arbeitsausschusses Klobecken leistete er übermenschliche Überzeugungsarbeit, indem er Experten aus ganz Europa zu Spüldemonstrationen nach Deutschland einlud, um ihnen den Vorteil der günstigen Nachlaufmenge vor Augen zu führen.»

«Du meinst, da sind Experten aus Stockholm und Lissabon nach Deutschland geflogen, nur um in ein Klo zu gucken», lachte Anna.

«Was heißt Experten», klärte René sie auf, «vielköpfige Gremien, immer wieder, über viele Monate, bis am Ende der kontinentale Spülkasten über den britischen den Sieg davontrug. Besonderen Ruhm erwarb sich dabei Monsieur Schaffnit, unter dessen Federführung die Kommission den Kontinentalkasten zum Eurostandard erklärte. Es war ein deutsch-französischer Sieg über Großbritannien.»

«So etwas macht ihr in der Kommission?» fragte Anna ungläubig. «Sag mal ganz ehrlich, kommst du dir da als intelligenter Mensch nicht bisweilen recht dämlich vor?»

«Wenn du diese Frage einem napoleonischen General gestellt hättest, würde der vermutlich geantwortet haben: ‹Ich weiß, daß der Krieg ein Irrenhaus ist. Wichtig ist allein das Ziel und das heißt: ganz Europa. Und natürlich auch meine Karriere›, hätte er hinzugefügt, wenn er eine ehrliche Haut gewesen wäre.»

Auf der Heimfahrt hielt René den Wagen auf dem Deich an. Der Mond kam hinter einer Wolke hervor. Sein Licht lag auf dem Meer wie flüssiges Silber.

«Ist das nicht schön?»

«Ja, sehr schön.»

Er legte seinen Arm um ihre Schulter und streichelte ihr Haar.

«Weißt du, daß ich dich sehr mag.»

«Ich mag dich auch», sagte Anna. Sie nahm seinen Kopf zwischen ihre Hände und küßte ihn.

* * * *

Anna war aufs Geratewohl in die Sauna in der Chaussee d'Etterbeek gefahren. Wie jeden Mittwoch hoffte sie, hier Isabel anzutreffen. Und so war es auch.

«Mensch Anna, bist du braun! Warst du am Mittelmeer?»

«In Südafrika.»

«Du Glückspilz, erzähl!»

Nackt und entspannt wie Katzen lagen sie auf ihren Frotteehandtüchern in der Sauna. Isabel auf dem Bauch, den Kopf in den Händen aufgestützt; Anna halb liegend, halb sitzend, die Arme hinter dem Kopf verschränkt.

«Nun erzähl schon!» drängte Isabel.

Anna berichtete von Leukop, von der Puffotter und der Inyanga. Als sie ihre Schilderung beendet hatte, sagte Isabel: «Du Arme.»

«Wieso Arme?»

«Zehn Tage mit einem Mann auf Honeymoon, der keinen hochkriegt. Gab es wenigstens einen Ersatzmann? Vielleicht sogar einen Schwarzen? Sind sie wirklich so gut, wie man sagt?»

«Warum probierst du es nicht selbst aus? In Brüssel gibt es mehr Afrikaner als auf Leukop.»

«Geht nicht», lachte Isabel. «Ich bin meinen Männern treu.»

«Siehst du, und genauso halte ich es. Aber Spaß beiseite. Ich weiß nicht, ob du mich verstehst, ich bin darüber nicht unglücklich, daß zwischen mir und John nichts war. Es klingt verrückt, aber der Schlangenbiß hat uns mehr verbunden als getrennt. Wie er da lag im Landrover, den Kopf auf meinem Schoß, schweißgebadet und mit dem Tod rang, da war er mir so nahe wie ein Kind.

Da war keine Spur mehr von dem steifen Upperclass-Briten. Wir hätten uns genossen wie Delikatessen und wären danach wieder auf Distanz gegangen. Er hätte unter dem Zwang gestanden, mir seine Überlegenheit demonstrieren zu müssen, statt dessen war er auf meine Hilfe angewiesen. Die Chinesen sagen: Um dir einen Menschen zum Freund zu machen, mußt du ihm nicht helfen, sondern dir von ihm helfen lassen. Er hat mich als Freund gewonnen. Wir waren uns sehr nah, ohne daß wir ein Paar wurden.»

«Und du hast wirklich nicht mit ihm …?»

«Nein.»

«Auch hier in Brüssel nicht, nach eurer Rückkehr?»

Und als Anna kopfschüttelnd verneinte, fragte Isabel ungläubig: «Will er dich nicht?»

«Doch. Ich bin ständig auf der Flucht vor ihm. Er spricht mehrmals am Tag auf meinen Anrufbeantworter. Er tut mir leid, aber ich glaube, ich würde alles nur noch schlimmer machen, wenn ich mich jetzt in seine Arme werfe, ein paar Tage bevor ich mit Sylvano nach Venedig fahre.»

«Du meinst, er ist eifersüchtig?»

«Ja. Ausgerechnet er. Ihm hätte ich Eifersucht als allerletztem zugetraut.»

«Aber warum hat er sich dann auf euer Quintett eingelassen?»

«Er sagt, er habe nur mitgemacht, nur so, weil er mich nicht kannte. Er macht mir Vorwürfe, wie ich mich auf so etwas einlassen konnte, und versucht mir die anderen auszureden.»

«Das fängt ja gut an», lachte Isabel. «Nimm dich in acht. Männer sind wie Löwen.»

«Seltsam», sagte Anna, «dieselben Worte hat die Inyanga gebraucht.»

«Und sie hat recht», bestätigte Isabel. «Weißt du, was wir im Zoo machen, um phlegmatische impotente Männchen wieder zu aktivieren? Wir lassen einen Rivalen zu seinen Weibchen und sperren ihn in den Nachbarkäfig. Nichts entfesselt in einem männlichen Geschöpf soviel Potenz und Aggression wie Eifersucht. Vitalisierung durch Sexualneid nennen das die Zoologen. Mädchen, du gehst aufregenden Zeiten entgegen. And so do I.»

Sie warf einen Blick auf die Uhr, küßte Anna auf die Wange und enteilte nackt, wie sie war.

«Grüß Oliver von mir!» rief Anna ihr noch nach, aber Isabel hörte sie nicht mehr.

＊ ＊ ＊ ＊

«Stellt euch vor», sagte René, «Anna will das Haus in Ixelles nicht.»

«Gefällt es ihr nicht?»

«Doch, sehr gut, aber sie meint, wir brauchen kein Haus. Sie will ihre Wohnung am Place du Grand Sablon behalten.»

«Und warum?»

«Sie sagt: Eine Frau, die von mehreren Männern besucht wird, ist eine Prostituierte. Eine Frau, die zu einem Mann geht, geht zu ihrem Geliebten.»

«Das hat sie gesagt?»

«Ja.»

«Sie hat recht», meinte Sylvano.

«Ja, sie hat recht», bestätigte Helmut. «Sie hat Stil.»

«Habt ihr je daran gezweifelt?» fragte René. «Das Haus ist vom Tisch. Wir werden ihr ein Konto einrichten, auf das jeder von uns vierteljährlich einen noch festzulegenden Betrag einzahlen wird.»

«Vorausgesetzt, er besteht die Aufnahmeprüfung», sagte Helmut.

«Ja, vorausgesetzt, er besteht sie. Wann fahrt ihr nach Venedig?»

«Am Freitag», sagte Sylvano.

«Das ist in drei Tagen. Hoffentlich ist Anna bis dahin zurück.»

«Wo ist sie eigentlich?» fragte John.

«Keine Ahnung.»

＊ ＊ ＊ ＊

Als Anna ihre Wohnungstür aufschloß, schellte das Telefon. Sie hatte es schon im Treppenhaus gehört. Das Band ihres Anrufbeantworters war abgelaufen. Sie wußte, es war John. John! Immer wieder hatte er in den letzten Tagen versucht, sie zu erreichen: Ich muß dich sprechen. Wo bist du? Ich muß dich unbedingt vor deinem Abflug noch sehen.

Eine wilde Klage, die sich mit jedem Anruf steigerte.

O mein Gott, dachte Anna, was habe ich da bloß angerichtet! Auf keinen Fall dürfen wir uns vor Venedig noch treffen. Abstand zu Afrika war gefragt, zeitlicher Abstand.

Das Telefon schellte endlos.

Aus einer Telefonzelle rief Anna Sylvano an: «Laß uns eine Maschine eher fliegen. Ist das möglich? Ich möchte nicht, daß uns die anderen zum Flughafen bringen. Kannst du das verstehen?»

Sylvano verstand.

Achtzehntes Kapitel

Inseln muß man mit dem Boot aufsuchen», hatte Sylvano gesagt, als sie am Airport Marco Polo die Schiffstaxe bestiegen. «Wer hier mit dem Auto ankommt, hat sich um den raffiniertesten aller Genüsse gebracht, nämlich um den der genußvoll verzögerten Annäherung. Vor allem jedoch darf man nicht im Sommer hierherfahren. Jetzt zwischen Allerheiligen und Silvester offenbart die Stadt ihr wahres Wesen. Auf den Kanälen ist es still geworden. Der regelmäßige Linienverkehr der Boote nach Torcello, Burano und dem Lido ist eingestellt. Nur die eigenen Schritte hallen durch die Gassen. Geisterhaft still ist die Stadt. So muß Venedig zur Zeit Goethes ausgesehen haben.»

Das Tuten eines Signalhorns wehte klagend über die Lagune. Sie fuhren durch eine Allee von eingerammten Pfählen, auf denen frierende Möwen hockten. Das Wasser war schwarz wie altes Mo-

toröl. Linkerhand tauchte eine Insel auf, gespickt mit Kränen, kra-
kelige Käferbeine zum kalten Himmel gestreckt: Murano. Dann
wie ein schwimmender Wald San Michele, die Toteninsel, der
Friedhof von Venedig, umgeben von einer hohen Mauer, überragt
von unzähligen Zypressen, blauschwarze Säulen der Trauer. Die
Stille wurde zerrissen von der endlos plärrenden Stimme der Ta-
xizentrale, die ihre Anweisungen an die Boote ausbellte: «San
Marco, pronto, San Steffano … San Sylvestro …» Lauter Namen
von Heiligen. Hier hießen alle Plätze nach Heiligen, sogar die Hal-
testellen am Canal Grande.

Wolkenfetzen, leicht wie frisch gezupfte Lammwolle, hingen
über dem Meer. Möwen flogen schreiend voraus, hingen unbeweglich im Wind wie weiße Wimpel. Der Bug zerschnitt das
schwarze Wasser zu schäumender Gischt, weiß wie die Möwen. Es
roch nach Teer und fauligem Fisch.

Als sie endlich in die engen Kanäle der Stadt eintauchten, be-
gegneten ihnen Kähne voller Bauschutt, ein schwimmender
Gemüseladen. Und dann die ersten Gondeln, lautlos und stolz wie
Schwäne.

Rostroter Putz in Fetzen wie Haut nach dem Sonnenbrand. Daneben Ziegelsteinflecken, Loggien mit Blech vernagelt. Wenn hier
ein Teil aus der Balustrade abbricht und in den Kanal stürzt, füllt
man die Lücke mit Kistenbrettern.

«Die Luxushotels liegen am Canal Grande», sagte Sylvano. «Der
Teil von Venedig, den ich am meisten liebe, befindet sich im Norden der Stadt, wo das mittelalterliche Venedig noch lebendig ist,
wo die Luft noch erfüllt ist vom Duft orientalischer Gewürze. Tintoretto hat hier gelebt. In der Chiesa Madonna dell'Orto liegt er
begraben. Nicht weit davon werden wir wohnen.»

Das Haus lag am Rio Madonna dell'Orto. Die Fenster über dem
Wasser waren vergittert. Von einem überwölbten Tor führten aus-
getretene Stufen zum Kanal. Im ersten Stock ein Balkon und darüber eine Loggia mit vier hohen bis zum Fußboden reichenden
Fenstern. Ein Relief mit einem Mohren, der ein Kamel führte,
schmückte die Fassade. Sims und Balkone wurden von Löwen-

köpfen getragen. Der Putz grau, verwittert wie antike Skulpturen, von Salzwasser und Sonne zerfressen. Im Inneren aber entfaltete das Haus jene Grandezza, wie sie allen italienischen Bauten von Adel eigen ist. Ihr Gemach im ersten Stock schaute auf der einen Seite hinaus auf den Kanal. Zur anderen Seite fiel der Blick auf einen malerischen kleinen Platz mit einer steinernen Bank, auf der sich eine Katze streckte.

Eine hölzerne Kassettendecke überspannte den hohen Raum. Der Boden aus antikem Mosaik. Weinrote Seidentapeten mit Stuckleisten. Beherrscht wurde das Zimmer von einem Himmelbett, das so aussah, als hätte schon der Doge Dandolo oder Casanova in ihm geschlafen: ein Hochaltar der Nacht. Hölzerne Putten trugen einen samtenen Baldachin, auf den eine Krone mit Lilien gestickt war.

Brokatbezogene Sitzmöbel, gläserne Tische, venezianische Spiegel in Goldrahmen, kniehohe Porzellanvasen, gefüllt mit frischen Schnittblumen, vervollständigten die Einrichtung. Versteckt hinter einer Tapetentür befand sich eine Bar. Ihr gegenüber lag das Bad, ganz in honigfarbenem Marmor. Die Wanne war aus einem einzigen Marmorblock geschlagen und so breit, daß zwei in ihr Platz hatten. Darüber ein goldener Löwenkopf, aus dessen aufgerissenem Rachen das Badewasser in die Wanne rann.

«Gefällt dir unser Quartier?»

«Ein Palazzo. Am liebsten würde ich das Bad sofort ausprobieren.»

«Tu das! Ich werde währenddessen die Formalitäten an der Rezeption erledigen.»

Als Sylvano zurückkehrte – Anna nahm schmunzelnd zur Kenntnis, daß er anklopfte, bevor er das Zimmer betrat –, wehte ihm ein Hauch von Frische entgegen. Anna hatte sich umgezogen. Sie stand am Fenster und fönte ihr Haar: «Machst du mir mal die Knöpfe zu?»

Sie streckte ihm ihren Rücken entgegen. Dann fiel ihr Blick auf die Tageszeitung, die er mitgebracht hatte.

«Gibt es etwas Neues?»

«Nichts Besonderes.»

Anna las die fettgedruckte Schlagzeile auf der Frontseite: LO STRANGOLATORE. Der Würger. Er hat wieder zugeschlagen.

«Was für ein Würger?»

«Ein Verrückter. Er hat vier Menschen ermordet. Gestern haben sie den vierten beim Campo San Polo aus dem Kanal gezogen.»

* * * *

Die Sonne tauchte ins Meer, als sie sich am Fuß der Granitsäule niederließen, wo die Wellen gegen die Steinstufen zum Markusplatz plätschern. Aufgeregt wie junge Pferde vor dem Rennen rissen die Gondeln an den Halteleinen. Ihre beilförmigen Wahrzeichen am Bug bewegten sich drohend auf und ab wie geschwungene Scharfrichterbeile.

Palladios Kirchen San Giorgio und Redentore leuchteten von den gegenüberliegenden Inseln herüber, eingetaucht ins Gold der herbstlichen Abendsonne. Einzelne Turmspitzen markierten im Dunst der Ferne die äußerste Begrenzung der schwimmenden Stadt, über die die Nacht behutsam ihren Schleier legte.

Anna breitete die Arme aus: «Was für ein Unterschied zu Brüssel!»

«Und dennoch, wieviel Gemeinsamkeit», meinte Sylvano. «Beide Städte kommen aus dem Sumpf. Beide sind sie im Vergleich mit ihren Nachbarn geschichtslose Emporkömmlinge. Das junge Venedig war neben Ravenna und Rom so unbedarft wie Brüssel neben Paris und London. Beiden gemeinsam ist das vorrangige Interesse an Absatzmärkten. Und wenn du mal für einen Augenblick die Augen schließt, um Venedig mit der Nase wahrzunehmen, so wirst du noch eine weitere Gemeinsamkeit entdecken: Venedig und Brüssel sind vermutlich die einzigen Weltstädte in Europa, die keine Kläranlagen haben. Beide schwimmen in ihren Fäkalien. Die Paläste des Canal Grande spiegeln sich im Auswurf ihrer Kloaken. Schau sie dir an! So schön kann Scheiße sein.»

«Wie kann man nur so kulturlos sein?»

«Du sprichst mit einem echten Venezianer. Wir sind so.»

«Du bist sarkastisch, ein Pessimist.»

«Nein, im Gegenteil, ich bin voller Optimismus. Die Tatsache, daß so kulturlose Krämerseelen wie die Venezianer solch ein Märchen erschaffen konnten, erfüllt mich mit der Hoffnung, das Wunder könnte sich wiederholen. Aus der elendig verkrüppelten Ente Brüssel könnte am Ende auch noch ein schöner Schwan werden.»

Anna nahm Sylvanos Kritik nicht zur Kenntnis. Sie blickte über den Canal Grande und sagte:

«Die Stadt ist ein vollendetes Kunstwerk!»

Sylvano erwiderte: «Ob du mir glaubst oder nicht, aber die Venezianer waren niemals Künstler. Ein kommerzielles Volk, dem der Profit immer mehr bedeutet hat als alles andere.»

«Und wie erklärst du mir dieses Märchen?»

«Auch in unseren Märchen regieren Gold, Geld und Gewinn. Die Goldmarie wird mit Gold überhäuft, Sterntaler mit Geld. Die Müllerstochter spinnt Stroh zu Gold. Der Goldesel scheißt Dukaten. Von der goldenen Gans bis zur Schatzhöhle Ali Babas – überall: Gold, Silber, Edelsteine, von Drachen bewacht und von Feen verschwendet. Überall klingeln die Kassen: Dem Tüchtigen gehört das Glück. Und genau das ist das Fundament, auf dem Venedig steht. Die venezianische Habsucht galt schon im Mittelalter als Skandal in der ganzen christlichen Welt. Die Kreuzzüge waren für Venedig ein gigantisches Geschäft. Der Doge Enrico Dandolo hat für den Transport eines einzigen Kreuzritterheeres fünfundachtzigtausend Silbertaler kassiert, ein mehrstelliger Millionenbetrag nach heutiger Währung. Die Ritter, die nicht zahlen konnten, mußten ihre Überfahrt abarbeiten. Und weißt du wie? Sie mußten Zara für Venedig erobern.»

«Auch andere Länder haben Kriege geführt.»

«Zara aber war eine christliche Stadt. Sie wurde dem Erdboden gleichgemacht. Ihre Einwohner wurden erschlagen und als Sklaven an die Ungläubigen verkauft. Anschließend zog das Heer nach Konstantinopel. Die Stadt wurde geplündert und in Brand gesteckt. So gingen die Venezianer mit ihrer Konkurrenz um, gleichgültig, ob christlich oder muselmanisch. Wie die Juden standen sie außerhalb der christlichen Gemeinschaft, wenn es ums Geld ging. Und wie die Juden wurden sie dafür gehaßt. Ein venezianischer Ausspruch lautet: Der Papst ist in Rom, Gott ist im Himmel, wir aber sind in Venedig.»

«Wir aber sind in Venedig», sagte Anna, die nichts weiter wollte, als das Wunder mit den Augen wahrzunehmen.

«Diese Stadt auf Stelzen hat auf Künstler schon immer wie ein Magnet gewirkt», fuhr Sylvano unbeirrt fort, «aber sie hat keine eigenen hervorgebracht. Die Venezianer drucken mehr Bücher als andere, schreiben sie aber nur selten, so sagte man schon vor dreihundert Jahren. Mit Ausnahme von Goldoni gibt es keinen venezianischen Schriftsteller von Bedeutung.»

«Dafür aber um so mehr Architekten», sagte Anna.

«Die Baumeister Venedigs waren Bühnendekorateure, ihre Werke Scheinarchitekturen, Attrappen. Wie Bühnenkulissen benötigen Venedigs Bauten den richtigen Abstand und effektvolles Licht. Sie brauchen Sonnenaufgänge, Mondlicht, Wasserspiegelung, Nebelschleier. Ganz Venedig ist ein Opernhaus. Monteverdi hat hier die letzten Jahrzehnte seines Lebens gewirkt. Während anderswo die Oper noch ein höfisches Vergnügen war, standen die fünf Opernhäuser Venedigs schon vor dreihundert Jahren allen offen. Hier entstanden die Arie und die heutige Form des Orchesters. Rigoletto, La Traviata und andere unsterbliche Opern wurden hier uraufgeführt. Noch Strawinsky bestand darauf, daß seine Oper hier und nur hier uraufgeführt …»

«Es gibt nur eins, das mich an Venedig stört», sagte Anna, «ihr Venezianer redet zuviel.»

«Es gibt ein todsicheres Mittel, uns zum Schweigen zu bringen.»

«Und das wäre?»

Sylvano küßte sie auf den Mund. Und war angenehm überrascht, als sie seinen Kuß erwiderte.

❊ ❊ ❊ ❊

Im Al Graspo de Ua beim Campo San Bartolomeo herrschte reger Betrieb.

«Alles voll», sagte der Kellner auf deutsch.

Sylvano antwortete italienisch mit venezianischem Akzent. Und siehe da: Es gab noch einen Tisch am Fenster.

«Verzeihen Sie, daß ich Sie nicht erkannt habe. Sie sind Venezianer? Darf ich fragen, wo Sie wohnen?»

Sylvano nannte ihre Adresse.

«Oh, in der Casa di Casanova!» Der Kellner blickte auf Anna. Seine Augenbrauen hoben sich voller Bewunderung.

Sylvano bestellte Baccala con Polenta und Trippa alla Veneziana, Stockfisch und Kutteln, wie er Anna erklärte. Eine Spezialität des Hauses.

«Was hast du da eben von Casanova gesagt?» fragte Anna.

«Casa di Casanova, so nennen die Einheimischen den Palazzo, in dem wir wohnen. Casanova, so sagt man, hat ihn als Nido d'Amore, als Liebesnest, benutzt.»

Bevor Anna etwas erwidern konnte, brachte der Kellner den Wein. Am Nachbartisch unterhielten sich zwei ältere Damen ganz offensichtlich über den Würger: «… mit einer Drahtschlinge», sagte die Ältere, «und dann schlägt er ihnen den Schädel ein, mit unglaublicher Brutalität. So schlägt nur einer zu, der voller Haß ist, sagt meine Friseuse. Ihr Sohn ist bei der Polizei.»

Sie senkte ihre Stimme und erklärte: «Alle Opfer waren Männer, Finocchi. Sie wurden vergewaltigt.»

«Florentiner?»

«Ja, Florentiner.»

«Hast du das gehört?» flüsterte Anna. «Sie wurden vergewaltigt. Männer? Wie ist das möglich? Und warum alle aus Florenz?»

«Kennst du den Unterschied zwischen Neapel, Florenz und Venedig? In Neapel mußt du dir die Taschen zuhalten, in Venedig die Nase und in Florenz den Hintern. Florenz ist die Heimat der Homosexuellen. Du siehst, dir droht keine Gefahr vom Würger», lachte Sylvano. «Im übrigen ist Venedig die Stadt mit der niedrigsten Kriminalitätsrate in Italien.»

Als Nachspeise servierte ihnen der Kellner Gardo, einen einheimischen Kastanienkuchen mit Grappa.

«Den Kaffee», schlug Sylvano vor, «nehmen wir im Florian.»

Als sie das Café betreten wollten, erloschen die elektrischen Lichter. Dunkelheit umfing sie.

«Einer von den vielen Stromausfällen im Winter», sagte der Kellner, der ihnen entgegengeeilt war. Kerzen wurden angezündet. Anna fühlte sich wie Alice im Wunderland.

Aufgeteilt in viele kleine Stübchen, stand das Innere des Cafés in keinem Verhältnis zu der gigantischen Arkade davor, die den Markusplatz umlief. Neben diesen Arkaden, die Teil einer Palastanlage sein konnten, wirkten die niedrigen Stübchen im Café Florian wie begehbare Möbel: intime Kuschelecken mit roten Samtpolstern, Spiegeldecken, in denen jetzt Kerzenlicht schimmerte. Auf allen Wänden schlängelten sich Girlanden aus Blumen, Obst und Tizianengeln, alles gerahmt und geschnürt in goldenen Leisten wie Konfektschachteln, teures Konfekt, versteht sich, und genauso süß.

«Im Sommer kriegst du hier keinen Stuhl», sagte Sylvano. «Kein Besucher Venedigs, der nicht das Florian besucht. Hemingway war hier, Proust, Mark Twain, Lord Byron, Goethe, Napoleon und selbst Casanova traf sich in diesen Räumen mit seiner Lieblingskurtisane, der Anna-Magdalena Lupa.»

Sie bestellten Espresso, und Sylvano sagte: «Ist es nicht seltsam? Obwohl es keinen anderen Ort in der Welt gibt, der bei Liebenden so beliebt ist, hat diese romantischste aller Städte keine klassischen Liebespaare hervorgebracht, keinen Petrarca und keine Laura. Alle venezianischen Liebesgeschichten mußten von Ausländern erdacht werden: Tod in Venedig, Othello, der Kaufmann von Venedig.»

«Und was ist mit Casanova?» fragte Anna.

«Casanova war eine echte venezianische Natur, kühl, berechnend, hemmungslos. In seinen Tagebüchern findet sich kein Wort von wirklicher Liebe, von verzweifelter Leidenschaft. Nur Galanterie, schimmernde harte Oberfläche. Venedig – das war schon immer die Stadt der raffinierten Erotik ohne Herz.»

Sylvano trank seinen Espresso aus und bestellte Campari.

«Montaigne berichtet, daß es bei seinem Besuch gegen Ende des 16. Jahrhunderts fast zwölftausend numerierte Kurtisanen in Venedig gab, von denen die Nummer 204, die vierunddreißigjährige Anna Amanda Franco, als ungekrönte Königin galt. Sie unterhielt einen Salon am Canal Grande, verfaßte Sonette und schrieb an einem epischen Gedicht über Mars und Venus.»

Anna trank von ihrem Campari und sagte: «Wie die Bilder sich gleichen. Auch ich heiße Anna, bin vierunddreißig, schreibe ein Buch und arbeite als Kurtisane.»

«Aber Anna …»

«Das hätte ich nicht sagen sollen, nicht wahr?»

«Nein», sagte Sylvano, «das hättest du nicht sagen sollen.» Er nahm ihre Hände und schaute ihr in die Augen: «O Anna, schau mich an! Sehe ich wie ein Casanova aus? Was siehst du? Einen Wüstling? Nein. Einen verliebten alten Petrarca, der von seiner Laura träumt. Laß uns Theater spielen! Wir befinden uns auf der prächtigsten Bühne der Welt. Die Rollen sind nicht festgelegt. Alles ist möglich. Du bestimmst den nächsten Schritt der Handlung. Und ich gebe dir mein Wort: Nichts wird geschehen gegen deinen Willen. Nichts wird von dir erwartet, als ganz du selbst zu sein.»

«Ich danke dir.» Anna streichelte seine Hand und dachte: Ich bin auf dem besten Weg, mich in diesen Casanova zu verlieben.

* * * *

Sylvano sagte: «Es gab noch bis in unser Jahrhundert hinein auf Sizilien einen Brauch, wonach ein frisch getrautes Paar drei Nächte lang nebeneinander im Bett verbringen mußte, ohne daß die Ehe im katholischen Sinn vollzogen werden durfte. Dieser im Mittelalter über ganz Europa verbreitete Brauch war der Gottesmutter geweiht. Er galt als höchster Liebesbeweis des Bräutigams an die Braut und garantierte einen gesunden Erstgeborenen.»

«Also gut», lachte Anna, «beweise mir deine Liebe. Auf den Erstgeborenen kann ich vorerst verzichten.»

Sie lagen nebeneinander in dem breiten Himmelbett wie zwei Kinder im Doppelbett ihrer Eltern. Beide trugen sie viel zu große Schlafanzüge. Das Licht einer Straßenlaterne fiel durch das vergitterte Fenster. Der Wind bewegte die Vorhänge, formte geisterhafte Schatten. In der Ferne klagte eine Katze. Ein Fensterladen schlug im Wind.

«Gibt es in den venezianischen Palästen auch Schloßgespenster?» fragte Anna. «So wie in den englischen Castles?»

«Viel schlimmere», sagte Sylvano. «Denn unsere Geschichte ist viel blutrünstiger als die der Briten. Bis zum Ende des 12. Jahrhunderts war von den fünfzig Dogen fast die Hälfte hingerichtet oder verstümmelt worden. Beliebt war die Blendung über glühenden Kohlenbecken. Priester wurden in Käfige gesteckt, die beim Campanile zum Fenster heraushingen. Ein Mönch verbrachte im 15. Jahrhundert ein ganzes Jahr dort oben bei Wasser und Brot, bevor er verhungerte. Langsames Verkümmern nannte man das. Selbst unsere Kirchen sind voll von grausamstem Spuk. Die heilige Agatha trägt ihre Brüste auf einem silbernen Teller vor sich her. Bei der heiligen Lucia sind es die herausgerissenen Augen. Sie hält sie in den Händen wie Ostereier. Aber ich finde, ich habe für heute genug geredet. Wie wäre es mit einer Gutenachtgeschichte?»

Er knüllte sein Kissen zusammen, legte sich zurück und blickte erwartungsvoll auf Anna. Die holte sich ein Mineralwasser aus der Bar und sagte: «Gib mir ein Stichwort.»

«Casanova.»

«Ein Abenteuer Casanovas? Gut.»

Sie legte sich zu Sylvano und begann:

«Wer nach Venedig kommt, der sollte unbedingt die Bleikammern besuchen, gleich neben dem Dogenpalast und mit diesem verbunden durch die Seufzerbrücke. Wer sie überschritt, der hatte sein Leben verwirkt. Kaum einer sah das Licht der Sonne wieder. In diesem ärgsten Kerker aller Kerker lag Casanova in Ketten. Fast wäre er verschmachtet, wenn ihn nicht in höchster Not – wie kann es anders sein – ein Weib gerettet hätte.

Sie hatten ihn in die hinterste Bleikammer geworfen, weil er die jüngste Nichte des Dogen verführt hatte. Auf Befehl des Dogen sollte der Mädchenschänder verkümmern. *Far morire di fame.* So nannte man den Tod durch Verschmachten: rasch, stumm und sicher.

So grausam jene Zeit auch in ihren Hinrichtungen war, sosehr hielt sie auf Sitte und Form. Dazu gehörte, daß jeder Zum-Tode-Verurteilte einen letzten Wunsch frei hatte. Casanova wünschte sich, daß wenn er schon sein täglich Brot nicht bekäme, er wenigstens auf seinen täglichen Beischlaf nicht verzichten müsse.

Casanovas letzte Bitte wurde dem Dogen überbracht, der nichts dagegen einzuwenden hatte. Würde doch die tägliche Entsaftung des Wüstlings die Verkümmerung nur beschleunigen.

Casanova wählte sich – gewissermaßen als Henkersmahlzeit – die Kurtisane Anna Magdalena Lupa, eine junge Zigeunerin mit schmalen Hüften und prächtigen Brüsten. Sie wurde am Abend in Casanovas Kerker gelassen und des morgens wieder herausgeholt.

Sie machte dann einen erschöpften, aber sehr zufriedenen Eindruck, halt so, wie eine Frau ausschaut, wenn sie eine rauschhafte Liebesnacht hinter sich hat. So ging das drei Nächte lang.

‹Der Hundesohn müßte längst hinüber sein›, schimpfte der Doge. ‹Kein Mensch vermag vier Tage ohne Wasser zu überleben.›

Bekam der Gefangene heimlich Nahrung zugesteckt?

Es vergingen drei weitere Tage.

Der Doge ließ die Wachen austauschen. Er ordnete an, die Lupa habe sich aller Kleider zu entledigen, bevor sie in die Zelle gelassen wurde, damit es ihr unmöglich sei, ihrem Galan etwas zuzustecken. Es vergingen drei weitere Tage.

‹Sie bringen der Venus ein Opfer nach dem anderen dar›, berichtete der Kerkermeister dem Dogen. ‹Da ist ein Gestöhne und Geschmatze wie beim Stutendecken.›

‹Wie ist so etwas möglich?› fragte der Doge seinen Beichtvater.

‹Die Liebe ist der Wunder größtes!› sagte der und schlug ein Kreuz.

‹Bei Gott, es ist ein Wunder. Er ist seit zehn Tagen ohne Wasser, seit zehn Tagen!›

‹Ein Gottesurteil›, sagte der Beichtvater. ‹Ihr wißt, wenn einem Gehenkten der Strick reißt, so gibt ihn der Henker frei, weil Gott es so will.›

‹Wenn er das Ende der zweiten Woche lebend erreicht, so soll er gehen›, sagte der Doge.

Mit seinen eigenen Augen wollte er sich von dem Unglaublichen überzeugen. Nackt wie Gott sie geschaffen hatte, ließen sie die Lupa in die Zelle. Selbst ihre Körperöffnungen waren untersucht worden. Eigenhändig stieß der Doge am Morgen den Schlüssel ins Schloß.

Knarrend öffnete sich die Tür.

Im ersten Licht des Tages lagen sie vor ihm: zwei blasse nackte Leiber zu einem verflochten.

‹Tot›, sagte er. ‹Sie sind tot. Endlich.›

Er berührte die Lupa mit dem kalten Eisen des Schlüssels. Schlaftrunken hob sie den Kopf. Das aufgelöste Haar verhüllte ihr Gesicht. Casanovas Kopf lag in ihrem Schoß, eine Totenmaske mit erstarrtem Lächeln. Die Fratze eines Wüstlings. Doch dann – der Doge sah es mit Grausen – schlug der Tote die Augen auf. Das Sonnenlicht blendete ihn. Blinzelnd löste er sich aus der Umarmung der Lupa, als erwache er aus erholsamem Schlaf. Er streckte sich wie eine Katze, wohlig und lüstern. Seine Hände griffen nach der Geliebten. Sein Fleisch erhob sich hart und fordernd.

Der Doge schwor noch auf dem Sterbebett, er habe den Teufel mit eigenen Augen geschaut, Uriel und Satanas, die Verkörperung des Bösen, in einer Person.

Casanova aber schwärmte in seinen Memoiren von der Kurtisane Anna Magdalena Lupa, die ihn an ihren prächtigen Brüsten gestillt hatte wie einen Säugling.»

Neunzehntes Kapitel

Irgendein Traum hatte sie aus dem Schlaf geschreckt. Nun stand sie am Balkonfenster und blickte hinab auf den Kanal, in dem sich das erste Licht des Tages spiegelte.

Sylvano schlief noch. Vergraben in den Kissen, war von ihm mehr zu hören als zu sehen. Anna kleidete sich rasch an. Als sie die Haustür hinter sich schloß, schlug es vom Campanile der Chiesa Madonna dell'Orto fünf Uhr. Anna wandte sich nach Norden, den immer enger werdenden Gassen zu, die zum Ghetto führten. Sie waren wie leer gefegt. Kein Laut war zu hören. Anna fühlte sich, als betrete sie eine unbewohnte Insel. Alles war neu, fremd, unheimlich und doch voller Zauber und Anziehungskraft.

Eine Tür knarrte. Gleich würde Shakespeares alter Jude Shylock im Kaftan herausgehinkt kommen. Aber es war nur das Knarren eines Fensterladens im Morgenwind.

Sie erreichte einen Kanal, überquerte eine schmale Brücke. Sie betrachtete ihr Spiegelbild in dem lackschwarzen Gewässer. Eine junge Frau mit zerzaustem Haar in hellem Kamelhaarmantel schaute ihr entgegen.

Ein verspäteter Nachtfalter fiel taumelnd ins Wasser, versuchte sich zu befreien, vergeblich. Annas Spiegelbild zerfloß in zitternden Wellenlinien wie ein gestörtes Fernsehbild.

Die Morgenkühle über dem Wasser ließ sie frösteln. Sie schlug den Mantelkragen hoch und machte sich auf den Heimweg. Sie hatte schon das andere Ufer erreicht, da vernahm sie das Platschen. Es hörte sich an, als ob jemand mit der flachen Hand aufs Wasser schlüge: Patsch, patsch, patsch. Das Geräusch kam von der gegenüberliegenden Seite des Kanals.

Am Fuß einer schmalen Steintreppe, die zum Wasser hinabführte, erkannte sie etwas Felliges, eine Katze, einen Hund, der sich vergeblich bemühte, die unterste Stufe zu erklimmen. Patsch, patsch, patsch.

Sie rannte zurück, hockte sich nieder, um erkennen zu können, was sich dort unten bewegte, als sich das Wuschelfell aus dem Wasser hob. Anna blickte in das Gesicht eines Kindes. Ein Kind! Mein Gott! Dort unten ertrinkt ein Kind.

Anna hastete die Stufen hinab, streckte die Hand aus, um die Kleine zu fassen – komm! –, da riß es ihr die Füße weg. Fallend glitt sie über grüne Algen, die glatt wie Schmierseife auf der untersten Stufe wucherten. Dann lag sie im eiskalten Wasser, mit Schuhen und Mantel.

Sie faßte das Kind und schob es auf die Treppe. Es glitt ihr gleich wieder entgegen. Der Kanal war so tief, daß Anna nicht stehen konnte. Sie brauchte all ihre Kraft, um die Kleine schwimmend auf die darüberliegende Stufe zu wuchten. Dabei wurde sie mit dem Gesicht unter Wasser gedrückt. Jetzt erst merkte sie, wie ekelhaft der Kanal stank.

Raus! Nichts wie raus hier.

Aber wohin sie auch griff, sie fand keinen Halt. Die Treppenstufe – nur zwei Handbreit über dem Wasser – war so schleimig, daß ihre Hände immer wieder abglitten. Einen anderen Ausstieg gab es nicht. Die Wände des Kanals aus gemauertem Stein stiegen senkrecht haushoch zum Himmel.

Das Kind hatte sich aufgerichtet. Triefnaß auf allen vieren, wie ein Tier, kniete es auf der Treppe und starrte mit angstvollen Augen auf Anna herab, zitternd vor Kälte.

Patsch, patsch, patsch. Jetzt war es Anna, die um ihr Leben kämpfte. Das Kind gab einen wimmernden Laut von sich, der so klang wie: Das habe ich nicht gewollt. Dann kroch es die Treppe hinauf und rannte davon.

Ob es wohl Hilfe holte? Wer würde ihm schon glauben? Und wer weiß, wo es wohnte.

Panik befiel sie, ganz allein gelassen. Eiseskälte griff nach ihrem Herzen. Der voll Wasser gesogene Mantel zog sie nach unten. Sie schlug um sich, schwamm um ihr Leben.

O mein Gott, war das das Ende? Welch elender Tod, in diesem stinkenden Kanal wie eine Ratte ersäuft zu werden. Nein! Nein, niemals.

Sie schrie, so laut sie konnte. Die Todesangst gab ihrer Stimme ungeahnte Kraft. Ihr Rufen hallte durch die Morgenstille wie mit Lautsprechern verstärkt, brach sich wie Echohall in den verwinkelten Gassen.

O Gott, hilf, daß mich jemand hört!

Waren da nicht Schritte, Männerstimmen? Ein Gesicht über der Brüstung der Brücke. Hände streckten sich ihr entgegen, zogen sie heraus, halfen ihr die Stufen empor.

«Sind Sie in Ordnung, Signora? Brauchen Sie einen Arzt?»

«Nein, nein, es geht schon wieder. *Mille grazie.* Haben Sie vielen Dank. Ich weiß gar nicht, wie ich Ihnen danken soll. Sie kamen im rechten Augenblick.»

«Hier, nehmen Sie!» Der eine der beiden Männer legte ihr seine Lederjacke um die Schulter, nachdem sie ihren klatschnassen Mantel abgestreift hatte. Der andere reichte ihr eine flache Flasche: «Trinken Sie einen ordentlichen Schluck. Das wärmt und tötet die Bakterien. Grappa ist gute Medizin.»

Sie brachten Anna zum Hotel.

«Kommen Sie allein klar?»

«O ja. Vielen Dank. Vielen herzlichen Dank. Ihr habt mir das Leben gerettet.»

«Keine Ursache. Gern geschehen. Noch eine Grappa?»

«Nein, danke. Was ich jetzt am meisten brauche, ist ein heißes Bad.»

Sylvano schlief noch. Anna ließ die Wanne vollaufen und legte sich in das heiße Wasser. Welch einem Alptraum war sie da entronnen!

«Das hast du geträumt», lachte Sylvano, als sie ihm von ihrem Abenteuer erzählte. Anna zeigte hinaus auf den Balkon, wo ihre Kleidungsstücke im Morgenwind trockneten.

«*O mamma mia, Cara,* was machst du bloß für Sachen. Ich habe fast zwanzig Jahre hier gelebt und bin nicht ein einziges Mal in einen Kanal gefallen.»

Erst als sie ihm von dem Kind erzählte, wurde er ernst.

«Du hast ihm das Leben gerettet.»

«Dafür haben die beiden Burschen meines gerettet.»

«Hier kommt immer einer vorbei, um dich herauszuholen», sagte Sylvano. «In Venedig ist noch keiner ertrunken. Das schaffen nicht einmal die Selbstmörder, die hierherkommen, um in Schönheit zu sterben. Die meisten Kanäle sind so flach, daß man darin stehen kann. Komm, du brauchst jetzt ein anständiges Frühstück. Kanalwasser auf nüchternen Magen soll nicht gesund sein.»

Anna schlug ihm mit gespieltem Zorn die Morgenzeitung um die Ohren. Aber sie verstand ihn. Er versuchte, die Angelegenheit herunterzuspielen, um ihr den Schrecken zu nehmen. Und eigentlich war ja auch nichts weiter passiert.

Und dennoch …

✳ ✳ ✳ ✳

Sie waren hinübergefahren zur Giudecca, hatten im Hotel Cipriani zu Mittag gegessen. Nun standen sie auf dem Campanile von San Giorgio und schauten hinab auf Venedig.

Anna fragte: «Wie ist es möglich, daß aus den zusammengerafften Mosaiksteinen aller Epochen und aller Länder solch eine Einheit entstehen konnte?»

Sylvano erwiderte: «Venedig war schon immer wie ein Bienenstock, den manche Wissenschaftler zu Recht für *ein* Lebewesen halten, weil die einzelnen Immen nur in ihrer Gesamtheit lebensfähig sind. Ein einzelnes Tier vermag sich weder fortzupflanzen noch zu existieren. Sie sind bloß Zellen in einem Organismus. Solch ein Organismus war Venedig.

Hier gab es spezielle Briefkästen, mit deren Hilfe man seine Mitbürger denunzieren konnte. Die Verurteilung erfolgte ohne Gerichtsverhandlung. Der Verdacht genügte. Denn nicht das Schicksal des einzelnen war wichtig, sondern das Gemeinwohl.

Hinzu kommt noch eine andere Eigenart. Obwohl die Venezianer unter ihren Zeitgenossen die wohl ungläubigsten waren, erkannten sie mit dem sicheren Instinkt der Geschäftstüchtigen, daß

Gott und die Heiligen hervorragende Partner waren. Menschen können sich irren, aber Gott und die Heiligen waren immer im Recht. Folglich mußte man sie vor seinen Karren spannen.

Wie macht man das? Man mußte sie sich leibhaftig in die Stadt holen, und sei es auch nur stückchenweise. Die Venezianer waren geradezu besessene Reliquiensammler.»

«Du meinst die Knochen von Heiligen?» unterbrach ihn Anna.

«Nicht nur die Knochen. In Venedig gab es ein Mundstück von einer der Trompeten, die die Mauern von Jericho umgeblasen hatten, einen Tropfen Erlöserblut samt drei Stacheln aus der Dornenkrone und einen Holzsplitter vom Kreuz. Da gibt es noch heute einen Stein vom Berg Tabor, auf dem Jesus gesessen hat, bevor er gen Himmel gefahren ist.

Das Flaggschiff aller Reliquien aber war das Skelett des Evangelisten Markus, das sie den völlig verarmten Mönchen des Markusklosters in Alexandrien abkauften, wobei sie den Preis von sechshundert Zechinen auf fünfzig Zechinen in tagelangem Feilschen herunterdrückten. Die Tatsache, daß die Mönche ihren ehemaligen Patriarchen so billig verhökerten, veranlaßte schon die Zeitgenossen zu der Bemerkung, daß es sich bei den Knochen wohl kaum um die Reliquien des Heiligen gehandelt haben kann.

Den Venezianern war das gleichgültig. Der Papst persönlich würde ihnen bescheinigen, daß es sich um die Reliquien des Evangelisten handelte, gegen Bezahlung, versteht sich. Gab es nicht achtzehn echte, vom Vatikan anerkannte Vorhäute Christi, drei Brüste der Santa Eulalia, der Amme des Jesuskindes, und zwei Schädel des heiligen Christophorus, der eine aus der Jugend- und der andere aus der Greisenzeit des hochverehrten Schutzpatrons.

Das Wahrzeichen des Evangelisten Markus war der Löwe. Also mußte ein Löwe her. Eine geflügelte sassanidische Chimäre, die man irgendwo im Orient hatte mitgehen lassen, wurde zum Löwen erklärt. Eine Skulptur des Königs Mithridates VI. wurde zum Heiligen ernannt, nachdem man ihr einen Heiligenschein aufgesetzt und ein Krokodil aus der Zeit des Kaisers Hadrian als Drachen untergeschoben hatte.

Die Venezianer können für sich das Recht in Anspruch nehmen, die Erfinder der modernen Product Promotion, der Public Relations und der politischen Propaganda zu sein.

Ihre spirituelle Aufwertung betrieben sie mit Hilfe der bedeutendsten Künstler ihrer Zeit. Die größten Maler des Abendlandes wurden aufgeboten, um die Wundertaten des heiligen Markus vor aller Augen sichtbar und damit wahr werden zu lassen.

In der Accademia hängen ganze Zyklen von Gemälden, die zeigen, zu welch übermenschlichen Werken Venedigs Schutzpatron fähig ist. Eine Wunderwaffe und Kraftquelle ohnegleichen.

Auf Tintorettos *Trafugamento del corpo di S. Marco* sieht man, wie der schöne blasse Leib des Heiligen von den Venezianern ‹heimgeholt› wird. In Wirklichkeit wurden seine Knochen in einem Schmalztopf weggeschafft, versteckt unter Schweinespeck, den die muselmanischen Zollbeamten nicht berühren mochten.

Die Venezianer verstanden es, aus Banalitäten Staatsaktionen zu machen. Eine harmlose Regatta – woanders eine Sportveranstaltung – wurde hier zur Vermählung des Dogen mit dem Meer. Was wir in Brüssel von Venedig lernen können, ist die Macht der Rituale.»

Anna sagte: «Man sollte die Knochen Karls des Großen nach Brüssel bringen, den Bart Barbarossas, ein Blatt aus Cäsars Lorbeerkranz, Shakespeares Schlüsselbein, einen Backenzahn von Beethoven, Churchills Unterhose und Charlie Chaplins Spazierstock. War Einstein eigentlich beschnitten? Dann hätten wir auch eine Vorhaut. Ob uns das einer abnimmt?»

«Wenn man bedenkt, wie die Experten auf Hitlers Tagebücher hereingefallen sind, so ist nicht zu befürchten, daß jemand an der Echtheit unserer Reliquien zweifeln könnte. Unser Problem liegt vielmehr darin, daß Brüssel nicht ein Bienenvolk, sondern ein Verein von lauter Einzelgängern und Quertreibern ist. Weißt du, daß es in Brüssel eine Kommission zur Erarbeitung eines gemeinsamen Euro-Steckers gibt, die seit zehn Jahren regelmäßig tagt, immer wieder, immer an ausgesucht schönen Plätzen und immer vergeblich. Für die Kosten dieses Tauziehens hätten die Venezianer eine ganze Flotte vom Stapel laufen lassen können.»

«Du meinst also, wir werden nie wie Venedig werden?» fragte Anna. Das Thema schien sie zu amüsieren.

«Als Venedig seine politische und wirtschaftliche Macht verlor», sagte Sylvano, «avancierte es zum Disneyland. Schon zu Casanovas Zeit kamen die Menschen von weit her, um das Wunder in der Lagune zu bestaunen. Die Serenissima nahm in der Mittelmeerregion die gleiche Sonderstellung ein wie Europa in der heutigen Welt.»

«Wieso wie Europa?» fragte Anna erstaunt.

«Die Japaner und Amerikaner, die nach Europa kommen, um das Kolosseum, die Kathedrale von Chartres oder Schloß Neuschwanstein zu besichtigen, bewundern eine Welt, die es schon längst nicht mehr gibt. Auch Europa ist auf dem besten Weg, zum Disneyland für den Rest der Welt zu werden. Insofern bewegen wir uns schon in Richtung Venedig.»

Anna blickte hinab auf die Lagune und sagte: «Was treibt einen Venezianer dazu, sein Land Europa einzuverleiben?»

«Wer von Rom regiert wird, dem kann Brüssel nur recht sein», lachte Sylvano. «Außerdem wird das neue Europa sowieso durch und durch italienisch sein.»

«Wie das?»

«Keine Speisekarte in ganz Europa ohne Spaghetti, Pasta, Mozzarella, Cappuccino, Amaretto, Chianti, Pizza und all die anderen Köstlichkeiten. Kein Land beherrscht die Küche so wie wir.

Und was wäre die Musik ohne Italien? Rossini, Verdi, Puccini, Amati, Stradivari? Italienisch ist die Sprache der Musik schlechthin. *Adagio, pianissimo, sonata, aria, concerto, viola, virtuoso,* lauter italienische Wörter.

Musik und Essen würden schon ausreichen, um unsere Überlegenheit zu demonstrieren. Aber es kommt ja noch so viel anderes hinzu.

Latein, das ja nichts weiter ist als Altitalienisch, ist die Sprache der Kirche und der Wissenschaft. Kein Studium der Theologie,

Medizin oder Rechtswissenschaft, das ohne Latein auskäme. Und erst die Kunst! Die größten Genies des Abendlandes waren Italiener: Michelangelo, Leonardo da Vinci, Raffael, Tizian.

Amerika mußte von einem von uns entdeckt werden, und damit nicht genug, es erhielt auch noch seinen Namen von dem Italiener Amerigo Vespucci.

Sämtliche Kaiser des Abendlandes zog es zu uns in den Süden, und noch heute sind wir Europas beliebtestes Reiseziel. Von keinem geringeren als von Goethe stammt der Satz: Jeder Europäer hat zwei Heimatländer, sein eigenes und Italien.

Das neue Europa wird ein heiliges römisches Reich vieler Nationen sein. Dabei wird es uns wie den alten Griechen im römischen Imperium ergehen. Obwohl politisch unterlegen, trugen sie den Sieg davon, denn am Ende sprachen, dachten, speisten, kleideten sich alle gebildeten Römer griechisch.»

«Und du glaubst wirklich, die Italiener ließen sich lieber von Fremden regieren als von ihren eigenen Leuten?» meinte Anna.

«Wir haben gute Erfahrungen damit gemacht. Wir hatten deutsche Kaiser, spanische und französische Päpste. Sie haben geherrscht. Wir haben gelebt. Es gibt zwar ein sizilianisches Sprichwort, das behauptet: *Commandare e meglio di fottere.* Regieren ist besser als koitieren. Aber von einem Italiener geliebt zu werden, ist auf jeden Fall erfreulicher, als von ihm regiert zu werden.»

Wieder zurück auf dem Markusplatz hatte die Sonne über den Nebel gesiegt. Klaviermusik ertönte. Vor dem Café Quadri hatten sie ein Klavier aufgestellt, lackschwarz wie eine Gondel. Ein weißhaariger alter Herr im Mantel mit Schal spielte Chopin. Ein Bild wie ein surrealistisches Gemälde.

«Hier ist alles irgendwie unwirklich», sagte Anna.

«Du sagst es. Die verrücktesten Dinge, sie fallen hier keinem mehr auf. Nimm die berühmte Quadriga dort drüben vor dem Dom. Ein Pferdegespann in Venedigs engen Gassen mit ihren unzähligen Stufen und Kanälen. Pferde sind hier so fehl am Platz wie Fische in der arabischen Wüste.

Nimm die ganze Piazza. Die schlimmsten Despoten haben sich

in diesem grandiosesten aller Plätze verewigt. Die Bronzepferde stammen von Nero. Die bauliche Begrenzung der Westseite verdankt die Piazza Napoleon. Der Dom besteht aus dem Raubgut des Dogen Dandolo, dem Schlächter von Byzanz. Die Säule, die den Löwen von San Marco trägt, gehörte Herodes, dem Kindesmörder von Bethlehem. Glaube mir, selbst einen goldenen Duce vor dem Dom hätte dieser Platz verkraftet.»

Der Ober brachte heißen Tee. Die Tische um sie herum waren alle besetzt. Immer mehr Sonnenhungrige fanden sich ein. Die meisten waren alt.

Sylvano sagte: «In Venedig sprichst du immer nur von Venedig. Die Stadt vereinnahmt dich so gründlich, daß du nichts anderes mehr wahrnimmst. Habe ich dir eigentlich heute schon gesagt, wie schön ich dich finde, viel zu jung für den grauen Mantel, den du trägst, und die Stiefel. In Venedig gibt es phantastische Geschäfte. Darf ich dir etwas aussuchen? Komm, mach mir die Freude. Venedig ist ein immerwährender Karneval. Hier hat Verkleiden Tradition.»

Er nahm sie bei der Hand und zog sie in eine der Gassen, die vom Markusplatz abzweigen. Dicht an dicht drängen sich die Auslagen mit den erlesensten Dingen: Schmuck, Schuhe, Kleider aller Machart und Eleganz.

Ein Abendkleid von Gucci mit tiefem Rückenausschnitt hatte es Sylvano angetan.

«Mein Gott», lachte Anna, «wo soll ich das hier tragen?»

«Jeden Abend nur für mich.»

In den hinteren Räumen des Geschäftes unter einem mit Putten bemalten Gewölbe zur Musik von Boccherini veranstaltete Sylvano die reinste Modenschau. Zwei Verkäuferinnen spielten Modell, führten ihnen alles vor, was elegant und teuer war. Dazu wurde Prosecco in Kristallschalen serviert.

Die jüngere der beiden mit schwarzem Haar und strahlend schwarzen Augen war ein auffallend schönes Mädchen, eine Sizilianerin mit olivfarbener Haut. Die Art, wie sie beim Lachen ihre Zähne entblößte, war eine Freude. Ein ideales Modell. Sie konnte anziehen, was sie wollte, an ihr sah alles gut aus. Anna nahm zur Kenntnis, daß auch Sylvano ihrem Zauber erlegen war. Die Kleine spürte das und flirtete ganz ungeniert mit ihm, sehr zum Ärger von Anna.

Es ist nicht zu glauben. Ich bin eifersüchtig, dachte sie. Ich habe mich in ihn verliebt.

Sylvano kaufte zwei Kleider, ein Kostüm und eine Kombination: Kaschmirpullover und Hose, beide in hellem Sepia.

«Dazu gehören natürlich die passenden Schuhe, hochhackig mit zierlichen Riemchen.»

Sie besuchten mehrere Schuhgeschäfte und fanden nur mit Mühe, was sie wollten, denn Annas Schuhgröße *quaranta-uno* war wohl für venezianische Verhältnisse ein wenig ungewöhnlich.

Am meisten Spaß machte Sylvano ganz offensichtlich die Auswahl der Unterwäsche. Eigenhändig suchte er die reizvollsten Büstenhalter und Höschen aus, um sie Anna in die Umkleidekabine zu reichen. Wenn sie dann «Schau mal!» sagte, steckte er seinen Kopf durch den Schlitz des Vorhangs, um sie zu begutachten.

Die Art, wie sie die Träger von den nackten Schultern streifte, wie ihre Brüste aus den BH-Schalen glitten, war atemberaubend. Nackt bis zum Gürtel stand sie vor ihm. Ihr Busen federte bei jeder Bewegung elastisch und lockend. Sie spürte seine Blicke auf ihrer Haut und schien seine sichtliche Erregung zu genießen. Ihre Brustwarzen waren voll aufgerichtet, als warteten sie darauf, berührt zu werden.

«Bellissimo! Ein Traum! Phantastisch!»

Am liebsten hätte er alles genommen, das sie anprobiert hatte.

«Bitte, laß mich dein Parfüm aussuchen», bat er, «auch wenn du deine eigene Marke hast. Ich mag es, wenn wir etwas haben, das nur uns beiden gehört.»

Er fand, daß *Femme* am besten zu ihr passe, nachdem er die anderen Parfüms als zu schwer und aufdringlich und nuttenhaft abgelehnt hatte.

«Ich danke dir. Ich danke dir für alles.»

Sie küßte ihn mitten auf der Straße: «Es war ein Einkaufsbummel, den ich nie vergessen werde.»

«Ich habe dir zu danken», lachte Sylvano. «Ich fand es wahnsinnig aufregend. Ich kann es kaum erwarten, daß du das alles anziehst, natürlich nur für mich.»

«Nur für dich», versprach Anna.

Zwanzigstes Kapitel

*V*erzeih mir, daß ich dich so spät noch überfalle, aber es erscheint mir wichtig», sagte Helmut. René führte seinen mitternächtlichen Gast zur Hausbar: «Einen Scotch?»

«Gern.»

Er gab Whisky und Eis in zwei Gläser und fragte: «Was gibt's?»

«Es geht um Anna.»

«Um Anna?»

Helmut holte aus seiner Jackentasche einen Umschlag hervor. «Dieser Brief hier steckte in meinem Sessel zwischen Sitz und Rückenlehne. Meine Putzfrau hat ihn gefunden und mir auf den Schreibtisch gelegt. Da ich dachte, er sei für mich bestimmt, habe ich ihn gelesen. Und das solltest du auch tun.»

«Ein Brief an Anna?»

«Nein, von Anna, an einen Mann.»

«Und wie kommt er in deinen Sessel?»

Anna hat darin gesessen am Tag der Deutschen Einheit. Du erinnerst dich?»

«Ja, ich erinnere mich.»

René nahm den Brief und las laut:

«Mein über alles geliebter großer Bär,

leider kann ich nicht wie geplant am 3. Oktober zu dir kommen. Ich habe an dem Tag eine sehr wichtige geschäftliche Besprechung, die sich nicht verschieben läßt.»

«Diese wichtige geschäftliche Besprechung waren wir», unterbrach ihn Helmut, «am Tag der Deutschen Einheit.»

«Dafür werde ich dir am 9. November um den Hals fallen. Ich kann dir gar nicht sagen, wie sehr ich mich darauf freue.»

«Der 9. November, das war in der letzten Woche, als Anna in einer dringenden Angelegenheit verreisen mußte», erklärte Helmut. René las unbeirrt weiter: «Bitte schicke mir keine Schecks mehr. Ich liebe dich doch nicht deines Geldes wegen. Glaub mir, es gibt keinen Mann, für den ich mich lieber ausziehe als für dich, du Wüstling.»

René überflog den Rest und endete mit: «Sei umarmt, geknuddelt und geküßt von Deiner Anna, die Dich über alles liebt.»

«Sie liebt ihn über alles.»

«Und sie trägt den gleichen Namen wie er», sagte Helmut und hielt René den Umschlag hin: «Die Anschrift: Roman Ropaski. Eine Adresse in der Schweiz, in Appenzell.»

«Nun, es muß nicht ihr Mann sein. Es könnte auch ihr Vater sein.»

«Das glaubst du doch selbst nicht. Annas Vater ist bei einem Flugzeugabsturz ums Leben gekommen. Das hat sie dir doch erzählt, oder?»

«Ja, das hat sie», sagte René. «Vielleicht irgendein ferner Verwandter?»

«Der ihr regelmäßig Geld schickt und für den sie Striptease macht? Ich weiß nicht …»

«Warum fragen wir sie nicht?»

«Wenn sie uns verschwiegen hat, daß da noch ein Mann ist, so wird sie uns auch jetzt nicht die ganze Wahrheit sagen.»

«Keine Koalition ohne Vertrauen», sagte René. «Der Satz stammt von Napoleon Bonaparte.»

«Vertrauen ist gut, Kontrolle ist besser», meinte Helmut. «Ein Satz von Lenin. Ich habe sowieso in der Schweiz zu tun. Ich werde mir diesen Roman Ropaski ansehen.»

* * * *

Das Dorf sah so aus wie die meisten Dörfer in den Schweizer Alpen. Der Zwiebelturm der Kirche überragte die Dächer der Bauernhäuser, die sich aneinanderdrängten wie eine verängstigte Schafherde. Die steil ansteigenden Weiden, auf denen sich im Sommer die Kühe tummelten, lagen verwaist. Nur die dampfenden Misthaufen vor den Gehöften verrieten die Anwesenheit von Vieh. Helmut hatte seinen Mercedes am unteren Dorfeingang geparkt. Irgendwo hackte jemand Holz. Hühner gackerten.

Ein uniformierter Briefträger kam den Berg herauf. Er schob sein mit Päckchen behängtes Rad, denn die Straße war steil. Von Zeit zu Zeit verschnaufte er, schob sich die Schirmmütze ins Genick und betupfte die Stirn mit einem Taschentuch.

«Roman Ropaski», sagte er, «ja, der wohnt ganz oben am anderen Ende des Ortes. Da oben können Sie aber nicht parkieren. Am besten, Sie lassen das Auto unten. Der Aufstieg ist beschwerlich. Seitdem der Roman seine Anna verloren hat, ist an dem Weg nichts mehr gemacht worden.»

«Seine Anna?» fragte Helmut.

«Ja, seine Frau.»

«Ist sie …» Während Helmut noch nach dem richtigen Wort suchte, nahm der alte Briefbote den Faden auf und beendete den Satz: «… Ja, sie ist tot. Sie liegt auf dem kleinen Friedhof bei der Kirche. Sie kommen daran vorbei, wenn Sie zum Berghof hinaufsteigen.»

Das Grab mit einem schmiedeeisernen Kreuz darauf war nicht zu übersehen. Ein ovales Emailleschild trug nur den Namen: Anna Ropaski. Keine Jahreszahl, kein Datum, dafür aber um so mehr Blumen: Astern, rote Astern. Wie hatte Anna bei ihrer Ausfahrt zu Pferde gesagt: Meine Lieblingsblume ist die Aster. Und jetzt lag sie hier auf diesem Friedhof in Appenzell unter Astern. Was hatte das alles zu bedeuten? War er einem Verbrechen auf der Spur, einem Lebensversicherungsschwindel oder gar einem Mord? Wer lag hier, und wer war Anna? Wofür erhielt sie Geld? Und wenn er wirklich einem Verbrechen auf der Spur war, wie würde Ro-

man Ropaski reagieren, wenn er ihm Fragen über Anna stellen
würde?

Helmut beschloß, äußerste Vorsicht walten zu lassen.

* * * *

«Wohnt hier eine Frau Anna Ropaski?»

«Was wollen Sie denn von der?»

Der Mann, der auf Helmuts Klopfen aus der Tür getreten war,
sah nicht aus wie ein Bergbauer, sondern eher wie eine Figur aus
einem russischen Roman. Ein Kneifer klemmte auf seiner Nase.
Dichtes langes Haar umrahmte sein Gesicht wie eine Löwenmäh-
ne.

Helmut mußte an den Satz des Aristoteles denken: Schöne
Männer werden durch langes Haar noch schöner und häßliche
noch häßlicher. Roman Ropaski war ein auffallend gutaussehen-
der Mann.

«Es handelt sich um eine Versicherungspolice», log Helmut.

«Was denn für eine Versicherung?»

«Das möchte ich mit Anna Ropaski persönlich besprechen.»

«Da kommen Sie drei Jahre zu spät. Sie liegt dort unten auf dem
Kirchhof.»

«Seit drei Jahren? Sie hat den Vertrag mit uns vor einem Jahr abgeschlossen, in Brüssel.»

«Ach, in Brüssel. Warum haben Sie das nicht gleich gesagt. Sie
wollen zu Annababy. Aber warum kommen Sie dann zu mir?»

«Sie hat uns diese Anschrift als Zweitadresse angegeben. Und da
wir sie unter ihrer Brüsseler Adresse nicht erreichen können,
dachten wir …»

«Und da kommen Sie extra hier rauf, von Brüssel?»

«Ich hatte in der Gegend zu tun. Es gehört zu meiner Aufgabe,
unsere Schweizer Klienten persönlich zu betreuen. Ist sie hier?»

«Wer?»

«Anna, ich meine Frau Ropaski.»

«Sie war hier vor einer Woche. Oder ist es schon zwei Wochen

172

her? Ich weiß es nicht mehr so genau. Hier oben spielt die Zeit keine Rolle. Aber kommen Sie doch rein. Wenn Sie sich schon hier heraufbemühen, haben Sie sicher auch Zeit für ein Glas Wein.»

Der Alte wischte sich die Hände an seiner blauen Schürze ab. Helmut sah, daß sie voller Farbe waren.

«Erschrecken Sie nicht», sagte er, «bei mir sieht es wild aus. Ich bekomme nur selten Besuch.»

Helmut hatte damit gerechnet, in das Halbdunkel einer niedrigen Bauernstube zu treten. Statt dessen kam er in einen lichtdurchfluteten hohen Raum, mehr Wintergarten als Zimmer. Die Wände waren voller Bilder aller Größen. Überall lagen Farbtuben herum, leere Rahmen, Skizzenblöcke, Pinsel. In der Mitte des Raums erblickte er eine Staffelei mit verhängter Leinwand.

«Mein Arbeitszimmer», sagte Roman Ropaski. «Setzen Sie sich, wenn Sie einen freien Stuhl finden. Ich besorge uns etwas zu trinken.»

Er verschwand hinter einer schmalen Tür, und Helmut fand Gelegenheit, sich ungestört umzuschauen. Die Bilder an den Wänden waren Aktstudien, in Kohle, Bleistift und Öl, sehr gekonnt, aufregend erotisch, nicht zuletzt, weil Helmut auf einigen Anna wiedererkannte.

«Gefallen sie Ihnen?» Roman war zurückgekehrt. Er füllte ihre Gläser mit Rotwein: «Wie gut kennen Sie Anna?»

«Nicht sehr gut.»

«Dafür kenne ich sie um so besser. Anna würde niemals eine Versicherung abschließen, ganz gleich, welcher Art. Seiltanz mit Netz ist nicht ihre Art. Lassen wir das Versteckspiel: Weshalb sind Sie hier?»

Die aufrichtige Art des Alten war entwaffnend. Helmut trat die Flucht nach vorn an und legte die Dinge so dar, wie sie waren. Er gestand dem anderen, daß er mit Anna befreundet sei und daß der Brief in seinem Sessel ihn dazu verleitet habe herauszufinden, in welchem Verhältnis sie zu Roman Ropaski stand.

«Die Frage läßt sich rasch beantworten: Ich bin Annas Großvater.»

«Und die Anna auf dem Kirchhof?»

«Ist meine Frau. Bei uns ist es üblich, die Kinder nach den Eltern oder Großeltern zu benennen.»

«Dann sind Sie der Vater von Annas Vater?»

«Nein, der Vater von Annas Mutter.»

«Aber …»

«Ich weiß, was Sie sagen wollen», unterbrach ihn der Alte. «Wie kommt es, daß Anna meinen Familiennamen trägt? Sie ist ein uneheliches Kind und heißt wie ihre Mutter. Cäcilie, meine Tochter, war eine auffallend schöne Frau.»

«Sie sagen: Sie war. Lebt sie nicht mehr?»

«Nein, sie starb, als Anna noch ein Kind war. Anna ist hier groß geworden. Ihre Mutter arbeitete als Hosteß in Genf.»

«Als Hosteß?»

«Die verschämte Bezeichnung für eine Frau, die ihren Leib für Geld verleiht. Sie war mein bestes Modell. Ich habe sie immer wieder gemalt.»

«Und Annas Vater?»

«Ein höherer Beamter bei den Vereinten Nationen oder ein Attaché bei der israelischen Botschaft. Cäcilie war sich da nicht so sicher. Ich glaube, es interessierte sie auch nicht weiter. Und womit verdienen Sie Ihr Geld?» fragte der Alte Helmut.

«Ich bin in Brüssel bei der Europäischen Kommission.»

«Oh», sagte der Alte, und es klang so mitleidig, als habe Helmut ihm mitgeteilt, daß er einen Gehirntumor habe.

«Nehmen Sie es mir nicht übel, aber ich halte nichts von der Vereinigung Europas. Ich liebe es zu sehr.»

«Das tue ich auch.»

«Wenn du etwas liebst, willst du es nicht verändern. Wer Veränderung will, zerstört das Bestehende. Ihr raubt Europa das Kostbarste, das es besitzt: seine Nationen. Immer sind alle größeren schöpferischen Impulse von Kleinstaaten ausgegangen, niemals von Weltreichen. Athen, Florenz, Weimar! Daneben war das Weltreich Philipps II. eine bigotte Totengruft. Die griechischen und oberitalienischen Stadtstaaten waren ein bunter Flickenteppich

174

wie das heutige Europa. Nirgendwo sonst auf der Erde gibt es so viele eigenständige Nationen wie hier. Auf einer Fläche so groß wie die Arabische Wüste liegen an die dreißig Länder. Diese Zwergstaaten haben die Welt verändert wie keine Macht vor ihnen. Ein vereintes Europa nach amerikanischem Vorbild wäre eine Katastrophe, die man um jeden Preis verhindern sollte, wenn sich so etwas überhaupt verhindern ließe.»

Der Alte betrachtete Helmut wie einen verlorenen Sohn und meinte: «Als Sie vorhin hier hereinkamen, habe ich Sie für einen Künstler gehalten. Als Maler hat man einen Blick für Menschen.»

«Sie haben geglaubt, ich sei ein Maler?»

«Nein, nicht Maler. Sie haben mehr von einem Schriftsteller.»

Ein stolzes Lächeln erhellte Helmuts Züge. Der Alte nahm es wahr und ergänzte: «Das ist nicht unbedingt ein Kompliment. Schauen Sie sich unsere Schriftsteller an: verklemmt, früh vergreist, kopflastig. Intellektuelle in kaputten Körpern. Und wissen Sie, warum? Sie arbeiten ausschließlich mit ihren Gehirnen. Wörter-Weber. Sie grübeln über ihren Texten und sind mit ihren Vorstellungen überall, nur nicht in ihren Leibern.

Schauen Sie dagegen uns Maler an. Wir arbeiten mit allen unseren Sinnen, müssen ganz von Leben erfüllt sein. Glauben Sie mir, kein Liebhaber betrachtet eine Frau so hingebungsvoll wie ein Maler. Ich entdecke Züge an ihr, von denen sie selbst nichts ahnt. Kommen Sie, ich werde Ihnen etwas zeigen.»

Er eilte in die Mitte des Raums und riß das Tuch von der Staffelei. Vor ihnen lag Anna lebensgroß, nackt, unbeschreiblich sinnlich. Ihr blasser Leib auf zerwühlten Kissen. Die Schenkel gespreizt. Die Lippen geöffnet, bereit zum Kuß, zum Schrei, ein letztes Atemholen vor der Explosion der Sinne. Ihr Blick hinter genußvoll gesenkten Wimpern fiebrig, fordernd. Die personifizierte Geilheit.

«O mein Gott», entfuhr es Helmut.

«Sie kennen gewiß Michelangelos Deckengemälde in der Sixtinischen Kapelle: Gott erschafft Adam. Ihre Fingerspitzen berühren sich fast. Gezeigt wird nicht die Zeugung, sondern der Augenblick kurz davor, im Moment der höchsten Spannung. Genau das habe ich mit diesem Akt beabsichtigt.»

Er trank sein Weinglas aus und sagte: «Die flüchtigen Dinge sind am schwersten zu malen: die Luft, das Leben, die Lust.»

Helmut betrachtete das Bild mit dem Weinglas in der Hand.

«Gefällt es Ihnen?»

«Sehr. Aber ist es nicht … wie soll ich sagen … reichlich ungewöhnlich … wo Sie doch ihr Großvater sind?»

«Großvater, was sagt das schon? Ich bin in erster Linie ein Mann. Ein Mann ist ein Mann. Und ein Weib ist ein Leib. Ich liebe die jungen Frauen. Ich kann nicht anders. Kennen Sie einen Maler, der vertrocknete Blumen malt?

Sehen Sie, der alte Goethe war einundsiebzig Jahre alt, als er sich in eine Neunzehnjährige so heftig verliebte, daß er durch seinen herzoglichen Freund um ihre Hand anhalten ließ. Er hat sie nicht bekommen, aber er schrieb überwältigt von seinen Gefühlen die *Marienbader Elegie*. Ich male.

Die Chinesen sagen: Ein Bild vermittelt mehr als tausend Worte. Glauben Sie mir, es gibt Bilder von Unaussprechlichem, das sich nicht in Buchstaben einfangen läßt: die abgekauten Fingernägel eines Mädchens, quiekende Ferkel auf dem Wochenmarkt, Blutspuren auf einem Bettlaken, ein totes Kind in einem offenen Sarg, blaß wie die Blumen in seiner Hand.

Ich trage eine ganze Bibliothek von Bildern mit mir herum.»

Er öffnete eine zweite Flasche und sagte: «Junge Weiber sind etwas Wundervolles, eine Herausforderung für jeden Maler. Anna – nicht Ihre, sondern meine – war ein Freudenmädchen, ein Callgirl, als ich sie in einem Club in Konstanz kennengelernt habe. Sie hatte einen vollendeten Körper und beherrschte das Liebesspiel wie Paganini das Geigenspiel. Ich habe sie geliebt und gemalt, gemalt und geliebt. Sie hätte mich ruiniert, wenn ich sie nicht zur Frau genommen hätte. Nur so konnte ich sie mir leisten. Ich habe es nie bereut.

Glauben Sie mir, es gibt keine besseren Ehefrauen als Mädchen vom Strich oder vom Ballett. Die sind schon dankbar, wenn man ihnen nur einen Stuhl anbietet, so sehr tun denen abends die Füße weh. Sie wissen, was ein Mann braucht, und sie sind treu. Wer einmal für Geld gebumst hat, dem bedeuten Familie und Freundschaft mehr als ein Seitensprung.

Kennen Sie den Unterschied zwischen einem Ehemann und einem Geliebten? Einen Geliebten betrügt man nicht. Ich habe eine Geliebte, die ich genausogut heiraten könnte, heißt es bei Proust, denn ich bin ihr nicht treu.»

Wie alle Alleinlebenden nutzte der Alte die Gelegenheit des unerwarteten Zuhörers. Der Wein hatte seine Zunge gelöst. Er sprach mit weit ausholenden Gesten, rollte mit den Augen und klopfte mit den Knöcheln seiner Hand auf den Tisch. Dabei blitzte ihm der Schalk aus den Augen, daß Helmut nie wußte, ob der andere es ernst meinte oder ihn auf den Arm nehmen wollte.

«Überhaupt halte ich die Prostitution für die Krone aller Dienstleistungsberufe!» rief er. «Kein anderer verlangt soviel Einfühlungsvermögen, soviel persönlichen Körpereinsatz. Da gibt es keine Maschinen oder Hilfskräfte. Kein anderer Beruf, kein Arzt, kein Priester, nicht einmal der Masseur, hat so engen Körperkontakt mit dem Kunden, und keiner vermittelt so viel Freude und wirkliche Glückseligkeit.

Nicht zu Unrecht wurde in den alten Kulturen die Prostitution im Tempel ausgeübt. Es waren nie die schlechtesten Frauen, die sich für den Liebesdienst entschieden. Theodora die Große war eine Hure, bevor sie Kaiserin von Byzanz wurde. Die Hetären der Griechen, die Geishas der Japaner, die Kurtisanen der Renaissance, sie verkörperten die kulturelle und intellektuelle Blüte der Frauen ihrer Zeit. Daß das heute nicht mehr so ist, liegt nicht an unseren Frauen, sondern an unserer verlogenen Moral.

Bei der unverstellten Betrachtungsweise werden Sie gewiß verstehen, daß meine Frau und ich nichts dabei fanden, als sich unsere Tochter für den Beruf ihrer Mutter entschied und sich in Genf im Schatten der Vereinten Nationen niederließ, um den äußerst krisenfesten Beruf einer Neuzeit-Hetäre auszuüben. Ihr früher

Tod hängt nicht mit ihrem Beruf, sondern mit ihrer Vorliebe für schnelle Autos zusammen.»

Der Alte goß ihre Gläser voll: «Ich hoffe, ich langweile Sie nicht.»

«Nein, keinesfalls. Ich frage mich nur, warum Sie mir das alles erzählen.»

«Nun, Sie haben sich hierherbemüht, um von mir zu erfahren, wer Anna ist. Nun wissen Sie es: Sie entstammt einer Familie, in der die Prostitution Tradition hat und von der Mutter auf die Tochter weitervererbt wurde. Ich bin sicher, Sie werden viel Freude mit meiner Enkelin haben.»

Im Hinausgehen fragte Helmut: «Was wollen Sie für das Bild haben?»

Der Alte erwiderte: «Im Gegensatz zur Abgebildeten ist das Bild unverkäuflich.»

Als Helmut im Gasthof des Dorfes drei doppelte Espressi trank, um nach all dem Wein wieder einigermaßen fahrtüchtig zu werden, sagte die Wirtin: «Ja mei, auf dem Berghof waren Sie? Wie geht's denn dem alten Roman? Hängt sein Haus immer noch voller nackter Weibsbilder? Er ist ein rechter Einsiedler. Die Leute hier glauben, er ist nicht ganz …»

Und dabei machte sie mit ihrer Hand eine scheibenwischerartige Bewegung vor ihrer Stirn.

✳ ✳ ✳ ✳

Als Helmut René Bericht erstattet hatte, sagte der: «Auf jeden Fall betrügt sie uns nicht. Ihre Familie geht uns nichts an. Seine Eltern kann man sich nicht aussuchen, wohl aber seine Freunde. Und das hat sie getan.

Im übrigen hat der Alte recht: Ehe – das ist der ausschließliche Nießnutz am Körper des anderen zum Vorteil beider. Prostitution ist allgemeiner Nießnutz am Körper einer zum Vorteil vieler. Das ist der ganze Unterschied.

Auf uns trifft beides nicht zu. Wir wollen weder die Ehe noch das Freudenhaus. Im Gegenteil: Männer, die zu Nutten gehen, wollen wechselnde Beziehungen. Wir träumen von einer Frau in fester Partnerschaft mit vier Freunden.

Was dieses Modell mit der Ehe gemeinsam hat, ist die Treue.

Von einem Ehepartner wird nicht erwartet, daß er den anderen liebt, sondern daß er ihm treu ist. Und das gilt auch für uns. Das Fundament aller festen Bindung ist die Treue. Mit ihr steht und fällt unsere Gemeinschaft, auch die europäische.»

So geriet ihr Gespräch ins Politische. Helmut meinte, die Union täte zu wenig für die Umwelt und müßte energischer gegen den Nationalismus vorgehen.

René sagte: «Der Franzose ist nationalbewußt, der Deutsche umweltbewußt. Ihr wollt lieber Europäer als Deutsche sein. Ihr seid wie die alten Kirchenväter, die ihre Familien verließen, um gute Christen zu werden. Wie kann einer ein guter Christ sein, der die Seinen nicht liebt.

Die beiden alles überragenden Ereignisse dieses Jahrhunderts waren die zwei Weltkriege. Alle anderen Ereignisse entwickelten sich erst als unmittelbare Folge aus den Kriegen: der Kommunismus, der Aufstieg Rußlands und Amerikas, der Kalte Krieg, die Atombombe, die Eroberung des Weltraums.»

«Und diese beiden Weltkriege verdanken wir dem Nationalismus», sagte Helmut.

«Die meisten Kämpfe in der Natur sind Paarungskämpfe. Trotzdem kannst du nicht die Paarung abschaffen. Der Nationalismus ist die stärkste Kraft unseres Jahrhunderts.

Während es bis auf ein paar unverbesserliche Fossilien selbst in Rußland keine Kommunisten mehr gibt, ist der Nationalismus lebendig wie eh und je, und zwar nicht als Relikt der Alten, sondern als Ideal der Jugend, von den Iren bis zu den Südtirolern und von den Basken bis zu den Serben: Stalins Rußland fällt auseinander, weil der Nationalismus die stärkere Kraft ist.

Lenin hatte unrecht. Die Menschen wollen nicht irgendeiner Klasse angehören, sondern ihrer Nation. Ein französischer Arbeiter fühlt sich einem französischen Fabrikdirektor mehr verbunden als einem deutschen Arbeiter, und das gleiche gilt auch für die Engländer und Italiener. Stalin war Nationalist durch und durch. Er dachte immer erst an Rußland, an den Weltkommunismus nur, wenn es Rußland nutzte. Nein, glaube mir: Wer den Nationalismus abschaffen will, handelt so unüberlegt wie die Kirchenväter, die die Sexualität beseitigen wollten.

Das Ganze ist nur eine Frage des rechten Maßes.»

René holte neues Eis aus der Küche und sagte, während er die Eiswürfel in ihren Gläsern verteilte: «Ich bin Rassist, Nationalist und Egoist. Denn Europa bedeutet mir mehr als der Rest der Welt, Frankreich mehr als andere Völker. Alles andere wäre Heuchelei. Als Europäer möchte ich nicht, daß meine Tochter einen Neger heiratet. Nicht weil ich Neger für minderwertig halte, sondern weil der Gegensatz Mann – Frau schon kompliziert genug ist.

Ich hätte es auch nicht gerne, wenn sie einen Deutschen zum Mann nähme, weil ich möchte, daß meine Enkel waschechte Franzosen werden. Und das alles will ich, weil ich ein Egoist bin. Aber wie heißt es: Nur einer, der sich selbst liebt, kann andere lieben.

Trotzdem glaube ich nicht, daß ich ein schlechter Europäer bin. Um mit einer Frau zusammenzuleben, muß ich nicht mein Geschlecht verleugnen. Ganz im Gegenteil, ich muß ein ganzer Mann sein, so wie ich von meiner Frau erwarte, daß sie ein Vollblutweib ist. Ein Europa aus lauter Europäern wäre wie eine Vereinigung von Zwitterwesen eine Horrorvision.»

Er erhob sein Glas mit großem Pathos: «Lang lebe Frankreich! Lang lebe Deutschland! Lang lebe unsere Freundschaft!»

Einundzwanzigstes Kapitel

*A*ls Anna erwachte, lag sie allein im Himmelbett. Regentrop-
fen schlugen gegen die Fensterscheiben. Oder war es das
Plätschern der Brause?

Sylvano erschien gutgelaunt in der Tür zum Bad, das Handtuch
um die Hüften geschlungen, die Brust sonnengebräunt und dicht
behaart. Es war das erstemal, daß Anna ihn halbnackt sah. Er
machte eine gute Figur.

«*Buon giorno, Cara*», sagte er. «Wie hast du geschlafen an meiner Seite?»

«Mein Gott, Sylvano, du bist schon auf?»

«Ein Franzose hat einmal gesagt: Von einem bestimmten Alter
an sollte jeder Mann darauf achten, daß er vor seiner Geliebten erwacht, damit sie sein dümmliches Gesicht nicht sieht.»

«Du bist ein Unikum», lachte Anna.

«Ich mag dein Lachen», erwiderte Sylvano. «Und nicht nur das.»

Er nahm sie in die Arme und meinte: «Nur sehr alte und gleich-
gültige Ehepaare begrüßen sich morgens nicht. Ich habe einen
Bärenhunger. Und ich hoffe, du auch. Ich weiß, wo es das beste
Frühstück gibt in dieser Stadt. Das Bad ist frei. Beeil dich!»

Regen, Dauerregen. Eindrücke wie aus dem Film *Tod in Venedig*, Bilder voller Melancholie. Frierende Tauben unter rosten-
dem Blech. Tief gesenkte schwarze Schirme, unter denen die
gichtknotigen Knöchel alter Frauen hervorschauen. Die Stufen
grünschimmelig und glitschig. Katzen drücken sich lautlos die
Hauswände entlang. Das Wasser in den Kanälen ist noch schwärzer als sonst, noch schwärzer und unheimlicher.

«Schau dir die Fassade an», sagte Sylvano. «Der farbige Marmor
glänzt wie nasse Seide.

Regen in Venedig – er weckt den Geruch der Mauern. Nichts
weckt unsere Phantasie so sehr wie Gerüche. Kein Abbild einer
schönen Frau vermag so verführerisch zu sein wie ihr Parfüm.
Kein Kaffee so köstlich wie sein Aroma.

Nirgendwo sonst sind die Gerüche so farbig wie hier. Venedigs Lieblingsfarbe aber ist Schwarz. Diese mit Wasser gepflasterte Stadt ist vermutlich der einzige Ort, wo man schwarze Kleidung tragen kann, die makellos schwarz bleibt, denn hier gibt es keinen Staub.»

Sie verbrachten den Morgen in verschiedenen Cafés, Kirchen und Museen.

Vor Veroneses Meisterwerk *Raub der Europa* im Dogenpalast meinte Sylvano: «Der Stier sieht nicht aus wie ein Räuber, sondern wie einer, dem Gewalt angetan wird. Europa besteigt ihn gerade mit Hilfe zweier Zofen. Wie hilflos das arme Öchslein aussieht! Nicht mal Hörner hat der Arme, bloß blaue Blüten hinter den Ohren. Aber guck dir Europa an! Sie weiß ganz genau, was sie will. Wir sollten uns eine Kopie davon ins Europäische Parlament hängen.»

Wie alle Erfolgreichen hatte er die Gabe, alles Geschaute mit seiner beruflichen Arbeit in Verbindung zu bringen. Beim Betrachten der Boote auf dem Canal Grande erklärte er: «Die Gondel ist das Resultat einer Norm. Während der Barockzeit hatte ihre Ausstattung solche Luxusform angenommen, daß der Provedittore der Stadt sich veranlaßt sah, Form und Farbe festzulegen. Seit über dreihundert Jahren sind alle Gondeln schwarz und von genau gleicher Länge und Breite. Wir sollten in Brüssel die Gondel zum Markenzeichen formvollendeter Normierung erheben als Antwort auf den Vorwurf, die Kommission würde mit ihren Normvorschlägen der Häßlichkeit Vorschub leisten.»

Sie hatten Harrys Bar besucht, die Rialtobrücke und den Fondaco di Tedeschi. Wie von einer Magnetnadel angezogen, gerieten sie immer weiter in den Norden nach Cannaregio. Bei der Chiesa de Gesuiti erreichten sie den Canale della Fondamenta Nuove.

Ein überdachtes Boot schaukelte am Kai. Zwei Frauen mit Blumensträußen auf dem Schoß saßen frierend darin.

«Wollen Sie auch hinüber?» fragte ein Junge mit einer Schiffermütze. «Die letzte Fahrt heute.»

«Ja, warum eigentlich nicht», sagte Sylvano. «Wann fährst du zurück?»

«In einer Stunde.»

«Wollen wir?» fragte er Anna. «Dann kann ich dich mit meiner Familie bekannt machen.»

«Deiner Familie? Sie leben dort drüben?»

«Dort drüben, ja, aber sie leben dort nicht. Die Isola di San Michele ist der Friedhof von Venedig.»

Meditative Stille umfing sie, eine morbide Elegie aus Trauer, Kitsch und verewigter Eitelkeit. Vergängnis, Glanz, Elend, verlorene Illusionen. Unleserliche Schriften in Stein geschlagen, in Bronze gegossen, der Ewigkeit geweiht und dennoch von der Zeit zerfressen.

Sylvano sagte: «Die letzte Liegestätte der Toten erfüllt uns Lebende von jeher mit melancholischer Faszination. Nirgendwo aber erscheint mir diese Magie so mächtig zu sein wie hier auf San Michele.»

Er zeigte Anna das Grab seiner Familie. Großeltern, Eltern, die Schwester, alle lagen sie hier dicht beieinander.

«Hier werde ich auch einmal enden», sagte Sylvano, «aber das hat Zeit, denn du mußt wissen, hier wird man alt.

Canaletto, Palladio, Tintoretto wurden über siebzig, Tiepolo und Bellini sogar über achtzig, Tizian wurde im hundertsten Lebensjahr von der Pest dahingerafft. Venedig ist eine Art Jungbrunnen. In dieser Stadt wird spät gestorben, es sei denn durch Gewalt oder Seuchen, so wie während der großen Pest im 14. Jahrhundert, als die Toten zu Hunderten in Lastkähnen zu den Friedhöfen gerudert werden mußten. Mit dem Ruf: ‹Haben Sie Leichen im Haus?› wurden sie eingesammelt wie Sperrmüll.»

Sie kamen an einem frisch ausgehobenen Grab vorüber.

«O Gott, sieh doch nur!» sagte Anna. Es war bis zur Hälfte mit schwarzem Wasser gefüllt.

«Was entsetzt dich daran?» lachte Sylvano. «Wir sind ein Seefahrervolk. Wer hier zur letzten Ruhe gelegt wird, erhält eine Meeresbestattung. Aus dem Wasser kommst du; zum Wasser kehrst du zurück, so lauten die Abschiedsworte an unsere Toten. Nur wenige Venezianer werden be-erdigt. So wie der hier. Seine Gebeine liegen in der Wüste bei Al Alamain. Mein Bruder Luigi. Er war erst einundzwanzig.»

Sie standen vor einer Marmorplatte zur Erinnerung an die toten Helden zweier Kriege.

«Komm, laß uns gehen. Mich friert», sagte Anna.

Auf dem Weg zurück zum Kai fragte sie: «Hast du keine lebenden Verwandten in Venedig?»

«Nur einen Cousin, den Avvocato Luigi Piatti. Ihn kennt hier jeder. Seine Kanzlei liegt in der Strada Nuova, gleich hinter der Galleria Franchetti, dem wohl schönsten Palazzo am Canal Grande. Dort wohnt er auch. Ein typischer Vertreter der Grassi, der reichen Familien der Serenissima.»

«Warum besuchen wir ihn nicht?»

«Willst du dir das wirklich antun?»

«Warum nicht? Schließlich möchte ich herausfinden, wer du bist.»

«Dann solltest du ihn aus dem Spiel lassen.»

«Ist er verheiratet?»

«Ja.»

«Hat er Kinder?»

«Nein. Im Gegensatz zu unseren Landsleuten im Süden, die sich wie die Disteln vermehren, sind wir Venezianer mehr wie die Agaven, die während ihres langen Lebens nur einmal Frucht tragen, und manche schaffen nicht mal das. Auch ich bin kinderlos.»

«Hättest du gerne Kinder?»

«Was für eine Frage! Leidenschaftlich gerne, am liebsten von dir.»

Er nahm sie so stürmisch in die Arme, als wollte er gleich damit beginnen. Er blickte ihr in die Augen und fragte:

«Warum hast du keine Kinder, Cara? Warst du nie verheiratet?»

«Doch. Leider.»

«Warum leider?»

«Es war nicht der Richtige.»

«Was war verkehrt an ihm?»

«Warum willst du das wissen?»

«Damit ich nicht die gleichen Fehler mache.»

«Du bist ganz anders als er.»

«Das will ich hoffen.»

Anna sagte: «Ich hatte mich fast damit abgefunden, daß er eine Geliebte hatte. Ich dachte, vielleicht müssen Männer so sein, als ich den Satz von Karl Kraus las: Wer die Geliebte Geliebte nennt, muß auch den Mut aufbringen, seine Ehefrau die Ungeliebte zu nennen. Eine Ungeliebte aber wollte ich nicht sein.»

Sie erreichten den Kai. Sylvano schaute auf die Uhr: «Noch eine Viertelstunde bis zur Abfahrt.»

Er legte die Arme um Anna und zog sie an sich, um sie zu wärmen.

«Es ist schön, dich so nahe zu spüren.»

«Ja, es ist schön», sagte Anna und schmiegte sich noch dichter an ihn.

«Darf ich dich etwas fragen?» Und als Anna nickte, fuhr Sylvano fort: «Warum bist du auf Renés Vorschlag eingegangen? Wie konntest du, eine Frau wie du?»

«Seltsam», sagte Anna, «die gleiche Frage hat mir John auch gestellt. Jetzt mußt du nur noch versuchen, mir die anderen auszureden.»

«Hat John das getan?»

«Er hat es versucht.»

«John? Das hätte ich ihm nie zugetraut.»

«Wieso?»

«Er ist so ... so undurchschaubar. Man weiß bei ihm nicht, woran man ist.» Und dann ganz plötzlich und heftig, so als habe ihm die Frage seit langem auf der Seele gelegen und ließe sich nun nicht länger unterdrücken, brach es aus ihm hervor: «Wie war er? Wie war es mit ihm im Bett?»

Anna löste sich aus seiner Umarmung.

«Du erwartest doch nicht allen Ernstes, daß ich dir die Frage beantworte?»

«Nein, aber ...»

«Aber was?»

«Ihr habt euch sehr geliebt? Sehr leidenschaftlich?»

«Was bringt dich auf solche Gedanken? Hat John das etwa behauptet?»

«Nein. Sein Bein …»

«Was ist mit seinem Bein?»

«Es war bis zum Schritt hinauf blau. Succhiotti.»

«Succhiotti?»

«Liebesbisse.»

«Du glaubst, ich hätte John …? O mein Gott!» Anna mußte laut lachen. «Glaubst du wirklich, ich könnte so etwas bewerkstelligen? Sehe ich so aus? Ein Vampir, ich? Was seid ihr Männer bloß für Kindsköpfe. Weißt du, wer das war?»

«Nein.»

«*Nzuki kawenda.*»

«Wer ist das?»

«Eine Puffotter.»

Und nun erzählte Anna, was sich ereignet hatte.

«Aber warum habt ihr uns nichts davon erzählt?»

«John wollte nicht, daß ihr davon erfahrt.»

«Warum wollte er das nicht?»

«Es war ihm wohl peinlich.»

«Peinlich? Ein Schlangenbiß?»

Ein Lächeln der Erkenntnis erhellte Sylvanos Gesicht.

«Stimmt es, was man sagt, daß Schlangengift den Mann im wahrsten Sinne des Wortes aus dem Verkehr zieht?»

Und als Anna schwieg, sagte er: «Am Tag nach eurer Ankunft hat ihn die Otter erwischt. Der arme John. Ich verstehe. Dann war nichts zwischen euch?»

Er schaute Anna an und sagte: «Verzeih mir! Was bin ich für ein Esel.»

«Du machst den Eindruck eines Mannes, dem soeben ein Stein vom Herzen gefallen ist», lachte Anna.

«Nichts scheut ein Mann mehr als den Vergleich mit einem anderen in Sachen Sex. Das ist der Grund, warum Männer von jungfräulichen Frauen träumen. Das ist auch der Grund, warum uns Untreue so erschreckt. Der andere könnte besser sein als wir. Ehe-

186

bruch wäre nur halb so schlimm, wenn unsere Frauen dabei erführen, wie konkurrenzlos gut wir sind. Aber obwohl ein Mann
nichts so sehr fürchtet wie den Vergleich mit einem anderen, sucht
er ihn ständig. Aller Wettbewerb, von den Olympischen Spielen
bis zum Kampf um den Chefsessel, entspringt diesem Urtrieb.
Egal, ob Eichhörnchen, Elch oder Angehöriger der Europäischen
Kommission, wenn du ein Männchen bist, mußt du dich mit anderen Männchen messen.»

«Komm, du armes Männchen», sagte Anna, «sonst fährt uns
der Kahn noch davon.»

Auf dem Rückweg ins Hotel gerieten sie in eine geführte Gruppe von Touristen, lauter alte Männer und Frauen, vor allem Frauen. Wie ein Schwarm von Zugvögeln füllten sie die stille Gasse. Es
waren Holländer. Die kehligen Laute ihrer Sprache klangen wie
Krähenkrächzen.

«Wie schrecklich», sagte Anna.

«Da mußt du mal im Sommer herkommen», meinte Sylvano.
«Dann versinkt die Stadt in einem Meer von Menschen. Weißt du,
daß es bereits Pläne gibt, Eintrittskarten zu verkaufen? Ich bin sicher, unsere Enkel werden es nicht mehr erleben, daß man Venedig besuchen kann, wann immer man will. Sie werden sich dann
ein Billett kaufen müssen, mit dem sie zu genau festgelegter Zeit
die Stadt betreten dürfen wie ein Museum.

Es gibt ganz einfach zu viele Menschen.»

An diesem Abend lagen sie schon früh in ihrem breiten Bett.
Der Regen trommelte gegen die Markisen.

«Mein Gott, bin ich erledigt», stöhnte Anna. «Venedig ist kein
guter Platz für Hochzeitsreisende. Zu viele Brücken und zu viele
Stufen. Warum sind die Brücken bloß so hoch?»

«Damit die Schiffe unten durchpassen.»

«Morgen möchte ich den ganzen Tag nur Boot fahren.»

«Als Vorbereitung auf die dritte Nacht?» fragte Sylvano.

«Ja, auch darauf», lachte Anna.

Sie schloß die Augen und meinte: «Bestimmt träume ich heute
nacht von der Toteninsel.»

«Erzähl mir was», bat Sylvano.

«Gib mir den Anfang der Geschichte«, sagte Anna.

Sylvano begann: «Auf der Isola di San Michele, der Toteninsel von Venedig, gab es einmal …»

«… ein Klageweib, von dem es hieß, es habe mehr Männer geküßt, als alle Kurtisanen der Stadt zusammen, und das, obwohl sie so häßlich war, daß niemand ohne Abscheu sie anzuschauen vermochte. Buckelig mit Triefaugen und schiefem Fischmaul war sie mehr Monster als Mensch, ein weiblicher Quasimodo.

Wenn jemand gestorben war, so stand die alte Afra ungerufen auf der Schwelle. Mit dem untrüglichen Instinkt einer Hyäne schien sie den Tod zu wittern. Sie wusch die Toten und beklagte sie mit so wilder Inbrunst, als trüge sie ihr eigen Fleisch und Blut zu Grabe. Sie benetzte sie mit ihren Tränen und küßte sie – so sagt man – in den Mund.

Obwohl es allen bei dieser Vorstellung grauste, ließ man sie gewähren, zum einen, weil die Leichenwäsche nicht jedermanns Sache ist, zum anderen, weil die alte Afra ihr Handwerk so gut beherrschte wie keine andere. Sie verstand es, die faltigsten Alten für die Aufbahrung so herauszuputzen, daß viele von ihnen blühender ausschauten als zu Lebzeiten.

Die alte Afra gehörte zu Venedig wie die Löwenchimäre auf der Säule beim Markusplatz. Wenn du nicht artig bist, rufe ich die alte Afra, drohten die Mütter, wenn ihre Kinder unartig waren. Und wenn jemand schwerkrank daniederlag, so sagten die Leute: Den wird bald die Afra küssen.

Alle Welt nannte sie die alte Afra, obwohl sie gewiß noch keine vier Jahrzehnte auf ihrem Buckel hatte. Der hinkende Gang, die vornüber geneigte Körperhaltung machten sie älter, als sie war. Und wer kann schon das Alter einer Fratze bestimmen?

Es war in der Nacht nach der Vermählungsfeier des Dogen mit dem Meer, als die alte Afra durch lautes Klopfen an ihrer Haustür aus dem Schlaf gerissen wurde. Wer in drei Teufelsnamen wollte so spät noch etwas von ihr? Ein Betrunkener? Ein Dieb? Wer da? rief sie ängstlich.

Öffnet! Im Namen aller Heiligen, öffnet die Tür!

Was wollt Ihr?

Wir bringen einen Toten.

Einen Toten um diese Zeit?

Sie schob die Riegel beiseite und erblickte im Licht einer Fackel drei Männer. Sie trugen einen Gegenstand, der so aussah wie ein aufgerollter Teppich. Die Alte wurde beiseite gestoßen. Die Männer drängten in ihr Haus, als wären sie auf der Flucht.

Was soll das?

Ein Duell. Er ist tot. Wasche ihn! Mach ihn fertig. Sie werden ihn holen, morgen früh.

Einer der Männer drückte ihr einen Lederbeutel mit Münzen in die Hand. Dann waren sie verschwunden, so plötzlich wie sie aufgetaucht waren. Ein Spuk! Und doch kein Hirngespinst, denn da lag eingewickelt in blutigem Laken der Tote.

Sie kniete nieder, schlug den Stoff auseinander und blickte in das Gesicht eines jungen Mannes. Jedermann in der Serenissima kannte ihn. Es war der junge Vendramin, einziger Sohn einer der angesehensten Familien.

Sie nahm die Laken von ihm, sah auf der linken Seite der Brust den Einstich. Sein Körper war noch warm. Sie entkleidete ihn, hob ihn auf ihr Bett, entzündete alle Kerzen, die sie fand. Sie handelte in großer Eile, wie jemand, der es nicht abwarten kann, ans Ziel zu kommen.

Sie trat ein paar Schritte zurück und stieß einen Schrei aus, einen Überraschungsschrei. Vor ihr lag der schönste Mensch, den sie je gesehen hatte.

Im warmen Licht der Wachskerzen schimmerte sein nackter Leib wie Marmor. Welche Vollkommenheit in jeder Linie, der Hals, der Bug der Brust, die blassen Lenden. Welch sinnlicher Glanz! Ein Kunstwerk ohnegleichen!

Die meisten Menschen, denen sie den letzten Dienst erwies, waren vom Alter, von Krankheiten gezeichnet oder selbst bei bester Gesundheit alles andere als schön. Dieser junge Mann war schön wie eine Skulptur. Ein Ebenbild Gottes. Sie stand da wie verzaubert.

Sie wollte ihn waschen, wagte zunächst nicht, ihn zu berühren. Endlich griff sie nach den gläsernen Gefäßen mit dem Rosenöl, dem Talkum und den Farbstiften. Dieser Jüngling würde ihr Meisterwerk werden. Sie salbte seine Schläfen, Wangen, Augenlider und Lippen, salbte Brust, Bauch und Schenkel, tat, was kein Lebender ihr erlaubt hätte. Sie bürstete sein Haar mit unendlicher Zärtlichkeit, erkundete ihn mit den Fingern, hielt ihn, wie kleine Mädchen Puppen halten, bedeckte ihn mit Küssen, genoß ihn wie einen Geliebten.

Sie bewunderte sein Geschlecht. Wie kann Nacktheit, so vollkommene Nacktheit, Sünde sein.

Sie erinnerte sich, wie sie zum erstenmal die Engel von Tiepolo gesehen hatte. Nachts hatte sie sich in die Kirche geschlichen, um sie ganz allein für sich zu haben. Sie hatte vor dem Altarbild Kerzen angezündet, war auf einen Schemel gestiegen und hatte ihre Wangen gegen das rosige Fleisch gepreßt. Ich habe sie angebetet. Ich habe sie geliebt, so wie diesen Engel auf meinem Bett.

Als man am Morgen die Haustür der alten Afra aufbrach, fand man sie nackt in den Armen des jungen Vendramin. Sie hatte Gift genommen.

Nie, so sagten die, die sie fanden, hat ein so häßlicher Leib neben einem so vollendeten gelegen.

Der Junge kam in die Familiengruft der Vendramin. Die alte Afra legten sie auf der Toteninsel in die Erde. Auf ihrem Grabstein steht: Mein Bräutigam ein Toter. Mein Brautbett ein Grab.

Zweiundzwanzigstes Kapitel

$\mathcal{E}$s regnete aus tiefhängenden Wolken.
Den Vormittag hatten sie damit verbracht, durch Museen zu ziehen, Hand in Hand wie zwei Kinder. Auf einer Brücke im strömenden Regen küßten sie sich.

Als Anna aufschaute, sah sie den Mann. Er trug einen schwarzen Regenmantel und trotz des düsteren Wetters eine Sonnenbrille. Den Hut hatte er tief in die Stirn gedrückt. Er stand auf der anderen Seite des Kanals im Halbdunkel einer Tür und starrte herüber. Als er wahrnahm, daß Anna ihn entdeckt hatte, drehte er sich um und verschwand in der angrenzenden Seitenstraße.

«Hast du den Mann gesehen?»

«Was für einen Mann? Du küßt mich und schaust nach anderen Männern?»

«Ich glaube, er verfolgt uns. Ich meine, ihn schon gestern bei dem Schwarm von Holländern gesehen zu haben. Ein unheimlicher Patron.»

«Du siehst Gespenster», lachte Sylvano.

Sie tranken Tee in einer kleinen Bar beim Campo di San Polo. Ihre Knie berührten sich unter dem Tisch.

«Ich sehne mich nach dir», sagte Sylvano.

«Ich auch. Ich glaube, der Brauch mit der dritten Nacht ist gar nicht so dumm. Wenn man es richtig überdenkt, ist das direkte Zur-Sache-Kommen gegen alle Natur. Es ist nicht einmal tierisch, wenn man weiß, wieviel Zeit die meisten Geschöpfe für die Balz aufbringen. Und beim Menschen ist es nicht anders. Warum gehen Paare zum Tanzen oder zum Essen in ein Restaurant, bevor sie miteinander ins Bett gehen? Selbst beim Besuch einer Prostituierten, habe ich mir sagen lassen, trinkt man erst gemeinsam ein Glas Sekt.

Sylvano erhob sein Glas: «*Viva la notte di sposa*, auf die sizilianische Brautnacht! Schade, daß wir … ach, vergiß es.»

«Das ist unfair», sagte Anna. «Was ist schade? Ich will es wissen.»

«Schade, daß wir nicht wirklich auf Hochzeitsreise sind.»

«Du würdest mich heiraten?»

«Sofort.»

Und dann nach einer Weile fragte er: «Warum tun wir es nicht, einfach so, ohne viel Federlesens? Zwei Unterschriften auf dem Standesamt. Du behältst deinen Namen. Wir werden es keinem erzählen. Es bleibt unser Geheimnis.»

«Du bist verrückt», lachte Anna, «total verrückt.»

«Nein, im Ernst, hast du dir mal Gedanken über deine Zukunft gemacht? Du bleibst nicht immer dreißig. Ich kriege mal eine Masse Rente. Soll die verlorengehen? Was wird aus meinen Gütern in der Emilia-Romagna. Ich bin ohne Erben. Und dort kann man noch besser schreiben als in Brüssel, viel besser. Betrachte es als eine Art Adoption. Ich mag dich. Ich mag dich sehr, Anna.»

Anna nahm seine Hände, küßte sie und legte ihr Gesicht hinein: «O Sylvano, ich mag dich auch.»

Er streichelte ihr Haar und sagte: «Ich weiß so wenig von dir. Wie warst du als kleines Mädchen?»

«Mehr Seele und weniger Körper; weniger Falten, weniger Freude als heute.»

«Wieso weniger Freude?»

«Meine Mädchenzeit war nicht sehr sonnig. Mein Vater war Architekt, sehr erfolgreich mit großem Entwurfsbüro in Genf. Ich habe ihn vergöttert. Er aber hatte nur wenig Zeit für mich. Noch heute höre ich sein Lachen. Es schallte durch alle Räume. Er hatte gute Hände, so wie du.

Meine Mutter war eine blasse Frau. Sie litt an Migräne und verbrachte mehr Zeit in irgendwelchen Sanatorien als daheim. Wir wurden von ständig wechselnden Kindermädchen gehütet. Und jedesmal war der Abschied so herzzerreißend, als wenn wir unsere Mutter verloren hätten.»

«Wer ist wir?» wollte Sylvano wissen.

«Meine Brüder Sebastian und Urs.»

«Du hast Brüder? Wo leben sie? Was machen sie?»

«Urs ertrank achtjährig im Genfer See. Sebastian war der Liebling meiner Mutter. Sie steckte ihn in Mädchenkleider, flocht ihm Schleifen ins Haar, ließ ihm Ballettunterricht erteilen. Für meinen Vater stürzte eine Welt zusammen, als sein einziger Sohn ihm gestand, daß er schwul war.

Ihm zuliebe habe ich Architektur studiert.»

«Du hast Architektur studiert?»

«Nur bis zum Vorexamen. Ach komm, lassen wir das. Das ist Schnee von gestern. Ich freue mich auf heute abend.»

«Ein Tag wie der heutige bedarf sorgfältiger Vorbereitung», sagte Sylvano. «Es soll ein Tag werden, den wir nie vergessen werden. Würde es dir etwas ausmachen, wenn ich dich für zwei Stunden allein lasse? Ich muß noch etwas erledigen.»

Er sagte das so, wie man zu Kindern spricht, um ihre Vorfreude auf eine Überraschung zu schüren.

«Ich schlage vor, du fährst mit dem Motoscafo der Linie 1 den Canal Grande hinauf und hinunter. An der Rialtobrücke könntest du die Fahrt unterbrechen. Die Geschäfte auf der Brücke sind nicht sehenswert, aber die angrenzenden Märkte solltest du dir anschauen. Um vier Uhr erwarte ich dich dann hier an der Station San Zaccaria.»

Er half ihr ins Boot und winkte ihr nach, als sei es ein Abschied für immer.

Anna genoß das Gefühl, ganz allein auf sich gestellt, nicht Mitläufer, sondern Entdecker zu sein. Sie stand an der Reling des dahingleitenden Bootes. Ihr Haar wehte im Wind. Die Palazzi zogen vorüber wie bunte Spiegelbilder in einem Kinderkaleidoskop. Die Menschen um sie herum schienen das Wunder nicht wahrzunehmen. Ein bärtiger Mann las die Zeitung. Ein Mädchen streichelte seine Katze, die mit verbundener Pfote auf seinem Schoß kauerte. Die alte Dame neben ihr war eingeschlafen, den zahnlosen Mund aufgesperrt wie ein Karpfenmaul.

An der Rialto-Brücke unterbrach Anna die Bootsfahrt.

Die Juwelengeschäfte auf der Brücke waren keiner Beachtung wert. Aber der Markt auf der Westseite, der sich vom Ufer des Kanals ausbreitete und sich in den angrenzenden Gassen verlor, war ein wirbelnder Strom von farbigem Leben: Auberginenblau neben Salatgrün, Zitronengelb und Tomatenrot. Ketten von Würsten, von Zwiebeln und feuerroten Pepperonis. Mächtige Melonen und Kürbisse. Zucchinis mitsamt den Blüten. Weiße Trüffel aus dem Piemont. Schinken aus Parma, ligurische Aale und sardischer Käse. Stapel von Stockfisch in Nachbarschaft mit Pansen, Kalbsköpfen, Hühnermägen und Schweinsfüßen.

Flaschen aller Farben und Formen, gefüllt mit Grappa, Olivenöl, Wein und Wer-weiß-was-Allem.

Fische, naß-glitschig und silbern auf funkelndem Eis. Schwertfischscheiben, saftigrot wie Wassermelonen. Krebse und Muscheln: *frutte di mare*; gleich daneben Fenchel und Feigen.

Am buntesten aber die Blumen, Feuerwerk aus Farben und Düften.

Anna kaufte eine Tüte heiße Maroni. Den ganzen Tag hätte sie hier verbringen können. Aber die Zeit drängte.

Sie bestieg ein Motoscafo. Das Boot wollte gerade ablegen, als sich ein Mann durch die wartende Menge drängte und auf das abfahrbereite Schiff sprang. Anna erkannte ihn sofort: der schwarze Regenmantel, die Sonnenbrille, der Hut, tief in die Stirn gezogen. Der Unbekannte, der sie schon gestern verfolgt hatte. Er stellte sich zu ihr an die Reling. Anna tat so, als nähme sie ihn nicht wahr. Das Herz schlug ihr bis hinauf zum Hals. Der Würger.

Sie wandte sich ab. Dann spürte sie, wie sich eine Hand auf die ihre legte.

Zornig, erschrocken fuhr sie herum.

«John!!!»

Er stand da wie ein Gespenst, ein Toter aus dem Grab, blaß, unrasiert, als habe er seit Nächten nicht geschlafen. Die Sonnenbrille war ihm von der Nase geglitten. Er schwitzte.

«John, mein Gott, du? Was machst du denn hier?»

«Ich mußte dich sehen. Ich habe Tag und Nacht bei dir angerufen. Warum gehst du mir aus dem Weg? Was hast du gegen mich? Was habe ich dir getan?»

Er sprach abgehackt, wirr.

«Ich habe euch beobachtet, dich und Sylvano: ein Paar auf Hochzeitsreise, verliebt wie die Turteltauben. Wie kannst du nur? Hast du alles vergessen? Hat dir unser Beisammensein gar nichts bedeutet? Anna, ich …» Er suchte nach Worten.

«John, du bist ja völlig von Sinnen.»

«Ja, ich bin von Sinnen. Ich bin verrückt. Ihr treibt mich in den Wahnsinn, du und dieser verfluchte Ort. Alles hier hat den Anschein von Irrealität. Gibt es uns? Gibt es Venedig wirklich? Scheußliche Versuchung des Bösen, vergreist wie ihre Dogen. Hast du dir mal die Marmorplastik des schlafenden Dogen Vendramin auf seinem Sarkophag in San Giovanni in Paolo angeschaut? Sie ist gar keine Plastik. Sie wurde nur halbseitig ausgeführt wie eine Filmkulisse, gespenstischer Effekt, Spuk. Venedig ist eine Kitschpostkarte seiner selbst.»

Er griff nach ihr, wollte sie umarmen, küssen. Er roch nach Alkohol, abgestandenem Wein.

«Es gibt nichts Grausameres als ein gutes Gedächtnis. Manche Dinge müssen wir so schnell wie möglich vergessen. Aber wie kann ich …»

«John, du bist betrunken.»

Anna wehrte sich, so gut sie konnte: «Nein, bitte, laß mich!»

Zwei Männer, kräftige Burschen vom Fischmarkt, waren aufgestanden: «Signora, belästigt dieser Mensch Sie?»

Und als John erneut nach ihr griff und Anna sich von ihm losriß, packten sie ihn und setzten ihn trotz heftiger Gegenwehr bei der nächsten Bootsanlegestelle an Land. Den Hut, der ihm vom Kopf gefallen war, warfen sie kurzerhand hinterher.

Anna fühlte sich so elend wie noch nie. Sie ließ sich im Inneren des Schiffes auf eine Bank fallen und weinte. Die Männer vom Markt zündeten ihr eine Zigarette an, und Anna nahm sie, obwohl sie schon seit langem nicht mehr rauchte.

«*Scusi*, Signora», sagte der ältere der beiden, als wollte er sich als Mann dafür entschuldigen, daß eine Dame von einem Mann belästigt worden war. «Er war ein Ausländer, ein Americano. Wir hätten ihm das Nasenbein brechen sollen.»

Der Canal Grande – auf der Hinfahrt ein Fest fürs Auge – war nur noch ein düsterer, grauer Wasserweg.

Mein Gott, hoffentlich tut er sich nichts an. Wie soll das bloß enden? dachte sie.

Nebel stiegen aus dem Wasser, Wolkenschleier. Die Ufer rechts und links des Kanals versanken im Dunst. Anna fühlte sich wie auf einem Ozean. Die Illusion endloser Weite umgab sie. Flug durch die Wolken. Schwerelosigkeit zwischen Traum und Erwachen.

«Ist das die Haltestelle San Zaccaria?» fragte Anna, als das Schiff anlegte.

«Die Zaccaria? O nein, Signora, das ist die Isola di San Giorgo Maggiore. Zur Zaccaria hätten Sie die Linie 1 nehmen müssen», sagte der Marinaio des Vaporetto.

«Um Gottes willen, wie komme ich hinüber zur Piazzetta?»

«Sie werden eine Weile warten müssen. Die Schiffe fahren um diese Zeit nicht oft.»

Als Anna endlich die Haltestelle San Zaccaria erreichte, war Sylvano nicht mehr da.

Wie lange er wohl auf sie gewartet hatte, im Regen?

Anna machte sich bittere Vorwürfe.

Der Markusplatz lag im Dauerregen so verlassen wie ein Mondkrater. Der Campanile ragte bis in die Wolken. In den regennassen Steinplatten spiegelten sich die Lichter der Laternen.

Anna überquerte den Campo di San Marco mit raschen Schritten, tauchte ein in das Labyrinth der Gassenschluchten. Sie fror. Ihre Schritte klapperten auf dem Pflaster.

Je weiter sie sich vom Dogenpalast entfernte, um so stiller und einsamer wurde es um sie herum. Keine Menschenseele weit und breit. Die Häuser mit ihren geschlossenen Läden wirkten unbewohnt. Eine Ratte, riesig und nacktschwänzig, huschte vorüber, verharrte, richtete sich auf den Hinterfüßen auf und entblößte böse ihre Schneidezähne. Anna verjagte sie mit einem Schrei. In dem Gewirr von gewundenen Gassen verlor sie bald die Orientierung. Warum gab es in diesem gottverlassenen Biberbau nicht eine einzige gerade Straße, nicht einen rechten Winkel? Nicht einmal auf die Straßenschilder war Verlaß. Die Hausnummern, sämtlich vierstellig, machten die Verwirrung vollständig. Immer wieder geriet sie in Sackgassen, mußte umkehren, sich neu entscheiden. Ehe Anna sich's versah, war sie wieder beim Canal Grande.

Jetzt rächte sich, daß sie immer neben Sylvano hergelaufen war, ohne auf den Weg zu achten.

Aus einer Kapelle fiel Licht. Alte Frauen ganz in Schwarz beteten den Rosenkranz, monoton und klagend. Anna kniete sich zu ihnen. Die Wärme tat gut. Erst als sich eine von ihnen schwerfällig erhob und zum Ausgang bewegte, wagte sie nach dem Weg zu fragen. Die Alte gab mit der Hand ein Zeichen, ihr zu folgen. Ohne sich umzuwenden, humpelte sie voraus. An einer Brücke blieb sie stehen und zeigte mit knochigem Finger den Uferpfad hinab: «Immer dem Kanal nach.»

Ein Kahn, beladen mit Fässern, glitt vorüber, im Bug ein kleiner Köter, der sich die Seele aus dem Leib kläffte.

Aus einer Kneipe flimmerte kaltes Fernsehlicht. Anna verweilte einen Augenblick, dann tauchte sie wieder ein in das unheimliche Schweigen der toten Stadt.

Wo John wohl steckte? Der Würger! Bloß jetzt nicht an so etwas denken. Sie versuchte die aufsteigende Angst zu verdrängen. Es gelang ihr nur kläglich. Sylvano.

Plötzlich – sie wußte selbst nicht wie – stand sie vor ihrem Hotel.

«O madonna, Signora, wie sehen Sie denn aus? Sie sind ja völlig durchnäßt.» Der Junge an der Rezeption betrachtete sie mit erschrockenen Augen.

«Nicht der Rede wert. Der Regen.»

Sie eilte an ihm vorbei, die Treppe hinauf. Die Zimmertür war verschlossen.

«Ihren Schlüssel», rief der Junge, der ihr gefolgt war. «Sie haben Ihren Schlüssel vergessen.»

«Ist mein Mann nicht hier?»

«Nein, Sie sind doch gemeinsam fortgegangen, heute morgen. Er war seitdem nicht mehr hier.»

Der Junge schloß ihr die Tür auf. Im Zimmer warf sich Anna

aufs Bett. Sie fühlte sich am Ende ihrer Kräfte. Die Tränen rannen ihr über die Wangen.

✻ ✻ ✻

Als sie erwachte, war sie allein im Zimmer. Draußen war es dunkel. Sie blickte auf ihre Armbanduhr. Acht Uhr zehn. Warum war Sylvano nicht hier? Gewiß suchte er sie, der Arme.

Sie goß sich einen Cognac ein. Dabei erblickte sie sich im Spiegel und erschrak. Das Haar klebte ihr an der Stirn. Sie ließ Wasser in die Wanne und nahm ein Bad.

Danach fühlte sie sich besser. Sie legte sich nackt auf das breite Bett und wartete darauf, daß sich die Zimmertür öffnete und er hereinkam und sie in die Arme nahm. Die Zeit verstrich. Unruhe befiel sie. Sie goß sich noch einen Cognac ein. Wohlige Wärme durchströmte sie. O Sylvano, laß mich nicht so lange warten!

War da nicht wer? Der Türklinke bewegte sich.

«Sylvano? Sylvano, bist du es?»

Die Tür flog auf. Und da stand er, einen riesigen Rosenstrauß im Arm: «*Anna cara, sposa mia.*»

«Sylvano! Wo bist du gewesen? Ich habe mich so um dich …»

Er verschloß ihre Lippen mit einem Kuß. Sie lag in seinen Armen, nackt und unendlich glücklich. Ihre Brüste sehnten sich nach seinen Händen. Sie fühlte seine weichen Lippen auf ihrem Hals. Er trug sie zurück ins Bett, warf seine Kleider von sich. Er bedeckte sie mit Küssen, beleckte ihre Haut, streichelte sie mit den Lippen, den Wimpern, mit seinem Haar. Er küßte ihren Nabel, ihre Schenkel. Sein Atem hinterließ eine Spur von wilder Süße auf ihrem Fleisch.

Sie sehnte sich nach Verschmelzung und Verschlungenwerden.

Nimm meinen Mund, meinen Schoß, mich selbst.

Komm! Ich will deinen Bauch an meinem spüren, deine Brust an meinen Brüsten. Komm!

Die Lust steigerte sich wie eine züngelnde Flamme in trockenem Reisig. Das Begehren war so stark, daß sie beide schrien. Und dann kam die Ekstase über sie, nicht gleichzeitig, aber nacheinander wie Wogen, Wogen der Lust, Sturmfluten, alles mit sich reißend, tosende Gischt, Anfang und Ende von allem, was ist. Anna erwachte von ihrem eigenen Schrei.

Die Sonne sickerte durch die Vorhänge. Sie richtete sich auf. Der Platz neben ihr war leer. Sylvano war nicht zurückgekehrt. Sie hatte geträumt.

Der Reisewecker zeigte sieben Uhr dreißig. Anna kleidete sich rasch an. Keine Nachricht von Sylvano an der Rezeption. Irgend etwas war ihm zugestoßen. Daran gab es keinen Zweifel mehr.

Vielleicht ist er gestürzt, dachte sie. Vielleicht liegt er mit gebrochenem Bein in irgendeinem Krankenhaus der Stadt. Aber warum rief er sie nicht an?

Anna lief im Zimmer auf und ab wie ein Käfigtier. Gegen Mittag hielt sie es nicht mehr aus. Sie ging zum Campo di San Marco, trank im Café Florian einen Espresso nach dem anderen.

Einmal glaubte sie, Sylvano in der Menge erkannt zu haben. Sie eilte ihm nach. Aber im Näherkommen erkannte sie, daß sie sich geirrt hatte.

Als die Uhr drei schlug, beschloß sie, zur Polizei zu gehen.

Die Questura am Campo San Zaccaria machte einen verschlafenen Eindruck. Bescheiden duckte sie sich in eine Ecke des Platzes. Die Fenster im Obergeschoß wurden von dunkelbraunen Blendläden eingerahmt. Davor eine blaue Fahnenstange mit goldenem Kugelkopf.

Der Bau mit rostroter Fassade lag neben einem kleinen, parkartigen Garten: Zypressen, Feigenbäumchen und Oleanderbüsche. Nur der brusthohe Eisenzaun gemahnte an polizeiliche Amtsgewalt. Der friedliche Eindruck des Ortes täuschte. In der Kirche S. Zaccaria, gleich nebenan, hatten sie den Dogen Tradonico beim Abendgebet erschlagen.

Anna fragte einen uniformierten Carabinieri, wo sie eine Vermißtenanzeige aufgeben könne.

«Kommen Sie, Signora», sagte er, «ich bringe Sie zu Commissario Ruocco.»

Der Commissario saß hinter seinem Schreibtisch und las den *Il Gazzettino* vom Morgen. Er legte die Zeitung beiseite, erhob sich und fragte freundlich lächelnd: «Womit kann ich Ihnen dienen, Signora?»

«Ich möchte eine Vermißtenanzeige aufgeben.»

«Eine Vermißtenanzeige?» Er strich sich über den Schnurrbart und fragte: «Wen vermissen Sie?»

«Sylvano Piatti.»

«Ihren Mann?»

«Nein», Anna zögerte einen Augenblick mit der Antwort. Der Commissario registrierte es. «Meinen Freund.»

«Und seit wann vermissen Sie ihn?»

«Seit gestern abend.»

«Seit gestern abend?»

Ein ungläubiges Lächeln erhellte seine Miene. Er betrachtete Anna mit der männlichen Überheblichkeit, die für die Männer des südlichen Italien typisch ist.

«Seit gestern abend, und da kommen Sie zu uns? Das sind nicht einmal vierundzwanzig Stunden. Wenn jede Frau, die ihren Freund von einem Abend bis zum anderen nicht zu Gesicht bekommen hat, uns um Hilfe anrufen würde, bräuchten wir ein Vermißten-Sonderdezernat so groß wie den Dogenpalast. Vielleicht sollten Sie doch noch etwas warten, ehe Sie uns bemühen.»

«Nein, ich möchte, daß sofort etwas unternommen wird. Ich bin mir ganz sicher, daß ihm etwas zugestoßen ist.»

Und als der Commissario immer noch zögerte, sagte sie: «Bitte», und sie sagte es so, daß der Mann aus dem Süden nicht anders konnte, als die Anzeige aufzunehmen.

«Nun gut», sagte er, «wir werden in und um Venedig alle Krankenhäuser und Polizeistationen nach dem Verbleib Ihres Freundes befragen. Mehr kann ich im Augenblick nicht für Sie tun.»

✳ ✳ ✳ ✳

Anna hatte den größten Teil der Nacht wach gelegen, war im Zimmer umhergelaufen, hatte geraucht und getrunken. Als sie gegen Morgen endlich in totenähnlichen Schlaf gefallen war, wurde sie durch lautes Klopfen aus ihren Alpträumen gerissen.

«Signora, hallo, Signora. Signora, bitte öffnen Sie!»

Anna wankte zur Tür, entriegelte sie. Vor ihr standen der Junge von der Rezeption und ein uniformierter Polizist.

«Signora Ropaski? Der Commissario will Sie sehen.»

«Jetzt, um diese Zeit?»

«Ja, bitte, sofort.»

Ein Polizeiboot wartete mit laufendem Motor. Der Mann hinter dem Steuerrad half Anna an Bord. Als der Morgenverkehr anschwoll, schalteten sie das Blaulicht ein. Keiner sprach ein Wort.

Anna wurde in das Zimmer von Commissario Ruocco geführt.

«Der Commissario wird gleich da sein. Nehmen Sie doch Platz. Möchten Sie einen Kaffee?»

Allein gelassen im Zimmer fiel ihr Blick auf die Pinnwand hinter dem Schreibtisch. Sie las: Der Würger. Darunter eine Reihe von Hinweisen, vermutlich für den innerdienstlichen Bedarf. Sie erhob sich, um das Kleingedruckte zu lesen, als der Kommissar zur Tür hereinkam. Er sah übernächtigt aus.

«Ich fürchte, ich habe keine gute Nachricht für Sie», sagte er. «Wir haben heute morgen hinter dem Campo di San Polo einen Toten aus dem Kanal geborgen, der das bei sich trug.»

Er holte ein Tablett aus dem Stahlschrank und stellte es vor sie auf den Tisch: Brieftasche, Schlüssel, Notizbuch, ein noch zusammengefaltetes Taschentuch, ein schwarzes Samtkästchen.

«Darf ich es anfassen?»

«Ich bitte Sie darum.»

Anna schlug die Brieftasche auf. Zwischen Geldscheinen steckte ein Paß. Er war gewellt, als hätte er im Wasser gelegen. Trotzdem war die Schrift klar lesbar: Sylvano Paolo Enrico Piatti, und darüber sein Paßbild.

Anna legte den Paß zurück. Übelkeit würgte sie.

«Kommen Sie.» Der Kommissar bot ihr einen Stuhl an und reichte ihr ein Glas Wasser.

«Es besteht immer noch die Möglichkeit, daß der Mann aus dem Kanal ein Dieb ist, der ihren Freund bestohlen hat. Ich muß Sie daher bitten, den Toten zu identifizieren. Fühlen Sie sich stark genug?

«Wann?»

«Sofort.»

Anna zeigte auf das Tablett: «Seine Sachen.»

«Sobald die Untersuchung abgeschlossen ist, schicken wir sie Ihnen zu.»

Mit dem gleichen Boot, mit dem sie zur Questur gekommen waren, fuhren sie den Kanal wieder hinauf. Gegenüber dem Fondaco di Turchi bogen sie in den Canal di Cannaregio mit Kurs auf San Giuliano, den rauchenden Schornsteinen von Mestre entgegen. Der Commissario versorgte Anna mit Zigaretten. Sie rauchten schweigend. Da waren nur das Tuckern des Motors und das Rauschen der Wellen.

In Sichtweite der Industrieanlagen auf dem Festland fragte der Commissario: «Waren Sie schon mal in Mestre?»

«Nein.»

«Andere alte Städte sind ausgeufert. Nicht so Venedig. Hier gibt es keine Unterteilung in Altstadt und Neustadt. Das Alte ist das Gegenwärtige seit mehr als einem halben Jahrtausend.

Dafür sind die neuen Industriegebiete auf dem Festland um so schlimmer. Der Sündenfall wurde ausgelagert, weit weg vom Glanz der Paläste, so wie man Schlachthöfe versteckt, Strafanstalten oder die Sterbezimmer im Krankenhaus. Kein Besucher von Venedig wird hierherkommen, um die rattenverseuchten Müllhalden, die stinkenden Raffinerien zu sehen. Braucht er auch nicht. Wer ins Theater geht, muß nicht wissen, wie es hinter den Kulissen aussieht, ob Romeo Mundgeruch hat und Julia Menstruationsbeschwerden.

Tut mir leid, daß ich Ihnen das hier nicht ersparen kann.»

Bei einem fensterlosen Gebäude legten sie an. Sie wurden erwartet. Eine Frau stand am oberen Ende der Stufen, die zum Wasser führten. Ihr Boot mit einem Fahrer der Stadtpolizei wartete weiter abwärts.

«Hallo, Dottoressa, ich hoffe, Sie mußten nicht auf uns warten.»

«*Salute*, Commissario. Warten gehört zu unserem Beruf.»

Der Kommissar machte die Damen miteinander bekannt: «Dottoressa Cescutti, unsere Polizeiärztin. Sie wird auch die Autopsie vornehmen. Signora Ropaski. Sie hat sich bereit erklärt, den Toten zu identifizieren.»

In dem bis unter die Decke gekachelten Raum war es kalt wie in einem Lagerhaus für Fische. Kalt war auch das Neonlicht, das den Raum in mitleidloses Licht tauchte. Ein weißhaariger Wächter dieses Wartesaals zum Jenseits hinkte zu einem der ausfahrbaren Schubfächer und zog es heraus.

Zwei bloße Füße mit einer Nummer daran kamen zum Vorschein. Dann der ganze Leib, totenblaß und nackt. Die Behaarung auf dem weißen Fleisch wirkte wie aufgemalt.

Als der Kopf sichtbar wurde, stieß Anna einen Schrei aus. Sie schlug die Hände vor den Mund. Mit vor Entsetzen aufgerissenen Augen starrte sie auf den Toten. Es war Sylvano. Ein dicker Verband um die Stirn versuchte vergeblich, die Schädelverletzung zu kaschieren. Ein dunkler Bluterguß zog sich hinab bis zu seiner Nasenwurzel.

Anna spürte die aufsteigende Übelkeit. Sie stürzte zum Waschbecken, um sich zu übergeben.

«Sie brauchen nur noch zu unterschreiben», sagte der Commissario, «bitte hier. Wir werden Sie in Ihr Hotel zurückbringen.»

«Brauchen Sie ärztliche Hilfe?» fragte die Dottoressa.

«Nein danke. Es geht schon.»

«Bitte halten Sie sich die nächsten Tage für uns zur Verfügung», bat sie der Kommissar. «Ich denke, daß der Tote nach der Autopsie zur Bestattung freigegeben werden kann. Wir werden Sie über den Stand der Ermittlungen auf dem laufenden halten. Wenn ich noch irgend etwas für Sie tun kann, lassen Sie es mich wissen.»

«Sylvano ist gebürtiger Venezianer. Seine Familie liegt drüben auf der Isola di San Michele. Ich bin fremd hier. Könnten Sie die nötigen Formalitäten für die Beerdigung veranlassen?»

«Ich werde mich persönlich darum kümmern.»

In ihrem Hotel hielt es Anna nicht aus. Alles in dem Zimmer erinnerte sie an Sylvano. Im Schrank hingen seine Kleidungsstücke. Sein Schlafanzug im Bett. Der Duft seines Rasierwassers. Sie floh zum Markusplatz, zog durch Bars und Cafés, alle voller Leben. Sie drängte sich unter Menschen, wollte das Undenkbare nicht denken, die Wirklichkeit nicht wahrhaben.

An der Rialtobrücke herrschte dichtes Gedränge. Tagestouristen, Busreisende aus München und Wien, fast alle im Rentenalter.

Anna zählte die Stufen der Brücke: dreiundvierzig Stufen hinauf und vierzig wieder hinunter. Eine Brücke fast so hoch wie ein dreigeschossiges Haus. Überhaupt erschien ihr die ganze Brücke erschreckend häßlich. Die Läden darauf boten billigen Touristentrödel an: Mickymäuse aus Muranoglas, Gemmen aus Hongkong und T-Shirts mit Gondelaufdrucken. Alle Auslagen waren nach innen zur Brücke gewandt. Zum Wasser hin hatten sie die Läden wie Baubuden mit Brettern vernagelt.

Die Restaurants am Fuß der Brücke waren nicht besser als die Freßlokale in Brüssel hinter der Grand Place. Protzen mit dem Teuersten: Langusten, Hummer, Austern, übereinandergestapelt auf Eis.

Sie sah Sylvano, wie er dalag in einer Eiskiste, jetzt in dieser Nacht, in ihrer dritten Nacht. Beim Abschied am Boot hatte er gesagt: «Ein Tag wie der heutige bedarf sorgfältiger Vorbereitung. Es soll ein Tag werden, den wir nie vergessen.»

Annas Füße trugen sie in die Chiesa di San Marco. Im Dämmerlicht des Doms hielt sie Zwiesprache mit Sylvano, mit sich selbst und mit Gott. Die farbig-flimmernden Mosaiken umfingen sie wie Traumbilder. Aber schon nach einer kurzen Weile sah sie überall Tote, Gemordete: den Gekreuzigten, den Leichnam des heiligen Markus, den abgeschlagenen Kopf Johannes des Täufers.

Als sie ins Freie trat, war die Nacht über die Lagune hereingebrochen. Anna blickte hinauf zur Silhouette des Löwen von San Marco. Drohend stand er da im harten Licht der verborgenen Scheinwerfer, eine geflügelte Chimäre. Sie vernahm die Worte der Inyanga: «Laß den Mann, den du liebst, nicht zum Wasser des Löwen gehn. Am Löwenplatz lauert der Tod.»

Der Löwenplatz! Venedig. Natürlich, sie hatte Venedig gemeint. Die Stadt war voller Löwen in Stein, auf Öl, aus Bronze; in Holz geschnitzt, in Ton gebrannt, aufgestickt und eingewebt. Hier gab es mehr Löwen als in ganz Afrika. Die Inyanga hatte das Unglück vorausgesehen. Sie hatte sie gewarnt. Sie hätten nicht hierherfahren dürfen. Was hatte sie sonst noch prophezeit?

«Eine Shangolollo bist du», hatte sie gesagt, «eine Spinnenfrau, die ihre Männer frißt.»

Bin ich wirklich so? Nein. Und dennoch. Ich habe allen nur Unglück und Tod gebracht, mit Schlangengift und dem Gift der Eifersucht, und jetzt sogar mit Mord. Wie würde es weitergehen?

Dreiundzwanzigstes Kapitel

Am nächsten Morgen war Anna schon früh unterwegs. Der Mercado beim Ponte di Rialto war voller Leben. Zu den üblichen Früchten und Lebensmitteln hatten sich zum Wochenende noch alle möglichen Tiere gesellt. Hähne krähten in unförmigen Körben, Tauben, Wachteln, Enten und Puten. In durchlöcherten Kisten kauerten Kaninchen.

Lebendige Hühner wurden an den Beinen davongetragen, die Köpfe nach unten mit baumelnden Kämmen. Fische zappelten um ihr Leben. Dazu trällerten Kanarienvögel und Prachtfinken. Die Welt war voller Leben.

Insgeheim hatte Anna gehofft, John zu treffen. Vergeblich. Ihre überraschende Begegnung an Bord des Bootes war so abrupt beendet worden, daß sie sich angesichts der chaotischen Erlebnisse der letzten Tage schon zu fragen begann, ob ihr John wirklich begegnet war oder ob das Ganze nur eine Ausgeburt ihrer fiebrigen Phantasie war. Gab es nicht Leute, die bei allem, was ihnen heilig war, schworen, fliegende Untertassen gesehen zu haben, die Begegnungen mit Toten erlebt hatten, Marienerscheinungen? Diese Stadt hier war für jede Halluzination gut.

Am Zeitungskiosk bei der Schiffsanlegestelle sah sie Sylvano. Sein Foto prangte auf der ersten Seite der *Il Gazzettino* und auf der Frontseite von *La Republica*. *L'Unita* brachte den Mord als Schlagzeile, aber ohne Bild.

Lo Strangolatore di Venezia. Der Würger hat wieder zugeschlagen.

Mord an einem hohen Beamten der Europäischen Kommission.

Anna kaufte alle Tageszeitungen und zog sich damit in ein Café zurück. Sie las alles, was über den Totschlag berichtet wurde, mehrmals. Man war sich darin einig, daß Sylvano dem Würger zum Opfer gefallen war.

Seltsam, dachte Anna, ich habe mich bisher nicht ein einziges Mal gefragt, wer Sylvano getötet haben könnte. Aber ist das wirklich von Bedeutung? Ja, gewiß für die, die mit der Aufklärung des Verbrechens beauftragt sind. Aber für mich?

Wenn ein geliebter Mensch bei einem Flugzeugabsturz ums Leben kommt – was bringt es zu wissen, ob durch menschliches Versagen, durch Materialverschleiß oder kriminelle Gewalt.

Und dennoch, die Zeitungen hatten Annas Phantasie angeregt. Wie hatte die Frau in dem Restaurant am Nachbartisch gesagt: Alle Männer waren vergewaltigt worden. Sylvano war kein Florentiner, aber war er dennoch …?

Oder war es Raubmord? Nein, das konnte nicht sein. Nichts war gestohlen worden: seine Brieftasche voller Geld und alle anderen Dinge, die er bei sich getragen hatte.

Am Vormittag sollte die Autopsie stattfinden. Vor ihrem Hotel, das sie aufgesucht hatte, um die Kleider zu wechseln und um ein Fax an René aufzugeben, lauerten die Journalisten: «Signora, Sie waren die Geliebte des Erschlagenen. Was wissen Sie über seinen

Tod? Hatte er Feinde? War er in geheimer Mission in der Stadt? Welchen Posten bekleidete er bei der Europäischen Kommission?» Blitzlichter flammten auf. Kameras surrten.

«Wohin wollte er, als er seinem Mörder begegnete? War Ihr Freund bisexuell veranlagt?»

Nur mit Hilfe des Jungen von der Rezeption gelang Anna der Rückzug in die Hotelhalle. Durch einen Hinterausgang zum Kanal entkam sie mit einer Motortaxe.

Anna fuhr zur Questura.

«Der Commissario ist in Mestre wegen eines Raubüberfalls in einer Tankstelle. Sprechen Sie doch mit der Dottoressa», sagte der Zimmernachbar des Kommissars, ein dicker Fallstaff mit Hosenträgern, mehr Schalterbeamter als Polizist. «Archiv» stand an seiner Tür. «Sie finden die Dottoressa im Dachgeschoß, gleich neben der Treppe.»

«*Avanti!* Ah, Signora Ropaski. Kommen Sie herein! Mögen Sie auch einen Kaffee? In Brüssel trinkt man ja wohl um diese Zeit Tee.»

Die Dottoressa goß Kaffee ein und holte eine Tüte mit Bussolai, gesalzenen venezianischen Brezeln, hervor. Während sie Milch und Zucker anbot, beobachtete sie amüsiert, mit welchem Erstaunen Anna sich in ihrem Zimmer umschaute.

«Ist was?» fragte sie.

«Ich hatte mir Ihr Zimmer anders vorgestellt, das Zimmer einer Polizeipathologin.»

«Sie meinen, es fehlt das menschliche Skelett, die Abbildungen mit sezierten Leichenteilen oder wenigstens die Tatortfotos?»

«So ist es. Die vielen Blumen, die Aquarelle, die Obstschale auf der Fensterbank, die Gardinen …»

«Wissen Sie», lachte die Dottoressa, «wenn man den ganzen Tag zwischen Bullen und Leichen verbringt, muß man sich mit einem Klingsorgarten umgeben, um nicht zum Monster zu werden.»

Sie trank von ihrem Kaffee und schaute Anna über den Tassenrand an: «Eine schlimme Sache – der Mord an Ihrem Begleiter. Er war Ihr Geliebter?»

«Mein Freund.»

«Um so schlimmer», sagte die Dottoressa; sie sagte wahrhaftig: «Um so schlimmer.»

Anna fragte: «Was ist ihm wirklich zugestoßen?»

«Er wurde erschlagen, von vorne mit einem harten Gegenstand. Er war auf der Stelle tot. Stirnbeinbruch.»

«Wurde er vergewaltigt?»

«Vergewaltigt? Warum fragen Sie so etwas?»

«Nun, ich habe gehört, daß der Würger ...»

«Das war nicht der Würger. Es gibt keine Ähnlichkeiten zwischen seinen Morden und dem Totschlag an Ihrem Freund.»

«Aber die Zeitungen ...»

«Vergessen Sie die Zeitungen. Nirgendwo wird soviel gelogen wie in den Medien, wenn es darum geht, einen Mord zu vermarkten.»

«Gibt es noch Einwände gegen seine Beerdigung?»

«Nicht von meiner Seite», sagte die Dottoressa. «Aber die Entscheidung darüber liegt nicht bei mir. Sprechen Sie mit dem Commissario.»

«Ich möchte weg von hier, nach Hause.»

«Ich verstehe Sie. Haben Sie Bekannte in Venedig?»

«Nein.»

«Ich könnte Ihnen eine Karte für die Oper besorgen. Sie spielen heute abend *Lucia di Lammermoor*. Gehen Sie hin.»

Eingehüllt in vertrauten Klängen, geborgen wie ein Ungeborenes, verbrachte Anna den Abend in der Oper. Sylvano war bei ihr. Sie spürte ihn fast leiblich an ihrer Seite, seine Hand auf der ihren. Gleich würde er sie auf seinen Armen die Treppe heruntertragen, hinein in ihr großes Himmelbett.

* * * *

«Wie weit sind Sie mit Ihren Ermittlungen?»

Avvocato Piatti hatte Commissario Ruocco zum Mittagessen eingeladen. Nun saßen sie sich gegenüber in dem kleinen Restaurant an der Strada nuova.

Der Kommissar knabberte an einer Grissini-Stange und sagte: «Es steht zweifelsfrei fest, daß Ihr Cousin nicht von dem Serientäter ermordet worden ist.»

«Commissario, aus welchem Grund werden Menschen getötet? Aus Haß, Eifersucht, Rache. Nichts von alledem kommt hier in Frage. Bleibt die Habsucht. Dem Toten fehlte nichts. Seine Brieftasche war gut gefüllt. Der Täter hat nichts angerührt. Ist es so?»

«So ist es», nickte der Inspektor.

«Ein Grundsatz aller Rechtfindung lautet: *Is fecit, huic prodest.* Der hat es getan, dem es nützt. Die Frage muß also lauten: Wer hatte ein Interesse daran, meinen Cousin umzubringen?»

Der Notar schälte eine Muschel aus ihrer Schale und fuhr fort: «Sylvano war bei mir, wenige Stunden bevor er starb, um einen beträchtlichen Teil seines Besitzes einer jungen Frau zu vermachen. Er erschien mir nicht wie ein Mann, der sein Testament macht, sondern wie einer, der bis über beide Ohren verliebt ist. Das Glück leuchtete ihm aus den Augen. Er war in der Verfassung, in der ein Mann zu jeder Dummheit bereit ist. Sie wissen ja: Die Liebe macht blind. Ich wollte ihm helfen und bat ihn, mir die Urkunden am anderen Tag unterschrieben zurückzubringen. Er bestand darauf, sie sofort zu unterzeichnen. Überhaupt schien er in großer Eile zu sein. Ständig schaute er auf die Uhr. Hast du eine Verabredung? habe ich ihn gefragt.»

«Und was hat er geantwortet?»

«Ja. Aber die Art, wie er das sagte, dieses Ja, das war einfach unbeschreiblich.

Ich war drauf und dran, ihn zu fragen, wer die Glückliche sei und ob er sie uns nicht wenigstens vorstellen wollte. Aber ich hielt mich zurück. Ich bin der Meinung, der Vorschlag hätte von ihm kommen müssen.»

«Und er hat es nicht getan?»

«Nein.»

Der Notar nahm einen Schluck aus seinem Weinglas und fragte: «Commissario, Sie haben seine … ich meine diese Frau gesprochen. Was für ein Mensch ist sie?»

«Mitte Dreißig, blond, langbeinig, gepflegt, klug, sehr attraktiv. Sie spricht Italienisch mit Schweizer Akzent. Und wenn sie Ihrem Cousin etwas angetan hat, so ist sie eine beachtliche Schauspielerin. Sie schien mir sehr besorgt um ihn zu sein. Ihr Schmerz im Leichenschauhaus war echt.»

«Das schlechte Gewissen des Mörders an der Bahre des Opfers.»

«Diese Behauptung bedarf des Beweises.»

«Den werde ich beschaffen.»

«Was haben Sie vor?»

«Ich habe eine Privatdetektei damit beauftragt, diese Frau zu observieren. Sie kann diese Tat nicht allein begangen haben. Sie hatte einen Komplizen. Da bin ich mir ganz sicher.»

Der Kommissar fragte: «Wie groß ist denn der Betrag, den Ihr Cousin dieser Ropaski überschrieben hat?»

«Da es sich um Immobilien handelt, läßt sich die Summe nur sehr vage beziffern, auf jeden Fall ein Milliardenbetrag in Lire.»

«Es sind schon für sehr viel kleinere Beträge Menschen erschlagen worden», sagte Commissario Ruocco. «Und dennoch, ich hoffe, Sie haben Unrecht. Ich kann nicht glauben, was Sie da behaupten. Sie sollten es sich überlegen. Ein Privatdetektiv kostet eine Menge Geld.»

«Ich bin es ihm schuldig», sagte der Notar. «Wir entstammen einer Familie. Unser Großvater mütterlicherseits kam aus Korsika. Dort tötet man nicht ungestraft.»

«Vendetta?»

«Gerechtigkeit.»

✶ ✶ ✶ ✶

Sie hatten Anna telefonisch in die Questur bestellt.

«Ich habe da noch ein paar Fragen, Signora Ropaski», sagte der Kommissar. «Wo waren Sie am Nachmittag des 14. November?»

«Ich bin mit dem Motoscafo den Canal Grande hinauf- und hinuntergefahren.»

«Allein?»

«Ja. Sylvano hatte etwas zu erledigen.»

«Wissen Sie, was das war?»

«Nein.»

«Er hat es Ihnen nicht gesagt?»

«Es sollte eine Überraschung sein.»

«Eine Überraschung? Nun, das kann man wohl sagen.»

«Wie soll ich das verstehen?»

Der Commissario entnahm einem Aktenordner ein Schriftstück und legte es auf den Tisch.

«Diese Papiere hier hat Ihr Freund am Nachmittag des 14. November im Notariat Piatti und Partner aufsetzen lassen und unterschrieben. Es ist eine Erbschaftserklärung. Sie macht Sie zu einer reichen Frau. Hatten Sie die Absicht zu heiraten?»

«Nein.»

«Merkwürdig.»

Der Commissario holte ein Kästchen hervor und öffnete es: zwei goldene Ringe auf schwarzem Samt.

«Das haben wir in der Jackentasche des Toten gefunden. Verlobungsringe. Er hat sie an seinem Todestag gekauft. Signor Piatti hat Ihnen ein Vermögen überschrieben. Anschließend erwirbt er Eheringe ohne die Absicht auf Bindung. Und ein paar Stunden später ist er tot, erschlagen. Recht ungewöhnlich, wie Sie zugeben müssen.»

Der Commissario stellte das Schmuckkästchen wieder weg.

«Der junge Mann an der Rezeption Ihres Hotels hat zu Protokoll gegeben, daß Sie am Todestag Ihres Freundes völlig durcheinander ins Hotel zurückgekommen seien. Wörtlich heißt es ...», er griff nach einem Blatt Papier, «... verwirrt, mit verschmutzten Kleidern wie nach einem Handgemenge.»

«Es hat geregnet. Ich war völlig durchnäßt.»

«Ah ja, durchnäßt, vom Regen.»

«Glauben Sie mir nicht?»

«Signora, wenn Sie uns etwas verschwiegen haben sollten, noch ist es Zeit, Ihre Aussage zu korrigieren.

«Verdächtigen Sie mich etwa ...?»

«Ich verdächtige jeden, der ein Motiv hat. Und eine Erbschaft in dieser Höhe ist ein Motiv.»

Anna überhörte die Bemerkung und fragte: «Wann wird er beerdigt?»

«Übermorgen. Die Bestattung ist auf vier Uhr nachmittags angesetzt. Ich werde auch dasein.»

※ ※ ※

René und Helmut waren mit der Mittagsmaschine von Antwerpen gekommen. Anna hatte sie am Airport abgeholt. Die Begrüßung war herzlich und dennoch steif.

«Wo ist John?»

«Wir haben ihn nicht erreicht», sagte René. «Seine Sekretärin sagte uns, er sei in London, ständig unterwegs in irgendwelchen Konferenzen.»

Beim Bahnhof stiegen sie um vom Airport-Bus auf ein Vaporetto und fuhren den Canal Grande hinunter. Die Herbstsonne war durch die Wolkendecke gedrungen, hatte Farbe auf die grauen Fassaden der Palazzi gelegt.

Anna hatte den Freunden erzählt, was sich ereignet hatte. Nun fuhren sie schweigend dahin. Angesichts des Todes verstummen unsere Alltagsgespräche. Es gab nichts mehr zu sagen.

Ein paar Burschen vom Markt, die bei der Rialto-Brücke zugestiegen waren, erkannten Anna wieder und riefen mit Blick auf René und Helmut: «Wenn einer von ihnen frech wird, sag uns Bescheid, dann setzen wir ihn wieder an Land wie letzten Mittwoch!»

«Was sind das für Leute?» fragte René. «Und was erzählen sie da? Wer ist frech geworden, und wen haben sie an Land gesetzt?»

«Ach, sie verwechseln mich mit irgend jemand», sagte Anna, aber es war allzu offensichtlich, daß sie log.

Später im Hotel, als Anna in der Halle mit dem Bestattungsunternehmer telefonierte und die Männer nach oben gingen, sagte Helmut zu René: «Hast du das gehört? Sie haben sich gestritten, so sehr, daß die Leute auf dem Schiff Anna zu Hilfe eilen mußten. Ob Anna ihn …?»

«Na hör mal, du spinnst ja wohl», sagte René. «Wie kannst du auch nur einen Augenblick annehmen, Anna könnte Sylvano erschlagen haben? Eine Ohrfeige, gut, so etwas soll in den besten Familien vorkommen. Aber den Schädel einschlagen … Anna? Welchen Grund sollte es für solch eine Wahnsinnstat geben? Kannst du mir einen nennen?»

«Ja. Notwehr.»

«Notwehr? Du meinst, er wollte sie vergewaltigen am hellichten Tag auf der Straße, bei Regen, und sie wollte nicht und hat ihn erschlagen?» Es klang höhnisch.

«Vielleicht war er krank. Auf jeden Fall dachte er öfter an den Tod, als es für einen Mann seines Alters üblich ist. Weißt du, daß er sich mit dem Gedanken trug, einen jungen Menschen zu adoptieren, damit seine Güter nicht verlorengingen?»

«Aber muß er deshalb gewalttätig gewesen sein?»

«Sein Zustand, die Erregung, die Anna ohne Zweifel in ihm ausgelöst hat, und nicht zuletzt sein Temperament. Vergiß nicht, er ist ein Landsmann des Mohren von Venedig. Wie hätte Desdemona gehandelt, wenn sie Zeit zur Gegenwehr gehabt hätte?»

* * * *

Lautlos glitt das nachtschwarze Bestattungsboot mit Sylvanos Sarg heran. Ein Kranz mit roten und weißen Nelken lag darauf. Vier Männer mit Schirmmützen hoben den Toten auf und trugen ihn die flachen Stufen empor, den Kiesweg entlang zu einem frisch ausgehobenen Grab neben der letzten Ruhestätte seiner Familie.

Anna im weißen Regenmantel wirkte zwischen den schwarzgekleideten Männern wie eine Braut. Wer hat schon Trauerkleidung im Gepäck, wenn er auf Hochzeitsreise geht.

Außer dem Commissario und der Dottoressa waren der Avvocato Piatti und seine Gattin erschienen. Ein junger Priester vollzog das Totenritual.

«Hier in Venedig wird man alt», hatte Sylvano gesagt. «Hier wird spät gestorben.» Das war keine Woche her.

«*Sei venuto dall'aqua, e all'aqua ritorni*. Aus dem Wasser kommst du; zum Wasser kehrst du zurück», sagte der Priester. Und dann legten sie Sylvano in dem schwarzen Schlamm der Lagune zur letzten Ruhe.

Die Möwen kreischten, und das Nebelhorn eines Öltankers auf dem Weg nach Mestre wehte wie ein Klagelaut über die Toteninsel. Mit dem Polizeiboot fuhren sie zurück nach San Marco.

Der Commissario bat Anna, noch zu bleiben, bis die Untersuchung abgeschlossen sei: «Sie würden uns einen großen Dienst erweisen.»

Anna aber bestand darauf, noch am gleichen Tag mit der letzten Maschine nach Brüssel zurückzufliegen.

«Ich bin dort jederzeit zu erreichen.»

«Was ich Ihnen noch sagen wollte», meinte der Commissario. «Es hat sich eine Zeugin gemeldet, eine junge Frau, die Sylvano Piatti zur Tatzeit gesehen haben will, nur wenige Meter von der Stelle entfernt, an der wir seine Leiche gefunden haben. Er war dort in Begleitung eines Mannes. Sie sagt, sie hätten sich angeschrien.»

«Was für ein Mann?»

«Er trug einen schwarzen Hut und trotz des Regens eine dunkle Sonnenbrille.»

Vierundzwanzigstes Kapitel

Der Winter war früh in Flandern eingefallen.

Morgens leuchtete der erste Schnee auf der Place du Grand Sablon. Die Platanen im Parc du Cinquantenaire trugen weiße Zipfelmützen. Die Melancholie der lichtlosen Jahreszeit lag auf dem Land und auf den Menschen. Gibt es Trostloseres, als morgens aufzustehen und Licht anzuschalten? Die Schreibtischlampe beim Fenster brannte den ganzen Tag.

«Zwei unserer Übersetzerinnen sind krank geworden», sagte Helmut. «Wir brauchen dringend Ersatz für die Agrardebatte. Hättest du nicht Lust einzuspringen?»

Natürlich wußte Anna, daß Helmut schwindelte. Sie wurde nicht wirklich gebraucht. Er wollte sie ablenken. Sie sagte zu.

Der Plenarsaal, in dem die Agrardebatte stattfand, wirkte auf Anna wie einer dieser modernen Konzertsäle mit hölzerner Vertäfelung, ein Circus Carajani, wie die Berliner ihre Philharmonie nennen. Und ein Zirkus war es wirklich.

In der Mitte, dort, wo sich im richtigen Zirkus die Manege befindet, saßen die Abgeordneten auf ansteigenden Rängen. Wie Schwalbennester klebten die gläsernen Kabinen für die Simultandolmetscher an der Stirnwand des Saals.

Die Agrardebatte erstreckte sich über mehrere Tage und Nächte, ununterbrochen in einem Stück, eine Art Marathonlauf, bei dem diejenigen den Sieg davontrugen, die den wenigsten Schlaf benötigten. Die Entscheidungen fielen nicht vor dem zweiten Tag im Morgengrauen, wenn die letzten, die die Stellung noch hielten, nur noch von dem Wunsch erfüllt waren: Ich will nach Hause. Ich kann nicht mehr.

Am ärgsten aber waren die Übersetzer dran, die sich zu zweit eine Zelle teilen mußten, zum einen, weil es in den Kabinen so eng war, daß sich beim Gegenübersitzen ihre Knie berührten, zum anderen, weil sie als einzige ständig hellwach sein mußten, um jede Äußerung, und sei sie noch so banal, in ihre Sprache zu übertragen.

Redete gerade ein Spanier, so mußte ein Übersetzer seine Worte auf englisch wiedergeben, gleichzeitig ein anderer auf finnisch, und so fort. Bei fünfzehn Mitgliedstaaten waren das vierzehn Übersetzer.

Meldete sich ein Däne zu Wort, so waren wieder vierzehn andere Dolmetscher gefordert, die in der Lage waren, Dänisch in ihre Muttersprache zu verwandeln. Selbst wenn einige von ihnen mehrere Sprachen beherrschten, ergab das eine Armee von Übersetzern, zumal alle Positionen mehrfach besetzt waren, falls mal einer zur Toilette mußte oder eingenickt war.

Anna konnte aus ihrer Kabine das Schlachtfeld in ganzer Breite überblicken. Sie sah auf schwergewichtige Männer mit beachtlichen Sitzfundamenten, Figuren à la Buddha und Bangemann, geübt im Aussitzen von Problemen wie der deutsche Kanzler Helmut Kohl.

Verschwitzt, unrasiert, in Hemdsärmeln, die Krawatten auf Halbmast, erweckten sie Mitleid. Anna ahnte, warum es so wenig Frauen unter ihnen gab. Für diese stupide Lebensform waren Frauen einfach ungeeignet. Um hier erfolgreich zu sein, braucht man die Mentalität wiederkäuender Kühe. Männer sind wie Löwen! Plumpe, massige Seelöwen an Land. Krokodile und Kröten vermochten so abwartend und leblos zu verharren, winterschlafmüde Fledermäuse.

Endlich waren die Quoten für Oliven, Milch und Schlachtschweine ausgehandelt. Anna hatte nur wenig dazu beigetragen.

Im ersten Tageslicht kehrten die Straßenfeger auf der Place du Grand Sablon das trockene Laub zusammen, das der Wind über Nacht herbeigeweht hatte. Anna sah ihnen zu und dachte: Ihr wißt gar nicht, was für eine interessante Tätigkeit ihr ausübt.

✳ ✳ ✳ ✳

So wie sich Störche und Schwalben zu bestimmten Zeiten des Jahres zusammentun, um gen Süden zu ziehen, so versammeln sich einmal im Monat Hunderte von Eurokraten, um für eine Woche nach Straßburg zu gehen. Das Phänomenale dabei sind die Zirkuswagen, die dabei in Aktion treten, unzählige riesige Lastzüge, eine Kolonne so lang wie die vom chinesischen und vom Moskauer Staatszirkus zusammen. Sie transportieren tonnenweise Kisten voller Dokumente in fünfzehn Sprachen von Brüssel nach Straßburg, falls sie dort jemand einzusehen wünscht, was für das einzelne Aktenstück so wahrscheinlich ist wie ein Hauptgewinn für einen Teilnehmer beim Lotto.

«Dieser Irrsinn basiert auf einem Beschluß aus dem Jahr 1965», erklärte Helmut. «In ihm wurde festgelegt: Luxemburg, Brüssel und Straßburg bleiben vorläufige Arbeitsorte der Organe der Gemeinschaft. Jeder Versuch, die Plenartagungen von Straßburg nach Brüssel zu verlegen, wo sich die meisten Abgeordneten ohnehin mindestens zwei Wochen im Monat aufhalten müssen, ist von Paris und Luxemburg blockiert worden, nach dem Motto: Einmal erkämpfte Positionen werden nicht aufgegeben. Prestige geht über Vernunft, egal, was es kostet, und der Euro-Zirkus kostet uns Monat für Monat einen zweistelligen Millionenbetrag. Während ein Teil der Eurokraten unter dem zigeunerartigen Umherziehen leidet, erfreut sich die andere Hälfte an den zusätzlichen Privilegien, die ihnen die monatliche Reise gewährt.

Straßburg ist ein nicht versiegender Quell pikanter Gerüchte und aufregender Spielchen. Tür an Tür im gleichen Hotel bietet sich natürlich die Gelegenheit, seine Sekretärin etwas näher kennenzulernen. Ehemänner genießen die monatliche Einberufung nach Brüssel als Freigang. Und ähnlich wie bei den Konzilen des Mittelalters werden auch heute in Straßburg die hohen Herren von Mädchen aus aller Welt erwartet. Ihre Adressen werden unter Freunden gehandelt wie todsichere Börsentips.»

Das Hotel, in dem Anna gemeinsam mit einem Dutzend anderer Übersetzerinnen untergebracht worden war, lag am Rand der Altstadt beim malerischen Gerberviertel.

«Klein, aber Klasse», hatte Helmut gesagt, als sie ihm die Adresse per Telefon mitgeteilt hatte. Er mußte in Brüssel bleiben, um in einem Normenausschuß neue Richtlinien für Motorradzubehörteile zu erarbeiten. René wollte am Abend von Paris aus nachkommen.

Da es um diese Jahreszeit nur wenige Touristen in Straßburg gab, gehörten die Restaurants und Kneipen der Altstadt den Eurokraten fast ganz allein. Dort saß man nach Einbruch der Dunkelheit in kleinen Zirkeln zusammen, um zu trinken, zu flirten und natürlich auch, um den letzten Klatsch aus der Kommission zu erfahren. Zwei Untergebene Bangemanns verrieten Anna, daß sie seit über einem Jahr mit dem Bau seiner Segelyacht beschäftigt seien. Mit ihr wolle der Chef nach Aufgabe seines hohen Amtes um die Erde segeln. Das sei wohl auch die einzige Steigerung, die nach Brüssel noch denkbar wäre.

Eine Dolmetscherin aus Dortmund schilderte, welch ein Alptraum es sei, abkommandiert zu werden, um Helmut Kohls Gestammel in eine andere Sprache zu übersetzen. Am unglaublichsten aber fand sie, daß der Kanzler in seinem Gefolge einen Mann mit sich führe, der ihm die Schnürsenkel binden müsse, weil der Dicke nicht mehr an seine Füße käme.

Eine Sekretärin wußte zu berichten, daß sich in dem Zimmer, das Anna jetzt bewohnte, im Mai eine dramatische Eifersuchtsszene abgespielt hätte, als die Gattin eines griechischen Abgeordneten ihren Mann mit dessen Vorzimmerdame im Bett überrascht hatte. Sie sorgte für einen handfesten Skandal.

Anna fragte René: «Ist Straßburg wirklich so ein Sündenbabel, wie sie alle behaupten?»

«Das kommt darauf an, was du darunter verstehst.»

«Werden hier die Sekretärinnen reihenweise von ihren Bossen vernascht?»

«Das soll zwar vorkommen», sagte René, «ist aber wohl doch die Ausnahme. Wer sich auf so etwas einläßt, ist erpreßbar. Und einer, der so hoch auf der Erfolgsleiter sitzt, riskiert seinen Platz an der Sonne nicht für einen Seitensprung mit einer Angestellten. Da gibt es Besseres.»

«Prostitution?»

«Das ist ein häßliches Wort.»

«Wie würdest du das nennen?» fragte Anna.

«Erotische Aufladung.»

«Kannst du mir das etwas näher erklären?»

«Ich werde es dir zeigen», sagte René.

«Im übrigen blüht die Bestechung im doppelten Wortsinn nirgendwo ungehemmter als hier. Beamte, die Bestechungsgelder empört ablehnen würden, lassen sich wie die Ärzte von der Pharmaindustrie von zahlungskräftigen Lobbies mit erotischen Abenteuern ködern.«

* * * *

Ein Taxi brachte sie an den Rand der Stadt. Kein Hinweisschild an der Villa hinter hoher Hecke wies darauf hin, daß es hier einen Club oder eine Bar gäbe. Man mußte läuten, um eingelassen zu werden. Ein Kahlköpfiger mit enormer Schulterbreite stieg vor ihnen die geschwungene Treppe in den ersten Stock empor.

Sie kamen in einen Raum, der wohl die ganze obere Etage einnahm. Seine eine Schmalseite wurde von einer Bar beherrscht, die andere von einer Bühne mit einem Bett und diversen Spiegeln.

Gedämpftes Licht und dunkle Holzvertäfelung gaben dem Raum eine intime, fast feierliche Atmosphäre.

Die Plätze an den Tischen waren bereits besetzt. Anna und René fanden zwei hohe Hocker am Bartresen. Es wurde nur Champagner ausgeschenkt. Die meisten Besucher waren Männer. Die vorherrschende Sprache war Französisch. Der Barkeeper hatte gerade ihre Gläser gefüllt, als aus irgendwelchen verborgenen Tonquellen leise Musik ertönte. Ein Scheinwerfer tauchte das Bett auf der Bühne in warmes Rot. Plötzlich waren da auch ein Mann und ein Mädchen, beide nur mit einem Bademantel bekleidet.

Der Mann erinnerte Anna an Nurejew, den russischen Tänzer: hervorstehende Backenknochen unter schwarzen Locken.

Das Mädchen war offensichtlich ein Halbblut von schokoladenbrauner Hautfarbe mit vollen Lippen und schulterlangem Haar.

Im Gegensatz zum üblichen Striptease, bei dem die Entkleidung mit genüßlicher Verzögerung betont langsam vor sich geht, streiften die beiden ihre Bademäntel ab wie zwei Boxer im Ring. Darunter waren sie nackt. Beide waren von auffallend schöner Gestalt. Sie wußten um ihre erotische Wirkung und ließen sie auf die Zuschauer wirken. Dennoch taten sie so, als wären sie allein im Raum.

Die Frau war von Anfang an erregt. Zumindest spielte sie diese Rolle sehr überzeugend. Sie übernahm die Führung in diesem aufregenden Spiel, umwarb ihren Partner mit Küssen und Liebkosungen unter Einsatz ihres ganzen Körpers. Sie verwöhnte ihn mit Händen, Lippen und Zunge, setzte ihre Brustwarzen wie Waffen ein, liebte, lockte, leckte ihn, verschaffte ihm eine unglaubliche Erektion.

Natürlich hatte Anna dergleichen schon in Sexfilmen gesehen. Aber das hier war wirklich, hautnah lebendig. Die beiden Akteure spielten ihre Rolle so gut und voller Hingabe, daß ihre Erregung auf die Voyeure übersprang. Wie gebannt lagen alle Blicke auf dem Paar. Nur der keuchende Atem des Mannes und das lustvolle Stöhnen der Frau war zu vernehmen. Der Mann spielte auf der Frau wie auf einem Instrument. Von Zeit zu Zeit wechselte er die Position, drehte sie um, legte sie auf den Rücken oder hob sie sich auf den Schoß. Dann war sie es, die ihn ritt, ihre blaßbraunen Gesäßbacken gierig auf und ab bewegte. Trotz der Zuschauer schien sie es zu genießen. Ihre dunklen Brustwarzen waren so steil aufgerichtet wie die Rute des Mannes.

«Warum sehen sich die Menschen so etwas an?» fragte Anna auf der Rückfahrt in der Taxe.

«Fandest du es nicht aufregend?»

«Doch. Aber warum sehen sie es sich an?» wiederholte Anna ihre Frage. «Wir gehen doch auch nicht in Restaurants, um zuzusehen, wie andere essen.»

«Es ist wie beim Tennis, wo Millionen von Zuschauern vor den Bildschirmen den zwanzig besten Tennisspielern der Welt zusehen, um darüber ihren eigenen erbärmlichen Aufschlag zu vergessen», meinte René. «Die meisten Menschen führen ein langweiliges Leben. Sie konsumieren Abenteuerfilme als Lebensersatz, Pornos als Liebesersatz. Wir leben in einer Gesellschaft, die immer mehr weiß und immer weniger kann. Die Menschen, die du heute abend gesehen hast, suchen keine Befriedigung, sondern Stimulanz.»

«Ist das nicht das gleiche?»

«Nein. Sie suchen nicht Sex, weil sie geil sind, sondern sie sehnen sich danach, geil zu sein, weil sie so gut wie impotent sind. Und wenn sie scharf sind, gehen sie nach Hause zu ihren Frauen oder machen es sich selbst. Ohne Zeugen der eigenen Schwäche bewahren sie sich so ihre Illusion von einem erfüllten Liebesleben.»

«Du kannst doch nicht von den paar Lustmolchen in der Villa auf alle schließen.»

«Das ist nur eine Frage des Geldes», sagte René. «Die sich die Show nicht live leisten können, befriedigen sich vor ihren Videogeräten oder bedienen sich des Telefonsex. Unsere Orgasmen werden immer einsamer.»

«Gilt das auch für die Elite von Brüssel?»

«Für die ganz besonders. Wer im Hotel Metropole Austern ißt, seine Rotweine vom Baron Rothschild zugeschickt bekommt und seine Zigarren von Harrods, der stellt auch an seine erotischen Genüsse hohe Anforderungen, vielleicht seinem Alter und Amt entsprechend zu hohe. Aber glaube mir, ehe ein Gourmet sich mit minderwertigem Fleisch in einem Schnellimbiß herumärgert, macht er es sich lieber selbst daheim, einfach, aber gepflegt.»

«Du sprichst von den Männern, nehme ich an?»

«Mit den Frauen in der Europäischen Kommission verhält es sich nicht anders», fuhr er fort. «Nirgendwo in der Welt gibt es so viele frustrierte Frauen wie in Brüssel.»

«Und woran liegt das?» fragte Anna.

«Sekretärinnen, Übersetzerinnen und was weiß ich, sie alle wurden unter Hunderten von Bewerberinnen aus allen Teilen Europas ausgesucht. Sie wissen, daß sie zu den Besten ihres Fachs gehören. Hochbezahlt, in Wohnungen lebend, die sie sich daheim nicht leisten könnten, von der Lobby hofiert, von Vorrechten verwöhnt, von der Höhe ihres Amtes geadelt, sind diese Elitefrauen für jeden normalen Mann verloren. Wer mit hohen Kommissaren und Spitzenpolitikern aus ganz Europa verkehrt, läßt sich nicht mehr mit irgendwem ein. Sie halten es wie die Klosterfrauen, die sich als Bräute Christi nur dem Höchsten hingeben und auf profanen Sex verzichten.»

«Wenn man dich so reden hört», sagte Anna, «könnte man meinen, daß die Sexualität eine vom Aussterben bedrohte Spielart ist.»

«Das ist sie auch», sagte René, «zumindest, was uns Männer angeht. Wir werden immer überflüssiger. Für die Fortpflanzung, unserer wichtigsten biologischen Aufgabe, werden Männer nicht mehr wirklich benötigt, zumindest nicht in der großen Zahl, in der sie die Erde bevölkern. Die Ejakulation eines einzigen gesunden Mannes reicht aus, um den gesamten Nachwuchs Europas zu erzeugen.»

«Das wäre wider alle Natur.»

«Keinesfalls», widersprach René. «Bei der Bienenkönigin reicht der Samenstoß einer einzigen Drohne für Tausende von Bienen. Aber es geht auch ganz ohne Männer. Im Reagenzglas funktioniert die Jungfernzeugung heute schon.»

«Du liest zu viele Science-fiction-Romane», meinte Anna.

René erwiderte: «Wir Männer werden immer mehr zu Frauen umfunktioniert.»

«Wie soll ich das verstehen?»

«Es sind vor allem die Väter, die die Geschlechterrolle ihrer Kinder definieren. Sie wollen anschmiegsame Töchter, aber Söhne, die ganze Männer sind. Für Mütter spielen diese signifikanten Geschlechtsunterschiede kaum eine Rolle. Eine Mutter vermag sich mit einem schwulen Sohn leichter abzufinden als der Vater. Jungen ohne anwesende Väter entwickeln sich androgyn, sie verweiblichen. Das ist erwiesen. Bei uns in Frankreich gibt es über eine Million alleinerziehende Mütter, in Deutschland sollen es doppelt so viele sein. Ein Heer weiblicher Männer wächst derzeitig in Europa heran. Sie werden Europa mehr verändern als alle Beschlüsse, die wir heute in Brüssel fassen.»

«Was gefällt dir daran nicht?» fragte Anna. «Ein feminines Europa wird ein friedliches Europa sein. Penetration ist ein aggressiver Akt.»

«Das mag schon so sein», sagte René, «aber je größer der Unterschied zwischen zwei Polen, um so höher die Spannung. Lahme Libido ist heute schon ein Massenphänomen mit eigener medizinischer Bezeichnung: LSD für Lower Sexual Desire. Aber laß erst mal die neue Generation von Mädchen-Männern heranwachsen.»

«Das ist ja die reinste Apokalypse, die du da verkündest», lachte Anna.

«Es kommt noch schlimmer. Anstatt den nachlassenden Sextrieb mit allen möglichen Freiheiten anzustacheln, werden ihm auch noch moralische Fesseln angelegt. In Amerika, das wie immer aller Entwicklung ein paar Jahre vorauseilt, gibt es schon heute sexuelle Verhaltensvorschriften für Männer. Gebote der Sexual Correctness. In ihnen wird den Studenten und Professoren einer Universität vorgeschrieben: Wenn der Level sexueller Intimität während einer erotischen Annäherung wächst, müssen die beteiligten Personen vor jedem Level ihr klares verbales und freiwilliges Einverständnis abgeben: Darf ich dich küssen? Auf den Mund? Willst du das auch wirklich ausziehen?»

«Du willst mich auf den Arm nehmen», lachte Anna. «Das gibt es nicht.»

«Glaube mir, es ist die Wahrheit. Männer dürfen nicht mehr so sein, wie es die Natur von ihnen verlangt. Weißt du, was das heißt? Das männliche Hormon Testosteron erzeugt Lust, Aggression und Konkurrenzneid auf andere Männchen. Alle drei Eigenschaften sind fundamentale Bausteine unserer Evolution. Lust sorgt für Nachwuchs. Aggression erzeugt Kampfbereitschaft, bietet der Sippe Schutz. Konkurrenzneid ist die Triebfeder für Fortschritt und kapitalistischen Wohlstand.

Wir wissen, was mit einer Glühbirne passiert, der man den Strom abschaltet. Was aber geschieht mit einer Gesellschaft, die einen ihrer stärksten Triebe verliert?»

«Du übertreibst», sagte Anna.

«Männer dürfen nicht mehr Männer sein», beharrte René. «Ein Mann kann für ein bißchen Anfassen oder eine frivole Bemerkung seinen Job verlieren oder eingesperrt werden. Sogar im eigenen Ehebett droht uns Bestrafung wegen Vergewaltigung, wohlgemerkt nur uns Männern. Bei der Frau kam der Gesetzgeber erst gar nicht auf den Gedanken, daß es so etwas geben könnte.»

«Hast du je von einer Frau gehört, die ihren Mann vergewaltigt hat?» fragte Anna.

«Hast du je von einer gehört, die das nicht tut?» hielt René dagegen. «Männer werden ständig von Frauen vergewaltigt mit Zärtlichkeitsentzug, Tränen und tausend anderen Tricks. Der psychologische Terror ist unvergleichlich effektiver als alle Gewalt, so steht es bei Mao, und sein Erfolg gibt ihm recht.

Sex ist eine scharfe Waffe. Sie vermittelt einer raffinierten Frau unbegrenzte Macht über Männer. Aber diese Waffe wird von Tag zu Tag stumpfer. Erotische Abrüstung bis zur Impotenz.»

Anna dachte eine Weile nach. Dann sagte sie: «Nach allem, was du mir da eben erzählt hast, wird mir immer bewußter, daß jede Frau mehrere Gatten braucht. Immer mehr Männer werden impotent, und die, die noch können und wollen, werden immer unfruchtbarer. Nur mehrere Männer garantieren die Mutterschaft.»

Wieder in ihrem Hotelzimmer, dachte Anna: Dieser Schwätzer hat nicht einmal den Versuch unternommen, mich zu verführen. Bin ich so reizlos oder liegt das wirklich an der allgemein lahmen Libido? Wie hatte er das genannt? LSD, Lower Sexual Desire. Ob es so etwas gibt? Sie würde es herausfinden.

Fünfundzwanzigstes Kapitel

Schon im Treppenhaus hörte René, daß Anna Besuch hatte. Er schloß die Tür auf. Da war Annas fröhliches Lachen und dazu diese Männerstimme, die er nicht kannte. Zigarrenduft wehte ihm entgegen, der Duft seiner eigenen, wenn er sich nicht täuschte. Er schlug die Wohnungstür zu, lauter, als es seine Art war, und wartete noch einen Augenblick, bevor er ins Wohnzimmer ging. Sie saßen nebeneinander auf dem Sofa.

224

Anna erhob sich rasch und sagte zu dem Fremden: «Darf ich dir einen Freund vorstellen.»

«Hast du schon wieder einen anderen?»

«Wieso?»

«Das ist nicht der, der mich in der Schweiz aufgesucht hat.»

«Ach, Sie sind gewiß Annas Großvater», entfuhr es René.

Der Alte überhörte die Bemerkung. Er betrachtete René und fragte: «Sie sind auch einer von den Eurokraten?»

«Ja.»

«Sie sind Franzose. Das ist gut. Die Franzosen sind mir sympathischer als die Deutschen. Die Deutschen wollen Europa wie im Blitzkrieg vereinigen. Sie wollen alles sofort und total. Das ist aber nicht das, was die Menschen im übrigen Europa wollen, denn sie fürchten den synthetischen Superstaat, der zusammenschweißen will, was nicht zusammenpaßt. Und diese Angst ist so abwegig nicht.»

«Ach, laßt uns doch jetzt nicht politisieren», meinte Anna.

«Magst du auch ein Glas Wein?»

Und als René darum bat, sagte sie: «Ich habe Roman eine von deinen Zigarren angeboten.»

Roman zog an der Zigarre und meinte: «Mit der europäischen Einigung verhält es sich wie mit den Kreuzzügen.»

«Ich sehe da keinen Zusammenhang», sagte René.

«Ein Milliardengeschäft, das sich prächtig als Ideal aufmotzen läßt. Billiges Olivenöl wird als Spitzenöl verrechnet. Getreidesilos und Schafherden, die es gar nicht gibt, werden subventioniert. Fleisch wird mehrmals exportiert und importiert, um Prämien zu kassieren.»

René wollte etwas einwenden, doch der Alte fuhr unbeirrt fort: «Die Landwirtschaft wird subventioniert, der Bergbau, Werften, die Stahlkocher, Fischereiflotten, Fluggesellschaften. Wann subventioniert ihr endlich die Maler?»

«Warum sollten wir das tun?» lachte René.

«Nun, es wäre nicht weniger sinnlos wie die Subvention von maroden Werften und Fabriken, die trotz millionenstarker Unterstützung pleite gehen. Europa ist ein Milliardengrab. Zuschüsse werden in Produkte gesteckt, die nicht gebraucht werden, die keiner haben will.»

«Und was soll das sein?»

«Unsere Massentierhaltungen produzieren mehr Fleisch, als wir benötigen. Um diese Fleischberge doch noch an den Mann zu bringen, wird Schlachtvieh, das außerhalb der europäischen Union verkauft wird, hoch subventioniert, besonders hoch, wenn das Tier lebend ins ferne Ausland verfrachtet wird. Der fetten Prämien wegen werden lebendige Tiere auf Containerschiffen übereinandergestapelt, um im Libanon oder sonstwo verschachert zu werden.»

«Ist das wahr?» fragte Anna.

«Brüssel ist extrem tierfeindlich», sagte der Alte. «Würde man unsere Kühe und Schweine artgerecht halten, so müßten wir sie nicht außerhalb Europas verschleudern. Wir würden den Tieren das Martyrium ersparen und uns die Subventionen. Wer keine Tiere mag, mag auch keine Menschen, sagen die Schweizer, und sie haben recht. Menschen behandelt ihr auch nicht besser.»

«So, so», sagte René, dem das Gerede allmählich auf die Nerven ging. Roman fuhr unbeirrt fort: «Wenn einem Menschen zehn Mark weggenommen werden, ruft er nach der Polizei. Die Abschaffung unserer Währungen aber müssen wir euch Eurokraten überlassen. Keiner weiß, wie das Experiment enden wird. Das Lager der Experten, die den Euro-Dollar für den Grundstein allen Wohlstandes halten, ist nicht größer als das derjenigen Experten, die vor unüberlegten Entschlüssen warnen.»

Als Anna für kurze Zeit den Raum verließ, fragte Roman: «Wie komme ich in dieser Stadt an ein Modell?»

«Zum Malen?»

«Nein, nicht zum Malen, zum Studieren. Als Aktmaler muß ich sehen, daß ich den Kontakt zum Akt nicht verliere. Im Alter nimmt das Gedächtnis ab, und in den Bergen sind Aktmodelle so häufig wie Gemsen in Brüssel. Ich brauche ein wohlgestaltetes Mädchen, mit dem ich mich näher befassen kann.»

René nannte ihm die Stelle an der Avenue de Louise, wo die Mädchen vom Straßenstrich standen.

«Aber doch nicht im Auto», sagte Roman.

«Dann sollten Sie zum Gare du Nord gehen. Jeder Taxifahrer kennt die Adresse.»

«Welche Adresse?» fragte Anna, die in diesem Moment zurückkehrte.

«Die Adresse vom Musée royal d'Art ancien», sagte der alte Ropaski. «Wenn ich schon mal von meinem Berg herabsteige, will ich doch die Gelegenheit nutzen, mich von den Musen küssen zu lassen.»

* * * *

Anna unternahm lange Spaziergänge. Sie hatte gar nicht gewußt, daß es so viele Löwen in Brüssel gab. Überall begegnete sie ihnen. Rund um das königliche Schloß lagerten sie, überlebensgroß in Stein, als Denkmäler, als Brunnenfiguren, auf Wappen, über Portalen als monumentale Mahnung: Männer sind wie Löwen.

Aber waren sie das wirklich? John benahm sich wie ein Fremder. Er brachte ihr Blumen, weiße Orchideen, leblos wie Grabschmuck.

«Geht es dir gut, Anna?»

Er sprach über seine Arbeit, behandelte sie steif mit Respekt. «Was macht deine literarische Arbeit? Liest du uns mal was vor?»

Kein Wort über ihre Begegnung in Venedig.

Zu Isabel sagte Anna: «Sie behandeln mich wie eine trauernde Witwe. Ihre Gesichter sind voller Beileid. Sie benehmen sich so, als hätten nicht sie einen Freund, sondern ich einen Ehemann verloren. Wenn sie mich in den Arm nehmen, dann so wie einer, der seine Mutter im Altenheim besucht. Und gerade jetzt hätte ich ein wenig Wärme bitter nötig.»

Die beiden Frauen saßen in ihrem Stammcafé in der Gallerie du Roi und beobachteten die Menschen, die bepackt mit Tüten und Schachteln ihre Weihnachtseinkäufe erledigten.

«Ich habe das Gefühl», sagte Anna, «mein Roman geht zu Ende, bevor er richtig begonnen hat.»

«Romane beginnen nicht und gehen nicht zu Ende. Romane werden verfaßt. Du bestimmst den Gang der Dinge. Überall in der Natur übernimmt das Weibchen die Führungsrolle beim Liebesspiel.»

«Die Frau? Wieso die Frau? Werben nicht die Männchen um die Gunst der Weibchen? Die Nachtigall muß schluchzen, der Auerhahn muß tanzen, bis die Henne ihn erhört.»

«Ja, aber du vergißt etwas ganz Entscheidendes. Die Balz wird immer und ausschließlich von den Weibchen ausgelöst. Um die Aufmerksamkeit der Männchen zu finden, müssen sie heiß sein. Und wie heiß! Sie müssen überfließen vor Geilheit, nicht nur in ihrem Verhalten, sondern auch in ihrem Aussehen. Ihre Brunft muß die Männchen auf weite Distanz erreichen und erregen. Das ist eine elementare Tatsache, die den meisten Menschenfrauen abhanden gekommen ist. Die Balz wird vom Weib ausgelöst. Sie muß ihm signalisieren, daß sie ihn will. Wie sie das macht, bleibt ihr überlassen: Reizwäsche, herausfordernder Gang, verführerischer Duft, der richtige Augenaufschlag, lauter Brunftsignale, auf die ein Mann anspringt und die im Gegensatz zu den meisten Ehefrauen jede Hure beherrscht, denn sie lebt vom Anlocken des anderen Geschlechts.

Eine Frau, die sich hinlegt und darauf wartet, daß sich ihr Partner in einen feurigen Liebhaber verwandelt, hat die elementarsten Zusammenhänge der Sexualität nicht begriffen. Männer wollen, müssen gereizt werden, um eine brauchbare Erektion zu kriegen, um brunftig zu werden. Es ist deine Aufgabe, das leckgeschlagene Schiff wieder ins Fahrwasser zu bringen.»

«Gut gesagt, aber wie?»

«Laß dir was einfallen.»

«Was würdest du an meiner Stelle machen?»

«Ich würde meine Männer zusammenrufen und ihnen mitteilen, daß ich schwanger bin.»

«Schwanger?» Anna stand für einen Augenblick vor Überraschung der Mund offen. «Sag mal, bist du verrückt? Schwanger, wovon denn? Ich habe mit keinem von ihnen etwas gehabt.»

«Das ist auch nicht notwendig», erklärte ihr Isabel. «Jeder von ihnen wird glauben, daß er der einzige ist, der dich nicht gehabt hat. Und glaube mir, diese triste Tatsache wird er auf gar keinen Fall vor den anderen ausbreiten. Es wäre das Eingeständnis, versagt zu haben; und was noch schlimmer ist: als Mann versagt zu haben.»

«Aber jeder von ihnen weiß, daß ich weiß, daß er nicht der Vater sein kann.»

«Um so dankbarer wird er dir sein, daß du ihn trotzdem mit einschließt in den Kreis der potentiellen Väter. Schau, sie sind allesamt gut betucht. Alimentenzahlung schreckt sie nicht. Sie sind in dem Alter, in dem man normalerweise keine Kinder mehr kriegt. Die Aussicht auf einen Sohn oder eine süße kleine Tochter wird ihre Vaterinstinkte auflodern lassen wie einen Flächenbrand. Nichts bindet einen Mann mehr an eine Frau als ein gemeinsames Kind.»

«Aber es ist ja kein gemeinsames Kind. Jeder von ihnen weiß, daß es nicht von ihm ist.»

«Wenn du mit allen geschlafen hättest, wüßte auch keiner von ihnen, ob er der Vater ist», sagte Isabel.

«Aber», widersprach Anna, «hast du nicht behauptet, die meisten Männchen der Ordnung Säugetiere seien so ausschließlich auf die Weitergabe ihrer eigenen Gene erpicht, daß sie alle Jungtiere, die nicht von ihnen sind, umbringen?»

«Ja, bei den Löwen.»

«Männer sind wie Löwen. Das ist auch von dir.»

«Im Kampf um die Weibchen, aber nicht im Umgang mit Kindern. Nein, glaube mir, sie werden sich so verhalten wie an der Wiege ihres vereinten Europas. Obwohl jeder von ihnen weiß, daß das neue Europa nichts von ihm haben wird, tun sie alle so, als wären sie die Väter.»

Anna trank ihren Kaffee aus und sagte: «Das klingt alles sehr überzeugend, aber so etwas bringe ich nicht fertig.»

«Was bringst du nicht fertig?»

«Sie dermaßen zu belügen.»

«Hast du noch nie einem Mann etwas vorgemacht?»

«Doch, aber das ist etwas anderes.»

Isabel sagte: «*Le falsita non dico mai, ma la verita non a agnuno.* ‹Ich lüge nie, aber ich sage nicht allen die Wahrheit.› Du wirst deine Männer nicht belügen. Du behältst nur die Wahrheit für dich.»

«Welche Wahrheit?»

«Daß die Urinprobe für den Schwangerschaftstest nicht von dir ist, sondern von meinem irischen Kindermädchen Penny. Sie befindet sich im zweiten Monat. Du gibst beim Gynäkologen ihren Urin mit deiner Adresse ab und läßt dir das Ergebnis zuschicken. Du brauchst deinen Männern den Brief bloß zu zeigen. Das Testergebnis ist keine Lüge, sondern eine Verwechslung. So etwas soll vorkommen. Und niemand wird je davon erfahren.»

«Du bist eine schlimme Schlange», sagte Anna.

«Ich bin eine Menschenfrau. Unser genetisches Erfolgsprogramm beruht auf Verstellung und Irreführung. Erinnere dich an unser Gespräch im Zoo. Seit Hunderttausenden von Jahren halten wir die Männer in Abhängigkeit, indem wir ihnen mit immer prallen Brüsten permanente Scheinschwangerschaft und gleichzeitig permanente Empfängnisbereitschaft vortäuschen.»

In der Nacht erinnerte sich Anna an die Inyanga. Auch sie hatte gesagt: «Ich würde mich schwanger stellen. Nichts bindet einen Mann mehr an eine Frau als ein Kind.»

Sechsundzwanzigstes Kapitel

Sie hatten sich bei Anna getroffen, um gemeinsam Musik zu hören, Advent zu feiern. Kerzen brannten. Ein Duft von Glühwein und Tannennadeln zog durch die Wohnung. Genau an der Stelle des Weihnachtsoratoriums, an der es heißt: Ein Kind ward euch geboren, schellte es an der Tür. Anna ging hinaus, um nachzuschauen.

Sie kehrte in Begleitung von Isabel zurück. In der Hand hielt sie einen Brief. Sie wirkte verstört.

«Schlechte Nachricht?» fragte René.

«Nein, ganz im Gegenteil», sagte Isabel. Sie nahm Anna das Blatt Papier aus der Hand und gab es René. Der warf einen Blick darauf und ließ sich auf den nächsten Stuhl fallen.

«*Mon dieu!*» entfuhr es ihm. «Anna!»

«Was ist denn? Darf man erfahren, was los ist? Nun spann uns doch nicht auf die Folter.»

«Der Befund eines Frauenarztes.»

«Ich war heute nachmittag bei ihm», sagte Isabel. «Er weiß, daß ich mit Anna befreundet bin. Er hat ihn mir mitgegeben. Eine freudige Überraschung.»

«Wir bekommen ein Kind», sagte René.

«Ein Kind? Wir?»

«Ja. Wir bekommen ein Kind. Anna ist schwanger.»

Und die Engel im Oratorium verkündeten es mit jubelnden Stimmen: «Ein Kind ward euch geboren von ganz besondrer Art.»

* * * *

In den nun folgenden Tagen wurde Anna verehrt wie eine Fruchtbarkeitsgöttin. Ihr Appartement versank in Blumen. Sie wurde bemuttert wie nie zuvor in ihrem Leben. Eine Flut von Liebesgaben – oder war es eine Art von Schweigegeld? – brach über sie herein. Drei Möchtegern-werdende-Väter gaben sich die Klinke in die

Hand. Jeder wollte der jungen Mutter so oft wie möglich so nahe wie möglich sein.

«Ich habe ein so schlechtes Gewissen, daß ich ihnen nicht in die Augen schauen kann», sagte Anna zu Isabel. «Ich schäme mich.»

«Das ist gut so. Sie werden deine Scham als Hilflosigkeit auslegen, und das wiederum wird ihr Schuldgefühl dir gegenüber bestärken. Sie werden dich auf Händen tragen.»

«Ich weiß nicht», sagte Anna. «Darf man jemand so täuschen?»

«Wir *dürfen* nicht nur, wir haben die Pflicht zu täuschen, was wir lieben. Was ist die Ehe anderes als liebevolle Verstellung? Glaubst du, man könnte einen Menschen ein ganzes Leben lang lieben, so lieben, daß man keinen anderen mehr begehrt?

Um diesen Anschein aufrechtzuerhalten, muß man entweder sich selber oder den anderen etwas vormachen. Man muß Theater spielen. Täglich täuschen Tausende von Frauen ihren Männern Orgasmen vor, die sie nicht haben. Millionen von Männern heucheln ihren Frauen Treue vor, die sie täglich bereit wären zu brechen.

Der Mensch vermag sich nicht mit der Vergänglichkeit abzufinden. Er braucht die ewige Liebe so nötig wie das ewige Leben. Denn alle Lust will Ewigkeit. Keiner könnte das Leben ertragen ohne den schönen Schein der Unsterblichkeit. Keiner könnte die legalisierte Langeweile der Ehe ertragen ohne den schönen Schein des erotischen Theaters.»

«Aber die Wahrheit …»

«Was ist Wahrheit? Alles ist Ansichtssache.

Aus der Sicht deiner vier Männer ist das, was sie mit dir machen, Prostitution. Tief in ihrem Innern haben sie ein schlechtes Gewissen, daß sie dir das antun, daß sie dich wie eine Hure teilen und bezahlen. Dabei kommen sie gar nicht auf den Gedanken, daß du es bist, der sie ausbeutet. Von deinem Standpunkt aus betrachtet, sind sie ein männlicher Harem, mehr geknechtet als weibliche es je waren, denn die Haremsdamen wurden verwöhnt, während dein Männerserail noch für dich sorgen muß. Sie haben aktiv zu sein, wo eine Scheherezade sich nur dazuzulegen braucht.»

«So habe ich das noch gar nicht gesehen.»
«Aber es ist die Wahrheit, eine Seite der Wahrheit. Die Wahrheit hat viele Gesichter.»

* * * *

«Wenn es ein Mädchen wird, nennen wir es Europa», schlug Helmut vor.
«Und falls es ein Junge ist?» fragte René.
«Dann taufen wir ihn Mark, wenn er nach mir kommt, oder Franc, wenn er nach dir kommt.»
«Und was ist mit mir?» meinte John.
«Na, Pound können wir ihn ja wohl schlecht nennen.»
«Aber Penny, wenn es ein Mädchen sein sollte.»
«Vielleicht kriegen wir ja auch eine kleine Lira. Läßt sich das Geschlecht nicht bereits im Mutterleib feststellen?»
«Schon, aber nicht vor dem vierten Monat.»
«Und im wievielten Monat befindet sich Anna?»
«Sie will sich nicht in die Karten gucken lassen», sagte René. «Nachrechnen gilt nicht. Alle oder keiner, sagt sie.»
«Wie beim militärischen Standgericht», meinte Helmut.
«Was hat das mit militärischem Standgericht zu tun?» fragte John.
«Bei der Erschießung eines zum Tode Verurteilten werden sieben Soldaten durch Los bestimmt, die die traurige Pflicht der Exekution zu erfüllen haben. Um ihnen Gewissensbisse zu ersparen, wird immer ein Gewehr mit einer Platzpatrone geladen. Da keiner der Todesschützen weiß, welches, kann sich jeder damit trösten, daß seine Kugel nicht tödlich war. So sind alle gleichermaßen beteiligt und unbeteiligt.»
«Eine Platzpatrone. Well, ob es so etwas auch unter uns gibt?» Die Frage war John über die Lippen gekommen, ehe er sie bedacht hatte. Sie war allen gleichermaßen peinlich. René rettete die Situation mit der Bemerkung: «Der Vergleich mit der einen Platzpatrone bei sechs scharfen Schüssen trifft in unserem Fall nicht zu.

Bei uns handelt es sich vielmehr um das Gegenteil, nämlich um mehrere Platzpatronen und einen Treffer. Ich meine: Einer von uns kann ja nur der Vater sein.»

«Einer von uns oder Sylvano.»

* * * *

«Sie benehmen sich wie die Heiligen Drei Könige», sagte Anna zu Isabel. «Du solltest sie sehen. Sie bringen mir und dem Kind fast ehrfurchtsvolle Verehrung entgegen. Ich wollte, ich wäre wirklich schwanger.»

«Warum bist du es nicht? Mit so viel Männern müßte sich das doch wohl machen lassen», lachte Isabel.

«Nein, auch darin sind sie wie die Heiligen Drei Könige, mit der Betonung auf *heilig*. Sie streicheln mir die Wangen, die Hände, sind zärtlich und fürsorglich. Die Liebe ist ihnen ins Gesicht geschrieben. Aber es ist nicht die Liebe, mit der man Kinder zeugt, sondern die, die man Kindern entgegenbringt.»

«Mein Gott, du Arme!»

«Das mit dem Kind war deine Idee.»

«Es tut mir leid.»

«Zu spät.»

«Es ist nie zu spät.»

«Wie meinst du das?»

«Nun, wir müssen die Schwangerschaft halt wieder abbrechen.»

«Abbrechen?»

«Ja, natürlich. Oder wie hast du dir den Ausgang vorgestellt?»

«Ich weiß nicht. Am liebsten möchte ich es behalten.»

«Behalten? Wie kannst du etwas behalten, das du nicht hast?»

«Laß es mir noch eine Weile», sagte Anna. «Ich fange an, es zu lieben.»

Und wahrhaftig hatte Anna sich so sehr in die Rolle der werdenden Mutter hineingelebt, daß sie selbst dem schönen Wahn erlegen war. Ihr Bauch begann sich leicht zu wölben. Auch ihre Brüste waren voller und fester als sonst. Nachts glaubte sie, die Bewegungen des Ungeborenen unter ihrem Herzen zu spüren. Es war ein beglückendes Gefühl.

Schon beim Anblick einer brennenden Zigarette wurde ihr schlecht. Sie verspürte Heißhunger auf Walderdbeeren, mitten im Winter. Immer häufiger griffen ihre Hände in den durchgedrückten Rücken.

René brachte ihr Umstandskleider. John kam mit Schallplatten, meditative Wohlklänge für werdende Mütter. Helmut empfahl ihr Schwangerschaftsgymnastik: «Je eher, um so besser.»

Sie fütterten sie mit irischem Wildlachs und Spurenelementen, schmückten sie mit Perlen und Edelsteinen, entführten sie zu Spazierfahrten und zu Kammerkonzerten: «Die Oper ist zu anstrengend für dich. Ein Glas Champagner ist genug. Hier ist frisch ausgepreßter Orangensaft.»

Am Ende der Woche erschien Helmut mit einem Kindermädchen, einer nicht mehr ganz jungen Belgierin mit umfangreicher Erfahrung in der Säuglingspflege. Elke Snyders wohnte nicht weit entfernt von ihnen. Schon vor der Geburt wolle sie, wann immer erwünscht, der werdenden Mutter zur Hand gehen. Sie sei eine leidenschaftliche Köchin und übernähme auch Bügelarbeit.

«Wo hast du dieses Prachtexemplar aufgegabelt?» wollte Anna von Helmut wissen.

«Hier auf der Place du Grand Sablon; in dem kleinen Café gleich neben der Kirche stand sie an der Theke und trank einen Espresso. Sie hat mich gefragt: Kennen Sie nicht jemand, der ein gutes Kindermädchen braucht?»

Elke Snyders entpuppte sich noch am selben Tag als ganz ungewöhnliche Perle, auf die niemand mehr verzichten mochte. Was Anna und ihre Männer nicht ahnen konnten, war die Tatsache, daß ihre Perle eine Agentin der Detektei Groning & Suvee war, die im Auftrag ihres italienischen Klienten Avvocato Luigi Piatti Erkundigungen über Anna und ihre Männer einzog.

Nun wurde Anna von vier hilfreichen Geistern verwöhnt.

Im kalten Morgenlicht, wenn sie wehrlos der Wirklichkeit ausgeliefert war, schwor sie sich: Ich will schwanger werden. Warum kann ich nicht wirklich schwanger werden? Nehmt mich! Füllt mich mit Leben! Sie verbrachte viel Zeit vor dem Spiegel, schminkte sich die Lippen sinnlicher als sonst, tuschte die Wimpern und trug tiefdekolletierte Kleider.

Sie kaufte sich ein Buch über Sexualität in der Schwangerschaft, das sie demonstrativ an gut sichtbarer Stelle in ihrer Wohnung herumliegen ließ.

Die Männer übersahen es. Oder wollten sie es nicht zur Kenntnis nehmen? So blind konnten doch nicht einmal werdende Väter sein. War ihnen denn jeglicher Sexualtrieb abhanden gekommen?

Männer sind wie Löwen.

Mein Gott, wie müde konnten Löwen sein!

Siebenundzwanzigstes Kapitel

Schneeglöckchen im Februar.

Seit Tagen schien die Sonne vom wolkenlosen Himmel. Der Winter war so mild, als läge Brüssel nicht an der Nordsee, sondern am Mittelmeer. Im Park verkündeten die primelartigen gelben Blüten des Winterjasmin den nahen Lenz.

Sie waren hinausgefahren nach Antwerpen.

Anna hatte den Wunsch geäußert, den Zoo zu besuchen, und natürlich hatten die Männer ihr den Wunsch erfüllt.

Isabel, die an jenem Wochenende den tierärztlichen Notdienst im Zoologischen Garten versah, begleitete sie.

«Kommt, ich muß euch etwas zeigen.»

Im Raubtierhaus legte sie Anna einen jungen Löwen in den Arm.

«Ist er nicht süß?»

«O ja. Fühl nur sein Fell. Wie Samt. Und wie er schnurrt. Wie eine Katze.»

«Er ist eine Katze», sagte Isabel.

«Wie alt ist er?»

«Acht Wochen.»

«Und seine Mutter?»

«Sie will nichts von ihm wissen. Er wird von einer Schäferhündin gesäugt.»

«Und das geht?» fragte Helmut ungläubig.

Isabel erzählte von der Frau, die den Wärter gefragt hatte: «Verändert es nicht die Charaktereigenschaften des Löwen, wenn er Hundemilch zu trinken bekommt?»

«Kann schon sein», hatte der genervte alte Wärter geantwortet. «Sie haben ja auch als Kind Kuhmilch bekommen.»

Überhaupt war Isabel in Gesellschaft der Männer noch redseliger, als sie von Natur aus schon war. Sie genoß es, im Mittelpunkt zu stehen, gab sich keß und kokettierte mit ihrem Wissen. Auf Helmuts Frage, ob es häufig passiere, daß die Löwen Junge bekämen, antwortete sie: «Wenn wir ihnen nicht die Pille verabreichen würden, hätten wir hier längst eine Löwenlawine. Auch was seine Potenz anbelangt, ist der Löwe mit Recht der König der Tiere.»

Bei den Flußpferden bestaunten sie einen Fleischkloß von über einhundert Pfund Geburtsgewicht, ein rosiges Riesenbaby mit dem passenden Namen Boulette.

«Der Vater von Boulette ist zugleich sein Großvater», erklärte Isabel. «Das heißt, er hat sie mit seiner Tochter gezeugt.»

«Mit seiner Tochter?»

«Und das geht?»

«Warum soll das nicht gehen? Das Inzesttabu gilt auch für uns Menschen schon längst nicht mehr und ist bloß noch von konventioneller Bedeutung wie das Tragen von Badehosen. Wissenschaftlich gibt es keine Einwände mehr gegen Paarungen zwischen Verwandten ersten Grades. Genetische Untersuchungen und Genmanipulationen sorgen dafür, daß es nicht zur Addition von Erbschäden kommen kann. Und selbst beim Vorhandensein solcher Defekte ist nicht einzusehen, warum Bruder und Schwester oder Vater und Tochter noch bestraft werden sollten, wenn sie Beischlaf miteinander haben. Die moderne Empfängnisverhütung hat den alten Einwand längst außer Kraft gesetzt, wonach der Inzest unter Strafe gestellt werden muß, um Inzucht auszuschließen. Es ist noch gar nicht so lange her, da wurde der Verkehr zwischen Männern mit Zuchthaus bestraft. Heute gibt es bereits gleichgeschlechtliche Eheschließungen. Dem Inzest wird es nicht anders ergehen. Die alten Tabus fallen.»

Und zu René gewandt, fügte sie hinzu: «Sie sollten das bei der Neuordnung Europas berücksichtigen.»

«Die Paarung zwischen Bruder und Schwester oder die Paarung zwischen Oma und Enkel?» erkundigte sich René grinsend.

«Nicht zwischen Oma und Enkel, sondern zwischen Großvater und Enkelin. Die meisten Weibchen der Säugetiere und Vögel erwählen ältere Männchen, weil diese über mehr Lebenserfahrung verfügen und damit Mutter und Kindern mehr Sicherheit bieten.

Die Männchen dagegen stehen auf junge Partnerinnen, deren Vitalität viele gesunde Nachkommen garantiert.»

«Ach so ist das!»

Die Männer warfen sich gegenseitig anerkennende Blicke zu: Da haben wir es ja mal wieder richtig gemacht.

Isabel nahm sie ganz offensichtlich auf den Arm. Es war ein Spiel mit dem Feuer. Sie benutzte die Geschöpfe des Zoologischen Gartens, um ihnen allen den Spiegel vorzuhalten. Ein weiblicher Äsop, der in Form von Fabeln Seitenhiebe austeilte.

Im Vogelhaus bewunderten sie einen exotischen Vogel mit fast meterlangen Schwanzfedern.

«Mein Gott, der Arme. Er kann vor lauter Schwanz kaum fliegen.»

«Wie kann er damit auf freier Wildbahn überleben?»

«Ja, wofür soll das gut sein?» fragte Helmut. «Hat Darwin nicht behauptet: Nur die am besten Angepaßten haben eine Überlebenschance.»

«Dann müßte seine Art doch längst ausgestorben sein», ergänzte John.

«Nicht seine Art, nur seine Männchen», sagte Isabel. «Schaut euch seine Gefährtin an. Was er zu viel hat, hat sie zu wenig.»

Graubraun und unscheinbar hockte das Weibchen in einer Ecke der Voliere.

«Die Arme!» entfuhr es Anna.

«Nein, die Glückliche», sagte Isabel. «Denn sie ist sehr viel besser dran als er. Sie muß nicht die Last der Federn mit sich herumschleppen und ist geschützt durch Tarnfarbe, während sein farbiges und hilfloses Geflatter nicht zu übersehen ist.»

«Und warum ist das so?»

«Weil die Weibchen es so wollen.»

«Die Weibchen?»

«Sie stehen auf Schwanzfedern. Sie bevorzugen bei der Paarung den, der am meisten davon hat. So werden durch ihre Auswahl die Schwänze der Hähne immer länger, weil die Weibchen es so wollen.»

«Und welchen Sinn macht das für die Art?» fragte René.

«Nur die stärksten und cleversten Hähne vermögen mit diesem Handikap zu überleben, und auch die werden nicht lange nach der Paarung die leichte Beute von irgendwelchem Raubzeug, zu Recht, denn sie haben ihre Aufgabe erfüllt.»

«Die Natur ist offenbar männerfeindlich», sagte John.

«Gibt es auch den umgekehrten Fall, daß sich die Männchen ihre Weibchen durch Zuchtauswahl so schaffen, wie sie sie gerne hätten?»

«Aber ja, gewiß doch», lachte Isabel. «Das beste Beispiel sind wir.» Sie zeigte auf sich und Anna. «Weil schon der Neandertaler für nackte Mädchen schwärmte, erwählte er sich für sein Brautlager jene mit den wenigsten Körperhaaren. Dieses Auswahlprinzip hatte zur Folge, daß wir Menschenfrauen heute unbehaarter sind als ihr.»

Isabel führte sie ins Affenhaus in einen Raum hinter den Gehegen, der von den Zoobesuchern nicht einzusehen war. An den Stirnwänden standen zwei Käfige.

Ein riesiger Gorilla hockte in dem einen. Seine schwarzen Fäuste umklammerten die Eisenstäbe. Er schien ihr Kommen gar nicht wahrzunehmen. Gebannt lagen seine Blicke auf dem gegenüberliegenden Käfig. Dieser war in der Mitte durch ein Gitter geteilt. In jeder Hälfte befand sich ein kleinerer Gorilla.

Isabel sagte: «Der Riese hier ist Pongo, über zwei Meter groß und fast fünf Zentner schwer. Ein Prachtexemplar seiner Art.»

«Und die beiden anderen?»

«Das ist Lucy. Und gleich daneben der junge Mann heißt Fritz. Die beiden sind hier, um Pongo Appetit zu machen. Und wie wir sehen, klappt das auch.»

Der Riese hatte sich erhoben. Sein erigierter Penis leuchtete vor dem schwarzen Bauchfell signalrot, feucht glänzend wie ein Lippenstift.

«Er hat wochenlang mit Lucy in einem Gehege gelebt, ohne sich mit ihr zu paaren. Dann haben wir Lucy herausgenommen und ihr einen jungen Gorilla zur Seite gesetzt. Wenn wir Lucy jetzt zu Pongo lassen, wird er sie decken. Denn es gibt kein besseres Aphrodisiakum als Eifersucht.»

«Bei Affen.»

«Nicht nur bei Affen. Untersuchungen an amerikanischen Sportstudenten haben gezeigt: Männer, die befürchten müssen, daß ihre Partnerinnen fremdgehen, produzieren erheblich mehr Samenzellen als andere. Der Körper pocht auf sein Fortpflanzungsprivileg durch erhöhte Anstrengung. Der Eifersüchtige ist potenter. Nichts törnt ein Männchen mehr an als andere Männchen, die Anspruch auf seine Partnerin erheben.»

Die Männer betrachteten den liebeskranken Gorilla.

Helmut meinte: «Für einen so mächtigen Körper ist der Bursche an entscheidender Stelle aber reichlich klein geraten.»

«Richtig», sagte Isabel, «gemessen an der Körpermasse ist der menschliche Penis um das Fünffache größer als der der Gorillas.»

«Und warum ist das so?» fragte René.

«Weil die Weibchen es so wollen.»

Achtundzwanzigstes Kapitel

«Na, was hältst du von ihnen?» fragte Anna, als sie Isabel zwei Tage später in der Sauna traf.

«Ein prächtiges Rudel von King Rats. So nennen wir Zoologen die geborenen Herdenführer. Der Erfolg umgibt sie wie eine Aura. Sie verbreiten Sicherheit, an der man teilhaben möchte. Den Hirschkühen im Rudel eines Zwölfenders muß so zumute sein.»

«Aber?» fragte Anna.

«Was für ein Aber?»

«Hinter jedem deiner Sätze steht ein Aber.»

«Nun, sie ...»

«Findest du sie zu alt?»

«Unsinn. Nein, ich finde, sie sind so unglaublich sophisticated.»

«Sophisticated?»

«Mir fällt kein treffenderes Wort ein. Sie sind in allem eine Spur zu edel, zu sehr gepflegt, in ihrer Erscheinung, in dem, was sie sagen.»

«Und das stört dich?»

«Nein, aber es erscheint mir ein wenig ... ich meine, Männer sind im allgemeinen nicht so. Ich kann mir keinen von ihnen im Bett vorstellen, heiß, geil und unanständig, eben wie ich mir einen richtigen Mann wünsche. Sie sind so kultiviert wie ...»

«Wie Schwule?» fragte Anna.

«Das hast du gesagt.»

«Aber es ist das, was du meinst?»

«Ach, vergiß es. Ich bin blöd. Ich habe keine Erfahrung im Umgang mit Männern von ihrem Kaliber.»

Sie legte ihre Hand auf Annas Schulter und sagte: «Du bist ein Glückspilz. Einer von ihnen wäre schon ein Lotto-Hauptgewinn. Aber das gleich dreimal, das ist mehr, als ich verkraften kann.»

* * * *

Erfüllte Sexualität in der Schwangerschaft.

John war der erste, der das Buch auf Annas Kommode im Wohnzimmer wahrnahm. Er schlug es auf und blätterte darin. Als er es aus der Hand legte, fragte er Anna, die damit beschäftigt war, den Tisch zu decken:

«Wer hat dir denn das mitgebracht?»

«Was denn?»

«Dieses Buch hier.»

«Ich habe es mir selbst besorgt.»

Die Antwort verwirrte ihn. Man sah es ihm an. Er wollte etwas erwidern. Die Worte kamen nicht über seine Lippen. Die Pause war irgendwie peinlich. Anna rettete die Situation. Sie fragte: «Du bleibst doch zum Abendessen? Ich habe eine Kleinigkeit vorbereitet. Du magst doch Avocadocreme.»

«Eigentlich müßte ich meine Rede noch einmal überarbeiten.»

«Aber du wirst mich doch jetzt nicht allein lassen. René und Helmut sind in Straßburg. Das Mädchen hat frei.»

«Aber nein, natürlich bleibe ich, wenn du es willst!»

«Ja, ich will es.»

Sie sagte es so, daß er zu ihr aufschaute. Sie setzte sich ihm gegenüber an den Tisch und fragte: «Wie fandest du Isabel?»

«Eine wilde Maus, die kein Blatt vor den Mund nimmt. Sehr schlagfertig und nicht minder attraktiv.»

«Du fandest sie attraktiv?»

«Aber ja.»

Anna nahm einen Schluck aus ihrem Weinglas: «Stimmt es, was sie über die Eifersucht gesagt hat? Nichts törnt ein Männchen mehr an als andere Männchen, die Anspruch auf seine Partnerin erheben? Ist Eifersucht ein Aphrodisiakum?»

«Warum fragst du? Du weißt ganz genau, daß es so ist.»

«Bist du eifersüchtig?»

«Nicht mehr.»

«Gibt es einen Grund dafür?»

«Ich … ich gehöre nicht mehr dazu.»

«Wieso gehörst du nicht mehr dazu?»

«Nun, ihr seid eine Familie, eine Großfamilie, die ein Kind erwartet, an dem ich keinen Anteil habe. Ich bin draußen.»

«Wieso draußen?»

«Wer immer der Vater deines Kindes ist, ich kann es nicht sein.»

«Hör mal, willst du mich auf den Arm nehmen», fragte Anna,
«oder kannst du dich wirklich an gar nichts mehr erinnern?»

«An was denn erinnern?»

Anna neigte sich über den Tisch. Sie blickte John in die Augen,
so als wollte sie ergründen, ob er es ernst meinte oder bloß
scherzte.

«Ich glaube fast, du hast es wirklich nicht mitbekommen.»

«Jetzt verstehe ich überhaupt nichts mehr», sagte John.

«Es ist nicht zu fassen. Weißt du es wirklich nicht mehr, oder
willst du es nicht wissen?»

«Du meinst, wir hätten …?»

«Ja, wir haben.»

«Nein. Das kann nicht sein.»

«Doch, in der Nacht, in der du bei mir gelegen hast und ich dich
mit meinem Körper gewärmt habe.»

«Aber ich war doch völlig kraftlos.»

«Kraftlos? Du hast mich geradezu vergewaltigt.»

«Ich dich …? Nein, das kann nicht sein.»

«Warum kann das nicht sein?»

«Weil … das Ganze ist total verrückt. Es tut mir leid.»

«Oh, es war durchaus nicht unangenehm.»

Sie legte ihre Hand auf die seine und spürte, wie er unter ihrer
Berührung erschauerte.

«Ich habe dir weh getan, nicht wahr? Glaube mir, das habe ich
nicht gewollt. Es war eure Idee. Ich konnte nicht ahnen, daß …»

«Vergiß es», sagte John. «Die Liebe ist wie das Fieber. Sie entsteht und erlischt, ohne daß der Wille daran Anteil hat. In der klassischen Komödie ist der verliebte Mann grundsätzlich ein Narr,
während die Liebende immer die Szene beherrscht.»

Er küßte sie flüchtig und meinte: «Wenn ein Junge bekommt,
was er will, so wünscht er es sich nicht mehr. Männer sind kom-

plizierte Geschöpfe. Wir wollen grundsätzlich, was die anderen haben. Wenn in der Eisenbahn ein Erfrischungswagen vorbeigeschoben wird, so wissen die weiblichen Fahrgäste sehr genau, was sie wollen. Hast du mal beobachtet, wie sich die Männer verhalten? Sie warten so lange, bis ein anderer etwas bestellt, erst dann erwacht ihr Appetit.»

Er strich ihr behutsam über den Bauch: «Du meinst wirklich, es könnte mein Kind sein?»

«Ja.»

«Aber es könnte auch von Sylvano sein?»

Und als Anna nicht gleich antwortete, entzog er ihr die Hand und sagte: «Ja, es könnte auch von ihm sein. Sylvano! Ich habe ihn sehr … gemocht.»

«Bist du ihm eigentlich in Venedig begegnet?» fragte Anna.

«Ja, leider. Ich habe mich wie ein Idiot benommen. Es war schrecklich! Ich habe ihn …» Er stockte. Die Erinnerung überwältigte ihn.

«Ich weiß, daß du es nicht mit Absicht getan hast. Es war ein Unfall», sagte Anna.

«Daß ich was nicht getan habe? Was für ein Unfall? Ach, du meinst, ich hätte ihn …? Glaubst du wirklich, ich wäre fähig, so etwas zu tun? O mein Gott. Aber vielleicht hast du ja recht. Vielleicht wäre ich wirklich dazu fähig gewesen. Wir haben uns gestritten, angeschrien, so, wie man halt schreit, wenn man eifersüchtig ist.»

«Du bist eifersüchtig?»

«Ich war es, aber das verstehst du nicht.»

«Wieso soll ich das nicht verstehen?»

«Es war alles ganz anders, als du denkst.»

«Wie war es denn? Ich will es wissen.»

«Du würdest es nicht verstehen.»

«Was ist passiert?»

John schüttelte den Kopf.

«Bitte, ich will es wissen.»

«Sylvano hatte ein Päckchen unter dem Arm. Beim Streiten verlor er es. Fast wäre es in den Kanal gefallen. Auf der untersten Stufe einer Treppe, die zum Wasser hinabführte, blieb es liegen. Sylvano stieg hinab, um es zu holen. Ihm muß viel an diesem Päckchen gelegen haben. Im Weggehen hörte ich es platschen und dachte: Die Abkühlung wird dir guttun. Ich bin gegangen, ohne mich noch einmal umzudrehen. Warum sollte ich? Er war ein guter Schwimmer.»

Anna brachte kein Wort heraus. Sie dachte an ihren Sturz in den Kanal, an die Stufen so glatt wie Eis, an die vergebliche Mühe, sich aus dem Wasser zu ziehen.

«Ich bin noch in derselben Nacht nach London geflogen. Von seinem Tod habe ich erst acht Tage später erfahren. Er muß mit der Stirn auf die steinernen Stufen aufgeschlagen sein. Vielleicht ist er gestolpert oder auf irgend etwas Glattes getreten. Ich habe ihm nichts angetan, aber ich bin schuld an seinem Tod. Wäre ich umgekehrt, würde er noch leben. Ich habe ihn auf dem Gewissen.»

Die Erinnerung hatte seine Gefühle aufgewühlt. Er war aufgestanden und lief im Zimmer umher.

«Glauben auch die anderen, daß ich Sylvano getötet habe? Aber ja, natürlich, es liegt ja auf der Hand.»

«Sie wissen gar nicht, daß du in Venedig warst.»

«Du hast es ihnen nicht erzählt? Warum hast du es ihnen nicht erzählt? Wolltest du mich decken, weil du der Meinung warst, ich hätte Sylvano erschlagen? O Anna, du erwartest ein Kind und weißt nicht, ob von einem Ermordeten oder dessen Mörder!»

Anna versuchte, ihn zu beruhigen. Er riß sich los von ihr: «Laß mich!» Ohne Mantel und Mütze floh er aus der Wohnung, hinaus in das dichte Schneetreiben der Nacht.

Neunundzwanzigstes Kapitel

*E*r muß sofort tot gewesen sein», sagte Helmut. «In voller Fahrt an einen Chausseebaum. Der Wagen ist völlig ausgebrannt. John hatte kurz vorher getankt. Da gab es nichts mehr zu bestatten.»

Anna verschloß sich in ihrem Zimmer und war trotz Klopfen und Bitten nicht dazu zu bewegen, die Tür zu öffnen.

René rief Isabel zur Hilfe: «Um Himmels willen, Sie müssen unbedingt kommen. Anna braucht Sie.»

Sie kam sofort und blieb über Nacht. Am anderen Morgen verkündete sie den Männern, daß Anna ihr Kind verloren habe.

«Wie trägt sie es?» fragte Helmut.

«Die Schwangerschaft befand sich noch in ihren Anfängen. Lassen Sie ihr ein paar Tage Zeit. Sie werden sehen, dann ist sie wieder die alte. Der Abgang des Ungeborenen, der ja noch weit davon entfernt war, ein Mensch zu sein, ist ihr nicht so nahe gegangen wie der Tod von John. Sie spricht viel von ihm.»

Zu Anna sagte sie: «Falls du John geliebt hast, so hast du ihn nicht verloren, sondern gewonnen, denn alle Liebe läuft darauf hinaus, daß sie endet. Bleibende Liebe gibt es nur zu einem Toten. Wie es überhaupt keinen besseren Weg zur Bewahrung der Liebe gibt, als seinen Partner zu verlieren.»

Ein paar Tage später verkündete Anna ihren Männern: «John hat zu mir in Afrika gesagt: Wenn ich sterbe, will ich nicht, daß man um mich trauert. Ich wünsche mir, daß meine Freunde zusammenkommen wie bei unseren Nationalfeiertagen, daß sie gut essen, reichlich trinken und von mir sprechen wie von einem, der lebt. Und vergeßt nicht, ich mag es makaber.»

Und so wollen wir es halten.»

* * * *

Anna hatte den großen Tisch in ihrer Wohnung an der Place du Grand Sablon festlich geschmückt. René und Helmut hatten gekocht. Damit ihr zusammengeschrumpfter Kreis nicht allzuklein gerate, hatte Anna Isabel und deren Mann Marc dazu geladen, zumal auch Marc John gekannt hatte. Sie hatten in Straßburg an einem gemeinsamen Projekt gearbeitet. Annas Vorschlag, die beiden mit einzubeziehen, sollte sich als richtig erweisen. Da Isabel und Marc dem Toten nicht so nahe gestanden hatten wie die Freunde, fiel es ihnen leichter, die unbeschwerte Lockerheit an den Tag zu legen, die John sich gewünscht hatte.

René sagte: «Er hat das Licht der Welt in Afrika erblickt, laßt ihn uns afrikanisch verabschieden. Die Schwarzen glauben, daß ein Mensch noch so lange unter ihnen weilt, wie man von ihm spricht. Laßt uns über ihn sprechen. Oder besser: Lassen wir ihn selbst zu Wort kommen.»

René zündete sich eine Zigarre an und sagte: «Das hat er mir einmal von seinem Elternhaus erzählt: Wir hatten auf unserer Farm in Transvaal Hühner, die uns mit frischen Eiern versorgten. Eines Tages stellte meine Mutter fest, daß eine der Hennen fehlte, eine weißgefleckte, die sie besonders in ihr Herz geschlossen hatte. Ein paar Tage später fehlte wieder ein Huhn, am Ende der Woche sogar zwei. Irgend jemand klaute unsere Hühner.

War es ein Raubtier? Wohl kaum. Die Hunde waren Tag und Nacht draußen. Schakale hatten keine Chance. Für Ratten oder Raubvögel waren die Hennen schon zu groß.

Nein, der Räuber lief auf zwei Beinen umher, einer von den Farbigen, die auf der Farm arbeiteten. Aber wer?

Mutter sagte: Wir können nicht Tag und Nacht ein Auge auf die Hühner haben. Den Schwarzen ins Gewissen reden ist vergebliche Mühe. Die Burschen haben keinen Respekt vor einer alten Frau.

Am anderen Morgen ließ sie alle antreten. Sie blickte in lauter unschuldige Kindergesichter, als sie verkündete: Ich werde den Dieb finden.

Sie holte aus dem Farmhaus einen Armvoll Schaufelstiele und verteilte sie an die Arbeiter.

Jeder von euch bekommt einen. Morgen früh werden wir hier wieder zusammenkommen, und ihr werdet mir eure Stöcke einzeln vorzeigen. Dann werden wir den Dieb erkennen.

Und wozu sind die Stöcke gut? fragten die Schwarzen.

Alle sind gleich lang, sagte Mutter. Aber der Stock des Diebes wird über Nacht wachsen, und zwar genau um die Länge seines Zeigefingers.

Am anderen Morgen weckte uns das aufgeregte Geschnatter der Arbeiter im Hof. Es verstummte erst, als Mutter in der Tür erschien.

Wie ein General schritt sie die Reihe der Angetretenen ab. In ihrer Rechten hielt sie wie ein Schwert einen Schaufelstiel. Mit ihm überprüfte sie die Länge der vorgezeigten Stöcke. Sie waren alle gleich lang bis auf einen. Der war um einen Zeigefinger kürzer als die anderen.

Der Dieb hatte in der Nacht das Stück abgesägt, um sich nicht zu verraten. So war meine Mutter.»

René ergriff sein Glas und sagte: «Trinken wir auf sie.»

Sie leerten die Gläser, und Anna gab zum besten, was ihr John von seinem Vater erzählt hatte: «Ein Schotte, über dessen Bett der Spruch hing: Wenn du nicht mehr in der Lage bist, ein menschenwürdiges Leben zu führen, so hast du die sittliche Pflicht, deinem Leben ein Ende zu bereiten. Als er erfuhr, daß er Lungenkrebs hatte, rauchte er seine letzte Pfeife auf einem Faß Dynamit. Der Trichter der Explosion war zwölf Fuß tief. Nur ein Schuh blieb von ihm übrig. Er hatte ihn drei Tage zuvor besohlen lassen.»

«Trinken wir auch auf ihn», sagte René.

Helmut meinte: «John hatte viel von seinem Vater: die gleiche Prinzipientreue und ein ähnliches Ende. Beide haben sie sich um die Beerdigungskosten gedrückt. Typische Schotten.»

«Das ist genau der schwarze Humor, den John gemocht hat», sagte Marc, als Isabel ihren schönen Kopf mißbilligend schüttelte.

Dann erzählte Anna, wie John ihr Brüssel gezeigt hatte, von der Niederlassung im Sumpf bis zu den republikanischen Ärschen im Parc di Cinquantaire.

«Ja, er war ein verrückter Hund», sagte René. «Ich hätte ihm ein besseres Ende gegönnt.»

«Unser Ende ist in den seltensten Fällen schön», meinte Helmut.

René nickte mit dem Kopf. Er entkorkte eine neue Flasche – es war ihre fünfte – und sagte: «Tote zu vergraben, so wie ein Hund seinen Knochen verbuddelt, ist barbarisch. Verbrennen erinnert an Müllverbrennung. Ich finde, unsere teuren Toten haben Besseres verdient. Wir sollten dem neuen Europa eine völlig neue Begräbniskultur geben. Der genormte Euro-Sarg ist nicht genug.»

«Und wie stellst du dir das vor?» fragte Anna.

«Wir könnten unsere Toten in den Himmel schießen», schlug Helmut vor.

«Wohin schießen?»

«In den Himmel. Wir könnten Bestattungsraketen bauen, hoch wie Kirchtürme, mit einem Fassungsvermögen von tausend Toten für die Standardbeerdigung. Könige und Millionäre könnten in eigenen Raketen gen Himmel fahren. Dann wäre ein Star wirklich ein Star. Da es im luftleeren All keine Fäulnis gibt, würden sie ewig existierend durch die Weite des Weltalls gleiten. Die Hinterbliebenen aber könnten ohne Glaubenszweifel aufblicken und sagen: Opa ist im Himmel.»

Isabel meinte: «Wir haben in der Zoologie Verfahren entwickelt, bei denen Schmetterlinge und Reptilien in durchsichtige Glasmasse eingegossen werden. Diese Gießtechnik ließe sich gewiß verfeinern. Der tote Gatte säße dann vor dem Fernsehgerät, wo er immer saß. Nun, er wird nichts mehr sagen, aber viel gesprochen hat er schon zu Lebzeiten nicht. Für alle sichtbar würden unsere Toten weiter unter uns weilen, für immer, denn Gußharz ist unverwüstlich.»

«Wäre es nicht vernünftiger, wir würden unsere Toten recyceln?» meinte Marc. «Die Transplantationsmedizin braucht jede Menge Organe, und ist es nicht ein schöner Gedanke: Mein Herz wird in einem jungen Menschen weiterschlagen.»

«Vielleicht wird es aber auch einem alten Lustmörder eingepflanzt», sagte Anna. «Und muß dann lebenslänglich in einer Gefängniszelle dahinvegetieren.»

«Vielleicht vermachen sie meine Leber einem Säufer und meine Lungen einem Kettenraucher», meinte Helmut. «Nein, das will ich nicht.»

«Es wäre auch eine andere Wiederaufbereitung denkbar als die Organtransplantation», gab René zu bedenken.

«Und das wäre?»

«Nun, wir könnten uns unsere Toten einverleiben wie den Herrn Jesus beim Abendmahl.»

«Wie unappetitlich.»

«Auch tote Schweine sind unappetitlich, aber richtig zubereitet sind sie eine Köstlichkeit. Warum sollte das beim Menschen anders sein. Ist ein Schwein wirklich so verschieden von einem Menschen? Auch Schweine haben eine Mutter. Sie erleben Leid und Liebesfreuden wie wir. Und falls wir wirklich eine unsterbliche Seele haben, so verläßt die den Körper mit dem letzten Atemzug. Zurück bleibt beim Menschen wie beim Schwein kostbares Fleisch, ein hochwertiges Nahrungsmittel, das sich die Mehrheit aller Erdenbewohner nur zu besonderer Gelegenheit leisten kann.»

«Ein beachtenswerter Vorschlag», sagte Helmut, und er fügte hinzu: «Wenn es uns schon nicht gelingt, die lebendigen Europäer wirklich neu zu ordnen, so laßt es uns wenigstens mit den Toten versuchen. Mit Leichen läßt sich alles machen.»

«Mein Gott, wie makaber», sagte Isabel.

Als es vom Turm der Kirche Notre-Dame aux Riches Claires Mitternacht schlug, hatten sie eine ganze Batterie von Weinflaschen geleert, südafrikanischen Shiraz, wie John ihn geliebt hatte.

«Wenn John – in welcher Form auch immer – unter uns weilt, so wird er seine helle Freude an uns haben», sagte René.

«Prost, John!»

«Prost, John, alter Junge.»

* * * *

Silke Snyders wußte ihrer Detektei zu berichten, daß der zweite der vier Männer der Mademoiselle Ropaski durch einen Autounfall aus dem Leben geschieden sei. Das Kind habe sie am Tag nach dem Unfall verloren.

«*Omnia casu fiunt*», rief Avvocato Piatti. «Kann das noch Zufall sein?»

Er hatte Commissario Ruocco in der Questura aufgesucht, um ihm zu berichten, was die Detektei in Brüssel in Erfahrung gebracht hatte.

Während der Commissario den Brief der Detektei durchlas, sagte Piatti: «Da verreist einer mit seiner Geliebten und wird von einer Giftschlange gebissen. Einer Giftschlange! Kennen Sie jemand, der von einer Giftschlange gebissen worden ist? Er überlebt mit Mühe und Not. Ein paar Wochen nach seiner Genesung fährt er sich zu Tode, auf einer schnurgeraden Straße nach einem Besuch bei dieser Ropaski. Wer weiß, was sie ihm eingeflößt hat!

Und welch ein Zufall: Nun stirbt auch das Ungeborene. Sie verliert es im richtigen Augenblick.»

«Sie meinen, sie hätte abgetrieben?» fragte der Commissario ungläubig. «Das kann ich nicht glauben.»

«Nein, das glaube ich auch nicht. Ich vermute, daß sie gar nicht schwanger war. Wie bringt eine Frau einen Mann dazu, von ihm finanziell abgesichert zu werden wie sein eigenes Blut? Indem sie ihm weismacht, sie erwarte ein Kind von ihm. Geben Sie mir da recht?»

Der Kommissar nickte.

«Den gleichen Trick muß sie auch bei meinem Cousin angewandt haben. Er glaubte, sie bekäme ein Kind von ihm. Sein ganzes Leben lang hat Sylvano davon geträumt, einen Sohn zu haben. Er und Clara, seine verstorbene Frau, haben alles mögliche angestellt, um Kinder zu kriegen, immer vergeblich.

Und dann erfährt er, er wird Vater. Ein Baby ist unterwegs. Diese Sensation – und nur sie – konnte ihn dazu bewegen, sein Vermögen mit der Mutter zu teilen. Er betrachtete sie bereits als seine Frau. Die Eheringe in seiner Jackentasche bestätigen meine Annahme. Deshalb auch die Eile der Überschreibung, um die Mutter seines Kindes an sich zu binden.»

«Ja, so könnte es gewesen sein», sagte der Kommissar. «Aber warum mußte Ihr Cousin dann sterben?»

«Weil sie ihm die Schwangerschaft nur vorgespielt hatte. Alles wäre aus gewesen, wenn er dahintergekommen wäre. Vermutlich wollte er, daß sie sich einer pränatalen Examination unterzöge, um festzustellen, ob sein Kind gesund sei, ob sie eine Tochter oder einen Sohn bekämen. Die meisten Paare tun das heute. Vermutlich war der Termin beim Gynäkologen schon gebucht. Die Beseitigung des Vaters duldete keinen Aufschub.»

«Donnerwetter, ja, das wäre ein Motiv.»

«Es kommt aber noch besser», sagte der Notar. «Hören Sie, was ich herausgefunden habe, und halten Sie sich fest. Der englische Geliebte der Ropaski, der sich jetzt totgefahren hat, war zur gleichen Zeit in Venedig, in der die Ropaski mit meinem Cousin hier war. Er kam mit der Alitalia zwei Tage vor der Ermordung meines Cousins und verließ die Stadt nur wenige Stunden, nachdem sein Nebenbuhler erschlagen worden war.»

Piatti zog ein Papier aus seiner Aktentasche und legte es vor dem Kommissar auf den Tisch.

«Das ist eine Kopie der Passagierliste vom Airport Marco Polo. Hier finden Sie seinen Namen bei der Ankunft und hier beim Abflug: John Redwood.»

«Das ist ja ungeheuerlich!»

Commissario Ruocco hatte sich aus seinem Sessel erhoben und war zum Fenster geeilt. Der Regen rann in krakeligen Bahnen die Scheiben herab.

«Der Verdacht ist fürwahr erdrückend, aber …»

«Aber was?»

«Wir haben zwei Leichen und ein Motiv, aber wir haben keinen Täter. Wenn dieser Engländer Ihren Cousin getötet hat, wie Sie vermuten, so können wir ihn nicht mehr zur Rechenschaft ziehen, weil er ebenfalls tot ist. Und woran er gestorben ist, läßt sich nicht mehr feststellen, da er vollständig verbrannt ist. Ein klassischer

Fall. Du dingst dir einen Mörder und räumst ihn nach der Tat aus dem Weg. Populärstes Beispiel: der Fall Kennedy. Er wurde nie aufgeklärt.»

«Ich werde den Fall klären», sagte Avvocato Piatti. «Bei der Ehre meiner Familie.» Es klang wie ein Eid.

Dreißigstes Kapitel

W arum schreibe ich immer nur, wenn es mir schlecht geht? dachte Anna. Sie saß auf einer Werkzeugkiste unter der Zeltplane, die sie zwischen dem Dach des Landrovers und zwei Zeltstangen ausgespannt hatten. Ein Campingtisch diente ihr als Schreibunterlage. Durst quälte sie.

Obwohl die Sonne bereits den Horizont berührte, war es immer noch heiß. Der Sand der Wüste hatte die Hitze gespeichert wie ein Kachelofen. Das Hemd klebte ihr auf der Haut. Am liebsten hätte sie es ausgezogen. Aber Helmut hatte recht: Sie mußten sehen, daß sie so wenig wie möglich Körperflüssigkeit verloren. Allein durch die Haut und die Atemluft verlor der Mensch leicht zwei Liter Wasser am Tag, und ihr Vorrat war fast am Ende.

Wir hätten nicht hierherfahren dürfen, dachte Anna. Nach Südafrika und Venedig hätte ich gewarnt sein müssen.

Südafrika. Damals habe ich geglaubt, schlimmer könnte es nicht kommen. Woher habe ich bloß den Optimismus genommen?

Auf Leukop war ich wenigstens in der Lage, John zu helfen. Jetzt sitzen wir beide in der Falle, Helmut und ich. Wo steckte er überhaupt?

Sie erhob sich und sah ihn. Er lag mit geschlossenen Augen im Schatten des Landrovers wie ein auf den Rücken gefallener Käfer. Es war nicht die Hitze, die ihn fertigmachte, sondern die Hilflosigkeit, zu der sie verdammt waren, untätig darauf warten zu müssen, daß etwas geschehe. Ausgerechnet er, der immer so aktiv war!

«Ich muß geschäftlich nach Riad. Hast du nicht Lust, mich zu begleiten?» hatte Helmut Anna gefragt. Und sie hatte ohne Zögern zugesagt.

Sie sah das alles wieder vor sich. Der Durst schärft die Sinne, so wie das Fasten unser Denken klärt.

Nur einen Tag nach ihrer Ankunft in Saudi-Arabien hatte sie gesagt: «Ich fühle mich wie ein anderer Mensch.»

«Du bist ein anderer Mensch», hatte ihr Helmut geantwortet. «Du bist nicht mehr die selbständige junge Frau, die du gestern noch warst. Hier in Arabien bist du ein Kind.»

«Ein Kind?»

«Ein kleines Mädchen, wohlbehütet, aber rechtlos. Für jeden Schaden, den du anrichtest, ist dein Erzieher verantwortlich. Dafür haben Frauen und Kinder keine Pflichten, außer der einen.»

«Und die wäre?»

«Zu gehorchen und ihren Erzieher zu lieben und zu ehren.»

«In meinem Fall bist du das, nehme ich an.»

«Richtig. Das bin ich, dein guter alter Onkel Helmut.»

«Wieso Onkel?»

«Du denkst, ich scherze? Ich kann es beweisen. Ich habe es schriftlich, auf englisch und arabisch.»

Helmut zog aus seiner Jackentasche ein Papier hervor, entfaltete es vor ihren Augen und reichte es ihr. Anna blickte auf ein Dokument mit Briefkopf und Stempel der Europäischen Kommission.

«Und was soll der Unsinn?»

«Ohne diesen Unsinn hätten sie dich nicht in das heilige Land der Wahabiten hereingelassen.»

«Sag mal», fragte Anna, «dürft ihr denn Dokumente türken in der Kommission? Ist das nicht Urkundenfälschung?»

«Wo denkst du hin», lachte Helmut. «Ohne solche Papiere läuft im Orient nichts. Wichtiger als die Wahrheit ist die Wahrung der

Form. Außerdem freut es unsere arabischen Gesprächspartner, wenn wir mit weiblicher Begleitung in ihr Land kommen.

Ihre Frauen verbringen ein recht einsames Leben. Weggeschlossen in ihren Häusern, haben sie nur wenig Kontakt mit der Welt. Bringt ein Europäer seine Frau mit, so ist das für sie eine aufregende Bereicherung ihres Alltags. Sie entführen die fremden Frauen in ihre Haremsgemächer, um zu erfahren, was draußen vor sich geht.

Geschickte Geschäftsleute machen ihr Geld über ihre Frauen. Wenn die Gattin eines wichtigen Regierungsbeamten ihren Mann darum bittet, den englischen Ingenieur wieder einzuladen, mit dessen Begleiterin sie sich so prächtig versteht, so ist das bisweilen schon der halbe Auftrag.

Der Mann, den wir heute treffen, wirkt nicht wie ein Araber. Er hat in Deutschland studiert und ist mit einer Berlinerin verheiratet. Er lebt in seinem Haus wie ein Europäer. Außerhalb seiner vier Wände aber unterliegen sie dem strengen Moralkodex der Scharia. Und der betrifft vor allem die Frau. Ohne ihren Vater, Bruder oder Onkel darf eine Araberin kein öffentliches Verkehrsmittel benutzen. Selbstverständlich ist ihr auch das Lenken eines Autos untersagt.»

«Warum dürfen eure Frauen nicht Auto fahren?» fragte Anna am anderen Tag ihren Gastgeber, den Deputy Minister Haidar Assad, einen typischen Araber mit breitem Schnurrbart unter vorspringender Adlernase. Das blauschwarze Haar trug er so lang, daß es die Ohren verdeckte. Eine Narbe auf der linken Wange gab seinem Gesicht etwas Verwegenes, Kämpferisches. Wenn er sprach, bewegte er seine Hande mit ausdrucksstarken Gesten. Dann blitzten seine Augen mit seinen Zähnen um die Wette.

«Ich bin heilfroh, daß es so ist», sagte er. «Ich käme ja um vor Angst, wenn sich Beatrice in diesen chaotischen Verkehr hier stürzen wollte.»

Er zündete sich eine Zigarre an und sagte: «Ich weiß, ihr Europäer haltet es für Freiheitsberaubung, aber glaubt mir, es ist Fürsorge, wenn wir unseren Frauen das Autofahren ersparen.»

«Überall auf der Erde fahren Frauen Autos», sagte Anna. «Warum ausgerechnet hier nicht?»

Haidar Assad betrachtete sie durch den Rauch seiner Havanna, so wie man ein Kind betrachtet, das sich auflehnt, überlegen und leicht amüsiert.

«Hier ist vieles anders als überall auf der Erde. Noch vor fünfzig Jahren war Riad eine Oase aus Lehmhütten, in die sich nur selten ein Ungläubiger verirrte. Heute sind wir eine Weltstadt. Architekten aus allen Erdteilen haben hier ihre Träume verwirklicht. Keiner weiß, wie viele Menschen in Riad leben, eine Million oder zwei. Polizeiliche Meldepflicht gibt es nicht, wird es nie geben. Sie ist unvereinbar mit dem Lebensgefühl eines Wüstenvolkes.

Bis auf ein paar große Alleen und Hauptverkehrsadern haben alle Straßen und Gassen keine Namen, nicht einmal Hausnummern. Für Menschen mit Nomadenblut in den Adern ist es ein beängstigender Gedanke, ständig für jedermann verfügbar zu sein, wie ein Hund an der Leine oder eine Figur auf dem Schachbrett.

Riad ist die einzige Hauptstadt auf der Welt ohne Telefonbuch. Nur die Freunde und Geschäftspartner kennen deine Nummer. Alle anderen geht sie nichts an.»

«Was hat das mit der Fahrerlaubnis für Frauen zu tun?» fragte Anna.

«Wenn hier zwei Autos zusammenstoßen und schwerwiegender Schaden entsteht, werden beide Fahrer bis zur Klärung der Angelegenheit eingesperrt. Denn ließe man sie laufen, würde man sie vermutlich nie mehr wiederfinden. Weibliche Fahrer aber könnte man nicht einsperren. Erstens würde sich kein Polizist trauen, die Frau eines anderen anzufassen, und zweitens gibt es in unserem Land keine Frauengefängnisse. Das Frauengefängnis ist eine durch und durch perverse Einrichtung des christlichen Abendlandes. Allein der Gedanke daran verursacht jedem Saudi eine Gänsehaut. Verstehen Sie jetzt, warum unsere Frauen nicht Auto fahren können?»

«Und was sagen Sie dazu?» wandte sich Anna an die Frau des Hauses.

Beatrice Assad war eine auffallend schöne Frau. Hochgewachsen, hellhäutig, blond, verkörperte sie einen Frauentyp, wie man ihn in skandinavischen Ländern antrifft.

«Wir haben einen Chauffeur», sagte sie. «Ich würde auch dann nicht fahren, wenn ich es dürfte. Wir leben hier mehr in unseren Häusern und Gärten.» Sie streckte Anna die Hände entgegen: «Kommen Sie, ich werde Ihnen mein Reich zeigen.»

Das Haus hatte wie alle arabischen Bauten ein begehbares Flachdach, das wie ein Garten angelegt worden war. Mannshohe Gräser, Kakteen, riesige Findlinge, Wasserbecken. Dazwischen abgesenkte Sitzgruben unter schattigen Arkaden, eine Voliere mit tropischen Vögeln. Die Wände waren mit weißem Marmor verkleidet.

In einem Innenhof gab es ein Schwimmbecken. Das Plätschern war so verlockend, daß Anna darum bat, baden zu dürfen.

«Nichts wie hinein», lachte Beatrice. Sie streifte ihr Kleid ab und sprang nackt ins Wasser. Anna folgte ihr.

Als sie etwas später in der Sonne lagen, meinte Anna: «Eure Gartenmauern sind so hoch wie bei uns daheim die Gefängnismauern. Gibt es hier so viele Einbrecher?»

«Nein», belehrte Beatrice sie. «Das geschieht aus Scham, damit niemand hereinsehen kann. Hier gibt es keine Einbrecher.»

«Ist es wahr, daß euren Dieben die Hände abgehackt werden?» fragte Anna.

«Nicht abgehackt, abgeschnitten.»

«Öffentlich?»

«Ja, vor aller Augen zur Abschreckung, wie es das Gesetz verlangt, am Freitag nach dem Mittagsgebet beim Tor der großen Moschee.»

«Haben Sie das mal mit angesehen?»

«Nein, aber gehört.»

«Was gibt es da zu hören?»

«Sie halten den Dieb an den Armen fest. Der Unglückliche muß während der Bestrafung stehen. Mit einem Messer trennen sie ihm die Hand vom Arm. Das Ganze geht sehr rasch und wird von den meisten mannhaft ertragen. Der wirkliche Schmerz erfolgt erst, wenn sie ihm den Armstumpf in siedendes Öl tauchen. Den Schrei vernimmt man bis an den Rand der Stadt. Ein grauenhafter, unvergeßlicher Schrei, eine schmerzvolle Warnung, eindringlicher als alle Gebote.»

«In kochendes Öl.» Anna verzog angewidert ihr Gesicht.

«Sie würden sonst verbluten. Die Hitze schließt die Wunde.»

«Mein Gott, wie entsetzlich!»

«Aber äußerst wirksam. Sie sollten sich mal ansehen, wie in Riad Geld transportiert wird. Da hält ein Lastwagen vor der Bank. Geldsäcke werden abgeworfen, liegen auf dem Bürgersteig, Millionenbeträge. Die Leute gehen daran vorbei. Keiner käme auf den Gedanken, einen der prall gefüllten Säcke anzufassen.»

«Schneiden sie auch Dieben aus Europa die Hand ab?»

«Auch Ausländer unterstehen arabischem Gesetz. Vor ein paar Jahren haben zwei Deutsche, die hier in einer deutschen Baufirma tätig waren, Lohngelder gestohlen. Sie wurden gefaßt und verurteilt. Die Strafe lautete: Hand ab! Es gab einen Riesenwirbel. Das deutsche Außenministerium wurde eingeschaltet. Ein berühmter Münchner Strafverteidiger schlug vor, wenn es sich denn nicht verhindern ließe, den Verurteilten die Hand abzunehmen, so sollte man mit Hilfe eines bereitstehenden Hubschraubers in ein Krankenhaus fliegen, um den beiden Unglücklichen die Hände wieder anzunähen. Die Saudis fühlten sich auf den Arm genommen und reagierten bitterböse. Am Ende wurde die Verstümmelung umgewandelt in eine Gefängnisstrafe.»

«Gut.»

«Nicht gut. Sie kennen unsere Gefängnisse nicht. Der Minister, der den angeblichen Gnadenakt unterschrieben hat, soll gesagt haben: Sie haben einen schlechten Tausch gemacht. Sie werden uns noch auf Knien darum bitten, daß wir ihnen die Hände abnehmen.»

«Und was geschieht mit den Frauen?» fragte Anna.

«Frauen können nicht wegen Diebstahls belangt werden, ebensowenig wie Kleinkinder. Der Mann haftet für sie. Es gibt nur ein Verbrechen, für das wir in diesem Land wie Männer büßen müssen: den Ehebruch. Darauf steht Steinigung.»

«Steinigung?»

«Ja, aber nicht wie im Koran gefordert. Während die Hinrichtung der Männer seit Jahrhunderten mit dem Krummschwert vollzogen wird, hat man die Steinigung modernisiert. Die Verurteilte wird in einen Sack gesteckt und vor der großen Moschee auf das Straßenpflaster geworfen. Dann kommt ein Lastwagen, ein hydraulischer Kipper, der entlädt ein paar Tonnen Steine über dem Sack. Nach drei Tagen werden die Steine wieder weggeräumt.»

«Und die Frau?»

«Das, was von ihr übrigbleibt, wird in die Wüste gekarrt. Den Rest erledigt der Wind und der Sand. Aber Schluß mit diesen scheußlichen Geschichten. Haben Sie Lust, mit uns morgen in die Wüste zu fahren?»

Einunddreißigstes Kapitel

Mit zwei Landrovern waren sie aufgebrochen. Helmut, Anna, Assad und Beatrice in dem einen, in dem anderen zwei bärtige Saudis, die Assad als seine Assistenten vorstellte. Hier draußen wirkten sie wie Leibwächter. Beide trugen Krummsäbel in ihren breiten Ledergürteln. Auf der Ladefläche ihres Trucks hockte ein kläglich blökendes Schaf.

Beatrice fing Annas fragende Blicke auf und sagte: «Unser Abendessen.»

«Ein lebendiges Lamm?»

«Anders läßt sich bei der Hitze Fleisch nicht transportieren», fügte Haidar hinzu. Es klang wie eine Entschuldigung.

Die Teerstraße führte durch ein langes, gewundenes Wadi. Der Pflanzenwuchs wurde immer karger. So muß es auf dem Mond aussehen, dachte Anna. Totenstille, flimmernde Hitze, keine Spur von Leben.

«*Bahr bela ma*», sagte Assad, «Meer ohne Wasser.»

Einförmige Gesteinsflächen wechselten mit hartem Sand. Sie hatten die Straße längst verlassen. Der Kompaß war ihr Richtungsweiser. Sonst gab es keinen Bezugspunkt mehr, keinen Weg, nur Weite. Ein unbeschreibliches Gefühl der Verlassenheit überfiel sie. Der Horizont um sie herum bildete einen durch nichts unterbrochenen Kreis. Alles Empfinden für zeitliche und räumliche Dimensionen fiel von ihnen ab. Welch grenzenlose Weite! Welche Winzigkeit der eigenen Existenz! So muß den Astronauten im All zumute sein.

Nach mehrstündiger Fahrt erreichten sie ein tief eingeschnittenes Tal mit steil abfallenden Rändern. Es sah so aus, als habe ein Riese eine Rille in die steinige Wüstenei gefräst. Im Nachmittagsschatten der Felswände wuchsen Kameldorn, Jujuben, Kikujugras und rostrote Flechten.

«Dort unten werden wir unser Lager aufschlagen», sagte Assad.

Die Männer untersuchten sorgfältig das Gelände, drehten jeden Stein um.

«Gibt es hier Schlangen?» fragte Anna.

«Nein, nur Skorpione.»

«Skorpione!»

«Keine Angst, ihr Gift ist nicht tödlich», sagte Assad. «Nur schmerzhaft. Ich habe mal erlebt, wie sich ein Mann während eines nächtlichen Reifenwechsels auf einen Skorpion gesetzt hat. Das Biest hatte ihn am Oberschenkel erwischt. Das Bein schwoll innerhalb kurzer Zeit so an, daß wir ihm das Hosenbein aufschneiden mußten.»

«Kommt, laßt uns Diamanten suchen!» schlug Beatrice vor.

«Diamanten? Hier gibt es Diamanten?»

«Keine ganz richtigen. Es ist Korund, fast so hart wie Diamant. Wir haben einige schleifen lassen. Sie funkeln wie Brillanten.»

Auf allen vieren krochen sie umher. Es war ein aufregendes Spiel. Schon nach kurzer Zeit fanden sie den ersten Stein, einen gläsernen Tropfen, in dem sich das Licht brach. Assad gab ihn Anna.

Helmut entdeckte eine eigenartige Fährte im Sand.

«Es sieht so aus, als wäre hier ein Alligator gelaufen.»

«Es war eine Eidechse, ein Dhab», sagte Assad. «Sie werden bis zu einem halben Meter lang. Ihre Schwänze schmecken wie Langustenschwänze. Wißt ihr, wie die Nomaden sie fangen?

Sie fahren in der Abenddämmerung durch die Wüste. Wenn sie einen Dhab sehen, verfolgen sie ihn, bis er sich in seinen unterirdischen Bau flüchtet. Sie ziehen einen Schlauch über den Auspuff ihres Autos und stecken das andere Ende in das Erdloch. Dann brauchen sie bloß noch Gas zu geben, bis der Dhab halb betäubt herausgetorkelt kommt.»

«Gemein.»

«Aber wirkungsvoll.»

Als sie zu ihrem Lagerplatz zurückkehrten, brannte dort ein Feuer. Achmed und Ali, die beiden Assistenten Assads, hatten das Schaf geschlachtet, gehäutet und ausgenommen. Nun hing es an einem Spieß über der Glut, nackt und bleich. Teppiche wurden ausgerollt, Kissen verteilt, Zigaretten angezündet. In einem mächtigen Kessel kochte Teewasser.

* * * *

Bei dem Wort Teewasser legte Anna den Kugelschreiber aus der Hand. Sie erhob sich und ging zum Landrover: Trinken, dachte sie. Nur einen Schluck.

Nein, sie mußte noch warten. Erst nach Einbruch der Dunkelheit, so hatten sie es sich vorgenommen. Es dauert nicht mehr lange. Sie kehrte zu ihrem Tisch zurück.

Ich muß das Tageslicht ausnutzen. In der Wüste war der Grat zwischen Tag und Nacht sehr schmal. Wie hatte Assad ihn genannt?

* * * *

«Das ist die Stunde des Dhab», hatte Assad gesagt, «die Zeit, in der das Leben erwacht.»

«Hier gibt es Leben?» hatte Anna gefragt.

«O ja, jede Menge. Nicht nur Hunderte von Insekten, sondern auch Reptilien und Säugetiere: Springmäuse, Goldhamster und Igel, und natürlich Kamele.»

«Gibt es auch Löwen?» wollte Anna wissen.

«Nein, wer immer das Märchen vom Löwen als König der Wüste aufgebracht hat, er war ein Phantast. Viele Tiere der Wüste überleben nur, weil sie einen Trockenschlaf halten, so wie die Tiere des Nordens, die in den Winterschlaf fallen. Zu ihnen gehört die Wüstenkröte.»

«Kröten in der Wüste? Richtige Kröten?» fragte Anna ungläubig. «Wie kann das sein? Kröten sind Amphibien. Sie brauchen Wasser als Lebensraum. Denn alle Amphibien beginnen ihr Leben als Kaulquappen mit Kiemen.»

Assad zündete sich eine Zigarre an und sagte: «Wenn es hier mal regnet – was sehr selten vorkommt –, so geschieht das wolkenbruchartig. Dann entstehen überall Tümpel. Schon zwei Tage nach dem Regen wimmelt es in ihnen von Kaulquappen. Die Wüstenkröten entwickeln sich mit unglaublicher Geschwindigkeit. Und das müssen sie auch, denn es ist ein Wettlauf mit dem Tod. Das Regenwasser verdunstet innerhalb weniger Tage. In dieser Zeit müssen die Kröten eine Entwicklung durchmachen, für die ihre europäischen Vettern zehnmal so lange brauchen. Das schaffen sie nur, indem sie sich in den engen flachen Pfützen gegenseitig auffressen. Die letzten Tage verbringen sie fast ganz ohne Wasser. In mehreren Schichten übereinander versuchen sie verzweifelt, ihre Metamorphose abzuschließen, ihre wasserabhängigen Kiemen zu Lungen umzubilden. In diesem Überlebenskampf opfern sich die oberen Schichten für die unteren. Während sie in der Sonne qualvoll vertrocknen, halten sie mit ihren sterbenden Leibern die unteren so lange feucht, bis diese ihre Entwicklung abgeschlossen haben und sich eingraben. Alle für einen. Einer für alle. Die Tugend der Mudschahedin.

Als Kinder haben wir den Kröten rote Wollfäden an die Beine gebunden, um sie später wiederzufinden. Wenn man sie nach Monaten wieder ausgräbt, sehen sie aus, als seien sie tot, vertrocknete Froschmumien. Jahrelang liegen sie so unter der Erde. Wenn es regnet, erwachen sie aus ihrem Schlaf und krabbeln an die Oberfläche, um sich zu paaren.»

Die Sonne berührte bereits den Rand des Wadis, als das Essen aufgetragen wurde. Auf einer zwei Fuß langen Silberplatte, umgeben von Reis, lag goldbraun gebraten das Lamm. Es roch nach Curry und Kardamom.

Unter dem feinen Wasserstrahl einer Kanne wuschen sie sich der Reihe nach die Hände. Bestecke gab es nicht. Mit den Fingern formten sie kleine Kügelchen vom Reis, die sie sich in den Mund schoben. Das Fleisch zerteilte Assad mit einem Messer. Es schmeckte vorzüglich.

Danach aßen sie frische Datteln und tranken ungebrannten Kaffee. In der Ferne vernahm man einen klagenden Pfiff, langgezogen an- und abschwellend. Ein schauriger Schrei.

«Was ist das? Ein Tier?»

«Das ist die Eisenbahn.»

«Hier gibt es eine Eisenbahn?»

«Ja, von Riad an den arabischen Golf, eine wilde Strecke.» Und dann erzählte Assad die traurige Geschichte von dem Lokomotivführer Ali Alamdar: «Während eines Besuchs, den König Saud Bin Abdulaziz 1946 den Ägyptern abgestattet hatte, war er zum erstenmal in seinem Leben mit der Eisenbahn gefahren. Der König war so begeistert, daß er von der ausländischen Ölförderungsgesellschaft Aramco verlangte, sie sollten ihm auch eine Eisenbahn bauen. Die Ölgesellschaft heuerte das amerikanische Unternehmen Bechtel zum Bau einer Bahnlinie an. Innerhalb von drei Jahren wurden tausend Meilen Schienen quer durch die Arabische Wüste verlegt, von Riad bis nach Dammam. Als der erste Zug die Hauptstadt erreichte, war alles auf den Beinen. Der König persönlich erwartete ihn im Rollstuhl sitzend auf dem Bahnhof. Fünfzig Millionen Dollar hatte ihn das Spielzeug gekostet.

Ali Alamdar, der arabische Lokomotivführer, war in Amerika ausgebildet worden. Er war in den Augen seiner Landsleute so etwas wie ein Astronaut, ein Held der Technik. Er wurde vom König in die Arme geschlossen und nahm ein Geschenk von tausend Goldryal entgegen. Er war ein gemachter Mann, ein Habib Allahs, ein Liebling der göttlichen Vorsehung.

Doch wie heißt es: Niemand soll vor seinem Ende glücklich gepriesen werden. Ob es an dem Sandsturm lag, der an jenem Morgen die Sicht einschränkte, oder an der Unaufmerksamkeit Ali Alamdars, der die ganze Nacht hindurch den Zug gelenkt hatte, ließ sich hernach nicht mehr feststellen. Es wäre wohl auch nicht von Wichtigkeit gewesen. Auf jeden Fall fuhr der Zug wenige Meilen vor Riad in eine Herde Mehari, königliche Rennkamele, die es sich auf den Gleisen bequem gemacht hatten.

Nun gibt es ein Gesetz, das besagt: Wer ein königliches Kamel tötet, der soll durch das Schwert gerichtet werden.

Ali Alamdar wurde angeklagt und für schuldig befunden. Die Ölgesellschaft verwandte sich für ihn. Sie argumentierten: Als dieses Gesetz festgelegt worden war, gab es noch keine Eisenbahnen und keine Autos. Wer damals ein königliches Kamel tötete, mußte das mit einer Waffe in böser Absicht tun. Ali Alamdar ist ohne Schuld.

Wie kann der Fortschritt das Gesetz außer Kraft setzen? erwiderten seine Richter. Und so kam es, wie es kommen mußte. Der gleiche Mann, der nur wenige Monate zuvor wie ein Held gefeiert worden war, wurde vor der großen Moschee enthauptet wie ein Verbrecher. Die gleichen Menschen, die ihm zugejubelt hatten, kamen nun, um seinen Kopf rollen zu sehen.

Recht und Gerechtigkeit sind zuweilen ungleiche Brüder. Was aber wäre der Mensch ohne das Gesetz. So sprach der König, der seine Rennkamele offensichtlich noch mehr liebte als seine Eisenbahn.»

∗ ∗ ∗ ∗

Auf der Rückfahrt sahen sie im Mondlicht neben der Teerstraße Kamele. Ein Muttertier mit einem Kalb. Die Alte lag mit dem Bauch auf der Erde, die Beine eingeknickt, den Kopf hoch erhoben, die Augen voller Angst. Kläglich blökend drängte sich das Junge an die Mutter. Ein Bild des Jammers.

«Halt mal an!» sagte Anna.

Und dann sahen sie es alle: Die Straße war voller Blut.

Assad stoppte den Landrover. Anna wollte aussteigen.

«Halt!» herrschte Assad sie an. «Hierbleiben! Dem Kamel ist nicht mehr zu helfen. Ein Lastwagen hat ihm die Beine gebrochen. Das passiert auf den Überlandstraßen häufiger. Die Tiere legen sich zur Nacht auf den warmen Asphalt.»

Anna faßte den Türgriff.

«Bitte nicht», sagte Beatrice.

«Aber wir können doch nicht …»

«Doch, wir können», sagte Assad. «Wenn Sie jetzt aussteigen und zu dem Kamel gehen, sind Sie dafür verantwortlich, mit allen Konsequenzen. Das gilt auch für die Schuldzuweisung. Wer sich eines Verletzten annimmt, übernimmt alle Folgekosten und Lasten.»

«Und was wird aus dem jungen Kamel?» fragte Anna. «Mein Gott, wie kann man bloß so herzlos zu Tieren sein.»

Assad zuckte mit den Schultern.

«Unser Verhältnis zum Tier ist anders als in Europa. Der Hirte führt nicht seine Herde, er folgt ihr.

Es gibt kein eigensinnigeres Geschöpf als ein Kamel, aber kein Araber würde es schlagen. Niemand liebt ein Tier so hingebungsvoll wie der Nomade sein Kamel, denn er ist ihm in der Wuste auf Gedeih und Verderb ausgeliefert. Sie reden mit ihren Kamelen und Ziegen wie mit Menschen.»

Assad legte den ersten Gang ein. Beim Weiterfahren erzählte er: «Der Fahrer einer deutschen Konstruktionsfirma, der ich partnerschaftlich verbunden bin, stieß auf einer Kreuzung in Riad mit dem Lieferwagen eines arabischen Gemüsehändlers zusammen.

Der Schaden war beträchtlich.

Der Deutsche war bei Grün über die Kreuzung gefahren, der Saudi bei Rot. Dafür gab es Zeugen.

Der alte Richter, ein Blinder aus Bahrain, sagte: «Der Gemüsehändler wurde hier geboren. Er ist mit dem Boden Arabiens so fest verwurzelt wie eine Dattelpalme. Der Deutsche ist so zufällig hier wie ein angeschwemmter Fisch auf dem Land.

Der Gemüsehändler ist ein armer Mann mit einem Auto und acht Kindern.

Die deutsche Gesellschaft hat viele Autos und ist reich. Im Koran steht: Die Reichen sollen den Armen geben. Was interessiert mich da die Farbe einer Ampel. *Wa lillahi el maschreg wa el maghreb.* Gott regiert den Orient. Gott regiert das Abendland.

Die Gesellschaft zahlte den Schaden.

Was ist Recht? Was ist Unrecht in der Wüste?»

* * * *

Mein Gott, wie viele Geschichten dieser Art habe ich in den letzten Tagen gehört, dachte Anna. Der Orient ist voll davon. Tausendundeine Nacht reichen nicht aus, um sie alle zu erzählen.

Die Sonne war jetzt in dem Meer von Sand verschwunden. In allen Regenbogenfarben leuchtete der wolkenlose Himmel von Glutrot über Orange, Gelb, Grün bis zum reinsten Blau. In wenigen Minuten würde die Dunkelheit hereinbrechen. Jetzt hielt sie nichts mehr. Der Dunst bestimmte ihr Handeln.

Mit den bloßen Händen grub sie den Wasserkanister aus, den sie im Sand unter dem Auto vergraben hatten. Er war fast leer. Vorsichtig, damit kein Tropfen von dem kostbaren Naß verlorenging, goß sie sich ein Glas voll. Mit geschlossenen Augen trank sie. Wie sie da kniete, das Glas in beiden Händen, wirkte sie so andächtig wie eine Betende.

Sollte sie nicht Helmut wecken? Sie unterließ es. Schlaf ist eine gute Zuflucht. Trinken kann er immer noch.

Anna holte sich eine Wolldecke und legte sich zu Helmut. Jetzt war es angenehm, daß der Sand so warm war.

Sie blickte hinauf zum Himmel, über den sich die Nacht ausgebreitet hatte. Unzählige Sterne funkelten wie Glassplitter vor dem bodenlosen Schwarz der Unendlichkeit.

Anna dachte: Es ist nicht die Unendlichkeit des Alls, die mir Angst macht, es ist der Anblick der Zeit. Diese kreisenden Sterne rundherum, sie sind sichtbar gewordene Zeit. Ein Tag, ein Jahr, alles Teilstriche im großen Kreisen der Gestirne.

Die Zeit ist das Unfaßbarste von allem, was ist. Zeit ist weder Geld noch eine physikalische Konstante. Zeit ist unser einziger wirklicher Reichtum, ein leeres Gefäß, das wir mit Gelebtem füllen. Was zählt, sind die Augenblicke, in denen wir wirklich gelebt haben.

Ein vertanes Leben, das keine Zeit hatte, seine Zeit zu erleben! Traum, Rausch, Entzücken, Orgasmen sind Ausstiege aus der Zeit. Es ist eigentlich widersinnig, daß wir vor dem endgültigen Ausstieg aus der Zeit, vor dem Tod, Angst haben.

Zweiunddreißigstes Kapitel

Auf dem harten Sand liegend, sehnte sie sich nach dem Bett in ihrem Grand Hotel in Riad. Ob man sie dort schon vermißte? Und falls es so wäre, wer würde sie hier suchen?

Das Hotel überragte die Altstadt wie ein babylonischer Turm. In der gläsernen Fassade brach sich gleißend die Wüstensonne. Aus den Schächten der Klimaanlage strömte erfrischende Kühle.

Die Appartements für die Gäste der Ministerien befanden sich in der obersten Etage. Der Ausblick war atemberaubend.

«Wie aus einem Flugzeug», sagte Helmut. «Ladies and Gentlemen, bitte stellen Sie das Rauchen ein und legen Sie Ihre Sitzgurte an. Und stellen Sie Ihre Uhr um vierhundert Jahre zurück. Wir landen in wenigen Minuten in Riad.»

Die vorderen Räume ihres Appartements dienten der Abwicklung von Geschäften. Ein Besprechungszimmer mit niedrigen Ledersofas und gläsernen Beistelltischen. Kelims und Kalligraphien schmückten die Wände.

Hinter dem offiziellen Teil befand sich der Privatbereich: zwei Schlafzimmer mit breiten französischen Betten und einem Bad von gigantischem Ausmaß. Die vorherrschenden Farben waren Schwarz, Gold und Grün, die Lieblingsfarben des Propheten. Es gab ein Überangebot an technischen Apparaten vom Fön bis zum Faxgerät, eine Massagemaschine, ein Eiswürfelautomat und ein Laufband. In allen Räumen standen Telefone und Fernsehschirme, selbst auf dem Klo. Überall ertönte Hintergrundmusik.

Helmut inspizierte die Räume mit Genugtuung. Er hob Anna auf, trug sie ins Bad und sagte: «Leider habe ich keine Haremssklavinnen und Eunuchen, die dich baden und salben könnten. Aber wenn du mit mir Vorlieb nehmen willst, übernehme ich diese Dienste mit Vergnügen.»

«Das könnte dir so passen», lachte Anna. Sie drängte ihn aus dem Bad und schob den Riegel vor. Helmut rüttelte protestierend an der Tür: «Verweigerung ist Widerstand gegen die Autorität des männlichen Gebieters. Vergiß nicht: Ich bin dein alleinerziehungsberechtigter Onkel.»

✳ ✳ ✳ ✳

Anna kam aus dem Bad, schloß die Tür hinter sich, wollte den Raum durchqueren, da verlosch das Licht. Sie stand im Dunkeln, nur mit ihrem Bademantel bekleidet. Es war so finster, daß sie nicht die Hand vor Augen hätte erkennen können.

«Helmut!»

Keine Antwort.

«Helmut, komm, mach keinen Unsinn.»

Stille.

«Bitte knips das Licht wieder an! Ich kann nichts sehen.»

Nichts rührte sich.

Sie tastete sich voran, suchte die Wand, den Schalter, stieß gegen einen Stuhl. Bewegte sich da nicht etwas?

«Helmut, bitte.»

Zwei Hände berührten sie, erst vorsichtig tastend, dann fest zupackend. Der Bademantel glitt ihr über die Schultern, fiel zu Boden. Zwei nackte Arme hielten sie, zogen sie zu sich heran. Ihre Brustspitzen berührten behaarte Männerbrust. Ein nackter Bauch schob sich gegen ihren. Sie spürte sein Geschlecht, hart, erregt, fordernd. Die Berührung traf sie wie ein elektrischer Schlag. Mäuse erstarren so unter dem hypnotischen Blick der Schlange. Unfähig zu jeglicher Bewegung wartete sie darauf, verschlungen zu werden.

Das war vor zwei Tagen. Jetzt wartete sie darauf, von der Wüste verschlungen zu werden.

Ihr Mund war so trocken, daß sie ihre eigene Zunge als Fremdkörper empfand. Sand knirschte zwischen ihren Zähnen. Schwimmen, dachte sie. Eintauchen in Wasser.

* * * *

Die beiden Frauen lagen nackt am Schwimmbecken und tranken eisgekühlten Orangensaft.

«Mein Gott, wie bleich bin ich neben Ihnen», sagte Anna.

«Die Saudis stehen auf Frauen mit schneeweißer Haut. Haidar mag es gar nicht, wenn ich braun werde. Überhaupt sind wir beide für einen Saudi viel zu mager», sagte Beatrice. «Sie haben sehr eigene Vorstellungen von einer Frau.»

Anna sah, was Beatrice meinte. Ihr Schoß war glatt und haarlos wie der eines Kindes. Ihre Brustwarzen waren mit Henna tiefrot gefärbt. Sie war eine schöne Frau, mit festem, flachem Bauch und vollen Brüsten. Sie bewegte sich auch nackt so sicher wie in ihren Kleidern. Sie wußte um ihre Wirkung auf andere und vermittelte den Eindruck einer Frau, die viel Zeit und Geld für ihre Körperpflege aufbringt.

«Wie lebt es sich als Europäerin in Saudi-Arabien?»

«Wenn man den richtigen Mann hat, nicht schlecht», lachte Beatrice.

Und dann erzählte sie von ihrem Klassentreffen in Potsdam. «Ich wollte unbedingt dorthin. Wir waren auf dem Internat eine fest eingeschworene Gemeinschaft. Ich wollte meine Freundinnen wiedersehen, aber Haidar konnte hier nicht weg. Wichtige Regierungskonferenzen mit dem König.

Laß mich allein fahren, bat ich ihn.

Unmöglich, sagte er. Ganz unmöglich. Vergiß es.

Traust du mir nicht?

Doch, natürlich, aber eine Frau darf so etwas nicht tun. Kein Mensch hier würde das verstehen. Ich würde mein Gesicht verlieren, meine Stellung. Du wärst in ihren Augen eine Hure und ich dein Zuhälter. Es geht nicht. Aber wenn dir so viel an dem Wiedersehen mit deinen Freundinnen liegt, so lasse sie doch herkommen. Macht euer Klassentreffen hier bei uns, in unserem Haus.

Haidar hat die vierzehn Frauen einfach einfliegen lassen, erster Klasse, und hat sie eigenhändig mit einem Omnibus des Ministeriums am Airport abgeholt. Es wurde ein wundervolles langes Wochenende. So sind sie, die Araber. Wenn der Prophet nicht zum Berg kommt, so geht der Berg halt zum Propheten.»

«Ein kostspieliger Spaß.»

«Saudi-Arabien ist ein reiches Land. Hier liegen ein Drittel aller Ölvorkommen der Erde.»

Sie trank von ihrem Saft und blickte Anna in die Augen.

«Ketten lassen sich leichter ertragen, wenn sie aus Gold sind. Und wer von uns ist schon frei? Wie viele Demütigungen muß eine Europäerin ertragen, um sich das bißchen Freiheit zu gönnen, auf das sie so stolz ist.

‹Ist es wirklich wahr›, hat mich Haidars Mutter gefragt, ‹daß die Christen ihre Frauen in Büros und Fabriken arbeiten lassen? Wie können sie so etwas tun? Lieben sie ihre Frauen nicht? Wie kann ein Mann seine Frau in ein Büro schicken, wo sie einen anderen Mann zum Chef hat, der ihr Anweisungen erteilt, die sie auszuführen hat, so als sei sie mit ihm verheiratet. Welche Demütigung! Wie können die armen Frauen soviel Unfreiheit ertragen?»

Nun mußten beide Frauen lachen.

«Sind Sie auch der Meinung?» fragte Anna.

«Nein, natürlich nicht. Mir tun vor allem die kleinen Mädchen leid. Wissen Sie, daß auf unseren Mädchenschulen schon die Neunjährigen während des Unterrichts Gesichtsschleier tragen müssen? Der Lehrer kennt keine seiner Schülerinnen von Angesicht.»

«Warum werden sie nicht von Lehrerinnen unterrichtet?»

«Weil keine Araberin einen Beruf ausüben darf. Ausländerinnen aber hält man von den Mädchen fern, aus Angst, sie könnten sie verderben. Einziges Unterrichtsbuch ist der Koran. Wissen wird so gut wie überhaupt nicht vermittelt. Diese Verdummung ist eine fürchterliche Geißel für das ganze Land. Sie trifft nämlich nicht nur die Frauen, sondern auch die Männer.»

«Wieso auch die Männer?» fragte Anna.

«Die Kinder verbringen ihre ersten sechs Lebensjahre daheim unter Frauen, während die Männer außer Haus ihren Geschäften nachgehen. Wenn ein kleiner Junge seine Mutter etwas fragt, so antwortet sie ihm zumeist: Das weiß ich nicht. Es fehlt die geistige Nahrung. Nichts fürchtet ein dummer Mann mehr als eine gescheite Frau. Ein Saudi-Mädchen, das aufgrund eines Auslandsaufenthalts eine bessere Schulbildung oder vielleicht sogar ein Studium absolviert hat, findet keinen Mann. Ohne Mann aber ist sie in Arabien so unbeweglich wie eine Gelähmte.»

Beatrice sprang mit einem Kopfsprung ins Wasser. Als sie wieder auftauchte, sagte sie: «Frauen können nicht schwimmen. Auch so eine Behauptung der arabischen Männer. Sie haben nicht einmal unrecht. Und wissen Sie, warum? Weil keiner da ist, der es ihnen beibringen könnte. Weibliche Schwimmlehrer oder Bademeister gibt es nicht, weil Saudi-Frauen keine Berufe ausüben dürfen. Und wer sollte es den Lehrerinnen beigebracht haben? Ein männlicher Bademeister für Frauen – wenn so etwas denkbar wäre – könnte eine Ertrinkende nicht retten, denn er dürfte sie nicht anfassen, nicht einmal bekleidet, geschweige denn halbnackt. Natürlich dürfen Frauen und Männer nicht gemeinsam baden. Sie dürfen noch nicht einmal an verschiedenen Tagen im gleichen Wasser baden, weil man allen Ernstes davon überzeugt ist, daß eine Frau durch Spermien im Wasser geschwängert werden könnte.»

«Das ist nicht Ihr Ernst», lachte Anna.

«Doch. Ich wollte den Frauen unserer arabischen Freunde das Schwimmen beibringen, aber es ging nicht, weil dieses Wasser hier nicht ausschließlich Frauen vorbehalten ist.»

«Wie kommt es, daß das Verhältnis zwischen den Geschlechtern so strengen Regeln unterliegt, aber unter Gleichgeschlechtlichen so frei ist?» fragte Anna. «Man sieht auf der Straße Männer, die sich an den Händen halten, sich zur Begrüßung auf den Mund küssen.»

«Ach, die machen noch ganz andere Sachen», lachte Beatrice.

«So, was denn?»

«Wir waren vor ein paar Tagen zu einer großen Hochzeit eingeladen, natürlich getrennt nach Geschlechtern.»

«Getrennt nach Geschlechtern, eine Hochzeit?»

«Die Frauen im ersten Stock und auf dem Dach des Hauses, die Männer im Erdgeschoß und im Garten. Wir hatten Einblick in einen Innenhof. Die Männer konnten uns nicht sehen. Also ich sage Ihnen, Sie glauben ja gar nicht, wie ungezwungen die untereinander mit ihrem besten Stück umgehen, wie sie damit angeben.

Bei der scharfen Trennung der Geschlechter haben alle Männer in einer bestimmten Phase ihres Lebens homosexuelle Kontakte. Wenn sie sich später eine Frau nehmen, legen sie diese Jugendsünde wieder ab. Aber etwas bleibt wohl für immer hängen. Männerfreundschaft ist in Arabien nicht ohne Erotik.»

Sie rückte den Sonnenschirm zurecht und fragte: «Langweile ich Sie mit diesem Männerklatsch?»

«Im Gegenteil, ich finde das höchst aufregend», lachte Anna.

«Da gibt es eine hübsche Geschichte.» Sie warf Anna ein Handtuch zu und begann:

«Im Anschluß an eine größere Audienz bat König Feisal einen

österreichischen Architekten, noch zu bleiben. Als sich alle entfernt hatten, sagte der König: Meine Ärzte raten mir zu einer Operation an meinen Hüftgelenken. Ich kann nicht mehr niederknien, um das rituelle Gebet zu vollziehen, und habe ständig Schmerzen. Man hat mir berichtet, Sie hätten sich solch einer Operation unterzogen.

So ist es, Euer Majestät.

Und Sie haben keine Schmerzen mehr und können sich bewegen wie früher?

Nun, nicht ganz wie früher, aber ich bin ohne Schmerzen und kann ohne weiteres niederknien.

Darf ich die operierte Stelle mal sehen?

Selbstverständlich, Euer Majestät.

Der Architekt öffnete den Gürtel seiner Hose und ließ sie herunter. Der König betrachtete und befühlte die Narben. Dann hob er sein Gewand und zeigte dem anderen, wo die Schmerzen ihn plagten.

Mit dieser belanglosen und beinahe lächerlichen Begebenheit begann für den Architekten eine glanzvolle Karriere. Einer, den der König bittet, vor ihm die Hose herunterzulassen, und vor dem er dann den eigenen Unterleib entblößt, solch ein Mann ist ein Freund.

Der Architekt erhielt Aufträge in Milliardenhöhe, sogar in Mekka, das sonst von keinem Ungläubigen betreten werden darf.»

«Und wie ist das unter Frauen?» fragte Anna.

«Bei den Frauen geht es nicht weniger ungezwungen zu. Keine, die ich kenne, hat einen Badeanzug. Sie planschen nackt miteinander, massieren sich die Lenden und Schenkel, tauschen erotische Erfahrungen aus, schwelgen in sexuellen Wonnen, befreien sich von ihren Frustrationen, sind so intim und vertraut miteinander wie mit keinem Mann.

Die Europäerin ist ganz auf ihren Mann fixiert. Eine Freundin hat man oder hat man nicht. Der Bezug zum eigenen Geschlecht ist nicht von Bedeutung. Die Araberin aber braucht die Gemeinschaft mit anderen Frauen wie die Luft zum Atmen. Arabische

Frauen unter sich sind eine geschlossene Gesellschaft von fast religiösem Tabu. Selbst ein Religionspolizist würde sich nicht über diese Schwelle wagen.»

«Religionspolizist? Gibt es so etwas wirklich?»

«Es gibt sie: Religiöse Fanatiker, alt meist, bärtig und bösartig vor heiligem Eifer. Sie wachen über die Moral und stellen sicher, daß die Händler ihre Läden schließen, wenn der Muezzin zum Gebet ruft, daß die Frauen ihre Körper züchtig verhüllen. Ich habe da einmal eine schlimme Geschichte erlebt.»

Sie füllte ihre Gläser und erzählte:

«Ich war noch nicht lange im Land und wollte mir den großen Suk ansehen, den Markt von Riad. Eine junge Koreanerin, die Frau eines Architekten, der im Innenministerium arbeitete, begleitete mich. Ein Fahrer des Ministeriums hatte uns am Markt abgesetzt. Wir waren noch nicht weit gekommen, als uns ein Religionspolizist erspähte. Ein bulliger Typ mit kahlgeschorenem Schädel und kleinen bösen Augen unter buschigen Brauen. Er muß wohl der Meinung gewesen sein, daß mein Rock nicht lang genug war. Er stürzte sich auf uns, und bevor ich wußte, was er wollte, schlug er mir seinen Rohrstock mit voller Wucht um die Knöchel. Es tat höllisch weh. Ich schrie vor Schmerz auf, versuchte, meine Beine zu verbergen. Da schlug er mir auf die Hände.

Ein Kreis von Menschen bildete sich um uns. Die öffentliche Züchtigung einer Frau, einer Europäerin – das gab es nicht alle Tage.

Und dann geschah etwas, von dem ganz Riad wochenlang sprach. Meine koreanische Begleiterin griff sich den wild gewordenen Moralapostel und warf ihn mit einem blitzschnellen Karatewurf über ihre Schulter. Er knallte auf das Kopfsteinpflaster. Dort lag er wie ein zu Tode erschrockenes Schaf. Es war totenstill. Die umstehenden Männer erstarrten zu Salzsäulen. Es war etwas geschehen, was noch nie geschehen war und was nach allen geschriebenen und ungeschriebenen Gesetzen niemals passieren durfte.

Wir zogen uns rasch zurück. Niemand hinderte uns daran. Als

ich Haidar davon berichtete, fragte er ungläubig: Sie hat ihn wirklich über ihre Schulter auf das Pflaster geworfen? Und dann lachte er, wie ich ihn noch nie habe lachen gesehen.

Was wird mit der Koreanerin? habe ich ihn gefragt, wird man sie bestrafen? Sie hat es für mich getan. Du mußt ihr helfen. Sie tut mir so leid.

Aber nein, sagte Haidar. Wo denkst du hin. Leid tut mir der Religionspolizist. Ein Mann, der sich von einer Frau aufs Kreuz legen läßt, vor den Augen aller Männer auf dem Markt, o Allah, der Arme ist erledigt! Entehrt bis zum Jüngsten Tag. Ihm bleibt nichts anderes übrig, als die Stadt zu verlassen.»

Dreiunddreißigstes Kapitel

Ein stechender Schmerz riß ihn aus ohnmachtähnlichem Schlaf. Helmut war es, als gösse ihm jemand heißes Blei in den Schlund. Der Durst war mörderisch, quälend wie Atemnot.

Er kroch zu dem Wagen, griff sich die Flasche, füllte ein Glas mit Wasser und saugte es mit gierigen Schlucken in sich hinein. Einen Augenblick lang kämpfte er mit sich, das Glas noch einmal vollzugießen. Er überwand die Versuchung nur mit Mühe. Er wußte, Anna hatte auch nicht mehr getrunken. In ihre Decke eingewickelt bis über den Kopf, lag sie auf dem Sand. Ihr Atem war tief und regelmäßig.

Schlafen, dachte er. Schlafen wie die Wüstenkröten, die die Trockenheit nur überleben, weil sie sie verschlafen.

Er schloß die Augen und versuchte, dem grausamen Wachsein zu entkommen. Es gelang ihm nicht. Er spürte das kühle Glas an seinen Lippen. Köstliches Naß perlte über seine Zunge. Welch wundervoller Wahn!

* * * *

«Perrier», sagte der Araber, der ihm gegenüber in einem breiten Sessel saß. «Ist es nicht großartig: Wir erfrischen uns hier in Arabien mit französischem Quellwasser, und die Franzosen wärmen sich mit dem Öl aus unserer Wüste.»

Muhrad al Nadir war einer der vierhundert Prinzen der inneren Nachfolge, ein echter Enkel König Sauds. Mit weißem Bart und ganz in weiße, wallende Gewänder gehüllt, wirkte er wie ein Wesen aus einer anderen Welt. Er trank von seinem Perrier, als wäre es Wein und fragte:

«Ihr wollt die Stämme Europas zu einer machtvollen Einheit zusammenschmieden? Es wird euch nicht gelingen, so lange euch das Wichtigste fehlt: die verbindende Idee.

Ich weiß, wovon ich spreche. Wir Araber haben es der Welt vorgemacht. Bis zum Erscheinen Mohammeds bestand die Arabische Halbinsel wie Europa aus vielen Stämmen, die sich in endlosen Fehden bekriegten. Innerhalb von zehn Jahren gelang es dem Propheten, Arabien zu vereinigen. Aus dem quirlenden Chaos der Wüste wurde geballte Macht, eine Macht, die Weltreiche umstieß wie tönerne Götzen und die Reserven genug hatte, das Gewonnene über Jahrhunderte hindurch zu bewahren. Ihr Triumph war – wann wäre das in Wahrheit je anders gewesen – der Triumph einer Idee. Ihr Resultat war eine handlungsfähige Einheit mit einem klaren geistigen Ziel, angefeuert von der sicheren Verheißung des Paradieses für den Opfertod in gerechter Sache.

Ein gemeinsamer Markt – welch erbärmlicher Ersatz für einen gemeinsamen Glauben! Wie belanglos sind gemeinsame Interessen neben einer gemeinsamen Idee!»

«Was raten Sie uns?» fragte Helmut, den der heilige Eifer des Prinzen zu amüsieren schien.

«Bemüht euch nur weiter um einheitliche Verwaltung, Währung, Normung. Auf diese Art haben die alten Römer dem Christentum den Boden bereitet. Ihr schafft die Voraussetzungen für uns, Europa den rechten Glauben zu geben.»

«Den Islam?» fragte Helmut so ungläubig, daß der Alte schmunzeln mußte.

«Die Entwicklung ist viel weiter fortgeschritten, als ihr ahnt. In weiten Teilen der ehemaligen Sowjetunion hat der Islam den Kommunismus abgelöst. In Europa wächst die Zahl der Gläubigen schneller als die Zahl der Christen in weltweiter Missionsarbeit. Berlin ist gemessen an der Anzahl seiner türkischen Bewohner die drittgrößte Stadt der Türkei.

Wer von uns hätte es für möglich gehalten, daß die rote Fahne auf dem Kreml von den Farben des zaristischen Rußland verdrängt werden könnte? Heute weht sie dort.

Und genauso wird einst die Fahne des Propheten über dem Vatikan wehen. Allah allein kennt den Tag. Es wird der Geburtstag des wahren vereinten Europa sein, vereint unter einer kraftvollen Idee. Dann wird Brüssel zum neuen Cordoba. Und Andalusien wird in Europa Auferstehung feiern. Was für eine Renaissance!» Er trank von seinem Kaffee und sagte: «Die Wanderdünen der Wüste bewegen sich langsam, aber niemand vermag sie aufzuhalten.»

Es entstand eine längere Pause. Prinz Muhrad wandte sich lächelnd zu Helmut: «Ich hoffe, ich habe Sie nicht erschreckt. Aber hat nicht schon einer Ihrer größten Dichter geschrieben:

Herrlich ist der Orient
übers Mittelmeer gedrungen.
Nur wer Hafis liebt und kennt,
weiß, was Calderon gesungen.»

Helmut erwiderte: «Das neue Europa wird ein Europa des gesunden Menschenverstandes sein, oder es wird nicht sein. Die Probleme geistig in den Griff bekommen – das ist es, was man von uns erwartet.»

«War es nicht Bismarck, der gesagt hat: Politik ist keine Wissenschaft, sondern eine Kunst?»

«Die Politik im neuen Europa muß weg von der Ebene experimentierfreudiger Künstler. Sie muß berechenbar sein.»

«Mit anderen Worten: Weg vom Christentum, hin zum Islam»,

sagte Muhrad al Nadir. Denn unser Prophet hat im Gegensatz zu
eurem Gottessohn gelehrt: Wer lernt, betet. Wissen ist wichtiger
als glauben.»

* * * *

Verrückt, dachte Helmut. Ich liege hier, den Tod vor Augen, und
bin mit meinen Gedanken im Ministerium. Das bringt nur ein
Deutscher fertig.

Er blickte hinüber zu Anna. Sie saß an ihrem Tisch unter der
Zeltplane, den Bleistift in der Hand, die Augen geschlossen. Ihr
goldenes Kreuz an der Halskette leuchtete in der Sonne.

* * * *

«Nehmen Sie das ab!» herrschte der Saudi sie an. Dabei zeigte er
erbost auf Annas Halskette mit dem goldenen Kreuz. «Wir haben
bereits eine Religion und legen keinen Wert darauf, missioniert zu
werden.»

Als am Abend auf einem Empfang der britischen Botschaft
Anna dem Leiter der Swiss Air von diesem Zwischenfall im Ho-
telfahrstuhl erzählte, sagte der: «Da haben Sie noch Glück gehabt.
Ich habe mit dem Kreuz Schlimmeres erlebt.

Als wir unsere neuen Geschäftsräume hier eröffneten, wurde
eine Fensterscheibe durch einen Steinwurf zerstört. Ich hielt das
für einen Unfall und ließ eine neue einsetzen. Wie bei der ersten
ließ ich unser Emblem daraufmalen. Sie wissen ja: weißes Kreuz
auf rotem Grund. Auch diese Scheibe wurde eingeschlagen. Wir
mußten für Saudi-Arabien unser Firmenzeichen ändern. Kreuze
sind verboten. Und nicht nur die. Wir hatten für europäische In-
genieure Weihnachtsbäume eingeflogen. Sie wurden als Symbole
christlichen Aberglaubens auf dem Flughafen verbrannt. Die viel-
gepriesene Toleranz des alten Islam suchen Sie hier vergeblich.
Man hat mir eine Landkarte von der Wand gerissen, weil auf ihr
Israel eingetragen war. Hier liegt nicht Israel. Hier liegt Palästina.
Verstehen Sie uns nicht falsch, hat man mir erklärt, wir haben

nichts gegen die Juden. Sie stehen uns von der Rasse und Religion her näher als die Christen. Wir haben nichts gegen die Juden, aber wir haben sehr viel gegen Israel.

Wer sich positiv über Israel äußert, fliegt wie ein Rauswerf-Ägypter.»

«Ein Rauswerf-Ägypter …?»

«Das ist auch so eine typisch arabische Eulenspiegelei. In allen Abteilungen der Ministerien gibt es einen Ägypter, der nichts weiter zu tun hat, als dazusein. Dafür wird er gut bezahlt. Doch wenn irgend etwas in der Abteilung schiefläuft, ein schwerwiegender Fehler, ein kostspieliges Versäumnis, dann – so verlangt es die islamische Gerechtigkeit – muß ein Schuldiger gefunden und gefeuert werden. Und das ist der Rauswerf-Ägypter. Sein Job besteht darin, die Schuld der anderen auf sich zu nehmen, ein modernes Opferlamm auf dem Altar der Wiedergutmachung.»

Unter dem Porträt der englischen Königin, das die Stirnwand des Raums schmückte, sagte der Mann von der Swiss Air mit dem passenden Namen Fliegentaler: «Wußten Sie, daß die Queen ein Mann ist?»

Er fing Annas ungläubigen Blick auf und erzählte die folgende Begebenheit: «Eine Königin wie die englische ist für einen Araber ein Unding, etwas, das es nicht geben kann, weil es so etwas nicht geben darf. In einem Land, in dem jeder Mann Herrscher über seine Familie ist, kann nur ein Mann König sein.»

«Und die Frau des Königs?» fragte Anna.

«Saudi-Arabien ist vermutlich das einzige Land der Erde, in dem keiner weiß, wie seine Königin aussieht. Die Frau des Königs – es heißt, er habe nur eine – hat in der Öffentlichkeit nichts zu suchen. Wenn es sich einmal nicht umgehen läßt, ist sie bis auf einen Sehschlitz völlig verhüllt.

Als Königin Elisabeth Anfang der achtziger Jahre kundtat, sie wolle Saudi-Arabien einen Besuch abstatten, fühlten sich die Araber zwar tief geehrt, aber eine Frau als Staatsoberhaupt! Das verstieß gegen alle guten Sitten. Dafür gab es kein Protokoll. Das hieße, alle Traditionen über Bord zu werfen.

Eine Absage an die mächtigste Monarchie der Erde wollte niemand wagen. In dieser ausweglosen Situation trat der Rat der Mullahs zusammen und fällte eine Entscheidung, die typisch ist für das Zweckdenken des Islam. Der Rat verkündete: Da eine Frau nicht König sein kann – was die heilige Schrift eindeutig belegt –, ist Elisabeth entweder keine Frau oder keine Königin. Da kein Zweifel daran besteht, daß sie die Regierungsgewalt über das britische Empire ausübt, ist sie keine Frau. Königin Elisabeth wurde zum Mann erklärt.

Damit war ihr alles erlaubt, was in Arabien nur Männern erlaubt ist. Sie durfte am Kamelrennen in der Runde der Männer teilnehmen. Sie durfte öffentliche Ansprachen halten. Ja, sie hätte sogar die Herrentoilette benutzen können, wenn sie gewollt hätte.

Dafür war ihr aber jeder Kontakt mit den Frauen verwehrt. Übrigens war König Khaled nach dem Besuch wirklich davon überzeugt, daß die Königin von England ein Mann sei. Sie habe nichts an sich gehabt, was einen Mann zu reizen vermochte. Sie sei so feminin wie die bärtigen Burschen seiner Palastgarde.»

Als Anna laut loslachte, sagte Fliegentaler: «Das war nicht etwa eine Kränkung, sondern ein Kompliment, denn nichts geht einem Araber über echte Männerfreundschaft.»

«Erzählen Sie mir mehr von der Königin.»

«Von Elisabeth?»

«Nein, von der armen Königin Arabiens.»

«Sie ist weder arm noch bedauernswert. Sie genießt hohes Ansehen. Die Frau, die König Saud alle Söhne gebar, adelte damit ihre ganze Familie. Die Sippe der Suaderis gehört seitdem zur angesehensten im ganzen Land, während all die anderen Frauen, die ihm keine Söhne geboren haben, in Vergessenheit geraten sind. Das gilt selbst für seine Lieblingsfrau, eine Schwarze von fast einhundert Kilo Leibesfülle, von der er sagte, sie ersetze ihm zehn Ärzte und alle Freuden der Erde. Noch wenige Stunden vor seinem Tod wurde in einem offiziellen Bulletin verkündet, der greise König befände sich auf dem Weg zur Besserung. Er habe in den späten Nachmittagsstunden seine dunkelhäutige Lieblingsfrau bestiegen.

Das Ansehen der Königin beruht nicht auf Geist, Schönheit oder Liebe, sondern einzig und allein auf der Fähigkeit, Söhne zu gebären. Ihr Schlachtfeld ist das Wochenbett. Ihr Ruhm sind ihre Söhne.»

Vierunddreißigstes Kapitel

Der Durst weckte sie. Schweigend tranken sie ihre Ration Wasser, langsam und sehr konzentriert, als nähmen sie lebenswichtige Medizin zu sich. Und das war es ja auch.

«Wie viele Gläser sind es noch?» fragte Anna.

«Drei oder vier für jeden.»

«Und dann?»

Die Frage wurde nicht ausgesprochen, aber beide stellten sie sich. Danach vergrub sich Helmut wieder im Sand. Anna ging zu ihrem Tisch. Obwohl sie sich elend fühlte, spürte sie den unwiderstehlichen Drang, die Flut von Bildern festzuhalten, Erinnerungen, Visionen. Sagt man nicht, daß im Angesicht des Todes die Ereignisse noch einmal vor einem abrollen wie in einem Film? Nichts reizt unsere Phantasie mehr als der Entzug; nichts lähmt sie mehr als die Sättigung.

Sie blickte auf Helmut. War das wirklich der gleiche Mann, der noch vor drei Tagen mehr Mann war, als ihr lieb war, unersättlich. Ihr war die Sehnsucht abhanden gekommen. Da war kein Raum mehr für die Phantasie, für Gespräche, Geschichten. Er wollte keine hören, und vermutlich wären ihr auch gar keine eingefallen.

Er wollte nicht wissen, wie sie als Kind war, wovon sie träumte, wer sie wirklich war. Warum sollte er? Hatte er sie nicht mit Haut und Haaren?

Vermutlich wären sie sich trotz aller Umarmungen nicht nähergekommen, hätte Haidar Assad ihnen nicht seinen Landrover angeboten. Er mußte für zwei Tage nach Dscheddah fliegen. Beatrice würde ihn begleiten: «Ihr könnt euch dann ein wenig in der Gegend umschauen.»

Natürlich nahm Helmut das Angebot an.

Und so fuhren sie am anderen Morgen am Al-Murabba-Palast vorbei zur Stadt hinaus. Als sie das Malaz-Viertel verließen, rief der Muezzin zum zweiten Morgengebet. Anna lehnte sich aus dem Fenster und ließ ihr Haar im Morgenwind flattern.

Irgendwo hinter dem Wadi Hannifah verließen sie die Teerstraße.

«Findest du auch wieder zurück?» fragte Anna.

«Na hör mal. Ich war bei den Pfadfindern und habe meine Segelscheine gemacht.»

«Die Wüste ist nicht das Meer.»

«Aber ich weiß, wie man mit einem Kompaß umgeht.»

«Hast du einen dabei?»

«Wie kannst du fragen?»

«Ich weiß, ihr Deutschen denkt an alles.»

Sie legte ihren Kopf an seine Schulter und genoß die Fahrt.

Sie holperten über steinigen Grund, eine eigenartige Mischung aus vulkanischem Schotter und Flugsand. Steine so schwarz wie Meteoriten, als seien sie vom Himmel gefallen. Zwei Autostunden weiter fanden sie versteinerte Muscheln. Unvorstellbar, daß hier einmal ein Meer gelegen haben könnte. Immer wieder veränderte sich die Landschaft.

Wüste war nicht Wüste. Da gab es Felstürme in bizarrer Form, rostrot mit blauen Schatten und Brauntönen von Umbra und Siena bis Kadmiumgelb. Und salzhaltiges Gestein so weiß wie Schnee. Sie durchquerten Wadis, in denen vor langer Zeit einmal Wasser geflossen war und in denen verschrumpelte Krötenmumien auf ihre Auferstehung warteten. Verdorrtes Dornengestrüpp und Kikuyu. Da gab es Ebenen so plan wie Flugfelder und so weit, daß der Landrover darin wie ein Insekt wirkte, ein winziger weißer Käfer. Hügellandschaften kamen ihnen entgegen. Die weichen, geschwungenen Dünen erinnerten Helmut an Aktfotos.

Die Uhr auf dem Armaturenbrett zeigte zwanzig Minuten vor

elf, als sie die Knochen entdeckten. Es war das fast vollständige Skelett eines Kamels, so weiß gebleicht und sauber wie in einem Naturkundemuseum. Sie waren jetzt seit über vier Stunden unterwegs, Zeit für eine Rast.

Helmut holte die Kühltasche aus dem Wagen: belegte Brote, Obst, zwei Literflaschen Mineralwasser. Auf einer Decke im Schatten des Landrovers machten sie es sich bequem. Die Sonne stand jetzt so steil am Himmel, daß sie dicht an das Auto heranrücken mußten. Erst jetzt, nachdem sie angehalten hatten, merkten sie, wie höllisch heiß es war.

An eine längere Rast in dieser Glut war nicht zu denken. Der Fahrtwind hatte wenigstens ein bißchen Abkühlung gebracht. Sie verspürten beide keinen Hunger, dafür aber um so mehr Durst. Sie aßen das Obst und teilten sich die Flasche Mineralwasser.

«Die andere ist für die Heimfahrt», meinte Helmut.

«Wir sollten umkehren», schlug Anna vor.

Helmut wäre gern noch weitergefahren bis zu den Felsen, die sich vor ihnen am Horizont abzeichneten, aber er gab nach: «Gut, laß uns umkehren.»

Sie verstauten ihre Picknick-Utensilien im Landrover.

«Komm, laß uns fahren», sagte Anna. «Die Sachen kleben mir am Leib. Mir fehlt der Fahrtwind.»

«Zieh doch das Hemd aus!»

«Am liebsten würde ich mich ganz ausziehen.»

«Und was hindert dich daran?»

«Ich habe Angst, daß du dich dann auch ausziehst und wir hier nicht wegkommen.»

«Gute Idee», lachte Helmut und knöpfte sein Hemd auf.

«Nein, bitte laß uns fahren. Es ist zu heiß.»

Er startete den Motor, legte den Gang ein. Die Räder drehten sich, aber sie kamen nicht von der Stelle.

«Was ist denn?»

Helmut gab Gas. Der Landrover bewegte sich nicht.

Alle vier Räder steckten bis zur Nabe im Sand.

«Und jetzt?»

«Wir müssen sie freigraben», sagte Helmut. Er holte den Spaten aus dem hinteren Teil des Wagens und schippte den Sand vor den Reifen beiseite. Dann schob er die Fußmatten davor. Anna half ihm, so gut sie konnte. Am Ende waren sie beide schweißüberströmt.

«Gib du Gas», bat er Anna, «aber vorsichtig! Ich werde schieben.» Anna kletterte hinter das Steuerrad. Sie bemühte sich, die Kupplung so langsam wie möglich kommen zu lassen. Die Matten flogen durch die Gegend. Der Wagen steckte noch tiefer im Sand.

«Scheiße!» sagte Helmut.

«Und jetzt?»

«Dasselbe noch einmal. Du hast zuviel Gas gegeben.»

Wieder wurde geschippt. Zwei Bretter steckten unter den Reifen. Für einen Augenblick sah es so aus, als griffen die Reifen, dann glitten sie seitlich weg und steckten wieder im Sand.

«Du siehst, es geht», meinte Helmut. «Wir müssen die Hölzer nur fester verkeilen.»

Ein neuer Versuch wurde unternommen und noch einer, vergebens. «Ich kann nicht mehr», stöhnte Helmut. «Ich brauche eine Pause.»

Die Sonne stand jetzt senkrecht am Himmel. Es gab keinen Schatten mehr. Sie kletterten ins Auto. Das Blech war glühendheiß. Die Zunge klebte ihnen am Gaumen. Anna holte die Wasserflasche aus der Kühlbox.

«Für jeden einen halben Becher», sagte Helmut. «Wir müssen uns die Flüssigkeit einteilen. Überhaupt sollten wir nicht jetzt während der heißesten Tageszeit arbeiten. Wir verlieren zuviel Wasser.»

Sie hockten in dem heißen Auto und warteten auf die Nacht. Unendlich langsam kroch die Zeit dahin. Durst quälte sie.

«Was ist, wenn wir die Räder nicht frei bekommen?»

«Wir werden es schon schaffen», sagte Helmut. «Wenn es kühler wird, haben wir mehr Kraft.»

Schweigend dämmerten sie dahin.

«Weißt du», sagte Anna, «ich habe mich gefragt, warum Assad

bei unserer Wüstenfahrt seine beiden Assistenten in einem zweiten Landrover mitgenommen hat. Wir hätten alle in einem Auto Platz gehabt. Jetzt weiß ich es. Wir bräuchten ein zweites Fahrzeug, das uns hier herauszieht, und zwei starke Männer dazu.»

Ein wenig später fragte sie: «Was haben wir falsch gemacht? Wir sind den ganzen Tag gefahren, ohne steckenzubleiben.»

«Wir hätten hier nicht anhalten dürfen. Der Sand ist oben so hart, daß man darauf fahren, aber nicht anfahren kann.»

* * * *

Anna lag lang ausgestreckt auf der hinteren Sitzbank.

Als sie erwachte, war sie allein. Sie richtete sich auf und sah Helmut, der neben dem Wagen im Sand kniete. Die Sonne näherte sich dem Horizont.

«Bringen wir es zu Ende», sagte Helmut. Er schippte jede Menge Sand beiseite, baute aus Brettern und Fußmatten schräg ansteigende Rampen, vor jedem Rad eine. Er buddelte mit der Besessenheit eines Gefangenen, der sich einen Fluchttunnel aus seinem Verlies gräbt. Mit nacktem Oberkörper, die Haare wirr im Gesicht hängend, kniete er im Sand.

«Das sieht gut aus», sagte Anna.

«Es ist gut.»

Schweißglänzend zwängte er sich hinter das Steuerrad. Ein paar Minuten lang saß er so da mit geschlossenen Augen, so als wollte er sich konzentrieren oder ein Gebet sprechen. Dann gab er Gas. Die Räder drehten durch. «Nein!» schrie er. «Nein!»

«Wir sind zu tief eingesunken», sagte Anna, die den Befreiungsversuch von außen beobachtete. «Der Wagen liegt mit dem Bauch auf. Die Reifen hängen in der Luft.»

Sie richtete sich auf: «Und jetzt? Was machen wir jetzt?»

«Ich bin mit meinem Latein am Ende.»

«Du meinst, wir können nichts mehr machen?»

«Nur noch harren und hoffen.»

«Worauf?»

«Daß uns einer findet.»

«Hier draußen?»

«Wir sind nur ein paar Stunden von Riad entfernt.»

«Wir könnten versuchen zurückzulaufen», schlug Anna vor.

«Auf gar keinen Fall. Ein Auto ist in dieser Weite leichter auszumachen als zwei Fußgänger. Und mit unserem Trinkwasser würden wir auch nicht weit kommen. Nein, wir bleiben. Wir werden alles anziehen, was wir an Kleidung haben und uns im Sand eingraben, damit wir so wenig Wasser wie möglich verlieren.»

Und so geschah es. Mit dem Rücken gegen den Landrover gelehnt, gruben sie sich bis an die Brust in den warmen Sand ein.

Erst jetzt begann es ihnen zu dämmern, in welch tödlicher Lage sie sich befanden. Der Sturz aus selbstverständlicher Geborgenheit in totale Hilflosigkeit war zu schnell erfolgt. Die Wüste, bis vor wenigen Minuten Umwelt, war jetzt in ihnen, erfüllte sie mit Schrecken, zeigte erst jetzt ihr wahres Gesicht.

Schweigend lagen sie nebeneinander im Sand. Der Durst lähmte ihre Zungen.

«Ob sie uns wohl bald finden werden?»

«Nichts ist so stark wie der Glaube an einen Brunnen in der Wüste. Und außerdem sind wir Glückskinder.»

«Wieso sind wir Glückskinder?»

«Hast du dir mal überlegt, wie viele Geschlechtakte weltweit in jeder Minute stattfinden? Wie viele Menschen würden dabei gezeugt, wenn alle Spermien ihre Eizelle fänden! Erst dann wird dir klar, was für ein unglaubliches Glückskind du bist. Die Chance, geboren zu werden, ist in diesem Ozean von verschwendeter Sexualität millionenfach kleiner, als bei einer Lotterie den Hauptgewinn zu ziehen. Jeder, der lebt, ist ein mehrfacher Lottokönig, ein vom Schicksal verwöhnter Gewinner.»

«Das sagst du ausgerechnet jetzt?»

«Es gibt nichts Tröstlicheres als Zahlen. Sie belügen dich nie.»

«Was sagen dir deine Zahlen?»

«Daß bei einer Großstadt von über einer Million Einwohner in nerhalb der nächsten vierundzwanzig Stunden ein Auto hier vorbeikommen muß. So will es die Wahrscheinlichkeitsrechnung.»

* * * *

Am Anfang waren sie noch voller Hoffnung gewesen. Sie hatten geredet und geredet, wie Kinder, die im Dunkeln pfeifen.

«Wie war dein Vater?» wollte Helmut von ihr wissen.

«Warum gerade mein Vater?»

«Weil Frauen in ihren Männern ihren Vater suchen. Vielleicht erfahre ich dabei etwas über mich», meinte Helmut.

«Meinen Vater habe ich nie kennengelernt. Er ging kurz nach meiner Geburt fort, einfach so, ohne Abschiedsbrief. Mein ganzes Leben lang habe ich mich nach ihm gesehnt. Noch heute suche ich ihn in meinen Träumen. Manchmal finde ich ihn. Dann nimmt er mich in seine Arme und sagt: Meine Tochter. Das sind die glücklichsten Momente in meinem Leben.»

Anna schwieg eine Weile. Dann sagte sie: «Und das Schlimme ist, ich habe dasselbe getan.»

«Was hast du getan?»

«Ich hatte einen Sohn, den ich zur Adoption freigegeben habe. Ich war noch sehr jung und unverheiratet. Meine Mutter hätte mir den Fehltritt nie verziehen. Ich weiß, daß mein Sohn mich in seinen Träumen sucht, wie ich meinen Vater suche.»

Fünfunddreißigstes Kapitel

Helmut hatte zwei Schaufelstiele zu einer verlängerten Fahnenstange zusammengebunden. Obendran hatten sie die rote Kühltasche gehängt, um auf sich aufmerksam zu machen, falls ein Auto in größerer Distanz vorüberfahren sollte.

Einmal sahen sie eine Staubwolke.

«Ein Auto, ein Auto!» jubelte Anna.

Aber es war nur eine Windhose.

Die schattenlosen Mittagsstunden verbrachten sie in dem glühendheißen Wagen. Am Nachmittag kam etwas Wind auf, aber er trocknete ihre Lippen nur noch schneller aus.

Helmut war auf das Wagendach gestiegen, um Ausschau zu halten. Mit dem Fernglas suchte er die Umgebung ab, immer bereit, den Motor zu starten und die Hupe zu betätigen. In dieser Mondlandschaft war jeder Ton meilenweit zu hören.

Am Abend sichtete er Kamele, weit entfernt. Alles in der Wüste geschieht weit weg.

«Ein Kamel müßte man sein.»

«Warum?»

«Sie können über zwanzig Tage ohne Wasser auskommen und bleiben dabei voll leistungsfähig. Schwerbeladen schaffen sie Hunderte von Kilometern durch die Wüste. Danach trinken sie hundertzwanzig Liter Wasser. Kamele schwitzen auch nicht. Sie erhöhen einfach ihre Körpertemperatur, bis um zehn Grad. Keine andere Tierart schafft das. Zwei Grad mehr machen uns schon krank, fünf Grad wären unser Tod.

Sie sind ganz ungewöhnliche Geschöpfe. Sie geben Wolle, Milch, Fleisch, und selbst ihr Kot wird noch getrocknet und verbrannt wie Kohle. Das Kamel ist das älteste wüstentaugliche Fahrzeug mit Vierradantrieb und extrem großem Kraftstoffbehälter. Der Verbrauch ist minimal, die Umweltbelastung gleich Null.»

«Wir hätten ein Kamel nehmen sollen», sagte Anna.

Helmut machte einen erschreckend hilflosen Eindruck. Apathisch lag er auf dem Sand, wie einer, der sich in sein Schicksal ergeben hat. Da war nichts mehr von dem potenten Leittier, wie Isabel das nannte. Anna dachte: Schicksalsschläge lassen sich von Frauen leichter wegstecken als von Männern. Mein Gott, wie wenig war von John und seinem ironischen Optimismus noch übriggeblieben nach dem Schlangenbiß! Ein Mann kann zwar mit seinen Armen doppelt soviel tragen wie wir, aber was ist das schon gegen das Austragen eines Kindes, neun Monate lang, hatte die Inyanga gesagt.

Anna verkroch sich in den hinteren Teil des Landrovers, um zu lesen, was sie in den letzten Tagen geschrieben hatte. Am Abend des ersten Tages hatte sie mit der Niederschrift begonnen. Da waren sie beide noch der festen Überzeugung gewesen, daß man sie am anderen Tag finden würde. Mehr als ihr eigenes Unglück hatte sie die Hinrichtung beschäftigt, die sie tags zuvor miterlebt hatten.

Nie würde Anna den Markt von Riad vergessen. Auf einem fußballfeldgroßen Platz drängten sich Autos, Lastwagen, Menschen, Schafe. Die schmucklosen Betonbauten, die den Platz umstanden, beherbergten Läden mit Kofferradios, Musikkassetten, Waschmaschinen und Fotoapparaten. Auf der Seite der großen Moschee boten die fliegenden Händler ihre Ware feil: Tische voller Gewürze, Geschirr, Räucherstäbchen, Kürbiskerne, Kupferkannen, Rasierklingen und tausend anderem Tand. Dazwischen wie ein Fels in der Brandung das Schlachthaus, außen verstellt mit stählernen Containern, angefüllt mit abgeschnittenen Schafsköpfen, blutigem Gedärm und unzähligen Schmeißfliegen.

Ein alter Mann mit einer Ziege am Strick überquerte den Platz. Sie folgte ihm leichtfüßig und zutraulich wie ein junger Hund. Das Schlachthaus verschluckte sie.

Gleich dahinter lag der Markt der Frauen, malerische, zeltartige Stände, an denen Süßwasserperlen, Silber- und Kupferschmuck angeboten wurden, Trommeln, Gürtel, Dolche und allerlei andere bizarre Antiquitäten.

Frauen, die weder Männer noch Familie haben, dürfen sich hier ihren Lebensunterhalt verdienen, so wußte es Anna von Beatrice. Schwarz verhüllt wie große traurige Rabenvögel, so hockten sie auf dem Boden neben ihren zum Verkauf ausgelegten Waren.

Anna kaufte einen silbernen Theresientaler, der, auf welch abenteuerlichem Weg auch immer, nach Arabien gelangt war und den ein Silberschmied zu einem Amulett umgearbeitet hatte.

Wenn die Händlerin es bewegte, klingelten die kirschkerngroßen Schellen mit hellem Klang.

Die Stimme des Muezzin ertönte lautsprecherverstärkt vom Minarett der großen Moschee. Die Frauen bedeckten ihre Schätze mit bunten Tüchern. Rolläden rasselten herunter, hölzerne Fensterläden wurden zugeklappt, lautes Geschrei, das schrille Signal von Polizeipfeifen. Mitten in diesem Spektakel begannen die Glocken von Big Ben zu schlagen, eine Kopie des Londoner Wahrzeichens und ein Geschenk der englischen Königin an den König von Arabien.

«Komm, laß uns gehen», bat Anna. «Der Lärm bringt mich noch um.»

Sie hatten das Auto in einer Nebenstraße geparkt und wollten gerade den Markt verlassen, als etwas Unvorhergesehenes geschah. Wie auf einen Schlag wurden alle Zufahrtswege zum großen Platz von der Polizei abgeriegelt. Die auf dem Markt abgestellten Autos wurden kurzerhand abgeschleppt. Eine unerklärliche Unruhe schien alle befallen zu haben. Immer mehr Menschen drängten herbei. Helmut und Anna wurden von der Masse zum Markt hingeschoben, der jetzt wie eine offene Arena vor ihnen lag.

Auf dem Balkon des Rathauses erschien ein Araber in feierlichem Schwarz. Die Menge empfing ihn mit ehrfurchtsvollem Schweigen. Der Lärm verebbte. Der Schwarzgekleidete gab mit der Hand ein Zeichen.

Ein Lastwagen der Armee bahnte sich einen Weg durch die Menschen. Oben auf der Ladefläche kauerte ein Mann. Zwei Polizisten stießen ihn vom Wagen. Er fiel, rappelte sich wieder auf. Seine Hände waren frei, aber um die Fußknöchel trug er eine lockere Fessel, wie man sie weidenden Pferden bei kurzer Rast anlegt. Sie erlaubten ihm kurze, trippelnde Schritte.

Mehr hüpfend als gehend kam er daher, barhäuptig mit zerzaustem Haar, die Augen fiebrig vor Angst. Einer der Polizisten versetzte ihm einen Stoß. Der Gefangene ruderte mit den Armen, versuchte, die Balance zu halten, stürzte, kam wieder hoch. Ein Junge aus der Menge rannte auf ihn zu, stieß ihn an. Der Mann fiel. Kaum stand er auf den Beinen, war schon ein anderer da, um ihn zu Fall zu bringen. Sie spielten mit ihm wie Katzen mit Mäusen. Kaum lag der Mann am Boden, da stand er auch schon wieder. Die Angst trieb ihn nach oben wie Kork im Wasser. Er kannte das Gesetz der Hinrichtung. Wie oft hatte er selbst zugeschaut. Das Schwert darf erst sprechen, wenn der Verurteilte wie ein Tier auf allen vieren am Boden ist. Solange er steht, lebt er. Die Masse hat Zeit.

«Komm, steh auf, damit wir sehen, wie du fällst!»

Der Mann blutete aus einer Platzwunde an der Stirn. Er begann zu wimmern und zu keuchen. Am Ende war er so erschöpft, daß er nicht mehr auf die Beine kam. Er lag am Boden, eingerollt wie ein Igel, die Arme schützend um den Hals geschlungen.

Und dann der Henker, der Henker und sein Gehilfe, ein Mann mit einer Lanze. Sie haben Zeit. Der Mann am Boden windet sich wie ein Wurm. Dann stößt die Lanze zu, trifft den After. Der Verurteilte bäumt sich auf, wirft den Kopf zurück, reißt den Mund auf zu einem fürchterlichen Schrei. Da trifft ihn das Krummschwert im Genick.

Anna hatte sich in Helmuts Arme geflüchtet, versuchte nicht hinzusehen. Übelkeit würgte sie.

Mein Gott, wieviel Blut in einem Menschen fließt!

Der Henker setzte dem Hingerichteten den Fuß in den Nacken, riß ihm einen Fetzen Stoff aus dem Gewand und reinigte damit das Schwert, so wie es das Gesetz verlangt.

Die Polizisten hoben den blutigen Leichnam auf den Armeelastwagen. Der Kopf kam in einen Sack. Über die Blutlache warfen sie Sägespäne. Die Masse begann sich zu verlaufen, da geschah etwas Ungeheuerliches. Eine Frau, eine junge Frau – sie stand unter dem Balkon, von dem aus der Richter die Enthauptung verfolgt hatte – hob die Arme zu ihm auf und schrie, schrie wie ein Mensch in höchster Verzweiflung, eine wilde Klage voller Wut, Verwünschung, Schmerz, Auflehnung. Sie zerriß sich ihr Gewand, ballte die Fäuste und stieß sie drohend zum Himmel. Die Umstehenden versuchten, sie zu bändigen, zu halten, zum Schweigen zu bringen. Sie wehrte sich mit Händen und Füßen. Am Ende verließen sie die Kräfte, und sie wurde davongetragen.

* * * *

Anna erwachte vor Kälte. Sie blickte auf ihre Armbanduhr: Viertel nach drei. Wo war Helmut?»

Sie fand ihn halb unter dem Landrover.

«Was machst du da?»

«Ich versuche es noch einmal. Jetzt ist es kühler.»

Mit dem Wagenheber stemmte er die Achsen so hoch, daß er die Hohlräume unter den Reifen mit Steinen füllen konnte. Trotz der nächtlichen Kälte rann ihm der Schweiß übers Gesicht.

«Du bist verrückt.»

«Wer kämpft, kann verlieren. Wer nicht kämpft, hat schon verloren.»

Am Ende war alles vergeblich. Er hatte verloren. Am Ende seiner Kräfte:

«Wasser!»

Sie tranken jeder einen halben Becher, ohne ihren Durst gestillt zu haben. Die Flasche war jetzt fast leer.

. Die Sonne quoll über den Horizont, ein Feuerball, bedrohlich wie eine Atombombenexplosion. Sie suchten Schutz im Schatten des Autos, vergruben sich im Sand, der noch kühl von der Nacht war.

«Wir haben noch ein paar Kekse», sagte Helmut, «aber wir sollten sie nicht essen. Sie machen durstig.»

Bevor die Sonne den Zenit erreicht hatte, war die Flasche leer. Wie lange kann ein Mensch in der Wüste ohne Wasser sein? Vierundzwanzig Stunden, vielleicht sechsunddreißig?

Anna fragte: «Glaubst du an Gott?»

«Nein. Mein Wesen ist nicht so bedeutend, daß es über sein irdisches Ende hinaus erhalten bleiben sollte. Für mich verläuft mein Leben hier und jetzt und endet mit seinem Tod.»

«Du hältst das Leben für sinnlos?»

«Der Sinn des Lebens ist das Leben. Der Sinn eines Schmetterlings besteht darin, einen Geschlechtspartner zu finden. Ich lasse mir nicht von der Kirche vorschreiben, wie ich zu leben habe.»

«Du glaubst an nichts?»

«An nichts glauben und damit positiv zu leben, ist das Höchste, das ein Mensch erreichen kann.»

«Ist dir nicht angst vor dem Sterben?»

«Ich habe es noch nicht probiert. Der Gedanke, daß mit dem Tod alles aus ist, schreckt mich nicht. Furchtbar finde ich die Vorstellung, daß es immer weitergehen könnte, immer weiter ohne Ende. Wieviel tröstlicher ist da der ewige Schlaf.

Stell dir vor, du bist gestorben und stellst fest: Es gibt Gott. Die satte Selbstzufriedenheit auf den Gesichtern von Pfaffen, Spießern und Fundamentalisten – was muß das für ein Fegefeuer sein!»

Da war nur das Rauschen des eigenen Blutes. Das gleichmäßige Fließen des Atems. Warten. Warten worauf?

Ihre Gespräche waren längst verstummt. Sie lagen eingegraben auf der dem Sonnenaufgang abgewandten Seite des Autos, als die Glut des Tages über den Horizont quoll. Später fehlte ihnen die Kraft, sich in den Wagen zurückzuziehen. Eingehüllt in Decken blieben sie, wo sie waren.

Trugbilder narrten sie: Gebirgsbäche, Wasserfälle, die sich von begrünten Bergen stürzten, Flüsse, in denen sie nackt badeten. Das kühle Wasser umspielte ihre Glieder.

Anna träumte von saftigen Früchten, von Wassermelonen, von frisch ausgepreßten Orangen.

Dazwischen fielen sie in die tiefschwarzen Schächte schmerzvoller Verzweiflung, in der sie der Durst quälte und die Angst vor dem elenden Ende.

Die Visionen wurden immer fieberartiger, alptraumähnlicher. Helmut erlebte sich eingeschlossen in einem niedrigen Saunaraum. Wie sehr er auch gegen die verriegelte Tür trommelte, niemand hörte ihn. Statt dessen senkte sich die Decke immer tiefer auf ihn herab.

In ihrer Hoffnungslosigkeit klammerten sie sich an Trugbilder, erlebten ihre Rettung hautnah, immer wieder.

War da nicht ein Auto? Ja, ein Auto. Winken, Schreien, Hupen. Ob sie uns wohl bemerken? Sie kamen näher, fuhren direkt auf sie zu. Sie kommen! Sie kommen! Wir sind gerettet.

Wasser!!!

Anna spürte den Becher an ihren Lippen, das Fließen von frischem Naß, den ganzen Mund voll. Welche Wohltat! Schlucken, schlucken. Sie schlug die Augen auf und blickte auf Hände, dunkelbraune Hände, die den Becher hielten. Fremde Stimmen. Sie schloß die Augen. Schlafen, den schönen Traum bewahren. Jemand schlug ihr auf die Wange, schüttelte sie. Wo war der Becher? Sie wollte trinken, mehr trinken. Wasser!

Helmuts Gesicht dicht an ihrem: «Wir sind gerettet. Man hat uns gefunden.» Er versuchte sie aufzurichten. Anna blickte auf wilde, weißvermummte Gestalten. Es dauerte eine Weile, bis sie begriff, daß sie nicht träumte. Es waren drei Männer, ein alter bärtiger und zwei junge, seine beiden Söhne. Der ältere sprach etwas Englisch. Sie fuhren ein seltsames Gefährt, einen Wohnwagen mit doppelten Rädern, immer zwei nebeneinander. Moderne Nomaden mit einer Fernsehantenne auf dem Wagendach. Während der Alte die Halbverdursteten mit Wasser und frischen Datteln versorgte, zogen seine Söhne den Landrover aus dem Sand. Der Alte sagte etwas zu Helmut. Der Junge übersetzte:

«Mein Sohn wird euer Auto lenken, bis zur Teerstraße. Es wird bald dunkel. Ich fahre mit meinem Wagen voraus.»

Anna und Helmut hockten sich auf den Rücksitz. Als sie losfuhren, sagte Anna zu Helmut: «Kneif mich und sage mir, daß ich nicht träume.»

Immer wieder griffen sie zur Wasserflasche, die ihnen der Junge nach hinten reichte.

«Jetzt weiß ich, warum die Kamele hundertzwanzig Liter Wasser auf einmal trinken», sagte Helmut.

Beim Abschied an der Straße umarmten sie ihre Retter: «Wie können wir euch danken? Ihr habt …»

«Nicht wir, Allah hat euch gerettet», unterbrach ihn der Alte. «Er wollte, daß wir euch finden. Lebt wohl und dankt dem Allmächtigen.»

Sie schauten ihnen nach, bis sie die Dunkelheit verschluckt hatte.

«Wilde Schutzengel», sagte Anna.

«Ihre Väter hätten uns noch erschlagen», sagte Helmut. «Für sie war jeder Ungläubige Strandgut, das dem gehörte, der es fand.»

«Aber das ist doch kein Grund, jemand umzubringen.»

«Doch», sagte Helmut. «Denn im Koran steht geschrieben: Es ist Unrecht, die Lebenden zu berauben! Aber das heilige Buch verbietet ihnen nicht, die Toten auszuplündern. Deshalb hätten sie uns erst erschlagen, so wie Alexandrine Tinné, die sich 1869 als erste Europäerin in die Wüste wagte. Ihre Karawane wurde von Nomaden überfallen. Sie wurde vergewaltigt. Dann hackten sie ihr wie einem Dieb die Hand ab und ließen sie verbluten. Erst danach teilten sie ihren Besitz. Das war die gute alte Zeit, von der noch heute alle Araber träumen.»

«Die Wüste hat ihre eigene Moral.»

«Du sagst es.»

«Weißt du, wonach ich mich am meisten sehne?» fragte Anna auf der Heimfahrt. «Nach einem Vollbad. Ich glaube, heute nacht schlafe ich in der Badewanne. Mein ganzer Körper schreit nach Wasser.»

Im Hotel stellte Anna fest, daß sie sieben Pfund an Gewicht verloren hatte, sieben Pfund in zwei Tagen.

Als sie aus dem Bad kam, schlief Helmut bereits.

Der Arme war am Ende seiner Kraft, dachte Anna. Sie holte sich eine Flasche Mineralwasser aus der Zimmerbar und ließ sich beim Fenster in einen Sessel fallen. Über der Wüste war die Sichel des Mondes aufgegangen. Diese Nacht wäre ihre letzte gewesen. Es war Rettung in letzter Minute.

Im Traum erschien ihr die Inyanga. Sie zerriß einen Hahn mit den bloßen Händen.

* * * *

«Es hat sich jemand nach Ihnen erkundigt», sagte Beatrice.

«Nach mir?» fragte Anna. «Das muß eine Verwechslung sein.»

«Nein. Ein Mann. Er wollte wissen, in welchem Hotel Sie wohnen.»

«Ein Ferngespräch aus Brüssel …?»

«Es war ein Ortsgespräch.»

«Hat er seinen Namen genannt?»

«Nein. Oder doch? Ich habe ihn mir nicht gemerkt. Als ich ihn fragte, ob ich etwas ausrichten sollte, meinte er: Nein, sagen Sie ihr nichts. Es soll eine Überraschung sein.»

«Eine Überraschung?»

«Er muß mich wohl für das Hausmädchen gehalten haben, denn ich habe anfangs deutsch gesprochen, weil ich glaubte, es sei Haidar.»

«Und er wollte wissen, in welchem Hotel ich wohne?»

«Ja.»

«Haben Sie es ihm gesagt?»

«Ja, natürlich. Hätte ich das nicht tun sollen? Ich dachte, es sei ein guter Bekannter von Ihnen. Warum sollte er sich sonst dafür interessieren, wo Sie wohnen. Er sprach ein sehr gepflegtes Englisch. Es klang nach Oxford.»

«Und Sie können sich wirklich nicht an seinen Namen erinnern?»

«Nein.»

«Versuchen Sie sich zu erinnern! Bitte.»

«Es war ein typisch englischer Name, John oder …»

«John?»

«Ja, ich glaube, es war John.»

Um Annas Ruhe war es geschehen. John. Sie sah ihn vor sich, so wie er sie in Venedig verfolgt hatte: Die dunkle Brille, den Hut tief in die Stirn gezogen. War er ihr wieder nachgereist? Wie konnte er? John war tot. Aber wer sonst sollte sie verfolgen? Sie kannte keinen anderen John und ganz gewiß keinen, der Oxford-Englisch sprach. Zufall? Gab es soviel Zufall?

Aber John war tot. War er wirklich tot? Keiner hatte seinen

Leichnam gesehen. Es hieß, er sei verbrannt. Und wenn jemand anders in dem Wagen gesessen hatte?

Sie wollte mit Helmut darüber sprechen, unterließ es jedoch. Er würde sie auslachen. Der Gedanke war zu abwegig. Vielleicht war es wirklich bloß eine verrückte Verwechslung. Es gab die unglaublichsten Zufälle.

Sechsunddreißigstes Kapitel

Sie erblickte ihn beim Betreten der Hotelhalle. Er saß in einem der Ledersessel gegenüber dem Eingang, so als habe er sie erwartet. Er tat so, als läse er in einem Journal. Obwohl eine Sonnenbrille die Augen verdeckte, spürte sie seine Blicke auf sich gerichtet. Ein heller Hut beschattete die Stirn. Sie spürte die Blicke des Mannes wie leibliche Berührungen. Es war die gleiche Empfindung wie in Venedig, nur vielfach gesteigert.

Sie durchquerte rasch die Halle, floh in den Fahrstuhl.

Als sie kurze Zeit später zurückkehrte, war der Sessel unter den Fächerpalmen leer. Wie ärgerlich! Ich hätte zu ihm gehen müssen. Dann hätte ich es hinter mich gebracht. Angriff ist die beste Verteidigung. Vermutlich hätte sich das Ganze als Hirngespinst herausgestellt, und ich hätte mich von dem bedrohlichen Gefühl der Ungewißheit befreit.

Sie wollte schon gehen, da sah sie ihn. Er kam aus dem Kiosk der Halle, die brennende Tabakspfeife im Mund. Die Fächerpalmen verdeckten sein Gesicht. Anna wandte ihm den Rücken zu, verfolgte ihn im Spiegel. Er hatte Johns Größe, und die Art, wie er Pfeife rauchte, schien ihr vertraut. Jetzt war er am Empfangstresen, ließ sich den Schlüssel geben. Das Plätschern des Springbrunnens verschluckte seine Worte. Er ging zum Fahrstuhl und entschwebte.

Für Anna gab es kein Zögern mehr. Sie eilte zum Empfang,

wandte sich an den livrierten Sudanesen: «Pardon, der Herr, dem Sie gerade den Schlüssel ausgehändigt haben, welche Zimmernummer hat er?»

«Was für ein Herr?»

«Der Mann mit der Tabakspfeife.»

«Sie kennen ihn?»

«Er hat sein Feuerzeug verloren, ein goldenes Feuerzeug», log sie.

«Geben Sie es mir.»

«Nein, ich möchte es ihm persönlich geben. Welche Zimmernummer?»

«713.»

«Danke.»

Sie fuhr mit dem Lift bis zur siebten Etage. Am Ende des Ganges fand sie die Tür mit der 713 darauf, wollte anklopfen, zögerte. Was sollte sie sagen, wenn sich das alles als Irrtum herausstellte? Und was erst, wenn es so war, wie sie befürchtete?

Bring es zu Ende!

Sie klopfte. Niemand antwortete. Sie griff zur Klinke, drückte sie nieder. Die Tür war unverschlossen. Anna öffnete sie behutsam, zögernd, so wie man eine Tür öffnet, wenn man sich ungebeten in eine fremde Wohnung einschleicht.

Ist da wer? wollte sie fragen. Doch die Stimme versagte.

Sie stand in einem abgedunkelten Raum. Aus dem angrenzenden Badezimmer mit angelehnter Tür drang Wasserrauschen. Es war niemand zu sehen. Sie wollte umkehren, aber eine unerklärliche Kraft, stärker als ihre Angst, zwang sie zu bleiben.

Annas Blicke wurden vom Schreibtisch, nur drei Schritte entfernt, angezogen. Darauf lagen ein Revolver und daneben auseinandergefaltet ein Stadtplan von Venedig. Als sie näher trat, erkannte sie, daß darauf etwas angekreuzt worden war. Es war die Stelle am Campo di San Polo, wo sie Sylvanos Leiche gefunden hatten. Ein Kreuz mit einem Kreis darum markierte den Tatort.

Sie griff nach dem Plan. Etwas fiel zu Boden. Sie hob es auf. Es war ein Foto, ein Foto von ihr, aufgenommen in Brüssel vor ihrem Haus an der Place du Grand Sablon. Wie kam ihr Bild hierher?

Was hatte das alles zu bedeuten? Wer außer John kannte den Tatort am Campo di San Polo? Wer sonst sollte ihr Bild …

Ja, natürlich, es konnte nur John sein. John. Er lebte. Jetzt wollte sie es wissen.

Sie stürmte zum Bad, riß die angelehnte Tür auf: «John!!!»

Der Mann, mit dem sie zusammenprallte, war nackt. Er stand vor dem Spiegel und war damit beschäftigt, sein schütteres Haar zu fönen. Das letzte, was sie von ihm sah, waren seine erschrockenen Augen. Dann stürzte er mitsamt dem Fön in die fast randvoll gefüllte Badewanne.

Es gab ein Geräusch, als wenn man Wasser auf eine heiße Herdplatte gießt. Der nackte Leib des Mannes bäumte sich auf wie in einem epileptischen Krampf. Arme und Beine schlugen so wild um sich, daß Anna klatschnaß gespritzt wurde. Dann lag er starr wie eine Schaufensterpuppe auf dem Grund der Wanne, die Augen offen und so verdreht, daß nur das Weiße zu sehen war. Blasen stiegen aus seinem Mund empor.

Anna wollte nach ihm greifen, ihm helfen, da erhielt sie einen elektrischen Schlag, der sie rückwärts gegen das Waschbecken schleuderte. Sie erhob sich, taumelte zur Steckdose, riß das Kabelende heraus.

Aus dem Mund des Mannes quollen keine Blasen mehr hervor. Er war ganz offensichtlich tot.

Tot! Erst bei dem Wort tot wurde ihr bewußt, was sie angerichtet hatte. Sie hatte einen Menschen getötet, nicht absichtlich, aber der Mann war tot, durch ihre Schuld. Es war ein Unfall. Aber wer würde ihr glauben?

Sie dachte an Ali Alamdar, den Lokomotivführer des Königs. Er hatte getötet und war getötet worden, ohne Rücksicht auf Schuld oder Unschuld. Aug' um Aug'; Zahn um Zahn.

Man würde ihr wie einer gemeinen Mörderin den Kopf abschlagen. Aber nein, sie war ja eine Frau. Man würde sie steinigen oder, weil sie eine Europäerin war, einsperren. Wie hatten sie zu den beiden Deutschen gesagt: Sie kennen unsere Gefängnisse nicht. Sie werden uns noch auf den Knien darum bitten, daß wir ihnen die Hände abnehmen.

Panik befiel sie. Sie mußte versuchen, einen klaren Kopf zu behalten. Wer hatte sie gesehen? Wer wußte, daß sie in diesem Hotelzimmer gewesen war?

Niemand. Sie mußte es ungesehen wieder verlassen. Doch zuvor galt es, alle Fingerabdrücke zu beseitigen: die Türklinken, der Stadtplan von Venedig, das Elektrokabel. Nur nichts vergessen! Behutsam öffnete sie die Tür, nur einen Spaltbreit. Nichts war zu vernehmen. Sie trat rasch in den Gang, zog die Tür ins Schloß und eilte zum Fahrstuhl.

Der Schwarze am Empfang würde aussagen, daß sie sich nach der Zimmernummer des Ermordeten erkundigt hatte. Sie ging zu ihm und gab ihm ihr vergoldetes Feuerzeug: «Für den Herrn von Zimmer 713», sagte sie. «Ich habe ihn nicht erreicht.»

«Ist er nicht auf seinem Zimmer? Sein Schlüssel ist nicht hier.»

«Er hat auf mein Klopfen hin nicht geöffnet.»

Sie blickte auf die Wanduhr über dem Empfang: «Geht Ihre Uhr richtig? Auf meiner ist es zehn vor sechs.»

«Diese Uhr geht sehr genau. Es ist bereits zehn nach sechs.»

«Oh, dann muß ich mich beeilen.»

Sie schenkte ihm ein Lächeln und hoffte, daß er sich später bei seiner Aussage an diese Zeitangabe erinnern würde.

Erst in ihrem Appartement gingen die Nerven mit ihr durch. Sie warf sich aufs Bett und ließ den Tränen freien Lauf. Danach nahm sie ein Bad. Als Helmut aus dem Ministerium kam, hatte sie sich wieder gefangen.

«Du siehst blaß aus. Ist dir nicht gut?»

«Doch, es geht schon.»

«Was hast du?»

«Laß uns heimfliegen.»

Helmut nahm sie in die Arme, küßte sie auf die Wange.

«Du hast recht. Ich hole morgen noch die unterschriebenen Protokolle aus dem Ministerium ab. Wenn wir Plätze bekommen, könnten wir am frühen Nachmittag fliegen. Ich sehne mich nach Regen und grünen Wiesen.»

In dieser Nacht durchlebte Anna alle nur denkbaren Alpträume. Sie schnitten ihr die Hände ab, steckten die Armstümpfe in siedendes Öl. Kipplaster leerten Berge von Mauerziegeln auf ihr aus. Die Steine erdrückten sie, nahmen ihr die Luft.

Dann lag sie wach und zerbrach sich den Kopf. Wer war dieser Mann, der sie verfolgt hatte? Was wollte er von ihr? Das Foto von ihr, woher hatte er es, was wollte er damit? Und was hatte es mit dem Stadtplan von Venedig und dem angekreuzten Fundort der Leiche auf sich?

Lebte John noch?

Unsinn, sagte sie sich. John war tot, verbrannt. Wenn nun aber ein anderer in dem Auto gesessen hatte?

Wenn der Unfall nur ein makabrer Ausstieg war? Im Erfinden ungewöhnlicher Wege war John ein Genie.

Warum aber sollte er so etwas tun?

Menschen täuschen ihren Tod vor, um hohe Versicherungssummen zu kassieren oder um irgendwo ein neues Leben zu beginnen.

Fürchtete er, wegen Totschlags an Sylvano zur Rechenschaft gezogen zu werden? Vielleicht hatte er Sylvano doch erschlagen? Aber kann man sich so davonstehlen?

Es gab Männer, die gingen nur mal eben Zigaretten holen und kamen nie mehr zurück, gingen fort, um irgendwo ein neues Leben zu beginnen. Aber nicht John. John war tot.

Wer aber war dann der Tote in der Badewanne?

Gut, es war nicht John. Aber es gab eine Verbindung zwischen ihm und John. Es mußte eine geben. Die angekreuzte Stelle am Kanal, ihr Foto. Wer war der Fremde? Ein Detektiv? Was sollte er wohl herausfinden, und für wen arbeitete er? Wozu brauchte er einen Revolver in einem Land, in dem es so gut wie keine Kriminalität gab? Plötzlich kam ihr ein schrecklicher Gedanke: ein Killer, ein Berufskiller. Ihr Foto! Er brauchte das Foto, um sich sein Opfer einzuprägen. Aber warum wollte er mich erschießen? fragte sie sich. Oder war er auf Helmut angesetzt? Aber wer sollte Helmut etwas antun? John? John hatte Sylvano beseitigt. Jetzt war Helmut dran. In einem so mittelalterlichen Land würde es keine ausgefallenen kriminalistischen Untersuchungen geben.

War John ein Auftragsmord zuzutrauen? Nein. Und dennoch: Wie hatte er nach dem Schlangenbiß gesagt: Ich bin nicht mehr der, der ich war. John war verrückt geworden. Oder bin ich dabei, verrückt zu werden? Anna fand keinen Schlaf.

Wenn sie wenigstens mit jemand darüber sprechen könnte. Aber sie wollte Helmut da nicht mit hineinziehen. Je weniger Menschen davon wußten, um so besser. Immer wieder blickte sie auf die Uhr. Sie zählte die Stunden bis zu ihrem Abflug. Ob sie den Toten in der Badewanne wohl schon gefunden hatten?

Sie verließ mit Helmut gemeinsam das Hotel und verbrachte den Vormittag mit Beatrice am Schwimmbecken.

«Sie Ärmste, Sie müssen ja halb vertrocknet sein. Wie lange waren Sie in der Wüste? Drei Tage und zwei Nächte mit einer Tagesration Trinkwasser. Kommen Sie in den Pool! Genießen Sie das Wasser auf der nackten Haut. Wasser ist etwas Köstliches.»

Beatrice war an dem Morgen besonders liebevoll zu ihr.

«Kommen Sie, ich werde Sie eincremen. Hat dieser John mit dem Oxfordakzent Sie erreicht?»

«Nein.»

«Soll ich ihm etwas ausrichten, falls er noch einmal anruft?»

«Nein. Ich weiß ja nicht einmal, wer es war», sagte Anna.

«Seltsam. Er tat so, als ob es für ihn sehr wichtig sei, Sie zu sehen.»

Sie betrachtete Anna mit einem spöttischen Lächeln und meinte: «Sie können von Glück sagen, daß Sie keinen Araber zum Mann haben. Die sind sehr eifersüchtig. Ist Helmut Ihr Mann?»

«Mein Onkel, offiziell.»

«Und inoffiziell?»

«Ein Freund.»

Ihre Hände hatten Annas Po erreicht. Die Art, wie sie die Creme verteilte, war mehr als liebevoll. Sie kniete neben der Luftmatratze am Rand des Schwimmbeckens. Wenn sie sich über Anna beugte, berührten ihre Brüste deren Rücken.

«Einen Freund kann sich die Araberin nicht leisten», sagte sie, «aber eine Geliebte ohne weiteres. Im Gegensatz zu Europa, wo jeder Mann entsetzt wäre, wenn seine Frau lesbische Kontakte suchen würde, haben unsere Männer nichts dagegen, wenn wir uns aneinander erfreuen, im Gegenteil, sie erwarten es sogar von uns.»

«Sie erwarten es? Warum denn das?»

«Weil es uns scharf macht und weil es zur erfüllten Sexualität einer Frau gehört. Arabische Männer wollen vor allem die Penetration, den Koitus in allen Stellungen. Alle anderen Spielarten der Erotik, mit Händen, Lippen, Zunge, halten sie nicht nur für unmännlich, sondern auch für schwere Verstöße gegen die von Allah gewollte Ordnung, deren Nichteinhaltung man Kindern und Frauen großzügig vergibt, nicht aber Männern.

Deshalb erlebt jede Araberin zwei Arten von Sexualität: Das Stoßen der Stuten und *Nezza el kouss*, das lustvolle Spannen des Bogens.»

«Und was ist schöner?» fragte Anna.

«Keine Frau kann dir geben, was dir der Geliebte gibt. Und kein Mann kann dir geben, was dir die Freundin gibt.»

«Lustvolles Spannen des Bogens – das klingt schön», sagte Anna.

«Es ist schön. Ich werde es Ihnen zeigen. Hören Sie auf meine Hände.»

Anna genoß die Liebkosungen. Eingehüllt in Zärtlichkeit überließ sie sich Beatrices Händen, ihren heißen weichen Lippen. Schauer liefen über ihren Leib, vergessen war die Wüste, der Tote im Hotel. Lustvolles Spannen des Bogens! Später, nachdem sie gemeinsam geduscht hatten, bei Prosecco und Feigen-Parfait erzählte Beatrice der Freundin das Märchen von dem lüsternen Mantel:

«Es war noch zu Lebzeiten des Propheten. Allah sei gelobt! Es war im Hadramaut. Es war Winter. Da trat am Gerichtstag ein

Beduine mit einem Mädchen vor den Kadi. Es war nicht zu übersehen, daß sie gesegneten Leibes war. Der Beduine stieß sie in den Kreis der Männer und sagte:

‹Ich erhebe Anklage, Anklage gegen den Mann, der meiner Tochter die Unschuld und mir die Ehre genommen hat.›

‹Wer ist der Mann?› fragte der Richter.

‹Ich weiß es nicht. Aber ich werde es herausfinden und werde ihn töten.›

‹Und du weißt nicht, wer dir das angetan hat?›

‹Nein, Herr.›

Der Richter wandte sich an das Mädchen: ‹Was sagst du dazu?›

‹Es war in einer kalten mondlosen Nacht, als mein Vater mich zum Brunnen schickte, weil unsere Kamelstute gekalbt hatte. Die Luft war eisig. Ich fror, und die Finsternis machte mir angst. Ich wollte mich verkriechen wie eine Eidechse. Da sah ich ihn.›

‹Wen sahst du da?›

‹Den Mantel. Es war ein Männermantel. Ich schlüpfte in ihn hinein und wärmte mich. Er roch nach Schafbock und Mann, vor allem nach Mann.›

‹Und weiter?›

‹Und dieser Geruch hat mir ein Kind gemacht.›

‹Der Mantel?› fragte der Richter. Er war alt und blind. Er dachte einen Augenblick nach und befahl: ‹Bringt mir den Mantel!› Er wurde herbeigeschafft. Der Richter beroch ihn und sagte: ‹Fürwahr, er riecht gewaltig nach Mann.›

Er hielt ihn hoch, so daß alle ihn sehen konnten.

‹Mantel, ich klage dich an, mit diesem Mädchen vom Stamm der Bela Unzucht getrieben, mit deinem geilen Geruch in sie eingedrungen zu sein, sie mit Leben gefüllt zu haben.›

Dann wandte er sich an die Männer: ‹Nach dem Gesetz darf keiner verurteilt werden, ohne daß einer für ihn spricht. Wer von euch übernimmt die Verteidigung des Mantels?›

Als sich keiner meldete, sagte der Kadi: ‹Ali ben Habib soll für ihn sprechen.›

Der Genannte, ein wortgewandter Alter, erhob sich und sagte: ‹Ihr habt das Mädchen gehört. Es hat ausgesagt, daß der Geruch sie geschwängert hat. Der Geruch aber ist nicht der Mantel. Er reist in dem Mantel wie ein Mann auf seinem Kamel. Hat man je gehört, daß ein Kamel verurteilt worden ist, weil sein Besitzer ein Verbrechen begangen hat? Der Mantel ist unschuldig.›

‹Ich bin mit dir einer Meinung›, sagte der Richter. ‹Der Mantel ist unschuldig. Man bringe mir den Geruch, der mit diesem Mädchen vom Stamm der Bela Unzucht getrieben hat! Wo ist er?›

‹Er steckt vermutlich noch in dem Mantel›, meinte Ali ben Habib.

Der Richter roch an dem wollenen Umhang und meinte: ‹Wahrhaftig. Er ist noch dort. Geruch, ich klage dich an, ein schweres Unrecht an dieser Jungfrau vom Stamm der Bela begangen zu haben. Wer will ihn verteidigen?›

‹Ich›, sagte Ali ben Habib, ‹denn der Geruch ist unschuldig. Wer muß denn für den Schaden aufkommen: die Ziege, die mein Geschirr zerbrochen hat, oder ihr Besitzer?›

‹Der Besitzer natürlich›, sagte der Richter. ‹Wer ist der Besitzer dieses Geruchs?›

Sie brachten einen jungen Hirten.

‹Ist das dein Mantel?› fragte ihn der Kadi.

‹Ja, Herr›, erwiderte der Bursche.

‹Du bist angeklagt, einen lüsternen Geruch zu haben, den du nicht so wohl gehütet hast wie deine Herde. Er ist in dieses Mädchen geschlüpft und hat sie geschwängert. Wo warst du in jener mondlosen Nacht, als dieses Mädchen deinen gefährlichen Mantel fand?›

‹Ich war in meinem Mantel, o Herr. Wo sollte ein Mann in einer kalten Nacht sonst sein?›

Der Richter wandte sich an das Mädchen: ‹Davon hast du uns nichts gesagt.›

‹Das hatte ich vergessen›, sagte das Mädchen. ‹Es sind so viele

Nächte seit jener Nacht vergangen. Da vergißt man leicht etwas. Wißt Ihr noch, o Herr, was Ihr vor drei Monaten in den Taschen eures Mantels hattet?›

‹Und du?› fragte der Kadi den Jungen. ‹Was hast du uns zu sagen?›

‹Ich bin unschuldig. Ich habe dem halberfrorenen Mädchen nur Gastfreundschaft in meinem Mantel gewährt. Ist uns Beduinen das Gastrecht nicht heilig wie der Koran?›

‹Was sagt die Verteidigung?›

‹Wer will es den Schafen verwehren, daß sie sich in kalten Winternächten aneinanderdrängen, um sich zu wärmen. Sollen dieser Junge und dieses Mädchen dümmer sein als die Schafe?›

Der blinde Richter dachte eine Weile nach. Dann verkündete er das Urteil: ‹Der Junge ist unschuldig. Das Mädchen ist unschuldig. Niemand hat das Recht, sie zu bestrafen, aber es ist gerecht, daß beide noch in dieser Woche miteinander verheiratet werden, damit sie sich in den kommenden Winternächten gegenseitig wärmen können.›»

* * * *

Bei der Paßkontrolle im Flughafen fragte der diensthabende Polizist: «Sie waren geschäftlich hier auf Einladung des Ministeriums? Dann haben Sie im Hilton gewohnt?»

«Ja.»

Er winkte einen anderen Polizisten herbei. Die Männer sprachen Arabisch miteinander. Dabei warfen sie immer wieder prüfende Blicke auf Anna.

Der Sudanese am Empfang in der Hotelhalle. Er wird mich der Polizei beschrieben haben, schoß es Anna durch den Kopf. Europäerinnen meines Alters wird es hier nicht viele geben. Und wir haben zugegeben, daß wir im Hilton gewohnt haben. Sie spürte, wie ihr der Angstschweiß aus allen Poren brach.

«Sie sind der Gatte dieser Dame?»

«Der Onkel.»

Helmut holte die Bestätigung der Europäischen Kommission hervor. Die Polizisten beäugten den Briefkopf und die Stempel. Sie betrachteten Helmut mit Respekt.

«Es ist in Ordnung. Sie können gehen. Entschuldigen Sie die Kontrolle. Aber wir müssen alle Abreisenden überprüfen, die die letzte Nacht im Hilton gewohnt haben.

Wir wünschen Ihnen einen guten Flug.»

Als sie sich endlich in die Luft erhoben und hinabblickten auf die Arabische Wüste, fühlte Anna sich wie jemand, den man kurz vor seiner Hinrichtung begnadigt hatte.

Irgendwo da unten lagen die von der Sonne gebleichten Knochen eines Kamels.

Sie suchte mit den Augen den gläsernen Turm ihres Hotels, in dem jetzt die Sonne aufblitzte wie das Schwert des Scharfrichters am großen Suk.

Siebenunddreißigstes Kapitel

*A*nna, hier spricht Isabel. Wo steckst du? Ich versuche dich seit Tagen zu erreichen», so tönte es aus dem Anrufbeantworter an der Place du Grand Sablon. «Ich muß dich unbedingt sprechen. Bitte ruf mich zurück! Du erreichst mich im Zoo.»

Die Anrufe erfolgten in immer kürzeren Abständen und klangen wie Notsignale.

«Was ist denn passiert?»

«Darüber möchte ich nicht am Telefon sprechen.»

«Ist morgen nicht unser Saunatag? Warum treffen wir uns nicht dort wie immer?»

«Nein, nicht dort. Es geht nicht. Würde es dir was ausmachen, Anna, in den Zoo zu kommen?»

Sie verabredeten sich für den Nachmittag. Obwohl Anna zu früh eintraf, kam ihr Isabel am Eingang des Zoos schon entgegen.

Sie hängte sich bei ihr ein und sagte: «Ich danke dir, daß du gekommen bist.»

«Ist es so schlimm?»

«Schlimmer.»

In den hinteren Räumen des Affenhauses, die Anna schon kannte, erfuhr sie dann, was sich ereignet hatte. Olivers Frau hatte sie in flagranti auf der Massageliege überrascht. Sämtliche Gläser an der Saftbar waren zu Bruch gegangen. Damit aber nicht genug, hatte sie Isabels Mann Marc aufgesucht und ihm klargemacht, mit was für einem Flittchen er verheiratet war.

«Und wie hat er reagiert?» fragte Anna.

«Er hat sie erst ausgelacht und dann hinausgeworfen. Er hielt es für einen üblen Scherz.»

Isabel zündete sich eine Zigarette an: «Ich habe ihm alles gestanden. Es war schrecklich!»

«Und dann?»

«Dann hat er mich hinausgeworfen. Er hat die Scheidung eingereicht.»

«Und Tobby?»

«Der Junge lebt bei ihm. Er hat ja Penny. Ich wohne zur Zeit hier im Zoo, in einem der Zimmer für die Tierpfleger.»

«Du kannst bei mir wohnen, wenn du willst», bot ihr Anna an.

«Danke für das Angebot. Du bist lieb, aber ich habe hier alles, was ich brauche, vor allem meine Arbeit, die mir hilft, mein Elend zu vergessen. Am meisten vermisse ich Tobby.»

«Und Oliver?»

«Er hat seiner Frau geschworen, mich nie wiederzusehen. Du siehst, wir müssen uns eine andere Sauna suchen.»

Sie füllte die Kaffeemaschine. Während das heiße Wasser durch den Filter rann, erzählte sie den ganzen Vorgang noch einmal in allen Details.

«Dabei habe ich keinem etwas weggenommen. Ich habe beide wirklich geliebt.»

Sie betrachtete Anna: «Du siehst phantastisch aus. Bist du überall so braun wie im Gesicht?»

Und dann mußte Anna erzählen, von Riad und der Wüste, von Beatrice, Assad und natürlich von Helmut.

«Und wie war er?»

«Unersättlich.»

«Und was stört dich daran?»

«Mir ist die Sehnsucht abhanden gekommen. Ich habe in meinem ganzen Leben nicht so viele Orgasmen geheuchelt. Hattest du nie Probleme damit?»

«Mit Oliver nie, mit Marc immer.»

«Warum ist das so?» fragte Anna. «Da triffst du einen Mann mit der Potenz für zwei, und es klappt nicht. Warum kann eine Frau nicht genauso leicht und zur selben Zeit auf ihre Kosten kommen wie ihr Mann?»

«Ein Trick der Evolution», sagte Isabel. «Bei der permanenten Sexbereitschaft des Menschen mußte sichergestellt werden, daß die Frau nicht vor ihrem Partner befriedigt wird.»

«Und warum nicht?»

«Weil sonst die Erregung vor der Ejakulation verlorenginge, was die Chance auf eine Schwangerschaft erheblich vermindern würde.»

«Gut, aber warum geht es mit Oliver und nicht mit Marc?»

«Wir sehnen uns immer nach dem, das wir nicht oder nur selten kriegen, nach dem Verbotenen oder Unmöglichen. Die Teenager, die vor rasender Begeisterung über ihre Idole bei Popkonzerten in Ohnmacht fallen und die Bräute Christi hinter Klostermauern, die vor Hingabe an den Einzigen zerfließen, sie erleben die tiefsten Orgasmen, weil sie nicht kriegen, was sie lieben. Alle große Liebessehnsucht basiert auf Verzicht. Du sehnst dich nach John und Sylvano, weil du sie nicht bekommen hast, und empfindest nicht viel für deinen deutschen Freund, weil du ihn öfter haben kannst, als dir lieb ist.»

Sie goß Kaffee nach und fragte: «Wie läuft es eigentlich mit René?»

«Ich weiß nicht. Unsere Reise steht noch aus.»

«Magst du ihn?»

«Sehr.»

«Dann hoffe ich für dich, daß er impotent ist.»

«Er muß ja nicht gleich impotent sein», lachte Anna.

«Ein wenig schwul wäre auch nicht schlecht», lästerte Isabel. «Schwule sind witziger, charmanter, einfühlsamer. Sie sind besser gekleidet, gepflegter, kameradschaftlicher im Umgang mit Frauen.»

«Mal ganz ehrlich», sagte Anna. «Was hältst du von Sex zwischen zwei Männern?»

«Gute Idee», erwiderte Isabel. «Das muß ich unbedingt mal ausprobieren.»

«Du bist ein schlimmes Mädchen», lachte Anna. «Aber im Ernst. Würde es dich stören, deinen Mann mit einem anderen Mann zu teilen?»

Isabel dachte einen Augenblick nach und meinte: «Wenn Marc und Oliver Freude aneinander fänden, wäre das die Lösung für uns alle vier, Tobby eingeschlossen.»

Sie zündete sich eine Zigarette an und meinte: «Ich habe eine Anzeige aufgegeben.»

«Was für eine Anzeige?»

«Junge Tierärztin sucht pflegebedürftiges, liebevolles menschliches Männchen.»

«Eine Anzeige? Du? Mensch, Isabel, hast du das nötig?»

«Wieso? Was hast du dagegen einzuwenden? Wenn du einen gebrauchten Kühlschrank suchst, wartest du auch nicht, bis dir einer zufällig begegnet.»

Sie blickte auf die Uhr und sagte: «Das Pinselohräffchen muß seine Medizin haben.»

«Weil du gerade Medizin verteilst, hast du nicht zufällig etwas gegen Kopfschmerzen?»

Isabel holte ein Medikament aus dem Wandschrank. Anna las: «Wenn das Tier nicht fressen will.» Und darunter stand: «Fördert die Milchbildung und sorgt für glänzendes Fell.»

«Soll das wirklich für mich sein?» fragte sie entsetzt.

Statt einer Antwort gab Isabel ihr acht Tabletten.

«So viele?»

«Für Kleintiere ein bis zwei Tabletten, für Großvieh acht bis zehn. Du bist Großvieh.»

«Meinst du das im Ernst?»

«Glaub mir», lachte Isabel, als sie Annas entsetztes Gesicht sah, «die Medikamente für Affen und Antilopen sind kein bißchen schlechter als für Menschen. Dafür sind unsere Zootiere viel zu kostbar.»

Beim Abschied sagte Isabel: «Da muß ich dir noch etwas ganz Eigenartiges erzählen. Ich habe John gesehen.»

«John?»

«Du wirst es nicht glauben, aber der Mann sah genauso aus.»

«Wo hast du ihn gesehen?»

«In der Avenue de Luise beim Straßenstrich. Er sprach mit einer der Frauen. Das Licht der Laterne lag voll auf seinem Gesicht. Wenn ich nicht wüßte, daß John tot ist, würde ich schwören, daß er es war. Hatte John einen Zwillingsbruder?»

«Nein, nicht daß ich wüßte. Warum hast du seinen Doppelgänger nicht gefragt?»

«Bevor ich bei ihm war, hatte sich ein Mädchen zu ihm in den Wagen gesetzt, und sie fuhren davon.»

«Was für ein Auto fuhr er?»

«Einen schwarzen Mercedes.»

«Die Nummer hast du dir nicht gemerkt?»

«Aber Anna, was soll das?» lachte Isabel. «Willst du Erkundigungen über einen Toten einholen?»

«Nein», sagte Anna, «aber es wäre doch interessant herauszufinden, wer so aussieht wie John.»

* * * *

Als Helmut sie am Abend besuchte, fand er Anna hinter ihrer Schreibmaschine.

Anna sagte: «Siebenundzwanzig Milliarden Mark hat Deutschland im letzten Jahr in den großen Finanztopf der Europäischen

Union gezahlt, mehr als jedes andere Land. Was wurde mit dem Geld gemacht?»

«Ja, was wurde damit gemacht», sagte Helmut. «Im irischen Shannon wurde mit Euro-Mitteln ein Achtzehn-Loch-Golfplatz finanziert.»

«Sind Golfplätze so selten in Irland?»

«Es gibt ein halbes Tausend, habe ich mir sagen lassen, bei dreieinhalb Millionen Einwohnern.»

«Das sind so viele Menschen, wie in Berlin leben. Und für die reichen fünfhundert Golfplätze nicht aus?»

Helmut zuckte hilflos mit den Schultern.

«Siebenundzwanzig Milliarden», sagte Anna. «Wozu wurden die Gelder noch verwendet?»

«Zur Erhaltung des Rhönschafes, zur Vermarktung von Apfelwein, Informationstafeln für Radwege, um in Spanien die deutsche Filmkomödie *Der bewegte Mann* zu untertiteln, letzteres für eine Viertelmillion Mark.»

«Ein wertvoller Film?»

«Eine Klamotte.»

«Du scherzt.»

«Nein, es ist die Wahrheit, leider.»

«Wie soll man über solch einen Quatsch ein vernünftiges Buch schreiben?» fragte Anna.

Achtunddreißigstes Kapitel

Das ganze Haus für uns beide», hatte Anna gestaunt, nachdem René sie wie eine Braut über die Türschwelle getragen hatte.

Das Chalet hing am Hang wie ein Adlerhorst, ein Blockhaus wie aus dem Bauernhof-Museum. Von innen jedoch war es mit allem Komfort ausgestattet. Weiß-blau gekachelte Küche und Bäder, mächtige Deckenbalken, weiß gescheuerte Dielenböden und tief zurückgesetzte bäuerliche Doppelfenster mit Holzläden davor. Es gab mehrere Kachelöfen und einen offenen Kamin. Sein Feuer über klobigen Buchenscheiten verbreitete Behaglichkeit.

Das beste aber, fand Anna, war der Blick von Oberlech hinab auf Lech mit dem schneebedeckten Bergmassiv dahinter.

«Ein Platz, um sich wohl zu fühlen.»

Ein paar Tage zuvor hatte René geklagt: «Ich fühle mich urlaubsreif. Brüssel bringt mich um.»

«Warum fährst du nicht einfach irgendwohin?» hatte Anna ihm vorgeschlagen.

«Kommst du mit, Mädchen?»

«Wohin?»

«Wohin du willst.»

«Mir ist jeder Platz recht, an dem es keine Kanäle, Wüsten und Schlangen gibt.»

«Was hältst du von den Bergen?» hatte René sie gefragt. «Jetzt um diese Zeit liegt noch Schnee in den Alpen, und dennoch ist die Frühlingssonne schon so kräftig, daß man nicht mehr frieren muß.»

«Au ja, die Berge. Ich liebe die Berge!»

So hatte es begonnen.

Oberlech am Arlberg war ein Schauplatz, wie René ihn mochte. Er verband den Zauber unberührter Bergwelt mit dem luxuriösen Flair eines weltberühmten Skiortes. Der Schah von Persien war hiergewesen, die Callas, der kanadische Premierminister Trudeau, König Ibn Saud von Arabien, und auch unter den Kommissaren in Brüssel erfreute sich Lech großer Beliebtheit.

Wenn man der Einsamkeit der tief verschneiten Berge entkommen wollte, mußte man sich der Kabinenbahn bedienen, die Oberlech mit dem tief unten im Tal liegenden Ort verband. Die serpentinenreiche Bergstraße war im Winter selbst mit vierradangetriebenen Fahrzeugen nicht zu bewältigen.

Am Abend ihrer Ankunft saßen sie vor dem Kamin.

«Ich könnte die ganze Nacht vor dem Kamin verbringen», sagte Anna. «Ich liebe das Feuer.»

«Was spricht dagegen?» meinte René. «Komm, wir holen die Matratzen aus den Betten und schlagen unser Nachtlager hier auf.»

Bettwäsche, jede Menge Kissen und eine Felldecke wurden herbeigeschafft. Die Flammen warfen zappelnde Schatten über sie. Heulend fuhr der Wind ums Haus. Schneeflocken wirbelten vor den Fenstern. Der Glühwein duftete nach Zimt und Nelken.

Anna hatte ihre dicken Wintersachen mit einem viel zu großen Herrenpyjama vertauscht. René in seinem knöchellangen Nachthemd sah aus wie ein arabischer Imam.

«Als Kind habe ich mir immer gewünscht, auf den Wolken herumzuturnen», sagte Anna. «Auf all den Kissen hier, so hoch über dem Tal fühle ich mich wie auf Wolken.»

«Du hast recht», meinte René. «Es ist ein himmlischer Ort, mit dir als Engel.»

«Und mit dir als Petrus.»

«Ich fühle mich wirklich wie der liebe Gott.»

«Nicht wie der liebe Gott, wie Petrus.»

«Für mich ist das dasselbe. Petrus entscheidet, wer in den Himmel eingelassen wird und wer nicht.»

«Würdest du mich hereinlassen?» fragte Anna.

«Sofort», sagte René.

«Eine Sünderin, die bereit ist, eine Buhlschaft mit vier Männern einzugehen?»

«Victor Hugo hat gesagt: Eine Frau mit einem Liebhaber ist ein Engel, eine Frau mit vier Liebhabern ist eine Frau. Warum sollte ich eine Frau nicht hereinlassen?»

«Was magst du an mir?» fragte Anna.

«Alles.»

«Du hast einmal gesagt, du stehst auf intelligente Frauen.»

«Ich habe gesagt, ich mag keine dummen Frauen.»

Er betrachtete sie mit dem überlegenen Lächeln, das sie so sehr an ihm liebte, und sagte: «Ein Intelligenzquotient wie der von Albert Einstein nutzt einer Frau nicht viel, wenn sie so aussieht wie dessen Zwillingsschwester. Du bist nicht nur klug, du bist auch schön.»

Er füllte ihr Glas mit Glühwein und fragte: «Was magst du eigentlich an mir?»

«Die Gespräche», sagte Anna. «Ich liebe das Gespräch, weil ich von Natur aus neugierig bin. Vielleicht verstehst du das nicht, denn Männer unterhalten sich nicht wie Frauen, um Erfahrungen zu sammeln. Sie fragen nur selten. Sie geben Erkenntnisse von sich. Am Schluß ihrer Sätze steht kein Punkt, sondern ein Ausrufezeichen. Ich mag deine Stimme. Stimmen können sehr erotisch sein.»

«Und was magst du noch an einem Mann?» fragte René.

«Er sollte mir überlegen sein», sagte Anna. «Ich will geführt, beherrscht werden. Ich will ihm gehören.»

«Das klingt nicht sehr emanzipiert», lachte René.

«Emanzipiert – was besagt das schon. Jede Zeit hat ihr Frauenideal. Im Mittelalter war es die Jungfrau, später die Mutter, heute ist es die Emanze. Ich laß mich in keine Schublade stecken. Phantasie ist wichtiger als Wissen. Das stammt von Einstein, den du so gern zitierst.»

Sie trank ihr Glas aus und sagte: «In der Welt, in der ich groß geworden bin, gab es keine emanzipierten Frauen. Hier in dieser Landschaft habe ich meine Kindheit verbracht, auf einem Bergbauernhof, zu dem jedes Scheit Holz hinaufgeschleppt werden mußte. Noch beschwerlicher waren die Schulden, die auf dem kleinen Anwesen lasteten. Mein armer Vater hatte es weiß Gott nicht leicht, den Herd warm und die Gläubiger bei kaltem Blut zu halten.

Schon im Alter von sechs Jahren mußte ich zwei Dutzend Geißen hüten, ganz allein hoch oben auf der Alp. Ich litt unter unsagbarem Heimweh. Bei klarem Wetter konnte ich unseren Hof sehen. Freilich war aus der Ferne niemand zu erkennen, aber allein der Anblick des Rauches, der aus dem Schornstein aufstieg, tat mir wohl. Und dann eines Morgens, ich erinnere mich noch sehr genau, flatterten lauter kleine weiße Fahnen im Wind: Windeln. Wir hatten einen Esser mehr am Tisch. Wir waren fünf Kinder, zwei Buben und drei Mädchen.

Als ich zwölf war, mußte Vater für ein halbes Jahr ins Gefängnis, weil er Gemsen gewildert hatte. Wir hatten das Fleisch bitter nötig. Es war Winter. Mutter war wieder einmal schwanger. In der gleichen Nacht, in der sie niederkam, es war eine Fehlgeburt, starb meine Großmutter. Wir haben ihr den Fötus in den Sarg gelegt. Sie hielt ihn in ihrem Arm wie eine Puppe. Kannst du dir den Anblick vorstellen: eine alte, faltige Frau neben einem feuchtglänzenden Fötus, der ihr Enkel war.»

«Hör auf», sagte René. «Mir wird ganz übel.»

«Eine Leiche ist wie ein Neugeborenes etwas ganz Besonderes», sagte Anna. «Seinen Anblick vergißt man nie. Hast du mal einen Toten berührt? Erst dann wird dir bewußt, was der Tod wirklich ist, ein Leib ohne Leben.»

René zündete sich eine Zigarre an und meinte nach ein paar Zügen: «Immerhin weißt du wenigstens, wer deine Eltern waren. Ich habe meine nie kennengelernt.»

«Sind sie so früh gestorben?»

«Schlimmer.»

«Erzähl», sagte Anna.

Und René begann: «Meine Stiefeltern waren in der Oper gewesen. Auf der Heimfahrt mußten sie bei einer Ampel hinter der Charité anhalten. Die Charité war damals eines der größten Krankenhäuser von Paris. Während sie mit laufendem Motor darauf warteten, daß die Ampel auf Grün sprang, sagte meine Stiefmutter:

Bewegt sich da nicht etwas?

Wo?

Na, dort drüben bei den Mülltonnen.

Ich kann nichts sehen.

Aber sieh doch nur, dort.

Sie stiegen aus, meine Stiefmutter im langen Abendkleid, mein Stiefvater im Smoking, und gingen zu den Abfallcontainern. Und da lag ich zwischen Nachgeburten und Fehlgeburten. Man hatte mich weggeworfen.»

René hatte mit großem Ernst gesprochen.

«Ist das wahr?» fragte Anna.

«So wahr wie alles, was du mir eben erzählt hast.»

Anna lächelte und erwiderte: «Die Wahrheit ist nicht unbedingt das Gegenteil einer Lüge. Oscar Wilde schreibt von einem Maler, der nach Japan ging, um die Japaner kennenzulernen, die er auf den Bildern des Malers Hokusai so bewunderte. Er fand sie nicht und kehrte tief enttäuscht zurück. Er wußte nicht, daß die Japaner des Hokusai eine besondere Spielart der Phantasie sind. Wenn man das Wesen Japans kennenlernen will, darf man nicht nach Tokio gehen. Man sollte sich daheim in die Arbeit japanischer Künstler vertiefen, die mehr über das Wesen des Landes aussagen als der japanische Alltag.

Wenn du mich kennenlernen willst, solltest du dich nicht mit meinem Alltag befassen. Ich führe viele Leben, wachend, träumend und spielend.

Ich bin mehr, als ich bin. In meiner Phantasie bin ich eine Hure, eine Heilige, Mutter und Mann, Kind und Tier, manchmal sogar ein Baum. Mich quält die Vorstellung, daß ich auch irgendwo anders ein völlig anderes Leben führen könnte mit anderen Menschen und anderen Erfahrungen. Ich weiß, wir Menschen sind nur kleine Würmer. Aber ich will wenigstens ein Glühwürmchen sein.»

«Und wo bleibt die Moral?»

«Mit der Moral verhält es sich wie mit eurem Europa», sagte Anna. «Sie macht aus den Menschen Mehrheiten, ohne Rücksicht darauf, was sie wirklich wollen. Man sollte nur die Dinge tun, die man mag. Was magst du?»

René erwiderte, ohne lange nachzudenken: «Ich will dir sagen, was ich nicht mag: Weihnachtsfeiern, Weltkriege, Schlipse und Schlangestehen. Jede Form von Ketten, auch Kettenraucher. Alle Massen, egal, ob auf der Straße oder auf der Personenwaage.»

«Und was magst du?» lachte Anna.

«Alle Eliten, gleichgültig, ob im Bett, im Weinkeller oder im Bücherschrank. Ein vereintes Europa unter Frankreichs Führung. Verlaß auf Hirn und Hoden bis ins hohe Alter und einen sanften Tod im Schaukelstuhl mit einem guten Buch im Schoß.»

«Darauf trinke ich», sagte Anna. Sie stellte ihr Glas ab und meinte: «Meine schlimmste Vorstellung: Auf dem Sterbebett zu liegen und sich sagen zu müssen: Du hast dein Leben versäumt.»

Anna war in ihrem Element. Man sah es ihr an. Ihre Wangen glühten. Die Bewegungen ihrer Hände wurden immer lebhafter: «Wenn man die Käfighennen einer Massentierhaltung fragen würde, ob sie mit ihrem Leben zufrieden sind, würden sie wahrscheinlich sagen: Nun gut, manches könnte vielleicht besser sein, aber im großen und ganzen können wir nicht klagen. Seien wir froh, daß es uns nicht schlechter geht. Und das würden vermutlich auch die meisten Menschen sagen.

Ich will mich nicht damit abfinden, die Dinge so zu nehmen, wie sie sind. Ich kenne keinen dümmeren Satz als den von der besten aller Welten, in der wir leben. Die Natur ist dumm, obszön und fehlgeplant. Die Schöpfung ist Murks. Ich wehre mich gegen die Erdenschwere, bemühe mich, sie zu überwinden, auch wenn es mir nur im Traum gelingt.

Vielleicht denkst du, das sei nicht viel. Aber es gibt auch Ausbruchsversuche innerhalb von Gefängnismauern. Und ich sage dir: Die Phantasie ist ein prächtiger Fluchthelfer. Auch Lebenskunst ist Kunst.»

Anna trank ihr Glas leer und hielt es René zum Nachfüllen hin. Die Flammen prasselten, und im Schornstein jaulte der Sturm.

«Du denkst, ich spinne, aber glaube mir: Phantasie und Realität sind keine Gegensätze, sondern notwendige Ergänzungen wie Tag und Nacht, Mann und Frau, Erotik und Sexualität.»

«Seit wann sind Erotik und Sexualität Gegensätze?» verwunderte sich René.

«Das eine ist Verheißung, das andere Erfüllung. Traum und Wirklichkeit.»

Sie legte eine Kunstpause ein und fügte anzüglich lächelnd hinzu: «Männer erfüllen nur selten unsere Erwartungen. Sie taugen bestenfalls zum Entzünden unserer Phantasie, die weit hinausgeht über das, was sie zu geben in der Lage sind.

Mit dem Sex ist es wie mit dem Lesen. Wenn ein phantasieloser Mensch in ein Buch schaut, sieht er bloß Buchstaben. Ein anderer erlebt über dem gleichen Text die aufregendsten Abenteuer. Unser Liebesleben ereignet sich in unseren Köpfen. Deshalb ist auch Fremdgehen in der Phantasie unmoralischer als in der Realität, weil es schamloser und schöner ist.»

«Das mag wohl bei Frauen so sein», lachte René.

«Das ist bei den Männern nicht anders», widersprach ihm Anna. «Gäbe es sonst Liebe gegen Bezahlung? Wieviel Illusion gehört dazu, um in einer Hure eine Geliebte zu sehen.»

Sie blickte René ins Gesicht und fragte: «Magst du Huren?»

«Es gab eine Zeit, da mochte ich sie.»

«Warum?»

«Sie heben sich ab von der Eintönigkeit und der moralinen Vernünftigkeit der gesellschaftlichen Ordnung. Sie bringen ein bißchen Tollheit in den grauen Alltag, das Versprechen von Lust im Beton der großen Städte. Aber es dauert nicht lange, und man empfindet die professionelle Lieblosigkeit, als habe man in eine faulige Frucht gebissen.»

Anna fand das Gespräch aufregend. Ein Spiel mit dem Feuer, das sie sichtbar genoß.

«Was erregt dich?» fragte sie.

«Das Anschwellen von Brustwarzen. Das wachsende Lustbegehren im Gesicht einer Frau. Männer sind Augenmenschen. Frauen, so habe ich mir sagen lassen, finden erotische Bücher anregender als erotische Bilder. Magst du Pornos?»

Anna sagte: «Wenn ich nicht geil bin, finde ich Pornos albern, aber wenn ich geil bin, machen sie mich noch geiler.»

«Stehst du auf schöne Männer?»

«Sex hat mit Schönheit nichts zu tun. Man kann geilen Sex mit jemand haben, der häßlich ist, vielleicht sogar, weil er häßlich ist. Eklig kann sehr geil sein.

Ist dir schon mal aufgefallen, daß in den literarischen Texten vieler Schriftstellerinnen Gefühle und leidenschaftliche Beziehungen zu einem Mann sehr detailliert beschrieben werden. Wir erfahren jedoch nur selten, wie der Mann aussieht.

Eine Frau muß einen Mann respektieren, um ihn erotisch zu finden. Um ihn respektieren zu können, muß sie ihn kennen. Kennenlernen aber braucht Zeit. Das ist der Grund dafür, daß sich One-night-Stands bei den Männern größerer Beliebtheit erfreuen als bei den Frauen.»

Warum unternimmt er nicht den geringsten Versuch, mich zu erobern, dachte sie. Bin ich so reizlos für ihn? Er spricht mit mir über die aufregendsten Dinge wie mit einem Mann und nicht wie mit einer Frau im Pyjama. Er hatte recht, Worte vermochten sie mehr anzumachen als Bilder. Sie war bereit, in die Arme genommen zu werden.

René aber streckte sich neben Anna aus. Er gähnte und meinte entschuldigend: «Bergluft macht müde.»

Ein grollender Donner ließ die Scheiben erbeben.

«Was war das? Ein Gewitter mitten im Winter?»

«Das hörte sich ganz nach einer Lawine an.»

René legte Holz in die Flammen und sagte: «Schon als Junge mochte ich nichts lieber als Gruselgeschichten, wenn draußen ein Gewitter tobte. Komm, erzähl mir eine! Brauchst du ein Stichwort? Lawinen.»

Anna begann ohne zu zögern: «In der Dorfkirche zu Stuben am Arlberg hängt eine hölzerne Votivtafel. Auf ihr erkennt man einen Mann in einer Leubel, wie die Leute hier die Lawinen nennen. Darüber schwebt Maria mit dem Christuskind.

Fragt man die Menschen in Stuben, so erfährt man die folgende Geschichte:

Am Dienstag, den 21. Christmonat 1888, kurz nachdem eine Lawine am Flexenpaß niedergegangen war, kam der Hund des Fuhrmanns winselnd ins Dorf gelaufen. Als man dann auch noch das herrenlose Fuhrwerk und das halberfrorene Pferd fand, ahnten alle, daß dem Franz-Josef Mathies etwas zugestoßen war.

Obwohl der Schneesturm fürchterlich wütete, zogen zehn Männer zur Unglücksstelle. Die Nacht zwang sie zur Umkehr. Der nächste Tag war sonnig. Vom ersten Tageslicht an suchten alle nach dem Verschütteten, der gewiß längst ausgelitten hatte. Wenn er nicht durch den Absturz ums Leben gekommen war, so hatten ihn die Schneemassen erdrückt und erstickt. Aber wenn ein Christenmensch schon ohne Sterbesakrament sterben muß, so soll wenigstens sein Leichnam in geweihter Erde ruhen.

Mit langen Eisenstangen durchstachen sie den Schnee, immer in der Hoffnung, auf den Leib des Toten zu treffen, aber sie fanden nichts. Die Sonne auf den Südhängen löste ständig neue kleinere Lawinen aus. Die Retter schwebten in Gefahr, selber verschüttet zu werden.

Der Lawinen-Franz-Josef, wie der Gesuchte von nun an hieß, war von dem Luftdruck der Leubel hochgewirbelt und dann zu Tal geschleudert worden. Dreihundert Meter unterhalb der Absturzstelle lag er unter dem Schnee, nicht sehr tief zum Glück.

Mit dem rechten Arm gelang es ihm mühsam, sich eine Öffnung zu graben. Der linke war eingeklemmt. Das rechte Bein, mehrmals gebrochen, lag über seinem Rücken. Befreiung aus eigener Kraft war unmöglich. Der arme Mann rief um Hilfe, aber so sehr er auch schrie in dem menschenleeren Gebirge, der Sturm trug alle Hilferufe davon. Und dann – das Schicksal hätte nicht grausamer sein können – stürzte eine zweite Lawine auf ihn herab, noch mächtiger als die erste. Stockdunkle Finsternis umgab ihn. Der Eisschnee drohte ihn zu zerquetschen. Er rang nach Atem und verlor das Bewußtsein. Nasse Kälte holte ihn ins Leben zurück. Da war frische Luft. Er lag mit der Schulter im Flexenbach. Das fließende Wasser verschaffte ihm Platz.

Aber schon drohte neue Gefahr. Die Leubel hatte den Bach gestaut. Das Wasser stieg ihm bis an die Brust, fiel dann aber wieder, als es sich einen Weg durch die Lawine gebahnt hatte. Ewigkeiten vergingen für den lebendig Begrabenen.

Dann hörte er das Hacken und Schippen. Die Rettungsversuche erfüllten ihn mit Hoffnung. Er schrie sich die Lungen wund, betete, wie er noch nie gebetet hatte. Er hörte, wie sie mit den spitzen Eisenstangen den Schnee durchstießen.

Sie halten mich für tot und suchen meinen Leichnam! Sie werden mich aufspießen! Heilige Mutter Gottes, hilf!

Am Ende wurde es still. Sie haben mich aufgegeben! dachte er. Ich bin des Todes.

In seinem dunklen Grab wußte er nicht, daß die Nacht hereingebrochen war, die zweite Nacht unter der Leubel.

Keiner der Männer, die am 23. Dezember noch nach ihm suchten, glaubte, daß der Fuhrmann noch lebte. Doch dann ereignete sich das Unglaubliche. Der Lawinen-Franz-Josef bekam eine Eisenstange zu fassen, rüttelte an ihr.

Er lebt! Ein Jubelschrei. Er lebt. Wir haben ihn.

Glied um Glied mußte aus dem Eis geschält werden. In Decken gewickelt, fuhren sie ihn auf einem Schlitten zu Tal. Ein Wunder! Dreißig Stunden unter dem Eis einer Lawine. Er hat es überlebt.

Fast wären sie auf dem Heimweg noch unter eine Leubel geraten. In Stuben knieten die Frauen, schon in Trauerkleidern, mit brennenden Kerzen am Weg. Der Priester ließ die Glocken läuten.

Nur langsam heilten die erfrorenen Glieder und gebrochenen Knochen. Das rechte Bein blieb um eine ganze Handspanne kürzer als das andere. Trotz der schmerzhaften Behinderung gab der Fuhrmann nicht auf. Einer mußte doch die Menschen auf der anderen Seite des Passes mit all dem versorgen, was sie zum Leben brauchten. Auf steinigen, steilen Pfaden hinkte er neben Pferd und Wagen her. Er klagte nicht. Schließlich verdankte er sein Leben einem Wunder. Aber es sollte noch wunderbarer kommen, denn in der Dorfkirche von Stuben hängt noch eine Votivtafel, und sie bezeugt das eigentliche Wunder: Das Wunder vom Arlberg.

Im Sommer 1890 geriet der Lawinen-Franz-Josef beim Überqueren des Flexenpasses in eine Gesteinslawine, die sein Pferd erschlug und ihm beide Beine brach. Als man die Gipsverbände abnahm, war auch das linke Bein um eine Handspanne kürzer. Beide Beine waren wieder gleich lang. Er konnte wieder laufen wie früher.

Ist das nicht großartig! Einem Mann stößt zweimal etwas Schreckliches zu, und am Ende wird daraus ein Wunder. Es ist wie in der Mathematik, wo minus mal minus plus ergibt. Gelobt sei Maria, die Gütige!»

Neununddreißigstes Kapitel

*A*m anderen Morgen mußten sie sich den Weg freischaufeln, um aus dem Haus zu kommen. Die ganze Nacht war Schnee gefallen. Es schneite noch immer.

«Mit Skilaufen ist heute nichts», sagte René. «Ich schlage vor, wir fahren mit der Seilbahn hinunter nach Lech, frühstücken in einem Hotel und sehen uns in dem Ort um.»

Auf dem Weg zur Seilbahn versanken sie bis über die Knie im Neuschnee. Sie waren die einzigen Menschen an diesem Morgen. Ein paar Bergdohlen begleiteten sie krächzend und flügelschlagend, als sie in einer Gondel zu Tal glitten.

Der Unterschied zwischen Bergstation und Talstation hätte nicht krasser sein können: Junge Leute in schreiend bunten Skianzügen, mit rot und grün gefärbtem Haar. Pelze für den Jet-set. Playboys – braungebrannt und body-gebuildet. Skilehrer, Snobs, Möchtegern-Millionäre, Prominente versteckten ihre Gesichter hinter Sonnenbrillen. Pralle Pullover zeigten mehr als sie verhüllten. Da gab es Luxushunde in Leibchen von Bogner, Maseratis,

Pferdeschlitten, Schneetaxen. Darüber ein Hubschrauber der Bergwacht. Und das alles vor einer Tiroler Bauernhauskulisse, die so aussah, als würde gleich der *Wildschütz* gegeben.

Anna und René frühstückten im Hotel Almhof Schneider.

«Was kann man hier unternehmen, wenn es schneit?» fragte Anna den Kellner, der sie bediente.

«Das kommt darauf an, was Sie wollen.»

«Ruhe, Schönheit, heile Welt.»

«Waren Sie schon in Stuben?»

«Ich war als Studentin dort», sagte Anna.

Mit einem Schneetaxi fuhren sie nach Zürs.

«Hier oben hat vor wenigen Jahren noch kein Haus gestanden», sagte der Taxifahrer. «Man hielt die Gegend für unbewohnbar. Jetzt gibt es hier über hundert Hotels. Im Sommer ist Zürs eine Geisterstadt, in der ein paar Wächter ihre Runde drehen.»

Stuben war wirklich ein liebenswertes Dorf. Der Zwiebelturm der Kirche überragte die schneebepackten Dächer der Bilderbuchhäuser, an deren Traufen Tausende von Eiszapfen glitzerten. Ein Gebirgsbach bahnte sich gluckernd seinen Weg durch den Ort. Anna und René besuchten die Kirche und entdeckten die Votivtafel vom Lawinen-Franz-Josef. Im Hotel zur Post erzählte man ihnen seine Geschichte: Hier in dieser Stube im Hotel zur Post haben sie ihn wieder aufgetaut in einem hölzernen Backtrog, gefüllt mit warmem Wasser. Und er hat es überlebt. Ja, diese Stube, die dem Ort ihren Namen gab, hat so manchen Reisenden auf dem Weg über die Alpen das Leben gerettet.

Auch Anna und René genossen die Wärme der niedrigen holzgetäfelten Stube, den grünen Veltliner und den Tafelspitz.

Beladen mit Tüten voll von frischem Brot, Bergkäse, Milch und Rotwein erreichten sie am späten Nachmittag die Seilbahnstation nach Oberlech. Es schneite noch immer. Die Wolken hingen tiefer als am Morgen. Der Hausmeister ihres Chalets hatte während ihrer Abwesenheit ihre Öfen versorgt. Im Kamin brannte wieder ein prächtiges Feuer.

«Ich fühle mich, als wenn ich nach Hause komme», sagte Anna.

«Es gefällt dir hier?»

«Ich bin wunschlos zufrieden. Das einzige, was mir im Augenblick zu meinem Glück fehlt, ist ein heißes Bad.»

«Wir haben auch eine Sauna im Haus», sagte René.

«Eine Sauna? Wo?»

«Im Keller.»

Anna verschwand durch die Tür zum Stiegenhaus. Und als sie nach einer Weile zurückkehrte, verkündete sie strahlend vor Freude: «Eine Bilderbuchsauna mit Massagedusche, Tauchbecken und allen Schikanen. Ich habe sie angemacht. In einer halben Stunde können wir hinein.»

Sie saßen sich gegenüber auf den hölzernen Stufen der Sauna. Spärliches Licht sickerte warm durch einen korbartigen Lampenschirm. Es war wohlig warm. Ein Duft von Kiefernnadeln erfüllte den hölzernen Raum, nicht größer und höher als ein Doppelbett mit einem Baldachin darüber.

Es war das erstemal, daß sie sich nackt sahen.

Anna mit schmalen Hüften und vollen Brüsten, die langen Beine übereinandergeschlagen. Schweißperlen glitzerten auf ihrer Haut, rollten den flachen Bauch hinab und verschwanden im dunklen Dreieck ihres Schoßes.

«Mein Gott, bist du braun», sagte René.

«Die Sonne Saudi-Arabiens.»

Mit seinen breiten Schultern und der behaarten Brust wirkte René trotz seiner fast sechs Jahrzehnte sehr männlich. Der Bauch ein wenig zu üppig, aber fest, erinnerte Anna an ein Gemälde von Tiepolo, das sie in Venedig gesehen hatte: Neptun im Bade.

Ein durch und durch appetitlicher Mann, stellte sie mit Genugtuung fest.

René sagte: «Du bist noch schöner und aufregender, als ich es mir in meinen kühnsten Phantasien hätte vorstellen können.»

«Ich gefalle dir?» fragte Anna.

«Sehr.»

Er streckte seine Hand aus. Es war eine behutsame, zärtliche Geste. Doch bevor er sie berührte, fragte sie:

«Hast du nicht etwas vergessen?»

Er hielt in der Bewegung inne, blickte sie fragend an.

«Du hast vergessen, mich zu fragen: Darf ich dich berühren? Und falls ich es zulassen sollte, hättest du dich zu erkundigen: Willst du das auch wirklich? Ich erwarte ein freiwilliges, klares verbales Eingeständnis. Das hättest du mich fragen müssen. Von wegen der Sexual Correctness. Ist es nicht so?»

«Du hast verdammt gut aufgepaßt», lachte René. Er zog demonstrativ seine Hand zurück.

«Warst du mal in Thailand?» fragte er. Und als Anna verwundert verneinte, meinte er: «Dort gehört das Berührungstabu in den Dampfbädern zur raffinierten Erotik.»

«Warst du dort?»

«Ja. Ein chinesischer Geschäftsfreund hatte mich eingeladen. Er riet mir: Nehmen Sie sich nicht eines von den ganz jungen Mädchen. Sie sind zwar hübsch anzuschauen, aber sie verstehen nicht die Kunst des Kijam, die Erweckung aller Wünsche.

Er suchte mir eine junge Frau aus. Sie war vielleicht so alt wie du und wie alle Thais von zierlicher Gestalt. Nur in einen Sari gewickelt und barfuß brachte sie mich in eine Badekabine, etwa doppelt so groß wie dieser Saunaraum hier. Da waren eine Reisstrohmatte, eine hölzerne Bank und ein im Boden eingelassenes Bassin, in dem bequem zwei Menschen Platz hatten. Während heißes Wasser in die Wanne floß, mußte ich mich ausziehen und mit dem Gesicht nach unten auf die Matte legen. Dann bestieg sie mich, bewegte sich auf mir wie eine Seiltänzerin, eine Turnerin auf einem Schwebebalken, verlagerte ihr Gewicht von dem einen Fuß auf den anderen. Mit den Zehen löste sie meine Rückenwirbel aus ihrer Verkrampfung, massierte mit dem Gewicht ihres Leibes meine Pobacken, betrat mich, betanzte mich. Seit jenem Tag weiß ich, warum die Asiaten den Füßen in der Sexualität so viel Bedeutung beimessen.

Danach stieg sie mit mir ins warme Wasser. Sie rieb sich Brüste, Bauch und Schenkel mit Sandelholzseife ein und wusch mich dann mit ihrem Körper, massierte mich mit ihren glitschigen Brüsten und ihrem glatten Bauch, ein lebendiges Stück Seife aus dampfender heißer Mädchenhaut.»

«Das klingt aufregend», sagte Anna.

«Aber das wirklich Aufregende daran ist das Berührungsverbot. Nur dem Mädchen ist die Berührung erlaubt. Faßt der Mann sie an, so beleidigt er sie. Jede Handgreiflichkeit wird mit Rauswurf quittiert. Dann ruft sie nach einem der Karatewächter, die die Ordnung aufrechterhalten.

Dieser Kontakt mit einer nackten Frau, die dich berührt, die du aber nicht berühren darfst, die du begehrst, aber nicht bekommst, ist ungeheuer erotisch, eine Sehnsucht, die weit über das hinausgeht, was die Vereinigung zu erfüllen vermag.»

«Zeig mir die Kunst des Kijam», sagte Anna. «Ich möchte sie erlernen.»

Es war der Anfang einer ganzen Reihe von aufregenden Spielen. Annas Freude an der Verwandlung und Renés Erfindungsgabe ließen sie immer wieder andere erotische Akte erfinden, neue Rollen, in die sie schlüpfen konnten. Es war eine Form von Sexualität, wie Anna sie noch nie erlebt hatte.

René verstand es, Feuer zu entfachen, Gefühle bis an den Rand der Erfüllung zu steigern, den Bogen der Lust zu spannen und die Spannung zu halten.

Sie spielten Hengst und Stute, Hure und Freier, Harun al Rashid und Scheherezade, Mark Anton und Kleopatra. Sie suchten und fanden sich im Dunklen, mit verbundenen Augen und gefesselten Händen. Sie waren die Schöne und das Biest, verloren alles Gefühl für die Zeit, fielen in Schlaf, wenn sie müde waren, und aßen, wenn sie Hunger hatten, gleichgültig, wie spät es war.

Während rund um sie herum die Welt in Schnee versank, waren sie versunken in ihrem Spiel wie Kinder, balzende Vögel, Bühnenschauspieler, ernsthaft und albern, verspielt, verloren in sich selbst.

Beim Einschlafen fühlte sie sich wie eine Araberin. Helmut – das war Stutenstoßen; René aber beherrschte das lustvolle Spannen des Bogens.

Alles hat ein Ende. Selbst unsere Träume sind endlich.

Irgendwann erwachten sie aus ihrem Rausch. René war so erschöpft, daß auch der Schlaf ihn nicht mehr aufzurichten vermochte.

«Es tut mir leid», sagte er. Es klang traurig.

«Eine Erektion – was ist das schon?» meinte Anna. «Lust?» Sie schüttelte ihren schönen Kopf. «Die meisten enden ohne Erfüllung. Aggression wäre richtiger. Bist du wütend, daß du nicht wütend bist?»

«Ich möchte dich glücklich machen», sagte René.

«Ich bin glücklich», lachte Anna. «Und du bist ein Dummkopf.»

Später am Abend des gleichen Tages sagte sie zu René:

«Du mußt dich beglücken, nicht mich. Liebe ist Selbstbefriedigung zu zweit.

Laß uns zärtlich sein. Sei zärtlich zu dir selbst!

Komm, ich will sehen, wie sehr du dich liebst. Zeig es mir.»

Sie strich sich über die Brüste, liebkoste sie mit feuchten Fingern, glitt über ihren schweißnassen Bauch hinab, verweilte eine Weile auf ihren Schenkeln und tastete sich dann tiefer. «Paß gut auf, wie ich es mache. Und zeige mir, wie du es machst. Ja, so ist es gut.

Es gibt keine guten und schlechten Liebhaber, nur eine gute und schlechte Art, mit sich umzugehen. Vollkommen ist Sex nur dann, wenn wir keine Vollkommenheit erwarten, nur ein paar vollkommene Glücksmomente. Vergiß alle Scham. Den Garten der Liebe darf man nicht zivilisieren wollen. Genieße es, daß es in ihm einen verwilderten Teil gibt.

Und glaube bloß nicht, daß du zu alt bist. Alt bist du erst, wenn deine Neugier versiegt. Das Alles-erreicht-Gefühl ist es, was uns alt macht. Mit mir hast du noch lange nicht alles erreicht. Komm! Sei neugierig, sei gierig auf das, was dich erwartet in meinem verwilderten Garten.»

Sie berührte ihn mit ihren Brustspitzen.

«Schau, wie sie anschwellen.»

Sie küßte ihn und spürte beglückt, wie sie Macht über ihn gewann.

«Komm», flüsterte sie. «Ich will dir den Verstand rauben, mit den Lippen, mit den Händen, mit dem Schoß, aufregend, vulgär, lustvoll. Komm, laß dich fallen.»

Und etwas später – da lagen sie schon wieder vor dem brennenden Kamin – sagte sie zu ihm: «Meine Ekstase, wenn sie kommt, ist wie ein wilder weißer Vogel.»

* * * *

Sie saßen vor der Ulmer Hütte, hoch über Sankt Anton. Skier und Stöcke steckten hinter ihnen im Schnee. Die Sonne war durch die Wolken gebrochen. Es war so warm im Windschatten, daß der Hüttenwirt Liegestühle aufgestellt hatte. Der Glühwein wärmte sie von innen. Während Anna sich mit Sonnenschutzcreme einrieb, fragte sie René:

«John, Sylvano und Helmut wollten von mir wissen: Wie kann sich eine Frau wie du auf ein Verhältnis mit vier Männern einlassen? Ich frage dich: Warum will ein Mann wie du seine Geliebte mit seinen Freunden teilen?»

«Jedesmal, wenn der englische Dichter Shelley eine Beziehung zu einer Frau einging, setzte er alles daran, sie mit seinem Freund zu teilen, nicht nur bei seiner ersten und zweiten Frau, sondern sogar bei seiner Schwester. Eine typische Phantasie gefühlvoller Männer. Aber in meinem Fall ist es mehr. Wie kann ich es dir erklären?»

«Versuch es.»

René nahm einen Schluck Glühwein.

«Ich bin das alte Frankreich. Du bist das neue Europa. Die napoleonischen Zeiten, in denen Frankreich Europa allein erobern und erhalten konnte, sind vorbei.»

Anna wollte ihn unterbrechen. Er winkte ab: «Glaube mir, es ist so. Nichts ist mehr so, wie es einmal war. Unser Jahrtausend neigt sich seinem Ende zu. Die alten Ordnungen zerfallen.»

«Was hat das mit uns zu tun?»

«Die Vorstellung, daß ein Liebespaar ein Mann und eine Frau

zu sein habe, hat sich überlebt. Gleichgeschlechtliche Lebensgemeinschaften gehören zum Alltag. Eine Familie, das können zwei Frauen sein oder zwei Männer.»

«Oder vier Männer und eine Frau», sagte Anna.

«Auch das», nickte René.

«Die sexuelle Revolution der sechziger Jahre war nur ein bescheidener Anfang. Die Emanzipation der Frau war ein erster Schritt auf dem Weg zur Emanzipation beider Geschlechter.

Das neue Europa wird multisexuell sein, oder es wird gar nicht sein. Denn so kann es nicht weitergehen. Nicht nur, daß zwei von drei Ehen wieder geschieden werden, auch bei den Singles läuft nichts mehr. Frauen gestehen öffentlich, daß ihnen Schokolade lieber ist als Sex. Männer reagieren mit Impotenz. Millionen von frustrierten Männern suchen Ersatzbefriedigung in Peepshows, Pornofilmen, Telefonsex. Bei den Frauen sieht es nicht besser aus. In den Vereinigten Staaten werden derzeit mehr Vibratoren als Füllfederhalter verkauft. Bücher mit Titeln wie *Suche einen impotenten Mann fürs Leben* erobern die Bestsellerlisten.

«Glaubst du wirklich allen Ernstes, daß die Polyandrie, das Zusammenleben einer Frau mit mehreren Männern, die Lebensform der Zukunft sein könnte?»

«Davon bin ich überzeugt. Das nächste Jahrtausend wird das Jahrtausend Asiens sein. Jeder fünfte Mensch auf der Erde ist ein Chinese, und von denen darf jedes Paar nur ein Kind in die Welt setzen. Aus Gründen der Tradition wollen alle Söhne. Töchter werden meist schon vor der Geburt beseitigt. Weißt du, was das heißt?

Auf ein Mädchen kommen vier Jungen. In wenigen Jahren werden sich im volkreichsten Land der Erde vier Männer eine Frau teilen müssen. Denn die Homosexualität wird im Reich der Mitte als Verbrechen geahndet.

In den westlichen Industrieländern werden die Gebärenden immer betagter. Schwangerschaften bei über Vierzigjährigen gelten heute schon als normal. Während die Männer immer früher impotent werden. Darauf gibt es nur eine vernünftige Antwort: die Polyandrie.

Eine Frau freit im Abstand mehrerer Jahre mehrere Männer, wobei der Altersunterschied zur Frau immer größer wird, das heißt, die neuen Gatten werden immer jünger und damit potenter. Als man dem Architekten Walter Gropius bei der Planung eines Wolkenkratzers vorhielt, die enorme Höhe sei allein schon deshalb undurchführbar, weil die Fahrstühle die Flut der Angestellten bei Bürobeginn und zum Feierabend nicht zu bewältigen vermöchten, da antwortete er: Dann werden sie eben nicht alle zur gleichen Zeit ihre Arbeit aufnehmen und niederlegen. Unmöglich, hieß es.

Trotzdem war die Gleitzeit nicht mehr aufzuhalten, weil sie sinnvoll war. Und nicht anders verhält es sich mit der Vielmännerei.»

«Auf die Vielmännerei!» Anna erhob lachend ihr Glühweinglas. Doch René, von dem man nie wußte, wann er es ernst meinte und wann er einen auf den Arm nahm, fuhr unbeirrt fort:

«Was für die Beziehung der Geschlechter gilt, gilt auch für die Beziehung zwischen den Völkern. Die alten Maßstäbe gelten nicht mehr. Neue Paarbildungen zeichnen sich ab.

Überall Selbstverwirklichung, Selbstbefriedigung, Selbstbedienung. Wie kann man da eine europäische Gemeinschaft errichten? Wir brauchen mehr Gruppenliebe, auch in der Politik.

Die alte Erbfeindschaft Deutschland – Frankreich entwickelt sich zur Vernunftehe mit gemeinsamer Wirtschaft und gemeinsamem Haushaltsgeld. Der Vielvölkerharem Rußlands hat sich aufgelöst. Neue Großfamilien entstehen. Und so wie unsere Singles nicht aus unstillbarer Sehnsucht zusammenziehen, sondern einer besseren Wohnung wegen oder um den Unterhalt für das Auto zu halbieren, so suchen auch die Völker ihre Vorteile in Lebensgemeinschaften. Ihr Verhältnis ist mehr materieller als idealler Art. Nationalismus und Monogamie sind Schwestern des gleichen chauvinistischen Alleinanspruchs.»

«Das sagst ausgerechnet du», lachte Anna. «Es gibt doch keine größeren Chauvinisten als euch Franzosen.»

«Wir schauen nicht auf andere herab», lächelte René. «Wir bedauern sie nur, daß sie keine Franzosen sein können. Aber im vereinten Europa könnten sie es sein.»

«Was?»

«Franzosen.»

«Du meinst: *L'Europe, c'est moi!*»

«Europa ist eine französische Idee von Charles Magne über Napoleon bis zu Jean Monnet, dem Schöpfer der Union. Europa wird ganz und gar französisch sein. Die Neuzeit begann in Frankreich. Die Revolution hat bei uns stattgefunden. Wir sind Europa.

Die Italiener sind kein Volk, sondern eine Ansammlung von verschiedenen Völkern, die sich bis in die Gegenwart als Römer, Sizilianer, Mailänder, Venezianer oder Florentiner fühlen. Der italienische Nationalstaat ist gerade mal einhundert Jahre alt.

Deutschland bestand bis ins vorige Jahrhundert aus Bayern, Preußen, Friesen, Württembergern, Sachsen, alle mit einem eigenen König. Den heutigen Deutschen ist mit dem verlorenen Krieg ihre Identität abhanden gekommen. Sie schämen sich, Deutsche zu sein.

Die Engländer waren nie Europäer. Ihre Königin ist Königin von ich-weiß-nicht-wieviel Commonwealth-Staaten, die ihnen alle näherstehen als Frankreich oder Deutschland.

Nein, glaube mir, Anna, das neue Europa kann nur französisch sein, französisch mit deutscher Unterstützung.»

«So wie unsere Großfamilie?» fragte Anna.

«So wie unsere Großfamilie, unser Devouement», sagte René. «Und im Bett mag ich es auch am liebsten französisch.»

«Du bist so entwaffnend ehrlich», lachte Anna.

«Sexualität ist vor allem eine Frage der Aufrichtigkeit. Die Paarung bleibt immer dieselbe. Was sich ändert, ist das Maß der Scham oder der Übertreibung, mit anderen Worten: das Maß der Lüge. Daran hat sich bis in die Gegenwart nichts geändert. Auf keinem anderen Gebiet wird so unverschämt gelogen. Keiner glaubt, daß irgendwer schneller als der Schall laufen könnte. Aber wenn in zahllosen Büchern, Filmen und Gesprächen wie selbstverständlich darüber berichtet wird, daß Männer ihre Frauen drei-, viermal die ganze Nacht hindurch befriedigen, wagt keiner zu widersprechen, aus Angst, man könnte seine Potenz in Frage stellen.

Potenz – was ist das schon?

Erotisch aufregend ist nicht das Ziel, sondern der Weg dorthin. Der Orgasmus braucht keinen Partner. Befriedigen kann sich jeder allein und meist auch besser. Das Vorspiel ist der eigentliche Akt. Für ihn braucht man Phantasie. Der Koitus sollte Nachspiel heißen. Er allein erfordert Potenz.»

Vierzigstes Kapitel

I ch glaube, du hast einen heimlichen Verehrer», sagte René. «Wieso?»

«Der Knabe da drüben verfolgt dich seit heute morgen. Der ist mir schon gestern aufgefallen. Ein echter Schatten.»

«Wer?»

«Der Lange im schwarzen Skianzug, drüben beim Sessellift.»

«Der mit der viel zu großen Skibrille und der roten Schirmmütze?»

«Ja. Schau nicht so auffällig zu ihm hinüber!»

«Warum meinst du, daß er hinter mir her ist?» fragte Anna. «Vielleicht beschattet er dich.»

«Unsinn», lachte René. «Aber das können wir leicht herausfinden. Ich fahre jetzt die linke Abfahrt, und du nimmst die rechte.»

Der Fremde zögerte einen Augenblick, als könnte er sich nicht recht entscheiden. Dann nahm er die rechte Abfahrt und folgte Anna.

Gegen Mittag hatten sie ihn aus den Augen verloren. Anna fragte: «Glaubst du wirklich, daß er uns verfolgt?»

«Nicht uns, dich», lachte René.

«Und was will er?»

«Was wird er schon wollen? Du bist ein attraktives Mädchen. Und wahrscheinlich hält er mich für deinen Vater.»

«Erzähl doch keinen Unsinn! Kannst du nicht einmal ernsthaft sein?»

«Das ist mein Ernst. Übrigens, da ist er schon wieder.»

René machte mit dem Kopf eine Bewegung in Richtung Hang. Und da stand er auf seine Skistöcke gestützt und schaute auf sie herab.

«Müssen wir uns diese Aufdringlichkeit gefallen lassen?» fragte Anna ärgerlich.

«Nein», meinte René. «Wir werden ihm eine Lektion erteilen.»

«Was hast du vor?»

«Hier auf dem Haupthang, auf dem alle fahren, kann seine ständige Anwesenheit Zufall sein. Das wird er jedenfalls behaupten. Wir werden hinauffahren zum Madloch. Da ist jetzt wenig los. Da gibt es wahrscheinlich nur ihn und uns. Dort werden wir ihn zur Rede stellen. Ich freue mich schon jetzt auf sein dummes Gesicht.»

Sie stiegen in den Sessellift und beobachteten, wie ihr Schatten einige Plätze hinter ihnen zustieg.

«Der Mensch ist mir unheimlich», sagte Anna. «Wenn er wirklich mit mir anbändeln will, warum folgt er uns dann in so großer Entfernung? Müßte er sich dann nicht an mich heranmachen?»

«Wir werden es ja sehen», sagte René.

Sie glitten aus dem Lift. Vor ihnen lag verlassen wie ein Mondkrater das verschneite Madloch, eine Märchenlandschaft wie auf einer Weihnachtsfestkarte. Schattenlose Helligkeit des Schnees. Darin Annas Anorak: flammendes Granatapfelrot.

«Schau dir das an», sagte Anna. «Ein Wunder!»

«Ja, und keine Menschenseele.»

«Wie kommt das?»

«Jetzt um diese Jahreszeit ist nicht mehr viel los. Die Schulferien sind vorüber. Der Schnee wird schwer. Viele haben Angst vor Lawinen.»

«Lawinen?»

334

Bevor Anna weitere Fragen stellen konnte, war der Mann mit der großen Schneebrille oben angelangt. Er fuhr nur wenige Meter an ihnen vorbei, ein blasser Typ mit stoppeligem Dreitagebart. Anna schenkte ihm ein Lächeln. Er übersah es.

So verhält sich kein Mann, der einer Frau nachsteigt, dachte Anna. Er hielt sich sehr hoch am Hang, lenkte seine Skier in den weichen Tiefschnee am Hang oberhalb der Piste.

«Er hofft, daß wir die ausgefahrene Bahn nehmen», meinte René, «dann kann er sich wieder hinter uns hängen. Tun wir ihm den Gefallen. Unten werden wir ihn zur Rede stellen.»

«Muß das sein? Ich habe ihn nicht gern im Rücken», sagte Anna. «Er macht mir angst.»

«Was kann er uns schon anhaben?» lachte René.

«Er könnte auf uns schießen.»

«Schießen? Wieso schießen?»

«Gefahr geht von ihm aus. Ich spüre das ganz deutlich.»

«Deine Phantasie geht mit dir durch. Komm! Auf geht's.»

Er schob sich die Skibrille über die Augen und fuhr los. Anna wartete ein paar Atemzüge, dann schoß sie hinter ihm her.

Sie hatten noch nicht die Mitte der gewiß zwei Kilometer langen Abfahrt erreicht, als ein eigenartiges Dröhnen das Tal erfüllte. Es klang wie Donnergrollen.

René schrie etwas, das Anna, die dicht hinter ihm fuhr, nicht verstand. Sie drehte den Kopf zur Seite, und da sah sie es. Linkerhand hoch über ihnen hatte sich ein Schneebrett von der Größe eines Fußballfeldes gelöst und raste auf sie zu. Anna sah noch, wie der Fremde in dem wirbelnden Schneeschaum verschwand. Er hatte die Lawine losgetreten, dieser Idiot! Dann wurde sie von einem unsichtbaren Faustschlag zu Boden gestreckt. Sie fühlte sich aufgehoben, durch die Luft gewirbelt. Die Skier wurden ihr von den Füßen gerissen. Sie überschlug sich mehrere Male. Eine riesige Welle hatte sie erfaßt. Instinktiv vollführte sie mit Armen und Beinen Schwimmbewegungen, kämpfte mit dem Mut der Verzweiflung dagegen an, von der Flut verschluckt zu werden. Das ist das Ende! dachte sie. Das ist das Ende.

So schnell, wie alles über sie hereingebrochen war, so plötzlich war es auch vorüber. Sie fand sich am Fuß des Abhangs wieder. Ihre Ohren dröhnten. Das Atmen fiel ihr schwer. Sie steckte bis zur Brust im Schnee. Beide Arme waren frei. Sie versuchte, sich auszugraben. Der Schnee war schwer und dicht wie harter, festgestampfter Lehm.

Wo war René?

«René!»

Ihr Ruf verhallte in dem verschneiten Mondkrater, brach sich an den hohen Wänden, kehrte nachäffend und höhnisch als Echo zurück.

«René!»

Mit letzter Kraft befreite sie sich aus ihrem eisigen Korsett.

«René!»

Dann verließ sie die Kraft.

Ein dröhnendes Geräusch ließ sie auffahren: Eine Lawine! Noch eine Lawine! Aber es war nur ein Hubschrauber, der sich wie eine riesige Libelle im Schnee niedergelassen hatte.

Anna wurde auf eine Bahre gehoben. Zwei Männer bemühten sich um sie: «Können Sie uns hören?»

«Ja.»

«Waren Sie allein?»

«Nein, mein Freund René. Wo ist er?»

Sie versuchte, sich aufzurichten: «René!»

«Bitte bleiben Sie liegen!»

Sie wurde sanft zurückgedrückt.

«Noch ein Mann», sagte eine Stimme hinter ihr. Eine andere Stimme aus einem tragbaren Telefon erwiderte: «Verstanden. Suchtrupp und Lawinenhunde. Wir werden das Nötige veranlassen.»

Anna wurde in den Hubschrauber gehoben. Das Abheben nahm sie noch wahr. Dann verlor sie das Bewußtsein.

Als sie erwachte, lag sie in einem Zimmer, das sie nicht kannte: ein Stuhl, ein weißes Metallbett, an der Wand ein hölzernes Kruzifix. Ein typisches Krankenhauszimmer. Wo bin ich?

Eine Schwester betrat den Raum, ein Arzt im weißen Kittel: «Wie fühlen Sie sich?»

«Was ist passiert?»

«Eine Lawine. Sie haben großes Glück gehabt.»

Richtig, die Lawine. Langsam kehrte die Erinnerung in zeitlupenartigen Bildern zurück.

«René! Was ist mit René? Haben sie ihn gefunden?»

«Ja», sagte der Arzt, «Sie haben ihn gefunden.»

Die Art, wie er sagte, ‹Sie haben ihn gefunden›, klang nicht gut. «Ist er … tot?»

Der Doktor nickte mit dem Kopf: «Er lebte noch, als wir ihn fanden. Er ist hier im Hospital gestorben. Da war nichts mehr zu machen. War er Ihr Mann?»

«Ein Freund.»

«Es tut mir leid.»

«Kann ich ihn sehen?» fragte Anna.

«Später.»

«Nein, bitte gleich. Glauben Sie mir, ich bin stark genug, um mich mit der Realität abzufinden. Ich mache Ihnen keine Schwierigkeiten. Bitte!»

Sie sagte es so, daß der Arzt zu der Schwester sagte: «Er ist noch auf der Intensivstation. Fahren Sie sie hinüber. Dann haben wir es hinter uns gebracht.»

«Warum kann ich nicht laufen?»

«Sie haben einen Beckenbruch und werden eine Weile im Rollstuhl verbringen müssen. Die Rippenprellungen werden in ein paar Tagen abgeklungen sein. So lange werden wir uns um Sie kümmern.»

«Vielen Dank.»

«Bedanken Sie sich bei Ihrem Schutzengel.»

Anna wurde den Gang entlanggeschoben.

René ist tot!

Sie konnte keinen anderen Gedanken fassen.

René ist tot! Erst Sylvano, dann John, nun René. René!

Sie schoben sie in einen Raum ohne Fenster. Neonlicht flammte auf: ein hohes Metallbett auf Rollen. Darauf ein Mensch, zugedeckt mit einem Laken. Nur ein nackter Fuß schaute hervor.

Anna dachte daran, wie sie Sylvano im Leichenschauhaus von Mestre identifiziert hatte. Das gleiche kalte Neonlicht, der gleiche gewaltsame Tod.

Die Krankenschwester ging zum Kopfende der Liege. Sie blickte Anna an, als wollte sie sich dafür entschuldigen, was sie ihr jetzt anzutun gedachte. Behutsam schlug sie das Leichentuch zurück. Für einen Augenblick war es so still in dem Zimmer, daß man das Summen der Fliege an der Fensterscheibe vernahm. Beide Frauen wagten nicht zu atmen.

Dann begann Anna zu schreien. Es war ein wilder Schrei, mehr Überraschung als Totenklage. Sie starrte auf den Leichnam, als könnte sie es nicht fassen. Sie zeigte mit dem Finger auf ihn. Ihre Worte überschlugen sich. In ihren Augen brannte ein fast freudiges Feuer. Jetzt ist sie übergeschnappt, dachte die Schwester. Sie eilte auf Anna zu, wollte sie beruhigen. Anna stieß sie von sich:

«Er ist es nicht!» schrie sie. «Er ist es nicht. Es ist nicht René!»

Vor ihr lag der zerschundene Leib eines jungen Mannes mit stoppeligem Dreitagebart.

«Rufen Sie sofort den Oberarzt. Rasch, bevor es zu spät ist. Wann bin ich hier eingeliefert worden?»

«Vor knapp vier Stunden», sagte die Schwester.

«Vor vier Stunden!» Anna sprach zu sich selbst: «Vier Stunden.»

Zu dem herbeigeeilten Arzt sagte sie: «Das ist nicht René. Er muß noch in der Lawine stecken.»

«Wir werden alles nur Menschenmögliche veranlassen, um ihn zu retten.» Und zu der Schwester sagte er: «Bringen Sie Frau Ropaski auf ihr Zimmer und geben Sie ihr ein Beruhigungsmittel.»

Vier Stunden! Der Lawinen-Franz-Josef hatte sechsunddreißig Stunden in einer Lawine überlebt. Gut, da war er zwanzig, und René ist fast dreimal so alt. Aber René ist zäh und gibt nicht so schnell auf. Überleben – ist das nicht vor allem Willenssache? Er wird es schaffen. Ich bin mir sicher: Er wird es schaffen.

Wie hat es die Inyanga prophezeit: Einer deiner Männer wird von den Toten wieder auferstehen, nachdem er schon begraben war. Sie hatte nicht John, sie hatte René gemeint. Ihn hatte die Lawine begraben. Hatte er nicht bereits im Leichenschauhaus gelegen? Er lebt. Er wird leben.

«René», erklärte der Arzt, der sie aufsuchte, «heißt auf französisch der Wiedergeborene. Nomen est omen. Die Lawinenhunde sind schon wieder im Einsatz.»

Die nächsten Stunden waren die längsten in Annas Leben. Hätte sie nicht im Gipskorsett gesteckt, sie wäre jetzt auf dem Berg, um dabeizusein, wenn sie René ausgraben. Die Unruhe von Käfigtieren befiel sie. Sie sehnte sich danach umherzulaufen, irgend etwas zu tun. Die Untätigkeit war die Hölle. Allmählich begann das Beruhigungsmittel zu wirken.

Sie genoß die Leichtigkeit, den schwebenden Zustand zwischen Betäubung und gesteigerter Lebendigkeit. Da war eine Flut von Bildern, und in allen begegnete ihr René.

Im Foyer des Palais des Beaux-Arts lehnte er lässig am Rednerpult, selbstsicher, überlegen, sprühend vor Witz und Geist. Er hielt ein Champagnerglas in der Hand und sagte:

«Zeus und seine Gattin Hera gerieten einmal miteinander in Streit, ob der Mann oder die Frau die höhere Lust in der Liebe zu erleben vermöchte.

Erstaunlicherweise beanspruchte der Göttervater dieses Recht nicht für sein Geschlecht. Er behauptete, daß das Weib die größeren Wonnen auf dem Liebeslager genösse. Hera war anderer Meinung. Nike und die Nymphen stimmten ihr zu.

Zur Klärung des Falles wurde der Hermaphrodit Teiresias auf den Olymp beordert. Hermaphroditen sind ja bekanntlich zweigeschlechtliche Wesen, sowohl männlich als auch weiblich an Haupt und Glied und somit wie kein anderer geeignet, im Streit der Geschlechter unparteiisch ein Urteil zu fällen.

Teiresias beschwor, daß der Lustgewinn des Weibes beim Liebesspiel nicht nur um ein Vielfaches köstlicher sein könne, sondern auch unvergleichlich viel kraftvoller, denn ein von Wollust befallenes Weib vermöge leicht vier Männer hintereinander zu befriedigen, aber kein Mann schaffe dergleichen mit vier Frauen.

Diese eigentlich für alle Frauen erfreuliche Aussage versetzte Hera in solche Wut, daß sie den Hermaphroditen mit Blindheit strafte.»

René legte eine Kunstpause ein, um seine Worte auf die Anwesenden wirken zu lassen. Dann fuhr er überlegen lächelnd fort: «Dieser Fall belegt, daß in unserem Kulturkreis selbst Göttinnen mit der Intensität ihrer Lustempfindung nichts anzufangen wissen. An Heras Gatten kann es nicht gelegen haben, denn der Göttervater der Griechen hieß nicht so, weil er seinen Kindern ein gütiger Vater war, sondern wegen seiner zahllosen Vaterschaftsaffären. Von wahrhaft göttlicher Omnipotenz schwängerte er, was ihm gefiel. Keine noch so keusche Jungfrau war vor ihm sicher. Alkmene eroberte er in der Gestalt ihres Gatten Amphitryon. Leda schwängerte er als Schwan. Die Tochter des Königs Agenor von Phönikien entführte er in der Gestalt eines Stieres. Am Strand von Matala auf Kreta zeugte er drei Söhne mit ihr. Sie hieß Europa und ist unser aller geistige Ahnfrau, die Namenspatronin unseres Erdteils, Hoffnung und Verheißung unserer politischen Zukunft.

Wenn wahr ist, was Carl Jacob Burckhardt behauptet, daß in unseren Mythen mehr Wahrheit steckt als in unseren Geschichtsbüchern, so offenbart sich im Mythos Europa ein höchst erotisches Kapitel unserer Existenz.

Europa war keine keusche Jungfrau oder mißbrauchte Heilige. Wer mit einem leibhaftigen Stier drei Söhne am Strand zeugt, ist nicht das Opfer einer Vergewaltigung, sondern seiner nymphomanischen Gelüste.

Gib Zeus, daß das neue vereinte Europa etwas von der Liebesfähigkeit und der Zeugungskraft seiner geistigen Ahnfrau abbekommen möge!»

Die letzten Worte gingen im Beifall unter. Die Bilder der Erinnerung wechselten wie Diaprojektionen.

Da war Renés Wohnung. Er stand hinter der Bar und mixte ihr

einen Gin-Fizz. Sie genoß den Blick über den Parc du Cinquante-naire. Es war ihr erster Besuch in seiner Wohnung. Er betrachtete sie und sagte: «Wenn in Frankreich ein Mann eine Frau zu sich einlädt und sie diese Einladung annimmt, so empfinden es beide als Blamage, wenn dieser Besuch nicht im Bett endet.»

«Wir sind hier nicht in Frankreich», lachte Anna. «In Belgien gilt: Eine Frau, die am ersten Abend mit einem Mann ins Bett geht, ist ein Flittchen.»

Und etwas später am gleichen Abend, als sie wünschte, er würde ein wenig zudringlich werden, sagte er:

«Wildtiere beschränken ihre Sexualität auf wenige Tage im Jahr. Die übrige Zeit leben sie völlig normal. Wir Menschen befinden uns ständig auf der Balz. Kein Hirsch würde das aushalten, nicht einmal ein Nilpferd.

Tierfrauen zeigen nur zur Zeit ihres Eisprungs Interesse am Sex. Die übrige Zeit sind sie für die Männchen und die Männchen für sie völlig reizlos.

Ihre Empfängnisbereitschaft wird deutlich erkennbar angezeigt. Der Körper der Menschenfrau erscheint immer paarungsbereit. Um ein Ei zu befruchten, müssen wir uns ständig paaren. Aus diesem Grund lieben wir uns öfter und länger als alle anderen Geschöpfe.

Die Menschheit hat ihre Marathon-Geschlechtlichkeit nie bewältigt. Unsere Einstellung zur Sexualität war zu allen Zeiten chaotisch. Es gab ausschweifende Kulturen und keusche, lebenslustige und asketische, Frömmler und Lüstlinge und häufig beides gleichzeitig als verlogene Doppelmoral.

Der ganze Rummel um die Sexualität ist nichts anderes als Imponiergehabe, Potenz in der Mogelpackung. Von ganzen Männern und Frauen wird verlangt, daß sie so tun, als wenn sie ohne Sex nicht leben könnten, so wie man von einer Currywurst erwartet, daß sie scharf ist.»

Er war diese verrückte Mischung aus Sarkasmus und Zärtlichkeit, die Anna an ihm so mochte. Die Mischung aus Draufgängertum und Zurückhaltung.

Lautes Klopfen holte sie zurück in die Wirklichkeit des Krankenhauszimmers: Die Schwester stürzte herein. «Sie haben ihn gefunden! Sie haben ihn! Soeben kam per Funktelefon die Nachricht: Er lebt!»

«Ist er verletzt?»

Der Notarzt, der bei der Bergung dabei war, vermeldete: starke Unterkühlung, vermutlich ein Schlüsselbeinbruch. «Kein Grund zur Sorge.»

Einundvierzigstes Kapitel

*A*vvocato Piatti hatte Commissario Ruocco zum Mittagessen eingeladen. Während der Kommissar noch die Speisekarte studierte, hatte Piatti Prosecco bestellt.

«Nehmen Sie den Fasan», sagte er. «Sie finden in ganz Venedig keinen besseren. Zuvor sollten Sie die Fettuccine mit Trüffeln probieren.»

Der Besitzer des Ristorante Bocca di Leone schabte ihnen höchstpersönlich die Trüffeln über die butterglänzende Pasta. Der Avvocato genoß den Duft mit vorgestreckter Nase und hingebungsvoll geschlossenen Augen.

Wie es sich unter Feinschmeckern gehörte, sprachen sie nur wenig, bis ihr Mahl beendet war. Doch dann bei einem doppelten Espresso und einer Grappa war der Avvocato nicht mehr zu halten.

«Halten Sie sich fest, Ruocco», sagte er, «unsere schwarze Witwe hat ihren vierten Mord begangen.»

«Wieso den vierten?»

«Eine schlimme Sache.»

«Lassen Sie hören.»

«Wie Sie wissen, habe ich die internationale Detektei Groning & Suvée mit dem Fall beauftragt. Sie haben in allen großen Städten Europas ihre Büros. Als man in Brüssel in Erfahrung brachte, daß die Ropaski mit ihrem deutschen Geliebten nach Riad reisen wollte, beauftragten sie ihre arabische Agentur mit der Observation. Der Agent, der die Aufgabe übernommen hatte, lieferte sehr detaillierte Berichte über jeden ihrer Schritte. Er war Engländer und galt als überdurchschnittlich befähigt.»

«Wieso war?»

«Es gibt ihn nicht mehr. Man fand ihn in seiner Badewanne im gleichen Hotel, das auch die Ropaski und ihr Freund bewohnten. Er wurde mit einem Fön zu Tode elektrifiziert. Es war Mord.»

«Was veranlaßt Sie zu der Annahme, daß es sich um Mord handelt?»

«Als man die Leiche fand, war der Elektrostecker nicht mehr in der Steckdose. Jemand hatte ihn herausgezogen. So steht es im Polizeibericht. Der Agent kann es nicht gewesen sein. Er war auf der Stelle tot.»

«Gut», sagte der Inspektor, «das klingt verdächtig, aber wie wollen Sie beweisen, daß die Ropaski etwas damit zu tun hat? Hat man ihre Fingerabdrücke auf dem Fön gefunden?»

«Nein. Aber der Mann an der Rezeption in der Empfangshalle des Hotels hat zu Protokoll gegeben, daß eine Frau, die so aussah wie die Ropaski, sich nach der Zimmernummer des Agenten erkundigt hat. Wenige Stunden danach war er tot.»

«Das alles ergibt keinen Sinn», sagte Ruocco. «Woher sollte die Ropaski den Detektiv kennen? Woher wußte sie, daß er in ihrem Hotel wohnte? Und vor allem: Warum sollte sie ihn ermorden? Wo ist das Motiv?»

«Vielleicht hatte er etwas sehr Wichtiges über den Mord an meinem Cousin herausgefunden.»

«War der Tote in der Badewanne bekleidet?»

«Er war unbekleidet.»

«Wer läßt schon eine fremde Frau zu sich ins Badezimmer, wenn er nackt ist? Oder glauben Sie, sie hat ihn überwältigt, ausgezogen und in die Wanne gelegt?»

«Und wer, bitteschön, hat den Stecker aus der Wand gezogen?» fragte Piatti.

«Wahrscheinlich hat ihn der Sterbende im Todeskampf herausgerissen», meinte der Kommissar.

«Gut, ich kann es nicht beweisen. Aber ich bin überzeugt davon, daß sie ihn umgebracht hat, denn hören Sie, was jetzt kommt: Nur wenige Tage zurück aus der Wüste, überredet die Ropaski ihren französischen Geliebten, mit ihr in die österreichischen Alpen zu reisen. Sie beziehen ein Chalet in Oberlech und werden von der Detektei Groningen & Suvée beschattet.

Der Agent, ein Deutscher, gilt als hervorragender Skiläufer. Er verfolgt die Ropaski und ihren Franzosen bis hinauf in ein einsames Hochtal. Eine Lawine wird losgetreten. Die Ropaski und ihr Freund überleben. Der Agent ist tot.

Der zweite Agent innerhalb eines Monats bei der Beschattung der gleichen Frau. Das soll Zufall sein? Gibt es so etwas? Nein, nein und nochmals nein!»

Avvocato Piatti hatte diesen letzten Satz mit solchem Einsatz seiner Fäuste hervorgebracht, daß er dabei das Grappaglas umstieß. Mit der Serviette tupfte er sich die Flüssigkeit von seinem Schoß.

«Sie brauchen Beweise», sagte Commissario Ruocco.

«Was gibt es da noch zu beweisen? Zwei Agenten innerhalb eines Monats, der eine durch einen Fön in der Badewanne, der andere beim Skilaufen. Kinder kommen so um und bergfremde Touristen, aber nicht geschulte Agenten und geübte Skiläufer.

Diese Frau ist eine Massenmörderin. Ich weiß es tief in meinem Herzen. Wenn sie ein Mann wäre, würde ich sie …» Er zerbrach einen Zahnstocher zwischen seinen Fingern.

«Was würden Sie?» fragte Ruocco.

«Vergessen Sie es! Aber sagen Sie selbst: Vier Leichen sind zu viel.»

«Vier?»

«Zwei ihrer Männer und zwei Agenten.» Avvocato Piatti neigte sich über den Tisch und warf dem Kommissar einen verschwörerischen Blick zu.

«Das war die schlechte Nachricht. Und nun die gute: Die Ropaski sitzt im Rollstuhl, hoffentlich für immer. Mein ist die Rache, spricht der Herr. Niemand entgeht seiner Strafe. Was die Justiz nicht schafft, erledigt die himmlische Gerechtigkeit.» Er hob sein Glas: «Salute!»

«Salute!»

* * * *

Einen Tag nach dem Lawinenunfall war Helmut am Arlberg.

Nun saß er auf einem unbequemen Krankenhausstuhl zwischen zwei weißen Metallbetten. Anna lag in dem einen, René mit einem Kopfverband in dem anderen. Er hatte sich überraschend schnell erholt.

«Jetzt sind wir wieder am Anfang unserer Novelle», sagte Anna. «Ich sitze wie damals im Rollstuhl, und ihr müßt mich wieder durch die Gegend schieben wie ein Kleinkind.»

«Wir werden dich auf Händen tragen», beteuerten die Männer.

«Vorausgesetzt, daß du den Ehevertrag mit uns erneuerst», sagte Helmut. «Wirst du?»

«Was bleibt mir anderes übrig. Mein Buch ist nicht fertig, und ich sitze im Rollstuhl. Ich mag euch. Oder sagen wir mal: Ich habe mich an euch gewöhnt. Und wenn das nicht reicht, können wir ja immer noch aufstocken. Vier Männer braucht die Frau, um wenigstens hin und wieder einen zu haben.»

Als René und Helmut protestierend ihre Hände erhoben, zitierte sie Victor Hugo: «Eine Frau mit einem Liebhaber ist ein Engel. Eine Frau mit vier Liebhabern ist eine Frau. Ihr wollt doch eine Vollblutfrau?»

«Wir wollen dich.»

«Und wißt ihr, was ich will?» sagte sie. «Ich will ein Kind von euch, so schnell wie möglich.»

«Wir machen dir eins, Ehrenwort.»

Und zu René gewandt sagte Helmut: «Du hast es gut. Du darfst bleiben. Ich habe einen unaufschiebbaren Termin in Bonn. Aber ich werde in zwei Tagen wieder am Arlberg sein. Ich könnte euch …»

«Das ist nicht nötig», unterbrach ihn Anna. «Wir werden hier bestens versorgt und sind zu zweit. In einer Woche kannst du uns in Brüssel vom Flughafen abholen.»

«Ja, in einer Woche in Brüssel.» Helmut ging, und sie blieben allein zurück. Anna lag mit geschlossenen Augen auf ihrem großen weißen Kissen, erschöpft und dennoch glücklich.

René betrachtete sie. Er dachte: Sie ist schön und doch nicht schön. Schönheit ist immer etwas Hinzugekommenes, aber wir wissen nicht, was. Wenn sie so daliegt wie jetzt, erkennt man die alte Frau, die sie einmal werden wird. Ob dann wohl das Gesicht des Mädchens noch durchscheint, das ich so sehr liebe? Es muß wohl so sein. So viel Lebendigkeit kann nicht verlorengehen.

Später, als die Sonne bereits untergegangen war und sie ihre Medikamente für die Nacht bekommen hatten, fragte er sie: «Erzählst du mir eine Geschichte, oder fühlst du dich zu schwach?»

«Das fragst du mich? Du hast doch unter der Lawine gelegen.» Sie rückte ihre Kissen zurecht: «Was willst du hören?»

»Eine Liebesgeschichte, aufregend erotisch.»

«Gib mir ein Stichwort!»

«Sie stand hinter der Gardine und blickte hinaus.» Anna übernahm den Faden und fuhr fort:

«Der Junge gefiel ihr. Er saß rittlings auf der Bank unter ihrem Fenster und beschnitzte ein Stück Holz. Er saß da barfuß mit bloßem Oberkörper und genoß die Sonne auf der nackten Haut. Stark, wie sich seine Brustmuskeln bewegten und der Bizeps anschwoll, wenn er die Klinge des Messers gegen das Holz stemmte. Süß war die Art, wie er dabei die Lippen bewegte, wie ein Kind, das nicht lautlos zu lesen vermag. Das Haar fiel ihm in die Stirn. Wie alt er wohl war? Siebzehn?

Mein Gott, ich bin mehr als doppelt so alt wie er, dachte sie, und stehe hinter der Gardine wie ein Teenager, um ihn zu bewundern. Ja, ich bewundere ihn. Süßer Vogel Jugend! Wie erschreckend schön er war! Ob er sich dessen bewußt war?

Der Junge erhob sich, öffnete den oberen Knopf seiner zu engen Hose. Seine Haut war glatt wie Mädchenhaut. Sie mußte sich herrlich anfühlen. Auch seine Mähne war die Mähne eines Mädchens, dunkelbraun und leicht gelockt. In Griechenland und Süditalien gab es Menschen wie ihn.

Der Mai war mit ungewöhnlicher Wärme erwacht. Selbst in der Stadt spürte man den Taumeltanz der liebestollen Natur. Die Gaukelflügel der Fledermäuse, das brummende Umherschwärmen der Maikäfer, der Weißdorn-Blütenschaum, die Amsel am Abend, sie alle wollten von der Liebe singen, schweben, schwärmen, duften.

Im Schlafzimmer lag die Sonne auf dem Bett. Wie warm es schon war, warm und sommerhell.

Sie fühlte sich eingeengt, zog sich den Pullover aus, die Hose. Wozu brauche ich eine Hose in meinen eigenen vier Wänden? Sie stieg aus ihren Jeans. Dabei sah sie sich in dem großen Wandspiegel. Ihr Ebenbild zog sie an. Sie näherte sich ihm wie einer Fremden, betrachtete sich kritisch. Die Augen trotz der Fältchen unternehmungslustig jung und blau wie der Himmel über den Bergen. Die Lippen voll und sinnlich, auch ohne Lippenstift. Ihr Haar, zum Pferdeschwanz gebunden, ließ sie mädchenhafter erscheinen, als sie dem Alter nach war. Sie streifte ihr Flanellhemd ab, ihr Höschen, begutachtete sich von allen Seiten. Was sie sah, gefiel ihr. Sie mochte sich: Ihre etwas zu schweren Brüste, die Rundungen ihrer Hüften. Schöne Beine hatte sie. Der Po vielleicht etwas zu weich. Alles an ihr war weich, weich und sehr weiblich.

Sie legte sich auf das Bett, spürte die Sonne auf der nackten Haut. Sonntagnachmittagsruhe umfing sie. Sie schloß die Augen und erlebte sich genußvoll in ihrem eigenen Leib.

Ein Schatten fiel auf ihr Gesicht. Sie glaubte, es wäre eine Wolke, doch als sie die Augen öffnete, sah sie, daß es ein Mensch war. Mit dem Rücken zum Fenster stand er neben ihrem Bett. Sie wollte aufspringen, schreien. Doch da war das Messer. Seine Spitze berührte ihren Hals. ‹Liegenbleiben! Keine Bewegung! Dann wird Ihnen auch nichts passieren.›

Ihre Augen begannen sich an das grelle Gegenlicht zu gewöhnen. Das war doch nicht möglich. Aber jetzt erkannte sie ihn ganz deutlich: der Junge, den sie von ihrem Fenster aus beobachtet hatte. Das Schnitzmesser hielt er noch in der Hand.

‹Meinen Sie, ich hätte Sie nicht bemerkt›, sagte er. ‹Wie Sie die ganze Zeit hinter der Gardine gestanden und mich angestarrt haben. Gefalle ich Ihnen?›

Bevor sie etwas erwidern konnte, sagte er: ‹Ja, ich gefalle Ihnen. Und Sie gefallen mir auch. Sie gefallen mir sogar sehr. Lassen Sie Ihre Hände dort, wo sie sind! Nehmen Sie sie vom Schoß, zurück auf das Laken, wo sie vorher lagen! So ist es gut. Und bewegen Sie sich nicht! Oder doch: Bewegen Sie Ihre Oberschenkel auseinander, ganz langsam auseinander!›

Da war wieder das Messer. Sie tat, was er wollte.

‹Haben Sie Angst? Sie brauchen keine Angst zu haben. Ihnen wird nichts geschehen, wenn Sie tun, was ich Ihnen sage.›

Er betrachtete sie mit geröteten Wangen.

‹Sie sind schön, wunderschön, wie gemacht für die Liebe.›

Er neigte sich zu ihr herab und küßte sie auf den Mund. Dann knöpfte er seine Hose auf.

‹Hilf ihm›, sagte der Junge. ‹Du hast einen prächtigen Mund. Aber mache deine Lippen schön feucht. Und vergiß nicht, daß du eine Zunge hast.›

Er kniete sich auf den Bettrand.

‹Mach die Augen auf! Schau ihn dir an. Er will dich, und du willst ihn.›

Er streichelte ihre Brüste, während sie tat, was er von ihr verlangte. Hart und fordernd richteten sich ihre Brustwarzen auf. Der Junge berührte ihren Schoß, flüchtig und sanft wie Schmetterlingsflügelschlag. Sie registrierte es mit tiefem Atemzug.

‹Ich mag dich, wenn du geil bist›, sagte er. ‹Komm, zeig mir, wie gierig du sein kannst. Komm, sei schamlos!›

‹Was soll ich tun?› keuchte sie mit heiserer Stimme.

Es war das erstemal, daß sie aus eigenem Antrieb an seinem Spiel teilnahm. ‹Was verlangst du von mir?›

‹Mach es dir selber. Ich will zusehen, wie du dich berührst.›

‹Nein, bitte nicht.›

‹Doch.›

Er zog sich von ihr zurück, küßte sie. Sie erwiderte seinen Kuß. Ihre Zunge schob sich in seinen Mund.

‹Nein›, sagte der Junge, ‹erst du. Dann werde ich es dir machen, so oft wie du willst.›

‹Wie soll ich …?›

‹So wie du es immer machst.›

Sie legte sich auf den Rücken, zog die Knie an, streckte ihm ihre Brüste entgegen: ‹Streichle sie!› bat sie. ‹Küß mich! Ja, so. Komm!› Sie bäumte sich auf. Ihr ganzer Leib schien sich aufzutun. Sie tropfte wie eine reife Feige in ihrer Ekstase.

Als sie wieder zu sich kam, lag sie allein auf ihrem Bett. Der Junge! Wo war der Junge?

Sie ging zum Fenster. Da saß er noch immer und schnitzte an seinem Stück Holz. Wie schön er war.

‹Ich liebe dich. Du gehörst mir und weißt es nicht.›»

Den letzten Satz sprach sie so, daß er mehr René galt als dem Jungen in der Geschichte.

* * * *

In der Nacht schien der Mond in ihr Zimmer. Die Schatten der Fensterkreuze lagen wie die schwarzen Kreuze einer Todesanzeige auf ihren Bettdecken.

«Schläfst du?» fragte René.

«Nein.»

«Es hätte nicht viel gefehlt, und wir wären beide nicht mehr.»

«Für mich warst du bereits tot», sagte Anna.

«Ohne dich wäre ich jetzt tot. Weißt du, daß mich deine Geschichte vom Lawinen-Franz-Josef am Leben erhalten hat? Ich war davon überzeugt: Was der kann, kann ich auch. Aber ich fühlte mich dem Tod sehr nahe.»

Er machte eine längere Pause, so als fiele es ihm schwer zu sagen, was gesagt werden mußte.

«Ich muß dir etwas beichten», begann er endlich: «Du wärst wahrscheinlich eines Tages sowieso dahintergekommen: John, Sylvano, Helmut und ich, wir sind oder besser waren Liebespaare, oder soll ich sagen ein Liebesquartett. Weil es jedoch nicht möglich ist, ein hohes Amt in der Europäischen Kommission zu bekleiden und ein schwules Verhältnis von vier Männern zu unterhalten, hielten wir es für angebracht, uns zu viert eine Frau zu teilen, als Aushängeschild gewissermaßen.

Übrigens fand der tödliche Streit zwischen John und Sylvano nicht statt, weil John auf dich eifersüchtig gewesen wäre, sondern weil John abgöttisch an Sylvano hing und es nicht verkraften konnte, wie sein Favorit dabei war, sich in eine Frau zu verlieben.»

«Das ist doch nicht möglich?» hauchte Anna. Das Entsetzen war ihr ins Gesicht geschrieben. «Und Helmut?»

«Helmut ist bisexuell. Seine Potenz erlaubt es ihm, sich bei beiden Geschlechtern auszutoben.»

«Und du?» fragte Anna René.

«Du hast es ja erlebt, wie schwach ich auf Frauen reagiere. Aber deine zärtliche Frivolität hat mich am Ende doch ganz schön angemacht, zumal ich dabei an Sylvano gedacht habe.»

«Du Schuft!»

Anna fuhr aus dem Schlaf empor. Eine Straßenlaterne erhellte ihr Zimmer. René lag in seinem Bett und schlief tief und fest.

Ein Traum. Ein Alptraum.

Vielleicht habe ich das alles nur geträumt, so wie die Frau in meiner Geschichte, durchfuhr es sie. Vielleicht spiele ich nur die Hauptrolle in einem Roman, von mir erdacht. John, Sylvano, Helmut, René, alle von mir erfunden. Nein, nicht René. Der lag neben ihr. Ein Lächeln umspielte seine Lippen.

«Du Schuft», flüsterte sie. «Zuzutrauen wäre es dir.»

Und wenn schon. Was würde es ändern? Ist die Liebe zu zwei Männern moralischer als die Liebe der beiden Männer zueinander?

Ein wildes Gefühl von Freude, von Freiheit befiel sie, auch von Wehmut und Neugier, wie es wohl weitergehen wird.

Ja, wie wird es weitergehen mit meinem Roman? Gebt mir ein Stichwort!

Sie lag wach. Da war nur Renés Atem, tief und gleichmäßig. Bisweilen gab er unverständliche Laute von sich. Einmal glaubte sie ihren Namen gehört zu haben. Wer bin ich? Wer ist dieser Mann? Vielleicht habe ich das wirklich alles nur geträumt, dachte sie.

Männer träumen, wenn sie schlafen, Frauen, wenn sie nicht schlafen können.